T0279560

ESPÉRAME

SANTA MONTEFIORE

ESPÉRAME

Argentina • Chile • Colombia • España
Estados Unidos • México • Perú • Uruguay

Título original: *Wait for Me*
Editor original: Simon & Schuster UK Ltd
Traducción: Nieves Calvino Gutiérrez

1.ª edición Noviembre 2023

Plaza de los Reyes Magos, 8, piso 1.º C y D — 28007 Madrid
www.titania.org
atencion@titania.org

ISBN: 978-84-19131-29-4
E-ISBN: 978-84-19699-51-0
Depósito legal: B-14.538-2023

Fotocomposición: Ediciones Urano, S.A.U.
Impreso por Romanyà Valls, S.A. — Verdaguer, 1 — 08786 Capellades (Barcelona)

Impreso en España — *Printed in Spain*

A mi querida esposa, Anna Lisa,
por su paciencia y su amor,
y a nuestros hijos, Amelia, Benjamin y Hannah,
por la dicha que nos aportan a los dos.

SIMON JACOBS

*

Para Sebag, Lilochka y Sasha,
que son el viento que impulsa mis alas.

SANTA MONTEFIORE

Yo estuve aquí antes,
pero cuándo o cómo no lo sé:
conozco la hierba detrás de la puerta,
el dulce aroma penetrante,
los sonidos susurrantes,
las luces a lo largo de la costa.

Tú has sido mía antes,
pero hace cuánto no lo sé:
a punto de flotar en este abismo,
tu cuello giró, algún velo cayó;
y lo supe al instante.

¿Ha ocurrido antes?
¿No será que el vuelo concéntrico
del tiempo restaura nuestras vidas,
perpetúa nuestro amor, en la muerte del pesar,
y el día y la noche nos regalan la alegría una vez más?

LUZ REPENTINA,
DANTE GABRIEL ROSSETTI,
1828-1882

Prólogo

Sur de Australia, diciembre 1995

Mary Alice Delaware leyó la carta de nuevo. Era ridícula. Totalmente absurda y, teniendo en cuenta las circunstancias, impertinente. De hecho, tan absurda era que se echó a reír a carcajadas. Levantó la vista de la página y miró hacia el jardín. Solo podía ver el sombrero de su madre moviéndose entre las espuelas de caballero mientras se agachaba a arrancar las malas hierbas de los parterres y tensar la cuerda que sujetaba los largos tallos de las flores a los tutores. A sus setenta y seis años, Florence Leveson no tenía intención de bajar el ritmo. Creía que la desidia haría que sus huesos se calcificaran, igual que un viejo coche en desuso que se oxida. Sostenía que la actividad haría que su batería continuara funcionando. Eso entrañaba practicar la jardinería, dar paseos enérgicos con su perro Baz, preparar tartas, tocar el piano y, para vergüenza de Mary Alice, hacer yoga; ver a su madre vestida de licra era un espectáculo que no se lo deseaba a nadie.

¿Debería o no darle la carta a su madre?

Mary Alice decidió que la guardaría unos días. A fin de cuentas, no había prisa y lo más probable era que Florence la tirara a la basura. No es que su madre no tuviera sentido del humor; Mary Alice no conocía a nadie con más sentido del humor. Poseía la maravillosa capacidad de sanar su corazón con la risa. Y, teniendo en cuenta las tragedias que había sufrido, no era poca cosa. Mary Alice estaba segura de que si alguien podía reírse de esta absurda epístola era Florence. Sin embargo, algo le carcomía debajo de las costillas. Una duda que le advertía que tal vez este podría ser el momento en que el infame sentido del humor de Florence le fallara. Entonces Mary Alice desearía no habérselo mostrado. Y, una vez visto, no sería tan fácil ignorarlo. No, tenía que andar con cuidado.

El sobre estaba dirigido a Mary Alice Delaware, pero contenía una carta para Florence Leveson. En la nota que acompañaba a la carta, el remitente había dejado claro que correspondía a Mary Alice decidir si su madre estaba dispuesta a leerla o no. Al menos en eso, el remitente había tenido tacto. Quería que Mary Alice lo viera primero y tomara la decisión. Era obvio que lo había pensado mucho y había escrito la carta con cuidado. De hecho, era una carta preciosa. No podía negarlo. Era una carta muy bonita. Y esa era otra razón por la que dudaba; estaba claro que el remitente no era un loco ni una persona malintencionada. Era educado y honesto. Pero, aun así, la carta era muy sensible y, bueno, *peculiar*.

—¡¿Quieres una taza de té, mamá?! —gritó Mary Alice desde el porche.

Eran las cinco de la tarde y, como se había criado en Inglaterra, a Florence le gustaba la hora del té. Earl Grey, sándwiches de huevo y cebollino, un trozo de bizcocho o su tostada favorita de mantequilla y Vegemite. Florence no era una mujer preocupada por su figura. Antes era delgada, con una cinturita de avispa y unas piernas largas y esbeltas, pero ahora era curvilínea. El sol australiano no había dañado su piel ni tampoco el sol indio cuando era niña. Parecía mucho más joven de lo que era, con arrugas de expresión en los lugares habituales. En realidad, Florence nunca había sido vanidosa, ni siquiera cuando era una joven guapa y muy admirada. Siempre había tenido un cabello abundante y seguía siendo glorioso. Largo y suave, se lo recogía en un moño suelto y dejaba que unos mechones desordenados se deslizaran por el cuello y las sienes. De niña era rubia, pero con los años se le había oscurecido y ahora lo tenía gris, con un mechón plateado en la parte delantera que había inspirado a sus nietos a ponerle el sobrenombre de «tejón». A pocas mujeres les gustaría que las compararan con un tejón, pero a Florence le hacía gracia.

—Estupendo —respondió ella, pasándose el dorso de la mano por la sudorosa frente. Hacía calor. Le gustaría descansar a la sombra. Se quitó los guantes de jardinería y salió del parterre. Baz, que estaba durmiendo bajo un peral, se incorporó expectante—. ¿Sabes? Creo que el jardín nunca ha tenido un aspecto tan exuberante. De verdad, parece Inglaterra —dijo con una sonrisa que daba a su rostro una dulzura infantil—. Se diría que no para de llover. Y esos encantadores abejorros se pasan el día borrachos. Como el tío Raymond, de bar en bar. A nadie le gustaba tanto ir de bar en bar como al tío Raymond.

Mary Alice se echó a reír. A su madre le encantaba hablar del pasado y los años que pasó en Inglaterra parecían ser los más entrañables. Mary Alice entró para poner a hervir la tetera. Con el calor que hacía, cabría pensar que una limonada helada sería más refrescante que un té, pero su madre era de costumbres arraigadas, así que beberían té con leche al estilo inglés. Mary Alice puso un par de bolsitas de té Earl Grey en la tetera y sacó la tarta de la nevera. Cuando salió al porche unos minutos más tarde, Florence estaba sentada en la mecedora con Baz tumbado a su lado, con la cabeza en su regazo. Se abanicaba con una revista y tarareaba una vieja melodía que Mary Alice no reconoció.

—¿Sabes? Cuando era pequeña, el tío Raymond nos llevaba a la función de Folkestone todas las Navidades —dijo Florence, sonriendo con afecto y acariciando la cabeza del perro de manera distraída—. Era una tradición familiar y la esperábamos con gran ilusión. Era muy emocionante. Mi favorita era *Peter Pan*. Tuve la suerte de ver a Jean Forbes-Robertson interpretar a Peter. «¡Si crees en las hadas, aplaude!», y todos aplaudíamos con entusiasmo y Campanilla volvía a la vida. Era maravilloso.

Mary Alice sirvió el té y le dio a su madre un plato con un trozo de tarta. Baz levantó la cabeza del regazo de Florence y olisqueó el plato con interés.

—Ojalá recordara las Navidades en Inglaterra —dijo Mary Alice—. Con la chimenea encendida y con nevada. El trineo de Papá Noel se ve mejor en la nieve.

—Sí, la Navidad no es lo mismo cuando hace calor. Tiene que ser vigorizante, fría y llena de brillo, como un calendario de Adviento. ¿Cuántos años tenías cuando nos mudamos aquí, cuatro?

—Tres —la corrigió Mary Alice. Se encogió de hombros—. No se puede echar de menos lo que no has tenido. La Navidad sigue siendo especial en Australia.

Florence puso el plato en la mesa baja que tenía delante, donde Baz no pudiera alcanzarlo, y añadió un terrón de azúcar a su té.

—Solíamos pasar las Navidades con mis abuelos. Me encantaba estar con ellos. Como sabes, mi padre murió poco después de que viniéramos de la India a vivir a Inglaterra, así que mamá, Winifred y yo íbamos a Cornualles de vacaciones con sus padres. Tenían una casa grande y preciosa en Gulliver's Bay, llamada The Mariners, con playa privada. Dudo mucho que sea una playa privada ahora, pero en aquellos tiempos la teníamos toda para nosotros. Había un pasadizo subterráneo secreto que iba de la casa a una cueva donde los contrabandistas llevaban fardos de lana a los barcos pesqueros que esperaban en la bahía y los cambiaban por coñac y encaje durante las guerras napoleónicas. Era un lugar mágico.

—Suena maravilloso —dijo Mary Alice, que ya había oído esas historias antes.

—Me encantaba la Navidad. Recuerdo la emoción de sentir el peso del calcetín al final de mi cama y oír el crujido que hacía al mover los pies. La abuela era muy generosa y nos mimaba mucho. Los calcetines estaban llenos de regalos. Winifred y yo metíamos la mano hasta el fondo y encontrábamos una mandarina, aún envuelta en su papel de plata de la frutería. Hoy en día nadie les da importancia a las mandarinas, pero en mis tiempos eran un lujo, ya que las traían en barco desde Tánger—. Florence soltó una risita, tomó un sorbo de té y suspiró después; una molesta costumbre que había adquirido con la edad—. La cena de Navidad era una delicia. —El rubor tiñó sus mejillas cuando los recuerdos se agolparon en su memoria—. El postre era mi parte favorita. Se servía justo antes de dejar que los hombres se fueran a beberse una copa de oporto y justo después de que hubiéramos comido el queso Stilton de Navidad adornado con apio y servido con galletitas de Tunbridge Wells. Siempre había bombones de Charbonnel et Walker en cajas de varios pisos con pinzas de plata y ciruelas de Carlsbad. Ah, y esas deliciosas frutas confitadas y los *marron glacé* de Francia, que eran los predilectos de mi madre. —Florence tomó un trozo de tarta y lo saboreó—. Mmm, está divina. No, para ti no, Baz. Bueno, solo un poquito. —Tomó un trozo del bizcocho y se lo metió en la boca—. Siempre teníamos bizcocho Victoria para el té en Gulliver's Bay.

—He oído hablar mucho de Gulliver's Bay. Me encantaría ir allí algún día —dijo Mary Alice, que se sentía como si ya hubiera estado.

—Por desgracia, soy demasiado vieja para volver. De lo contrario, te llevaría yo misma —dijo Florence, de pronto con aire melancólico—. No sé de quién es la casa ahora. Dios mío, incluso podría ser un hotel o una pensión. ¿Verdad que sería horrible? Supongo que hoy en día la gente no quiere casas grandes con puertas tapizadas de tapete verde para separar las dependencias de los criados del resto de la casa. La gente ya no tiene criados, ¿verdad? ¿Quién puede permitírselos? Pero así era en aquellos tiempos. Mis abuelos eran victorianos y muy convencionales. Y un poco grandilocuentes, he de añadir. Dábamos por sentado que había criados, pero ahora que lo recuerdo, me pregunto cuánto trabajaban. Nunca tenían mucho tiempo libre y tampoco creo que les pagaran mucho. Era un mundo exclusivo que por supuesto acabó con la guerra. —Suspiró y comió otro trozo de tarta, saboreando su dulce sabor. Baz empezó a babear, pero Florence se dejó llevar por una oleada de recuerdos y ya no se dio cuenta de que miraba la tarta—. Los dos hermanos de mi padre murieron en la Primera Guerra Mundial. Nadie pensó que volveríamos a librar otra guerra, y menos tan pronto. Qué pérdida tan enorme. Cabría pensar que hubieran aprendido después de la primera, pero la gente nunca aprende. Esa es la verdadera tragedia.

Mary Alice volvió a llenar su taza de té.

—Cuéntame más sobre Gulliver's Bay —le pidió. No quería seguir a su madre por el camino que llevaba a la guerra. Sabía adónde la llevarían esos recuerdos. Solo a la infelicidad.

—Nunca fui muy religiosa, pero me gustaba ir a la iglesia —prosiguió Florence—. Me agradaba el vicario, el reverendo Millar. Era bajo, gordo, calvo y ceceaba, y tenía un carácter de lo más enérgico. Daba igual lo que dijera, hacía que todo sonara muy emocionante. No he vuelto a conocer a un vicario como él. Tenía auténtico carisma y vigor. Si todos los vicarios fueran como él, las iglesias estarían llenas a reventar. —Sonrió con picardía—. Pero no voy a fingir que el vicario era el único que me inspiraba cada domingo por la mañana. No, era Aubrey Dash.

Mary Alice sonrió sobre su taza de té. Había oído esta historia miles de veces. Sin embargo, no iba a negarle a su madre uno de sus recuerdos más preciados.

—Hasta el nombre es romántico —dijo Mary Alice.

—Solía escribir una y otra vez en mi diario «Aubrey Dash» y luego escribía «Florence Dash» para ver cómo quedaría mi nombre de casada; resulta curioso teniendo en cuenta cómo terminó todo, ¿verdad? —Florence se rio y sus ojos verdes brillaron—. Pero apenas se fijaba en mí. —Se encogió de hombros y bebió otro sorbo de té.

—No entiendo por qué no. Eras muy guapa, mamá.

—No olvides que era muy joven. Y me gusta pensar que me desarrollé tarde. Yo me sentaba en nuestro banco y él en el suyo, con su familia, como era natural. Le veía brillar como una estrella por el rabillo del ojo. Me costaba Dios y ayuda no mirarle. Me cronometraba para que mis miradas no fueran demasiado seguidas. Cinco minutos, seis minutos, a veces incluso quince. Lo mejor era cuando nos poníamos de pie para ir a comulgar, ya que a veces estaba justo delante o detrás de él y podía sentirle cerca de mí, como si irradiara calor. Cuando me miraba, como hizo una o dos veces, me ponía como un tomate. —Se metió el último trozo de tarta en la boca y se chupó los dedos con fruición—. Lo siento, Baz, se acabó. —Baz suspiró con resignación y volvió a apoyar la cabeza en su regazo—. Era endiabladamente guapo, incluso de niño. Era alto, aunque sus contemporáneos aún eran bajitos, y tenía unos preciosos ojos grises con unas largas pestañas negras. Y unos labios carnosos. Según descubrí, los labios carnosos son muy poco frecuentes en Inglaterra. Pero Aubrey tenía una boca preciosa.

Mary Alice se echó a reír.

—Oh, mamá, eres muy graciosa.

—Los labios son importantes, Mary Alice. No es muy agradable besar a hombres con boca de tiburón.

Ambas se rieron.

—No, no me lo imagino —dijo Mary Alice—. Me encanta que recuerdes los detalles.

—¿Tú no recuerdas tu primer amor, querida?

—Supongo que sí. Pero no de la misma forma que tú.

—Cuando llegas a mi edad, los recuerdos te asaltan de repente. Puedes estar desempolvando el más antiguo y... ¡zas!, de repente tienes ante ti algo en lo que no habías pensado en años, como una burbuja que surge de tu subconsciente y estalla. Y pensar en ello hace aflorar los sentimientos que lo acompañaban y te juro que parece que estés allí en el pasillo, de pie detrás de Aubrey Dash, esperando la sagrada comunión y deseando que se vuelva a mirarte. —Florence sacudió la cabeza, asombrada de su yo más joven—. ¡Qué poco sabe el corazón cuando no eres más que una niña! ¡Cuánto tiene que aprender!

Mary Alice sintió que la carta en su bolsillo empezaba a desprender calor. Como si exigiera que le prestaran atención. Dejó la taza y metió la mano en el bolsillo. En ese momento vio a lo lejos una nube de polvo en la carretera rural. Aumentaba de tamaño a medida que el camión se acercaba y el sol hacía brillar con intensidad el metal que rodeaba los faros.

—Bueno, debe de ser David —dijo sacando la mano del bolsillo. La carta tendría que esperar. Se levantó.

—Será mejor que vuelva al jardín —repuso Florence, levantándose de la mecedora con un gemido.

—¿No crees que deberías dejarlo por hoy?

—Solo son las seis. Lo mejor está por llegar. La luz dorada de cuando empieza a anochecer. Es mi momento favorito del día. —Florence exhaló un profundo suspiro y recorrió con la mirada el jardín con satisfacción—. Me encanta el sonido de los pájaros en los árboles. Me recuerda a Gulliver's Bay. Por supuesto, aquí tenemos pájaros diferentes, pero ejercen el mismo efecto en el ánimo. Nada me hace más feliz que el canto de los pájaros.

Mary Alice puso las tazas y los platos en la bandeja y regresó a la cocina. Cuando volvió a salir, David había aparcado bajo un eucalipto y estaba cruzando el césped para saludarla.

—¿Has tenido un buen día, cariño? —le preguntó desde el porche, ofreciéndole una lata fría de cerveza.

Su marido era fuerte y atlético para tratarse de un hombre de unos sesenta años. Jugaba con frecuencia al *squash* y al tenis, y cuando tenía tiempo, le gustaba salir a correr y hacer senderismo. Cuanto mayor se hacía, más consciente era de su figura y más se esforzaba por mantenerla.

Subió los escalones de dos en dos y besó a su mujer.

—Justo lo que necesito —repuso, agarrando la cerveza y dejando la bolsa en el suelo. Se sentó en la mecedora de forma pesada, puso los pies en la mesa sin quitarse las deportivas rojas y abrió la lata con un chasquido. Luego bebió un trago y se relamió—. ¡Es genial! —exclamó pasándose una mano por el pelo. Aún tenía una buena mata castaña y rizada, aunque las canas que le iban saliendo estaban ganando poco a poco la batalla a los cabellos castaños.

Mary Alice se sentó en la silla de la que se había levantado y le escuchó mientras le contaba qué había hecho durante el día. David era copropietario de una empresa de construcción en la ciudad con su antiguo compañero de clase Bruce Dixon y siempre tenía historias divertidas que contar sobre sus clientes cuando volvía a casa. En condiciones normales, Mary Alice habría compartido la carta con él; solía compartirlo todo, pero no podía compartir esto. Era demasiado extraño. Él se reiría y le diría que la tirara. Una parte de Mary Alice quería hacerlo y olvidarse de ella, pero Florence tenía derecho a verla. ¿Quién era ella para decidir lo que su madre podía leer?

Florence saludó a David desde el parterre. Luego retomó su trabajo mientras canturreaba tan contenta por lo bajo. Se detuvo un momento para observar a las abejas zumbar sobre la lavanda. Eran una delicia, tan orondas y atareadas, pensó con placer. Entonces, una se echó a volar y se preguntó cómo podía hacerlo con unas alas que parecían tan endebles. Las voces de Mary Alice y David eran un murmullo lejano, ahogado por el clamor de los pájaros que se peleaban entre las ramas por conseguir un lugar donde posarse. El sol se ocultaba lentamente, inundando la llanura de una nebulosa luz rosácea y dorada. Pronto brillaría la primera estrella en el cielo y la noche cubriría el jardín y lo silenciaría todo salvo a los grillos y a los búhos. Florence se quedaba fuera todo el tiempo que podía. Le encantaba sumergirse en la naturaleza. Desde que se había mudado de la ciudad para vivir con Mary Alice y con David en este hermoso rancho de Victoria, había disfrutado con placer de cada uno de sus días. En la ciudad tenía un apartamento con un amplio patio que había llenado de macetas con plantas y árboles frutales, pero su corazón anhelaba el campo. Lo que más echaba de menos era la tranquilidad. El susurro de la brisa agitando las hojas, el aliento suave y regenerador de la naturaleza y, en lo más profundo de su ser, la sensación de formar parte de ella.

Baz se levantó y se estiró. Florence sabía que era hora de entrar.

—Vamos, viejo amigo —le dijo a su perro, y los dos subieron los escalones y entraron en la casa por la puerta principal. Los grillos componían ya una cacofonía con sus cantos. Los pájaros se habían callado. El anochecer había cubierto la llanura de paz con un intenso velo añil.

Mary Alice estaba en la cocina preparando la cena. David había subido a ducharse. Florence se sirvió una copa de vino. Agarró un puñado de hielo y lo dejó caer en la copa.

—¿Quieres?

—Me encantaría una copa, gracias.

Florence sirvió otra.

—¿Te puedo ayudar en algo?

—No, tú descansa.

—Creo que voy a darme un baño.

—Buena idea.

—Me encanta tomarme una copa de vino mientras me doy un baño. Es muy decadente. Me hace sentir joven otra vez. Después de la guerra, solo se podía llenar la bañera hasta los tobillos. Todavía es un lujo darse un baño.

Mary Alice se apartó de la estufa. Metió la mano en el bolsillo y sacó la carta.

—Mamá, hoy ha llegado esto para ti. Quería dártela, pero se me había olvidado.

Florence no era tonta. ¿Desde cuándo a alguien se le olvidaba entregar el correo?

—¿De quién es? —preguntó, entrecerrando los ojos. La expresión de su hija le dijo que no era una carta cualquiera.

—Creo que es mejor que lo leas tú —adujo Mary Alice.

Florence tomó el sobre y frunció el ceño al leer la letra. Desde luego, no la reconocía.

—Bueno, me la llevo arriba —dijo—. Una copa de vino, un buen baño y ahora una carta misteriosa. El día acaba de mejorar.

Mary Alice tomó aire.

—No estoy tan segura de eso…

Florence le dio la vuelta y vio que estaba abierta.

—¿La has leído?

—Así es.

—¿Y?

—Es raro. Pero deberías leerla de todas formas.

—Ahora has captado mi atención. ¿Debería leerla aquí contigo por si acaso me desplomo y estiro la pata?

Mary Alice se rio entre dientes.

—No, puedes leerla en el baño. Aunque a lo mejor necesitas llevarte la botella contigo.

—Tan malo es, ¿eh?

—Simplemente es raro —repitió Mary Alice.

Florence le tomó la palabra a su hija. Con la botella en una mano y la carta y la copa de vino en la otra, subió despacio las escaleras. Una vez sumergida en el agua perfumada, se secó las manos con una toalla pequeña, se puso las gafas de leer y sacó la carta del sobre.

—«Estimada señora Leveson, permita que me presente…»

1

Gulliver's Bay, Cornualles, 1937

El reverendo Millar era una figura diminuta en el púlpito y, sin embargo, su brío hacía que pareciera mucho más grande. Su calva brillaba tanto como una bola de billar, sus mejillas tenían el rubicundo tono de un angelito y sus pobladas cejas cobraban vida cuando hablaba, como un par de orugas ebrias. Su ceceo podría haber sido cómico si hubiera pronunciado palabras menos apasionadas y sabias. El reverendo Millar era un vicario verdaderamente inspirador y tenía cautivados a todos los miembros de su congregación, excepto a uno.

Florence Lightfoot estaba sentada en el centro del banco junto a sus abuelos, Joan y Henry Pinfold, su tío Raymond, su hermana Winifred y su madre Margaret. Mientras su familia estaba sentada bien erguida y con la atención fija en el vicario, hacía rato que la de Florence se había desviado al otro lado del pasillo, donde la familia Dash estaba sentada con igual formalidad. Fingía escuchar al reverendo Millar y de vez en cuando asentía con la cabeza o se reía para demostrar lo absorta que estaba, pero en realidad solo oía ruidos sin sentido, pues toda su atención estaba puesta en Aubrey, de diecinueve años.

Florence tenía lo que su sensata hermana mayor consideraba «un encaprichamiento». Florence, que tenía diecisiete años y tres cuartos, sabía que era más que eso. Un encaprichamiento implicaba algo temporal y juvenil, como una afición infantil por las muñecas que uno superaba con rapidez y del que se arrepentía en el alma. Lo que Florence sentía por Aubrey Dash era muchísimo más profundo y sabía que perduraría. No era capaz de imaginarse dejando de amarlo. Estaba segura de que se trataba de amor; había leído suficientes novelas como para reconocer el amor cuando lo sentía.

Aubrey no miraba a Florence. Permanecía sentado muy tieso, con la misma expresión seria que el resto de la congregación, hasta que sonrió por algo que dijo el vicario y entonces en su rostro aparecieron unos pliegues alrededor de la boca y de los ojos y se echó a reír. Verle sonreír tuvo un efecto extraordinario en Florence. La animó e hizo que por su pecho se extendiera una sensación de dicha, algo tan parecido a una experiencia religiosa, que habría animado mucho al vicario si se hubiera dado cuenta. Posó los ojos en Aubrey con evidente admiración y entreabrió los labios para liberar un suspiro. Un fuerte codazo en las costillas devolvió rápidamente su atención a su banco. Se volvió hacia su hermana con el ceño fruncido. Winifred echaba chispas por los ojos mientras golpeaba con sus largas uñas rojas el libro de oraciones y le ordenaba que se concentrara en la misa. Pero Florence nunca había sido de las que acataban órdenes ni obedecían normas; de hecho, las órdenes y las normas solo la alentaban a encontrar la manera de desobedecerlas. Fijó la mirada en el vicario durante unos minutos y luego, cuando sintió que su hermana ya no estaba pendiente de ella, dejó que volara de nuevo hacia Aubrey como una paloma mensajera.

No se podía negar que Aubrey era muy guapo. Ya de niño lo era. Florence se había fijado en él desde el momento en que fue consciente de las diferencias entre chicos y chicas. Los Dash tenían una gran casa a unos kilómetros de Gulliver's Bay, con pista de tenis, piscina y mucho terreno, ya que William Dash, el padre de Aubrey, era un terrateniente. Estaba a un corto trayecto en bicicleta de la casa de los abuelos de Florence, que si bien era más pequeña, gozaba de unas vistas impresionantes al mar y tenía su propia bahía privada. Dado que Winifred tenía la misma edad que Aubrey y que los hermanos gemelos de este, Julian y Cynthia, eran de la misma edad que Florence, las dos familias estaban abocadas a coincidir.

Los Dash eran una gran familia con primos de todas las edades que venían en tandas para quedarse durante las vacaciones escolares. A diferencia de la madre de Florence, que había pasado la mayor parte de su vida de casada en Egipto y más tarde en la India y no tenía muchos amigos en Inglaterra, los padres de Aubrey habían nacido y crecido en Cornualles y conocían a todo el mundo. Celebraban cenas y organizaban pícnics, excursiones en barco y torneos de tenis casi todos los días durante los largos meses de verano con un estilo inigualable en todo el condado. Siempre acogían a la gente en su círculo con sumo entusiasmo. Nada suponía ninguna molestia y todo el mundo era bienvenido. Si hubieran tenido un lema familiar, sin duda este habría sido: «Cuantos más, mejor». Por el contrario, Margaret Lightfoot era una criatura nerviosa que sentía un pánico atroz solo de pensar que tenía que organizar incluso la cena más pequeña, algo que se veía obligada a hacer a fin de corresponder a las numerosas invitaciones que recibía. Para estos eventos dependía en gran medida de Winifred, que era capaz, segura e imperturbable como lo había sido su difunto marido, y de su madre, Joan, que era dulce, paciente y comprensiva con los defectos de Margaret. Florence estaba demasiado malcriada y era demasiado egocéntrica para ayudar a nadie.

Aunque Margaret se las arreglaba para dar un buen espectáculo y organizar alguna que otra comida o cena para las distintas familias de Gulliver's Bay, ninguna familia suponía un reto tan grande para su autoestima como los Dash. Celia Dash era una belleza de pelo negro con un estilo y una elegancia incomparables; hacía que Margaret se sintiera como una gallineta al lado de un grácil cisne. William Dash era tan guapo como su esposa y poseía el sereno encanto y la indolencia de un hombre cuyas mayores preocupaciones eran a quién iba a retar en la pista de tenis y si Hunter, su labrador negro, se había escapado al pueblo. El clima no preocupaba a un granjero como William Dash, ya que su riqueza heredada no procedía de sus cosechas. Y tampoco se preocupaba por el aspecto doméstico de su vida porque Celia dirigía una máquina bien engrasada formada por cocineras, criadas, mayordomos, jardineros y chóferes devotos de sus jefes. Celia tenía el don de hacer que cada sirviente se sintiera dueño y señor de sus dominios, lo que hacía que se enorgullecieran de verdad por su trabajo y tuvieran ganas de demostrar que eran indispensables. Margaret temía tener que corresponder a sus numerosas atenciones con una invitación.

Era casi inconcebible que Aubrey no sintiera los ojos de Florence clavados en él aquella mañana en la iglesia. Florence no era una belleza clásica, pero tenía un espíritu travieso que la mayoría de los chicos de su edad encontraban extrañamente seductor. Sin embargo, Florence desconocía que la atención de Aubrey la había captado una desconocida que había llegado por sorpresa de Francia para pasar las vacaciones de verano con los Dash, enviada por su madre, una vieja amiga de Celia, a fin de perfeccionar su inglés. Elise Dujardin era menuda y tenía la oscura y cautelosa mirada de un cervatillo en suelo extranjero. Fue su encantadora cautela lo que llamó la atención de Aubrey Dash. Sentada en la fila frente a él, entre sus robustas primas Bertha y Jane Clairmont, Elise era una figura ligera y singular, muy diferente tanto en aspecto como en estilo a todas las demás mujeres de la congregación.

Florence no se había fijado en ella. Si hubiera visto a la joven de pelo rizado, la habría ignorado como si tal cosa por ser poco interesante y porque sin duda no supondría ninguna amenaza para ella. Por supuesto, había varias chicas en Gulliver's Bay a las que Florence *sí* consideraba rivales; por ejemplo, la alta y elegante Natalie Carter o la pelirroja Ginger Lately. Ambas eran un año mayores que Florence y mucho más sofisticadas. Pero la francesa de pelo rizado no había merecido que la mirara una segunda vez y Florence ni siquiera tenía idea de que Aubrey se hubiera fijado en ella.

Cuando terminó la misa, los feligreses se reunieron fuera, como era costumbre, para socializar antes de volver a casa para el almuerzo dominical. Los Dash habían invitado al vicario a unirse a ellos, como hacían casi todos los domingos.

—Estoy deseando oír tu francés. —Florence oyó por casualidad que el reverendo Millar le decía a Aubrey cuando este se detuvo un instante en la puerta para darle las gracias.

Aubrey se rio entre dientes.

—Me temo que nuestra nueva amiga encontrará muy deficiente mi dominio del idioma —respondió.

Florence no tenía ni idea de lo que estaban hablando y no pensó en ello mientras esperaba su turno para estrechar la mano del reverendo Millar y agradecerle su edificante sermón, del que apenas había oído una palabra.

Era un día soleado en Gulliver's Bay y el viento soplaba desde el mar como era habitual. La iglesia de piedra gris se construyó en el siglo XIII, pero había sufrido varias reformas a lo largo de los años, que habían culminado con un tejado de pizarra en el siglo XIX, sobre cuyo caballete se posaban tres gaviotas argénteas que observaban con desinterés lo que ocurría abajo. La torre era original, coronada por un parapeto almenado con cuatro altos pináculos en las esquinas que habían resistido siglos de fuertes lluvias y vendavales. Ahora gozaba de la radiante luz de principios de verano, acariciada por la sombra proyectada de alguna que otra nube blanca que pasaba de vez en cuando por delante del sol. Pero lo que le daba vida era el movimiento y el parloteo a sus pies. Al tratarse de una comunidad pequeña, todos se conocían y sus voces, sobre todo las de las excitables jóvenes, llenaban el aire igual que el graznido de las gaviotas. A fin de cuentas, habían sido unos meses repletos de acontecimientos los que precedieron a aquel alegre verano y había mucho de qué hablar; el rey Jorge VI había sido coronado, Neville Chamberlain había sucedido a Stanley Baldwin como primer ministro en un gobierno de coalición y el canciller alemán Adolf Hitler había declarado su decisión de invadir Checoslovaquia. Pero la guerra no podía estar más lejos de sus mentes, porque sin duda después de la última nadie quería volver a sembrar semejante devastación en el mundo. Solo los ancianos y los sabios, como sabuesos experimentados que perciben el olor del zorro, captaban algo amenazador en el aire.

Florence observó mientras Aubrey se abría paso entre la multitud, saludando de manera respetuosa con la cabeza a quienes se cruzaba, antes de unirse a tres mujeres jóvenes que charlaban en la hierba. Florence reconoció a Bertha y a Jane Clairmont, pero no a la morena criatura que permanecía tímidamente entre ellas. Ni por un instante sospechó que Aubrey había cruzado el patio por ella.

—Esa es Elise Dujardin, mi querida Florence —dijo la señora Warburton, también conocida en la comunidad como Radio Sue, la viuda pechugona en quien se podía confiar para descubrir y, por ende, difundir los chismes locales, sin el más mínimo remordimiento.

—Hola, señora Warburton —dijo Florence. Por lo general, Florence se desvivía por evitar a la mujer, pero Radio Sue tenía algo que quería: información—. Parece francés —comentó, recordando lo que Aubrey le había dicho al vicario sobre su dominio de la lengua francesa.

—De hecho, es francesa —confirmó la señora Warburton—. Su madre y Celia se conocieron en La Sorbona. Elise se va a quedar con ellos todo el verano. No me imagino tener a una invitada en casa tanto tiempo. En mi opinión, los invitados son como el pescado, que apesta a los pocos días. Pero los Dash parecen tener un aguante sin límites, ¿no es así? La muchacha no es gran cosa, pero esos franceses tienen algo. —La señora Warburton entrecerró los ojos y reflexionó sobre ese «algo» imposible de definir que confería a Elise su sereno encanto.

Florence se inclinaba a estar de acuerdo con la primera parte de la frase, pero no iba a hablar mal de nadie sin tan siquiera conocerlo y haberse formado su propia opinión. Desde luego, no iba a dar copia a Radio Sue de sus transmisiones. Incluso a la tierna edad de diecisiete años, Florence era lo bastante astuta como para percibir a una falsa amiga en la señora Warburton.

—Qué amable por parte de Aubrey mostrarse tan galante con ella —dijo, sonriendo con ternura al ver la galantería con la que hablaba con aquella tímida desconocida—. Debe de sentirse muy fuera de lugar aquí.

La señora Warburton soltó una risita y los botones de su chaqueta lavanda se tensaron; daba igual lo que se pusiera, porque siempre parecía que era de una talla más pequeña.

—Es a las calladas a las que no hay que perder de vista —comentó, bajando la voz como si estuviera urdiendo un complot con un cómplice—. Aubrey Dash es un buen partido. No creerás que madame Dujardin ha enviado a su preciosa hija al otro lado del Canal solo para practicar inglés, ¿verdad?

—Aubrey tiene diecinueve años —adujo Florence, ofendida, pues ¿cómo podía Radio Sue insinuar que iba a casarse con alguien como Elise Dujardin cuando era evidente que iba a casarse con *ella*?

—Hay mucha competencia y tonta es la mujer que le quita el ojo de encima a la pelota. A un joven atractivo como Aubrey Dash te lo quitan de las manos antes de que te des cuenta y detrás de la pugna habrá una madre resuelta y decidida. Acuérdate de lo que te digo, que yo sé estas cosas. He casado a mis cuatro hijas con gran éxito. No dejé nada al azar.

—Entonces, ¿sabe qué clase de familia son los Dujardin?

—Rica —respondió la señora Warburton con un respingo—. Muy rica. Por supuesto que ya no estamos en el siglo XIX, pero cuesta acabar con las viejas costumbres. Un buen partido es un buen partido, y poderoso caballero es don Dinero. *Eso* es algo que nunca cambiará.

Florence nunca había considerado la riqueza de su familia como una ventaja o una desventaja en el mercado matrimonial. Nunca había pensado en ello. Su padre había sido militar. Había servido en la Gran Guerra y había perdido a dos hermanos. Más tarde, en la India, había servido en el decimoséptimo regimiento de Punjab, que era donde en realidad empezaban los recuerdos de Florence. Aparte de la grandiosidad del Himalaya nevado visto desde su casa de Simla, recordaba la enfermedad de su padre. Su amarillenta palidez y su rostro demacrado. Contrajo el esprúe, una rara enfermedad tropical que afectaba al aparato digestivo y que le dejó inválido. Le mandaron de vuelta a Inglaterra y se jubiló con una exigua pensión. Florence sabía que sus abuelos maternos eran ricos, porque su casa de Gulliver's Bay era grande y tenían muchos criados, y suponía que era su abuelo, y no las disposiciones del testamento de su padre, quien las mantenía desde que este falleció. Se preguntó si eso jugaría en su contra mientras miraba a Elise Dujardin con más interés y un atisbo de celos. ¿Estaban Celia Dash y madame

Dujardin tramando un complot que amenazaba con echar por tierra el suyo?

Se lo preguntaría a su hermana en cuanto volviera a casa; seguro que Winifred lo sabía. Sin embargo, el señor Foyle, el constructor local, la detuvo a la salida de la iglesia y habría sido una grosería interrumpirle. Cuando Florence llegó al salón de The Mariners, estaba lleno de humo y olía a jerez. Su abuelo, Henry Pinfold, y su tío Raymond, el hermano soltero de su madre, estaban en el mirador fumando cigarrillos, mientras su abuela estaba en el sofá hablando con Margaret y con Winifred. Así solía repartirse la familia; los hombres a un lado de la habitación y las damas al otro. A Henry le interesaba poco la conversación de las mujeres, mientras que Raymond solo sentía verdadero cariño por una: su madre.

Iba a pasar un buen rato antes de que Florence fuera capaz de abordar a Winifred a solas. Se sentó de mala gana en el sofá junto a su hermana. Estaban analizando en profundidad el sermón del reverendo Millar. Florence exhaló un suspiro y parecía aburrida, pues tenía poca paciencia para las conversaciones que no le concernían.

—¿Qué te ha parecido el sermón, Flo? —preguntó Winifred con una sonrisa. Sabía muy bien que Florence no se había enterado de nada.

—Ya me han hecho tragar bastante religión en la escuela. Lo último que necesito en las vacaciones de verano son más sermones desde el púlpito.

Margaret lanzó una mirada nerviosa a su hija.

—No digas eso delante de tu abuelo —le advirtió—. Parecerás una ingrata.

—No he dicho que no me guste la escuela, solo que no me gustan las misas escolares. Tendrías que haber oído al viejo reverendo Minchin hablar sin parar todos los domingos. Y, ¿sabes?, algunas chicas asistían no a una, sino a *tres* misas: comunión temprana, maitines de media mañana y vísperas. Aburrido hasta decir basta. Es suficiente para hacer que una se convierta a otra religión.

Ni Margaret ni su gentil madre, Joan, sabían de qué manera tratar a Florence. La muchacha era testaruda e irreverente y se empeñaba en crear drama, que era la razón por la que la habían enviado a un internado. Cierto era que le había servido de algo, pues había aprendido modales y etiqueta y, hasta cierto punto, le había inculcado cierta disciplina. Sin embargo, sin un padre que la guiara (y la frenara), se estaba convirtiendo en algo preocupante.

—He oído que participaste en la obra de fin de curso —dijo Joan, sonriendo a su nieta con la esperanza de encaminarla hacia un tema más positivo.

A Florence se le iluminaron los ojos.

—Sí —respondió, porque cuando se trataba del teatro, Florence era todo entusiasmo—. Fui la protagonista de *Noche de Reyes*.

—¿Viola? —preguntó Joan.

—Sí. Mi actuación fue soberbia —añadió Florence con una sonrisa, pues sabía que había estado espléndida.

Winifred, que estaba bebiendo una copa de jerez, dio un respingo.

—Un poco exagerada, en mi opinión.

—¿Qué sabrás tú? No has actuado en una obra de teatro en tu vida —dijo Florence malhumorada.

—A mí me pareció magnífica —adujo Margaret—. De hecho, escuché a un padre de la fila de delante que decía que eras la mejor Viola que había visto nunca. Aun mejor que en el West End.

—Debía de estar bromeando —dijo Winifred.

—No, hablaba muy en serio —afirmó su madre.

—Voy a ser actriz —les recordó Florence.

Joan desvió la mirada hacia su marido, que seguía junto a la ventana absorto en la conversación con Raymond.

—Creo que descubrirás que hay cosas más interesantes que hacer que eso —dijo con suavidad.

—Oh, no, estoy segura. Voy a ser una actriz famosa.

—A tu padre no le habría gustado que su hija fuera actriz —dijo Margaret, mirando a Winifred en busca de apoyo.

—Es indecoroso, Flo —coincidió Winifred.

—¿Indecoroso? ¡Por Dios, Winnie! ¿Porque soy una joven educada? Supongo que preferirías que me presentara en la corte con un bonito vestido blanco y un ramillete de flores en mis manos enguantadas.

—Florence se rio con desdén—. Sigues viviendo en la Edad Media. Admiro a las mujeres que hacen cosas con su vida en lugar de quedarse sentadas esperando a casarse.

—Pensé que habías dicho que te ibas a casar con Aubrey Dash.

Florence miró a su hermana con el ceño fruncido. Ella irguió la cabeza.

—¡Una puede casarse *y* tener una vida, Winnie!

Joan levantó una mano al ver a la criada en la puerta.

—Chicas, es hora de comer. —Miró a Florence y sonrió de nuevo con la esperanza de calmarla—. Querida, estoy segura de que cuando te cases tendrás otras cosas en la cabeza aparte de ser actriz.

Florence no quería discutir con su abuela. Tal vez no respetara mucho a su madre y a su hermana, pero tenía un respeto innato hacia sus abuelos.

—¿Qué es eso que he oído de actuar? —dijo Henry, apagando el cigarrillo y fijando su formidable mirada en su nieta más joven. Su bigote se meneaba como el de una morsa—. No quiero ni oír hablar de eso. Tu padre se revolvería en su tumba. ¿Ser actriz? —Caminó con ella hacia el vestíbulo mientras sus lustrosos y elegantes zapatos repiqueteaban en el suelo de madera de camino al comedor—. No soy tan anticuado como para prohibir que mi hija o mis nietas trabajen. Al contrario, creo que es algo muy bueno tener algún tipo de ocupación. La mente de una mujer debe estimularse igual que la de un hombre. —Le dio una palmadita en el hombro a Florence—. No te preocupes, encontraremos algo útil que puedas hacer.

—Abuelo, quiero trabajar en el teatro. No voy a cambiar de opinión.

—Ya hemos tenido esta discusión antes, querida. Dedica un año a aprender a ser una dama y luego retomaremos el tema si crees que es lo que realmente quieres hacer. Me atrevería a decir que para entonces ya te habrás fijado en otra cosa. —Se rio mientras imaginaba el matrimonio, los bebés y otros intereses típicamente femeninos.

—Cuando yo tenía tu edad quería ser bombero —dijo Raymond detrás de ellos.

Florence se echó a reír.

—¡No te creo!

—Supongo que era un poco más joven.

—Creo que *mucho* más joven se acercaría más a la verdad, tío Raymond. Pasar de querer empuñar una manguera a contemplar antigüedades en Bonhams es todo un salto.

—Y ahora tiene su propio negocio —adujo Henry con orgullo—. Siempre puedes ir y ocuparte de sus archivos o de prepararle el té, ¿verdad, Raymond?

—Por supuesto. Cuando quieras un trabajo, será un placer para mí contratarte, Flo.

—No se me ocurre nada peor —replicó Florence riendo—. No es que no fuera a disfrutar de tu compañía, tío Raymond, pero creo que me resultaría aburridísimo pasarme el día entero contemplando objetos inanimados. Me entra el sueño solo de pensarlo.

—También tenemos nuestros dramas, te lo aseguro —respondió.

Ocuparon sus lugares en la mesa y permanecieron de pie para recibir a Grace.

—Supongo que todo es relativo —admitió Florence, aunque dudaba que el drama del mundo de las antigüedades pudiera compararse con el del teatro.

Florence no consiguió pillar a Winifred a solas hasta después de comer. Se encontraban en el jardín y Winifred estaba fumando uno de los cigarrillos de su madre. Desde allí tenían una amplia vista del mar, que brillaba a la luz del sol bajo un despejado cielo azul.

—¿Verdad que es precioso? —dijo Winifred, y suspiró—. ¿Sabes? Me encanta esta época del año, cuando acabamos de llegar y tenemos todo el verano por delante.

—A mí también —convino Florence—. Ojalá viviéramos aquí. No sé por qué no lo hacemos. ¿Por qué mamá tiene que vivir en Kent cuando su familia está aquí?

—Fue donde se conocieron papá y ella y donde vivieron al volver de la India.

—Menuda estupidez. Mamá debería vender y comprar una casa aquí.

—No creo que quiera.

—Es imposible que siga aferrándose al recuerdo de papá. No después de tantos años. En realidad, cabría preguntarse por qué no se ha vuelto a casar.

Winifred sacudió la cabeza.

—A veces tu ingenuidad me asombra, Flo.

Florence se ofendió.

—¿Por qué? Hace años que papá murió.

—Siete, para ser exactos.

—Es mucho tiempo.

—No lo es para los adultos. Además, es probable que no quiera casarse de nuevo. Amaba a papá. Es imposible reemplazarlo.

—¿Tú le echas de menos, Winnie?

Su hermana asintió.

—Todo el tiempo—. Dio una profunda calada a su cigarrillo antes de expulsar el humo por un lado de la boca.

Florence frunció el ceño.

—Me gustaría decir que le echo de menos todo el tiempo, pero no es así. Era una figura ausente incluso cuando estaba en casa. Solo recuerdo que estaba enfermo.

—Supongo que eras muy pequeña. Los recuerdos que yo tengo de él sin duda son más vívidos.

—¿Era rico?

Winifred la miró con asombro.

—¡Qué pregunta tan rara!

—Bueno, ¿lo era? Nadie habla nunca de dinero. ¿El abuelo paga todo o papá le dejó algo a mamá en su testamento?

Winifred entrecerró los ojos.

—¿Con quién has estado hablando?

Florence miró hacia el mar.

—Con nadie. Estaba pensando en ello en la iglesia. ¿Se nos considera un buen partido a ti y a mí?

—¿Un buen partido? —Winifred se rio—. Has estado hablando con alguien.

—Bueno, vale. Radio Sue mencionó a esa chica francesa...

—Elise Dujardin.

—¿Sabes algo de ella?

—Por supuesto. Se aloja con los Dash.

—Bueno, al parecer es muy rica y su madre y la señora Dash están emparejando a Elise y Aubrey. —Florence tomó aire. De repente sentía una opresión en el pecho.

La expresión de Winifred se suavizó.

—Ah, ya veo a qué viene esto. Bueno, no sé si Elise Dujardin posee o no una buena fortuna, como diría Jane Austen. Pero puedo decirte que el abuelo es lo bastante rico como para satisfacer a una mujer como Celia Dash.

A Florence se le levantó el ánimo de golpe.

—¿Es muy rico el abuelo? —preguntó con gran entusiasmo.

—No, pero Celia Dash no es una esnob ni le interesa especialmente el dinero. Resulta que tiene mucho. Me imagino que aceptaría a una criada como nuera si su hijo se enamorara de una. Así que, mi querida hermana, no se trata de que seas o no un buen partido, porque la riqueza o la clase no son de interés para los Dash. Lo que necesitas es que Aubrey se enamore de ti. —Se rio, aunque no de forma cruel—. Y eso podría ser un reto demasiado grande, Flo.

Florence levantó la cabeza. Si el dinero y la posición no tenían importancia, entonces había igualdad de condiciones.

—Tengo todo el verano para trabajar en ello —dijo con confianza.

—Pero la edad no juega en tu favor —repuso Winifred.

Florence sonrió.

—Oh, mujer de poca fe —respondió—. Puede que no tenga la respuesta a todo, pero lo que *sí* sé es que creceré. Cumpliré dieciocho años en septiembre y diecinueve el año que viene. Después tendré veinte, luego treinta, más tarde cincuenta, luego setenta y, si Dios quiere, puede que incluso llegue a los ochenta. Y entonces, ¿qué nos importarán a Aubrey y a mí una diferencia de edad de dos años?

2

Florence no era una tenista especialmente consumada, pero acometió el torneo de tenis de los Dash con entusiasmo. Si había alguien capaz de ganar solo a base de garra, esa era Florence Lightfoot.

El torneo de tenis de los Dash, que se celebraba durante dos semanas en su magnífica casa isabelina, Pedrevan Park, era uno de los acontecimientos más esperados del verano. William Dash, que había sido capitán de tenis en su época universitaria, eligió las parejas y estableció los cabezas de serie a partir de los resultados del año anterior. Florence anhelaba formar pareja con Aubrey, lo cual no era un deseo imposible ya que este era un jugador de primera clase, lo que significaba que tenía que formar pareja con un jugador de tercera clase como ella. Sin embargo, la suerte no estaba de su lado. A Aubrey le emparejaron con Elise, lo que hizo sospechar a Florence que había alguna calculadora mente femenina haciendo de las suyas. A ella la emparejaron con John Clairmont, primo de Dash por parte de Celia y un excelente jugador.

Pedrevan Park no tenía vistas al mar, ya que estaba situada tierra adentro, en medio de frondosos campos de ganado de pastoreo y de dorado trigo, pero era una casa espléndida y grandiosa. Construida a mediados del siglo XVI en piedra gris claro de Cornualles, tenía altas chimeneas, ventanas con parteluz y pequeños cristales rectangulares y hastiales holandeses. La finca era grande, con jardines secretos ocultos tras setos de tejo, un huerto y un arboreto plantados dentro del recinto de un alto muro de piedra y un lago ornamental en el que un templete neoclásico y una estatua de la diosa

Anfitrite proyectaban un etéreo reflejo sobre el agua. Era sin duda la casa más imponente de Gulliver's Bay, aunque los Dash no eran ostentosos ni engreídos; estaban agradecidos de disponer de los medios para entretenerse como lo hacían, pues ambos adoraban a la gente y no hacían distinción de clase ni de credo. Simplemente querían que todo el mundo se lo pasara bien.

Era casi imposible no pasarlo bien en Pedrevan Park y todos esperaban sus invitaciones con gran ilusión. Los Dash eran unos anfitriones muy generosos, obsequiaban a sus invitados con refrescos y abrían su hermosa casa para que pudieran disfrutar de los jardines. «A fin de cuentas, ¿de qué sirve tomarse tantas molestias para conseguir que sean tan hermosos si nadie va a verlos?», decía Celia con su aire alegre y desenfadado.

Por modestos e inclusivos que fueran los Dash, gracias a su estilo desenfadado y su despreocupada grandeza inspiraban en los demás el deseo de presentarse lo mejor posible. Por tanto, el torneo de tenis era una oportunidad para que los jóvenes lucieran sus mejores trajes blancos, y nadie se habría atrevido a llegar a Pedrevan Park con un atuendo que no fuera la vestimenta estándar del All England Club. Florence llevaba un par de pantalones cortos de tenis blancos adornados con botones de estilo marinero cosidos en fila a lo largo de las costuras de los bolsillos y un pequeño jersey de punto con mangas cortas abullonadas. Se recogió el rubio pelo con horquillas y dejó que cayera en suaves ondas sobre los hombros. Winifred, que era más convencional, llevaba un vestido de tenis con la falda plisada que le llegaba por debajo de la rodilla. Llevaba el cabello castaño oscuro corto y ondulado, que era lo único moderno en ella, pensó Florence. Las dos chicas iban en bicicleta por los estrechos y frondosos senderos con sus raquetas de tenis sujetas bajo el brazo.

Por fin atravesaron las grandes puertas de hierro y emprendieron el serpenteante camino que se abría paso por los cuidados terrenos de la finca. El apacible trino de los pájaros quedó ahogado por el repentino rugido de un motor detrás de ellas. Sobresaltadas, se apartaron al arcén para dejar pasar al coche. Se trataba de un reluciente Aston Martin rojo. Llevaba la capota bajada, lo que dejaba ver un interior de madera y cuero y un joven moreno al volante con gafas de sol. Lo reconocieron enseguida; era Rupert Dash, el hermano mayor de Aubrey.

—¡Qué maleducado! —dijo Winifred cuando el coche pasó a toda velocidad y siguió hacia la casa—. Podría haber aminorado la marcha.

—Y haber saludado —añadió Florence, acomodándose de nuevo en el sillín de su bicicleta—. En fin, ¿a qué viene tanta prisa? —Empezaron de nuevo a pedalear—. ¡No es que el torneo vaya a empezar sin él!

—Dudo mucho que juegue. No es un jugador de tenis.

—¿Qué hace?

—¿Además de presumir? —dijo Winifred—. Creo que está en el Royal Agricultural College de Cirencester. Al fin y al cabo, va a heredar este lugar. Por lo que sé, pasa los inviernos participando en cacerías y los veranos en el sur de Francia, bebiendo champán.

—Parece divertido —dijo Florence.

—Creo que debe de ser divertido ser un Dash.

Florence sonrió y pedaleó con más fuerza.

—Tengo toda la intención de convertirme en uno de ellos —aseveró con una risita, y su hermana puso los ojos en blanco.

En lugar de subir en bicicleta hasta la casa, tomaron el familiar camino que atravesaba una avenida de tilos y que conducía directamente a la pista de tenis. La pista, segada de forma inmaculada, gozaba en parte de la sombra de un castaño de indias situado en un extremo de un extenso césped acondicionado para jugar a cróquet y bordeado de bancos de madera para los espectadores. Delante del templete se había colocado una larga mesa de caballete con vasos, jarras de limonada y platos con tarta Victoria y galletas. A la derecha, una gran pizarra en un caballete mostraba el orden de juego. El lugar estaba repleto de gente vestida de blanco y ya había dos parejas mixtas peloteando. William Dash se paseaba por el césped con sombrero panamá y chaqueta de lino, dando órdenes a todo el mundo de manera firme aunque afable. Los primos Dash más jóvenes, que no participaban en la competición, hacían de recogepelotas, y Julian

Dash, el hermano pequeño de Aubrey, ya estaba sentado en lo alto de la silla verde de madera del juez, pues se había ofrecido voluntario para arbitrar el partido. Florence divisó enseguida a Aubrey, recostado con despreocupación en una alfombra, fumando, mientras su hermana Cynthia y su pareja de tenis, Elise, estaban sentadas con recato a su lado. Florence estaba a punto de unirse a ellas cuando sintió una mano en el hombro.

—Hola, compañera. —Era John Clairmont, el primo de Aubrey. La miraba fijamente, levantando la raqueta como si fuera a golpear una pelota.

—John —dijo con una sonrisa—. ¿Cuándo nos toca?

—Todavía queda bastante. Pero tenemos muchas posibilidades de ganar nuestro primer partido. Jane es una inútil y Freddie no es fiable. Es muy irregular, pero tiene algún que otro golpe ganador cuando no tiene el viento de cara. Si puedes devolver las pelotas, yo las meteré.

—Genial —repuso Florence—. No te defraudaré.

—Sé que no lo harás, jovencita. Eres una verdadera campeona. —Miró a Aubrey, que era su mayor rival. —Mi objetivo es jugar la final contra el niño bonito.

—¿Crees que llegaremos tan lejos?

—Tenemos muchas posibilidades. Este verano estoy en plena forma. No sé qué tal juega la gabacha —comentó, refiriéndose a Elise.

—Si es buena, tenemos problemas.

—Nada que no pueda manejar. Dime, ¿te apetece beber algo?

—Me encantaría. —Se encaminaron hacia el pabellón. Al pasar junto a los tres de la alfombra, Aubrey y John enseñaron los dientes; la sonrisa de dos leones que se disputan el mismo territorio.

—Hola, Cynthia —saludó Florence, intentando no mirar a Aubrey.

—Ven con nosotros, Flo —dijo Cynthia, palmeando la alfombra a su lado—. Elise necesita que la animen. Dice que no quiere jugar.

Florence se volvió hacia John.

—¿Me traes una limonada? —le pidió, dedicándole su sonrisa más encantadora para que no se enojara por haberle abandonado en favor de sus mayores rivales. Se sentó—. Soy Florence Lightfoot —le dijo a Elise, tendiéndole la mano. Elise se la estrechó con timidez. Su mano era tan pequeña como un ratón. Florence sintió pena por ella por ser tan apocada. No creía que jugara bien al tenis.

—Flo es mi mejor amiga —informó Cynthia a Elise—. Pero no le importará que le diga que se le da bastante mal el tenis.

Florence se rio. Cuando se trataba de tenis, no era orgullosa.

Elise parecía sorprendida.

—No me lo creo en absoluto —repuso con un marcado acento francés, pues Florence parecía atlética con sus largas piernas.

—Es verdad —le aseguró Florence—. Pero no doy una bola por perdida.

—Hola, Florence —dijo Aubrey, posando en ella sus ojos grises de la manera educada, aunque despreocupada, de un hombre cuyo objeto de interés está en otra parte.

—Hola, Aubrey —respondió Florence, volviéndose hacia Elise con una sonrisa—. No tienes que preocuparte por jugar con Aubrey. Es el mejor jugador, así que lo único que tienes que hacer es quedarte en la red y hacerte lo más pequeña posible. Déjale hacer todo el trabajo y pasarás directamente a la final.

Aubrey se echó a reír, haciendo que su cara se llenara de encantadores pliegues. Florence apenas podía apartar los ojos de él.

—Elise se llevará una gran decepción cuando descubra que no soy tan invencible como tú dices, Florence.

—Pues claro que lo eres, Aubrey —insistió Florence, sintiendo que el rubor encendía su rostro—. Nadie juega tan bien como tú, y lo sabes.

—John no es fácil de derrotar —dijo, dando una calada a su cigarrillo con indolencia—. De hecho, yo diría que tenéis muchas posibilidades de llevaros el trofeo este año.

—Lo dudo mucho —adujo Florence—. Seguro que le decepciono.

Cynthia le brindó una sonrisa a Elise.

—Verás, no todo el mundo es un mago en la pista. De lo que se trata es de divertirse. No de ganar. A Aubrey tampoco le importa perder, ¿verdad, Aubrey?

—Desde luego no en dobles mixtos. Pero creo que sí me molestaría que John me ganara en un partido individual. —Miró a Elise con amabilidad—. No te preocupes. No me importa cómo juegues. Es solo diversión. Algo con lo que entretenernos durante estos largos meses de verano. Si nos eliminan en la primera ronda, podemos jugar al cróquet.

—De acuerdo —dijo Elise con una voz tan suave como el brie—. Jugaré.

—Magnífico —intervino Cynthia.

—Sí, estupendo —convino Florence.

—¿Sabes que el cróquet lo inventaron los franceses? —dijo Aubrey, sin dejar de mirar a Elise.

Elise se encogió de hombros.

—¿De veras?

—Sí, se llamaba *jeu de mail*. Los británicos lo robaron y los escoceses lo transformaron en el golf. —Se rio entre dientes—. Ahí tienes un poco de información irrelevante.

—Me encanta la información irrelevante —repuso Florence—. Parece ser que el tenis también empezó en Francia. Golpeaban una pelota con la mano, lo que dio lugar a la pelota a mano.

Aubrey estaba impresionado.

—¿Cómo sabes eso, Florence?

Ella se encogió de hombros.

—Voy aprendiendo cosillas aquí y allá. En realidad, me lo dijo el abuelo. Él lo sabe todo.

John apareció con la limonada de Florence.

—Lo siento —dijo al tiempo que le daba el vaso—. Me ha entretenido tu hermana. Vendré a buscarte cuando nos toque—. Florence lo vio alejarse y volvió a fijarse en Aubrey, pero, para su decepción, estaba muy ocupado conversando con Elise y parecía que era imposible unirse a ellos sin resultar desmañada, así que en su lugar habló con su vieja amiga Cynthia.

Florence se distrajo entonces al ver a un joven que deambulaba con paso indolente por el césped. No estaba vestido para jugar al tenis, sino que llevaba un pantalón gris claro de pata ancha y un polo azul de manga corta. Llevaba el pelo castaño oscuro peinado hacia atrás, dejando ver un pico de viuda que confería un aire glamuroso a su arrogante rostro, como el de una estrella de cine. Era Rupert Dash.

Rupert era guapo y alto como todos los Dash, con una nariz aristocrática y un tanto aguileña y una boca carnosa y malhumorada. Sin embargo, su atractivo carecía del desenfado y del júbilo tan típicos de los Dash, y lo envolvía algo sombrío, una sensación de peligro. Florence lo observó con interés, pues destacaba entre la multitud de jugadores como un lobo entre ovejas.

—Tu hermano casi nos atropella en el camino —le dijo a Cynthia.

Cynthia se rio.

—Está encantado con su coche nuevo —dijo.

—Es muy bonito —aceptó Florence—. Aunque hace mucho ruido.

—Es increíblemente popular entre las chicas.

—Ya lo imagino. —Florence siguió observándole. Él se paró junto a la pista, con las manos en los bolsillos, y comenzó a interesarse por el partido que se estaba jugando. Pero llegó demasiado tarde. El partido había terminado y los jugadores se estaban dando la mano. John se acercó corriendo con expresión entusiasmada y llamó la atención de Florence.

—Nos toca —le dijo, encantado.

—Buena suerte, Flo —le deseó Cynthia mientras Florence se levantaba. Aubrey y Elise estaban tan absortos el uno en el otro que no se dieron cuenta de que se marchaba.

Florence se sentía atractiva en pantalón corto. Sabía que tenía buenas piernas porque habían admirado mucho su bonita forma torneada. Mientras peloteaba con Jane, que era aún peor tenista que ella, se fijó en que Freddie le lanzaba las pelotas a John y que este se las devolvía con tranquilidad, como si apenas realizara esfuerzo alguno. No cabía duda de que John era un jugador espléndido, pensó con gran alegría. Si era capaz de devolver la pelota, podría confiar en que él ganara los puntos. También se fijó en Rupert, que estaba fumando un cigarrillo mientras los observaba a través de la malla metálica.

El partido comenzó con Freddie al saque. Florence apretó los dientes y observó con atención la pelota mientras se precipitaba hacia ella. Llevó la raqueta hacia atrás, pues sabía que Freddie había sacado con fuerza y solo tenía que hacer contacto con la pelota y esta rebotaría contra su raqueta con la misma velocidad con la que él la había sacado. John la observaba con inquietud, deseando que no se equivocara, pero no tenía por qué preocuparse. La pelota rebotó en su raqueta y pasó por encima de la red, junto a la oreja izquierda de Jane. Freddie se quedó con la boca abierta. Estaba claro que esperaba ganarla.

Florence oyó unos aplausos detrás de ella.

—¡Bravo! —Era Rupert y se estaba riendo—. Así se devuelve el saque de un hombre que ha olvidado sus modales. ¡Con interés!

—¡Bien dicho! —coincidió William, uniéndose a su hijo mayor en la red—. Freddie Laycock, te agradecería que recordaras tus modales la próxima vez que sirvas a una dama.

Florence sabía que en Pedrevan Park había reglas tácitas y la galantería era una de ellas.

El partido continuó y Florence consiguió devolver la mayoría de las pelotas. Sin embargo, durante la mayor parte del partido le dijeron que se quedara en la red, donde no tenía nada que hacer, porque incluso cuando podía alcanzar las pelotas que pasaban, no tenía el valor de golpearlas. John quería que se implicara lo menos posible en el juego. Una o dos veces cruzó la mirada con Jane, que obviamente había recibido las mismas instrucciones de Freddie, e intercambiaron una sonrisa comprensiva desde sus posiciones entre las líneas laterales. No fue un partido muy reñido. Freddie perdió los nervios, gritó a Jane cuando esta falló un revés y vio cómo su juego decaía. Su derecha, que tan formidable parecía al principio, perdió su garra y la mayoría de sus golpes iban fuera.

—Otra vez se está pasando de la raya —dijo Rupert lo bastante alto para que lo oyera Florence, que ahora servía para ganar el set—. Métela, cielo, y será juego, set y partido.

Florence lanzó la pelota. Describió un lento arco e impactó en el cuadro de servicio de Freddie. Este, ahora furioso, fue a restar, pero solo consiguió golpearla con la parte plana de la raqueta y sacarla fuera. Rupert sujetó el cigarrillo entre los dientes y volvió a aplaudir.

—Bravo por la Bella y la Bestia —vitoreó. Luego se volvió hacia su padre y le dijo—: Esto es más divertido de lo que pensaba. Puede que me quede.

—¡Bien hecho, compañera! —exclamó John alegremente mientras Florence y él caminaban hacia la red—. Buen partido. Has jugado bien. Sigue así y ganaremos también la siguiente ronda.

Florence estrechó la mano de Freddie, que frunció el ceño, y de Jane, que se mostró muy amable.

—Merecías ganar, Flo. Y, por cierto, John cree que es el mejor, pero yo diría que *tú* eres su arma secreta.

Salieron de la cancha. Rupert sonreía a Florence. Sus ojos azul grisáceo recorrieron sus piernas de arriba abajo con mal disimulado aprecio.

—Ha sido un placer verlo —dijo.

—Gracias —respondió.

—Eres Florence Lightfoot, ¿verdad? Has crecido en el último año.

—Eso es lo que suele ocurrir —repuso Florence, apartándose el pelo.

Él esbozó una sonrisa satisfecha.

—Lo has hecho bien en la pista.

—Defensa personal, sobre todo.

—Espero que ganes el trofeo.

—¿Por qué?

—Porque así Aubrey no lo ganará.

—¿Por qué no juegas tú? Así podrás ganarle tú mismo.

—Porque soy malísimo.

—Pues me parece que te vas a llevar una decepción. Aubrey gana todos los años, da igual con quién juegue.

Rupert tiró la colilla al suelo y la aplastó bajo el zapato.

—Lástima —dijo—. Pero a todo el mundo se le acaba la suerte en algún momento. Me atrevería a decir que a Aubrey también. —Se marchó y Florence se quedó sorprendida por su desprecio. Se preguntó por qué Rupert, que era dos años mayor que Aubrey y el heredero de Pedrevan, estaba celoso de su hermano.

Fue al templete a tomar un vaso de limonada.

—Bien jugado, Flo —dijo Bertha Clairmont, hermana de su pareja de tenis, John, que se estaba comiendo un trozo de tarta—. Tu resto le ha borrado la sonrisa a Freddie. —Se rio, escupiendo migas al aire.

Celia Dash había salido a ver la diversión. Iba muy elegante, con un vestido amarillo pálido con cinturón y el pelo corto peinado a la moda en lustrosas ondas negras. La falda larga realzaba su esbelta figura y la hacía parecer más alta. De hecho, era la viva imagen de la sofisticación y el glamur, y Florence interrumpió su conversación para contemplarla.

—La señora Dash debería haber sido una estrella de cine —le dijo a Bertha.

—Tiene demasiada clase para eso —replicó Bertha, comiendo otro bocado de tarta.

—Se parece a Joan Bennett.

—¿Quién es Joan Bennett?

—No importa. —Florence miró de nuevo hacia la pista de tenis y vio que Aubrey entraba en ella con Elise—. Quiero ver este partido. ¿Vienes?

—¡Pues claro! —Bertha se metió el resto de la tarta en la boca y la siguió.

Parecía que todos querían ver el partido de Aubrey. Los jugadores de cróquet interrumpieron su juego y aparecieron jóvenes de todos los rincones del jardín, como gallinas a la hora de comer. Florence tenía curiosidad por ver qué tal jugaba Elise. Imaginaba que no jugaba muy bien. Al fin y al cabo, había estado a punto de retirarse.

Empezaron a pelotear. Aubrey estaba muy distinguido con unos pantalones blancos y un polo de algodón piqué. Golpeaba la pelota con facilidad y estilo, sonriendo todo el tiempo y diciendo a su oponente «buen golpe», aunque no fuera demasiado bueno. Elise no era tan mala como esperaba Florence. Tenía un aspecto sofisticado, con su vestido de tenis y con su ambarina piel bronceada, que resplandecía bajo el sol. Parecía sorprendentemente hábil y logró algunos buenos golpes. Sus rivales eran James Clayton, de nivel medio, y Ginger Lately, que no solo era guapa, sino también deportista. Sin embargo, aunque Ginger jugaba bien, Aubrey no golpeó la pelota ni una sola vez ni hizo lo que la mayoría de los hombres, ignorar a las chicas y lanzar solo al otro chico. Elise cometió muchos errores y todas las veces le pidió disculpas a su pareja. Sin embargo, Aubrey no la trató con condescendencia. Se limitaba a decir: «Mala suerte, compañera» o «Por poco», y continuaba el juego con su típico buen humor. Florence, que más bien había deseado que Elise jugara mal, ahora deseaba que jugara mejor, porque le irritaba la amabilidad que Aubrey le mostraba.

Fue un partido divertido para los espectadores, ya que hubo mucha charla, risas y bromas. Celia aplaudió con entusiasmo a las dos parejas desde su privilegiada posición en uno de los bancos mientras que Rupert solo vio un juego antes de marcharse, presa del aburrimiento. John se acercó a Florence.

—A esto nos vamos a enfrentar —susurró—. Aubrey se las ingenia para que su rival cometa un error. Bueno, nosotros también podemos jugar a eso. —Florence deseó que fuera un poco menos competitivo. La astucia en el juego de Aubrey resultaba muy atractiva.

Cuando terminó el partido, Aubrey le dio un beso en la mejilla a Elise. Florence se quedó de piedra. Era costumbre que los jugadores se dieran la mano.

—Supongo que eso es lo que hacen los franceses —comentó Bertha con una risita.

—¿Tú crees? —dijo Florence, sintiéndose un poco mejor al respecto.

—Lo justo es que Inglaterra conquiste Francia —dijo John riendo.

—¡Ay, por Dios, John! ¡Qué ordinariez! —repuso Bertha. Sin embargo, no pudo evitar reírse también.

Florence no se rio. No le hacía ninguna gracia. La competencia se había intensificado y Aubrey ni siquiera sabía que la hubiera. Florence suspiró y se cruzó de brazos. La verdad era que Aubrey apenas se había fijado en ella. Pero Florence no era una chica que se rindiera ante el primer obstáculo. Tenía todo el verano para conseguir su atención y lo haría, de una forma u otra.

3

Margaret Lightfoot estaba sumida en un estado de ansiedad y nerviosismo tal, que su madre le había sugerido que se fuera a su habitación y se tumbara un rato. Le dijo que Winifred y ella se encargarían de los preparativos de última hora. La verdad era que no quedaba mucho por hacer. La cocinera estaba preparando la cena en la cocina. Como había que sentar a trece personas en el comedor, lo cual traía muy mala suerte, Rowley, el mayordomo, había preparado la mesa para catorce comensales, reservando un sitio para Brownie, el osito del tío Raymond. No era la primera vez que invitaban a Brownie a cenar. Habían colocado flores frescas en la mesa del vestíbulo y en el salón y habían puesto cojines en las sillas de la terraza por si hacía calor suficiente para sentarse fuera a tomar un refrigerio antes de la cena.

Florence estaba en su dormitorio, pensando qué ponerse. Los vestidos estaban tirados sobre la cama y ella estaba de pie frente al alto espejo con una falda verde y un jersey de punto, mordiéndose las uñas por la indecisión. Aubrey Dash y su familia venían a cenar, por lo que era imperativo que luciera lo mejor posible. Por desgracia, Elise también venía. A pesar de que Pedrevan estaba lleno de primos, Dash y Clairmont que *iban a venir* a cenar, Celia había informado a Margaret de que Elise estaba incluida. A Florence le parecía que dondequiera que fuera Aubrey, también iba Elise. Era solo el comienzo de las vacaciones, se dijo Florence para tranquilizarse. Aún tenía tiempo de sobra para llamar la atención de Aubrey.

Florence y John habían conseguido ganar sus partidos de tenis hasta el momento. Los dos últimos habían sido más difíciles que el primero y Florence había cometido algunas dobles faltas debido a los nervios. No quería defraudar a John, pero cuanto más competitivo se volvía él, más tensa se ponía ella, lo que no ayudaba a su juego. «¡Vamos, niña!», le decía antes de que se jugara el punto, y la forma en que lo decía, cerrando el puño como un martillo y arrugando su rubicunda cara, garantizaba que ella estrellara la pelota contra la red. La cosa no iba bien, a pesar de que el marcador final sugería lo contrario.

Sin embargo, el tenis no era el único entretenimiento. Había pícnics en la playa, una búsqueda del tesoro, una fiesta en la piscina y una cena con un asesinato que resolver. Las familias de Gulliver's Bay se habían ocupado de organizarlo todo y cada una desempeñaba su papel. Margaret Lightfoot solo podía organizar una cena para trece personas, pero Florence había convencido a sus abuelos para que le permitieran celebrar una cena en su playa privada a finales de agosto. Sería la última fiesta de las vacaciones. Montarían una carpa por si llovía y habría una banda, velas, una gran hoguera y comida en abundancia. Florence no era nada colaboradora, pero para esto prometió que ayudaría. Winifred dijo que no quería tener nada que ver con eso, porque estaba cansada de tener que hacer siempre todo el trabajo mientras Florence se escaqueaba.

—Ya es hora de que pongas de tu parte, Flo —dijo—. Por lo tanto, mamá y yo nos sentaremos a disfrutar del sol mientras tú te encargas de los preparativos.

Florence supuso que no era muy difícil. A fin de cuentas, tenía a los criados a su disposición y solo había sesenta invitados. ¿Tan difícil podía ser?

Miró por la ventana de su habitación. Desde allí veía el jardín, que descendía hacia una pendiente rocosa, los arbustos espinosos y un camino muy transitado que serpenteaba hasta la playa. El mar brillaba y resplandecía bajo el sol del atardecer, prometiendo otra jornada despejada al día siguiente. A lo lejos, una pequeña embarcación avanzaba despacio por el horizonte, con su triangular vela blanca reluciendo como el ala de una gaviota. La idea de que Aubrey viniera a cenar hacía que todo fuera más perfecto. Florence tenía el ánimo por las nubes y dondequiera que mirara había un motivo para sentirse feliz. Ya fuera el mar, los pájaros que retozaban en los setos, los montones de hortensias rosas y azules, la hierba cuajada de margaritas y ranúnculos y los regordetes abejorros que zumbaban entre ellos, el pecho de Florence se henchía de gozo y expectación.

Pero, ¿qué se iba a poner? Se decidió por un vestido azul con estampado de flores amarillas. Se ceñía a su pequeña cintura y a sus femeninas caderas y el escote en forma de lágrima, que iba de la garganta el esternón, dejaba entrever un pequeño pero tentador atisbo de carne. Seguro que Aubrey lo notaría. Se rizó el pelo y se lo recogió a ambos lados con horquillas. En septiembre cumpliría dieciocho años, pero parecía tener ya veinte. Satisfecha con su imagen, se perfumó las muñecas y el cuello y se dirigió abajo.

Encontró a su madre en la terraza fumándose un cigarrillo. Margaret se había vestido para la cena con una falda de tuvo verde azulado y una blusa de seda. No era hermosa, pero sí elegante, con una cintura perfecta y una cara bonita y pecosa, enmarcada por un pelo castaño suave y rizado, que llevaba corto a la moda. Florence no había heredado la pequeña estatura de su madre, su piel pecosa ni su pelo castaño, pero sí sus ojos verdes. Los ojos de Margaret y Florence eran del color de las pozas de marea de Cornualles, pero mientras que los de Margaret estaban llenos de ansiedad, los de Florence eran serenos y audaces; los ojos de una joven segura de su lugar en el mundo.

—Estás preciosa, querida —dijo Margaret, contemplando la voluptuosa figura de su hija. Rebosaba feminidad, como un melocotón que acababa de madurar.

—No tienes por qué estar nerviosa —la tranquilizó Florence—. Los Dash traen su propia diversión. Lo único que tienes que hacer es darles de comer.

Margaret dio una larga calada a su cigarrillo y miró hacia el mar.

—A veces es duro ser una mujer sola, sin un marido que te apoye. Las situaciones sociales te hacen sentir muy vulnerable.

Florence nunca había pensado en ese aspecto de la viudedad de su madre.

—Echas mucho de menos a papá, ¿verdad?

—Todos los días. —Margaret sonrió con tristeza. Tomó aire y se animó—. Era un hombre fuerte y capaz. Lo arreglaba todo. Estaba hecho para eso. Por eso encajaba tan bien en el ejército. Yo era su ayudante de campo. No se me da nada bien ser el líder.

—Pero tienes al abuelo y al tío Raymond.

—Lo sé. Y ambos me apoyan a su manera. —Miró a su hija con ternura—. Eres joven, Flo, no puedes entender lo que es ser viuda. Espero que nunca lo hagas.

—¿Por qué no te casas de nuevo? —sugirió Florence. En realidad era muy simple, pensó.

—No quiero compartir mi vida con otro hombre. Amaba a tu padre. Nunca podría amar a nadie más así.

—¿Importa tanto el amor la segunda vez? ¿No estaría bien no estar sola?

—Sería *muy* agradable. Pero tu padre es insustituible.

Florence tenía recuerdos borrosos de él.

—Al final estaba muy enfermo —dijo. Lo que más recordaba era el olor del hospital. Era horrible.

—No me importaba cuidar de él. Me proporcionaba una función. Me necesitaba. Es agradable que te necesiten.

—Aún eres joven. Podría aparecer un hombre apuesto y enamorarte locamente. Nunca se sabe.

Margaret soltó una risita cínica.

—Nunca se sabe. Pero tal y como me siento ahora, no me imagino abriendo mi corazón a nadie. No estoy segura de que a tu padre le gustara.

—No está en posición de montar un escándalo, ¿verdad?

Margaret miró hacia el horizonte.

—Está ahí fuera, en alguna parte.

La mirada de Florence se unió a la de su madre y meditó sus palabras.

—¿Crees que todavía está por aquí?

—Por supuesto. Jesús se apareció a María Magdalena y a sus discípulos tras su muerte para mostrarles que la vida continúa. Que el cuerpo muere pero el alma pervive. Sí, tu padre sigue por aquí. No tengo la más mínima duda.

—Siempre he pensado que la Biblia era un libro de cuentos.

Margaret se sobresaltó.

—¡Florence!

Florence arrugó la nariz.

—Pero es que esas cosas no sucedieron de verdad. Lo que quiero decir es que en realidad María no era virgen, ¿verdad? Y es imposible convertir el agua en vino. Son bonitas historias, pero no sucedieron.

—Tu padre era un hombre religioso. No le gustaría oírte hablar así.

—¿Crees que hay un hombre para cada mujer? ¿Crees que está predestinado?

—Me gusta pensar que sí.

—¿Que cada uno de nosotros tiene un alma gemela? —Florence pensó en Aubrey—. ¿Que nuestros caminos se cruzarán de manera irremediable y nos encontraremos, pase lo que pase en nuestras vidas? —En lo que a ella concernía, su alma gemela y ella ya lo habían hecho.

—Tu padre era mi alma gemela, si es que existe tal cosa. Cualquiera que se cruce en mi camino será siempre un segundón.

Florence reflexionó un momento. Luego se apartó el pelo.

—Espero no acabar siendo la segundona. Estoy segura de que muchas lo hacen, porque temen quedarse acumulando polvo en la estantería, como las figuritas de porcelana de la abuela. Creo que prefiero estar soltera a conformarme con ser el segundo plato.

Margaret sonrió.

—Estoy segura de que tu alma gemela te encontrará. Las cosas suceden del modo más curioso. Conocí a tu padre en un baile, era un bailarín espantoso. Pero congeniamos al instante. *Sucederá*, Florence. De alguna manera, siempre sucede.

Los Dash nunca eran puntuales. A nadie le importaba, porque cuando aparecían, por lo general con unos veinte minutos de retraso, derrochaban tanta diversión y encanto que cualquier ofensa se olvidaba al instante. En cuanto sus coches recorrieron el camino de grava y se detuvieron frente a The Mariners, fue como si el sol hubiera decidido cambiar de dirección y volver a salir. Los coches en sí eran una preciosidad, con sus alargados capós, pulidos hasta dejarlos bien relucientes, y sus resplandecientes faros de ojo de rana, hechos de cristal y de cromo. Las puertas se abrieron y la familia salió con su habitual jovialidad; la diversión había llegado.

Florence los observaba desde la ventana de arriba, cada vez más emocionada. En cierto modo fulguraban más que los demás, como si hubieran salido directamente de la gran pantalla. William, de etiqueta, le abrió la puerta a su mujer. Celia llevaba un vestido largo de color crema, típicamente chic, y acentuaba su cintura de avispa con un fino cinturón negro. Cynthia, elegante como su madre, llevaba un vestido largo rojo con motivos florales y con ella estaba la recatada y menuda Elise, que lucía una falda y una blusa azul marino. Elise no destacaba nada, pensó Florence. Eclipsada por el cegador resplandor del glamur de los Dash, casi podría haber sido parte del personal. Aubrey bajó del Aston Martin de Rupert, seguido por este y por su hermano menor, Julian, todos de etiqueta. Qué guapos estaban, pensó, y su mirada se clavó en Aubrey con anhelo. Entonces Rupert miró hacia arriba. Sonrió al verla a través del cristal. Florence se horrorizó por haber sido descubierta y se apartó de la ventana de un salto.

Las familias se reunieron en la terraza para tomar una copa bajo la dorada luz del sol poniente. Henry y Joan recibieron a los Dash sin la timidez de su hija. Henry le preguntó a William qué tal iba el torneo de tenis y Joan invitó a Celia a sentarse con ella y explicarle la novedosa idea de una cena con un asesinato que resolver de la que Florence le había estado hablando. Celia se sentó a su lado en el sofá de mimbre, metió una elegante sandalia de tiras detrás de la otra y fumó con una boquilla de baquelita negra y plata, con sus danzarines ojos llenos de entusiasmo. Mientras explicaba el concepto de la cena con misterio, envolvió a Joan con su deslumbrante resplandor, haciendo que se sintiera más joven y excitante de lo que era. El tío Raymond departía con los hijos de los Dash en el césped, con un vaso de *whisky* en una mano y un cigarrillo en la otra, mientras Margaret se unía a su madre y a Celia e intentaba parecer tranquila a pesar de estar luchando contra una jaqueca. Al fin y al cabo, ella era la anfitriona y, como bien le había dicho Florence, los Dash traían su propia diversión. Lo único que tenía que hacer era darles de comer.

A Florence le habría gustado hablar con Aubrey, pero Elise y Cynthia estaban charlando con Winifred en el césped y sabía que lo cortés sería unirse a ellas.

—¿Te gusta Cornualles? —le preguntó a Elise.

—Me gusta tanto que no quiero volver a casa —contestó Elise. Su inglés había mejorado mucho en los diez días transcurridos desde su llegada.

—No te irás, ¿verdad? —preguntó Florence, animándose de repente.

—No vamos a dejar que se vaya —adujo Cynthia, rodeándola con un brazo—. Elise es la hermana que nunca tuve. —Florence no podía entender cómo podía sentir semejante entusiasmo por una criatura tan insípida.

—Qué bonito que te hayan adoptado los Dash —dijo Winifred, con el cigarrillo humeando entre sus muy cuidados dedos—. Creo que la mayoría se sentiría abrumada por ellos. —Sonrió a Cynthia—. Al fin y al cabo, son muchos.

Cynthia se rio.

—Somos una tribu —dijo—. Pero la unión hace la fuerza.

—Yo soy hija única —explicó Elise—. Es una *nouveauté* estar en una familia grande.

—Qué suerte. De repente tienes tres hermanos y una hermana y montones de primos —repuso Florence, haciendo hincapié en la palabra «hermano»—. Espera a que todos vayan a verte a Francia.

—¡Me encantaría! —exclamó Elise, con sus suaves ojos castaños rebosantes de entusiasmo. Su sonrisa tenía una dulzura en la que Florence no había reparado antes—. Quizá sea mejor que no vengan todos al mismo tiempo.

Florence miró a Aubrey. Cuando desvió la mirada hacia el grupo de hombres, descubrió a Rupert observándola entre un velo de humo de cigarrillo. Atravesó la hierba a paso tranquilo y se detuvo junto a ella.

—¿De qué estáis hablando? Vuestra conversación parece mucho más interesante que la nuestra.

—Seguro que no —replicó Winifred—. Pero puedes unirte a nosotras.

Su aguda mirada azul se posó en Florence. Luego bajó hasta la abertura de su vestido y ahí se quedó.

—¿Cuándo vas a darnos una vuelta en tu nuevo coche? —preguntó Florence, porque no se le ocurría nada más que decir y había algo en Rupert que hacía que se sintiera incómoda.

Él sonrió como un lobo examinando a una gallina.

—Cuando quieras, Flossie. Veo que eres una chica a la que le gusta la velocidad y el peligro.

A Florence no le gustaba que la llamaran Flossie y su tono coqueto no era apropiado.

—No sé de dónde has sacado esa idea —replicó con brusquedad.

—¿No te metiste en un lío en el colegio por salir por la ventana de tu dormitorio y escaparte a la ciudad?

Florence se sorprendió de que él lo supiera. Pero era cierto, la habían pillado. Levantó la cabeza.

—Quebranté el undécimo mandamiento —dijo.

—¿El undécimo? —intervino Elise, sorprendida.

—«No te dejarás atrapar.» Me lo enseñó el abuelo. Es uno de los mandamientos más importantes, ¿sabes? Me atrevería a decir que fue una estupidez por mi parte romperlo.

—Me temo que tus travesuras son legendarias —adujo Cynthia con una risita.

—Yo diría que más entretenidas que legendarias —la corrigió Rupert.

—Me alegro de entretenerte —replicó Florence.

—A nuestra madre no le divierten —intervino Winifred. Dio una calada al cigarrillo y miró a su hermana enarcando una ceja.

—Pobre Margaret —dijo Cynthia.

—Las reglas están hechas para romperse —alegó Florence—. De todos modos, me he ido de ese estúpido lugar.

—¿Qué vas a hacer ahora? —preguntó Rupert, observándola con aire indolente entre la nube de humo que Winifred acababa de exhalar entre ambos.

—Voy a ser actriz —contestó con aspereza.

Winifred se rio.

—Primero tienes que conseguir el permiso del abuelo.

—Cuando tenga dieciocho haré lo que me plazca.

Rupert se echó a reír.

—Seguro que sí. —Había una chispa de diversión en sus ojos—. Tonta sería la persona que se interpusiera entre Florence Lightfoot y sus sueños.

Florence miró a Aubrey y deseó poder acercarse y hablar con *él* en vez de tener que sufrir a su exasperante hermano. Un momento después apareció la criada para informar a Margaret de que la cena estaba lista y Florence se salvó.

Florence se había encargado de la disposición, tras encontrar a su madre titubeando en la mesa con las tarjetitas blancas con los nombres. Se había colocado entre Aubrey y Julian, asegurándose de que Rupert estuviera en el otro extremo de la mesa, entre Winifred y Elise. Con Rupert y Elise fuera de su camino, Florence dirigió por fin su atención al objeto de su mayor deseo: Aubrey Dash. Estaba tan cerca que casi se tocaban. Se puso la servilleta sobre el regazo y se volvió hacia él con una sonrisa.

—Parece que nos encontraremos en la final del torneo de tenis —dijo.

La miró y Florence sintió que el estómago le daba un vuelco, igual que una tortita. Tenía los ojos grises, del color de la bruma marina justo al despuntar el sol.

—Aún nos queda un partido —adujo—. No puedo garantizar que lo ganemos.

—Por supuesto que sí.

—Tienes mucha fe en mí, Florence.

—Siempre has sido el mejor y Elise también es bastante buena, así que seguro que lo ganas todo.

Miró a Elise.

—Es una buena deportista.

—Se ha infravalorado. No es para nada tan mala como ha dado a entender.

—Creo que tenía una visión distorsionada del nivel de aquí. Pensaba que todos los ingleses eran excelentes deportistas.

Florence se rio.

—Estoy segura de que ha cambiado de opinión, ¡sobre todo después de verme a mí!

Aubrey sonrió.

—Lo ha hecho, pero no por ti. Te sobra entusiasmo, pero te falta técnica. Si tuvieras técnica, serías formidable.

—Entonces, ¿no es una suerte que carezca de ella? Podría robarte la corona.

—Creo que la llevarías mejor que yo.

Ambos rieron.

—¿Qué tal tu francés? —le preguntó.

—Igual que antes de que llegara Elise. Ella insiste en hablar inglés.

—Lo cual es justo. A fin de cuentas, ese es el objetivo de su visita, ¿no? ¿Aprender inglés? —Florence imaginó a Celia Dash y a madame Dujardin haciendo juntas de casamenteras y esperó que sus planes se hubieran frustrado.

—Sí, esa es la *mitad* del objetivo.

—¿De veras? ¿Cuál es la otra mitad? —A Florence se le heló la sangre.

Aubrey bajó la voz.

—Divertirse un poco. Es hija única y sus padres se están divorciando.

Florence ahogó un verdadero grito de sincera sorpresa.

—¡Qué horror!

—Sí, lo ha pasado mal.

—No me extraña. Qué amable es tu familia por acogerla. No hay familia en el mundo tan capaz de hacer que una persona se sienta bien como la tuya. Si yo estuviera en una situación desesperada, me sentiría atraída por Pedrevan como un barco a la deriva por un faro.

Aubrey la miró fijamente y frunció el ceño.

—Eres muy amable al pensar eso, Florence. Espero que le hayamos ayudado.

—Pedrevan debe de ser una grata distracción de los horrores de casa. Tanta gente joven y tanta diversión y juegos. —Miró a Elise y no vio a una criatura insípida, sino rota—. Has sido muy amable con ella, Aubrey. Podrías haberla dejado con Cynthia, pero la has tomado bajo tu ala. Estoy segura de que tu amabilidad la ha reconfortado mucho.

—Gulliver's Bay puede resultar abrumador para un recién llegado. Más aún para un extranjero.

—Tienes razón y he sido descuidada. No me imaginaba lo que debe de ser llegar a una comunidad tan unida como la nuestra, donde todos nos conocemos. Debe de ser desalentador. Yo también me esforzaré por dedicarle tiempo.

—Gracias, Florence. Estará encantada. Eres el alma de la fiesta.

Florence se quedó atónita. Nunca se había visto de ese modo. Era el mejor cumplido que Aubrey podía hacerle.

—Soy entusiasta —repuso con una sonrisa—. Me implico demasiado en todo y a menudo me meto en líos.

Aubrey se echó a reír.

—Cynthia me ha contado todas tus travesuras. Eres toda una leyenda en nuestra familia.

—¡No puedo creerlo!

—Oh, sí, lo eres. Cynthia a menudo lee tus cartas.

—¡No es cierto! —Florence estaba horrorizada. La idea de que Aubrey supiera que se subía al tejado de su internado para tomar el sol en *topless* hizo que sus mejillas enrojecieran.

Él debió de notar que se ruborizaba, porque se apresuró a añadir:

—Solo lo más destacado. No te preocupes, es bastante discreta.

—No lo parece.

—Creo que debías de darles cien vueltas a tus profesores. Supongo que eran muy estrictos. No eran monjas, ¿verdad?

—No, ¡pero querían que nos comportáramos como monjas! Si no me hubiera ido cuando lo hice, creo que me habrían echado.

—Imagino que a tu abuelo no le hubiera hecho ninguna gracia.

—No, se habría enfadado mucho, aunque no estoy segura de que crea necesario que las mujeres tengas estudios. Quiere que vaya a una especie de escuela donde aprenda a hacer la cama y a hacer arreglos florales.

—Creo que serás una buena actriz.

—¿Sabes…?

—Cynthia. —Sonrió a su hermana, que levantó los ojos del plato al sentir que la miraba y le devolvió la sonrisa—. Creo que hay que luchar con ahínco por aquello que se quiere hacer en la vida. Es demasiado fácil dejar que los demás te muestren el camino a seguir. En realidad, deberías tomar el camino que tú elijas.

—Bueno, y ¿cuál eliges tú, Aubrey?

—Voy a ir a Sandhurst.

—El abuelo lo aprobaría.

—Mi madre preferiría que entrara en la City.

—No tiene por qué preocuparse. Tampoco es que vayas a entrar en combate.

—No tiene sentido alistarse en el ejército si tienes miedo a las balas.

La idea de que dispararan a Aubrey le resultaba muy angustiosa.

—Creo que deberías entrar en la City —dijo.

4

Florence no tardó en comprender que la forma de captar la atención de Aubrey era ser amable con Elise. La amabilidad no era una cualidad de la que careciera, pero a veces estaba demasiado ocupada pensando en sí misma como para darse cuenta de cuándo se requería. Se compadecía de corazón de Elise porque sus padres se estaban divorciando. Le era imposible imaginarse lo que era tener unos padres que ya no quisieran estar juntos, porque los suyos se habían querido mucho. Solo sabía lo que era perder a uno de ellos, y ni siquiera eso le había dejado una huella demasiado profunda debido a la ausencia de su padre y a su temprana edad cuando la muerte se lo llevó. Además, siempre que le temblaba el labio, este le decía con firmeza y con cierta impaciencia: «La hija de un oficial nunca llora». No cabía duda de que sus palabras habían calado más hondo en ella que en su hermana.

Winifred había sufrido mucho. No solo se parecía mucho a Rod Lightfoot, sino que habían compartido un profundo vínculo. Florence recordaba haber oído sollozar a su hermana en su dormitorio, que estaba a su lado, y haber deseado poder llorar también, pues al no llorar se sentía defectuosa y excluida. Y ¿qué le importaba a su padre que la hija de un soldado llorara ahora que él estaba muerto? Recordaba a su madre acurrucada en el sofá de la sala de estar, escuchando los discos de su marido en el gramófono, con el humo del cigarrillo elevándose de sus pequeñas manos mientras le temblaba el cuerpo por la angustia. La esposa de un oficial lloraba y mucho.

Florence hizo todo lo posible para que Elise se sintiera incluida y Elise respondió con sorpresa y gratitud. Ni en un millón de años habría imaginado que, al ser tan diferentes, las dos se harían amigas. Pero cuando más tiempo pasaba con ella, mejor le caía. Estaba claro que Elise era tímida, pero la vitalidad de Florence la ayudaba a ganar confianza en sí misma y su sentido del humor británico la hacía reír. Aubrey notó la amabilidad de Florence y ahora la miraba de forma diferente. La veía, no solo como la traviesa amiga de su hermana pequeña, sino como una compinche, una cómplice y una aliada. Florence disfrutaba del calor de su admiración, segura de que de ahí brotaría la atracción.

Tal y como había predicho, John y ella jugaron la final del torneo de tenis contra Elise y Aubrey. Todo el mundo fue a verla. William Dash arbitró el partido desde su alta silla de juez, con su sombrero panamá y una chaqueta blanca de lino, y los jóvenes primos Dash hicieron de recogepelotas y correteaban por la pista igual que una jauría de perros rebeldes. Rupert observaba desde el banco en el que estaba sentado con su madre mientras fumaba con aire indolente y recorría las piernas de Florence con los ojos. Florence podía sentir su mirada y eso le molestaba.

La rivalidad entre John y Aubrey se remontaba a años. Eran primos hermanos y deportistas de talento. Habían estudiado en colegios diferentes y jugado en todos los equipos, lo que hizo que su rivalidad aumentara, ya que se enfrentaban una y otra vez en bandos opuestos. Ahora se enfrentaban en la red de Pedrevan y Aubrey ya no estaba dispuesto a mantener la pelota en juego. Se trataba de un partido serio y era evidente que había decidido que iba a aprovechar cada oportunidad de encajar un golpe ganador.

Florence y Elise vieron pasar las pelotas a una velocidad sin precedentes en la competición. De vez en cuando, Elise sacaba la raqueta desde su posición en la red y lograba devolver la pelota, pero a Florence le asustaba demasiado cometer un error y se encogía de miedo en el callejón de dobles, esperando que la bola no le pasara cerca para no tener que intentar golpearla. Cuando le tocó servir, se puso tan nerviosa que las mandó por encima de la red para al menos garantizar que entraran. Sin embargo, eran demasiado fáciles para Aubrey, así que se limitaba a colocar la pelota lejos sin problemas y eso hacía que John se enfureciera y le indujera a gritar: «¡Vamos, Florence, pégale con más ganas!». Ya no la llamaba «campeona», y por el tono de su voz era evidente que la culpaba a ella de que fueran por detrás en el marcador.

Florence sintió un repentino ataque de ira y rechinó los dientes.

—¡Tranquilo, compañero! —gritó Rupert desde el banco—. Esa no es forma de hablarle a una dama.

—Bien dicho —convino William—. Permite que te recuerde tus modales, jovencito.

Aubrey le brindó una sonrisa compasiva a Florence, que la animó e hizo algo sorprendente con su juego. Empezó a jugar bien.

Desde ese momento, a Florence dejó de importarle lo que pensara su pareja. ¿Quién era él para decirle cómo jugar y dónde colocarse? ¿Desde cuándo se había convertido en una persona que hacía lo que le decían? En cualquier caso, ¿qué más daba si perdían? Aquello tenía que ser divertido. En Pedrevan todo era divertido.

Con Aubrey pendiente de ella, Florence corrió con más empuje a por la pelota y la golpeó con todo el ímpetu del que fue capaz. Logró un punto directo de saque contra Elise, para diversión de Rupert, ya que aplaudió con entusiasmo desde el banco detrás de ella a la vez que le gritaba: «¡Buen golpe, Flossie!». John comenzaba a parecer bastante complacido y de nuevo empezó a llamarla «campeona». Pero a Florence le daba igual. Era a Aubrey a quien quería impresionar y, a juzgar por la expresión de su cara, lo estaba consiguiendo.

De nuevo le tocó sacar para hacerse con el set. Estaba sirviendo a Aubrey, que estaba cerca de la zona de servicio, esperándose una bola suave y listo para restar con fuerza.

—Va a ir a por tu revés, Flossie —le susurró Rupert desde detrás de la malla metálica—. Prepárate.

Florence no hizo caso. Resultaba muy irritante que le hiciera comentarios detrás de la malla. Lanzó la pelota al aire y golpeó por encima de la red. Con la intención de hacer caso omiso del consejo de Rupert, se sorprendió saltando a la izquierda para anticiparse a la devolución de su revés. Por tanto, estaba preparada y en posición para el golpe que llegó a toda velocidad. No tuvo tiempo de pensar. Colocó la raqueta en posición y cerró los ojos. Aubrey se acercó con calma a la red, pues no esperaba que le devolvieran la pelota. Pero, para su sorpresa, salió despedida de la raqueta de Florence hacia el centro de la pista. Tanto Elise como Aubrey se lanzaron a por ella, pero la pelota de Florence contaba con la ventaja que le daba el factor sorpresa. Los dos fueron demasiado lentos. Pasó entre sus raquetas y aterrizó dentro de la línea de fondo.

—¡Por los clavos de Cristo! —exclamó Rupert, poniéndose de pie y aplaudiendo con entusiasmo—. ¡Mala suerte, Aubrey! Ha estado muy cerca. Bien hecho, Flossie. Un golpe perfecto para ganar el partido.

Aubrey miró a Florence y sonrió con asombro.

—¡Habéis ganado! —exclamó.

—¿En serio? —replicó Florence, alucinada por que el golpe ganador hubiera salido de su raqueta.

—Eres toda una caja de sorpresas —añadió, rascándose la cabeza.

Florence estaba a punto de dirigirse a la red, pero John la alcanzó antes. Tiró de ella para darle un abrazo. Estaba empapado de sudor y olía fatal, como a repollo podrido. Se zafó de sus brazos.

—Bien jugado, compañero —le dijo.

—No, tú sí que has jugado bien —replicó—. El golpe ganador ha sido todo tuyo. —No creía que estuviera tan contento con ella si hubieran perdido.

Florence se fijó en que Aubrey besó de nuevo a Elise. Francesa o no, era algo demasiado íntimo para su gusto. Se acercó a la red. Sin duda, al tratarse de la final, también la besaría a ella.

Aubrey estrechó la mano a su primo.

—Bien jugado, John —dijo, estrechándosela con vigor—. Buen partido.

Florence le dio un beso a Elise y luego sonrió a Aubrey.

—Todos somos ganadores —declaró con elegancia—. Es una pena que solo una pareja pueda recibir el trofeo.

—Te lo mereces tú, Florence. Te has sacado un conejo de la chistera en el último momento. El trofeo es tuyo. —Aubrey le tendió la mano. Florence la miró y frunció el ceño. ¿Cómo podía besar a Elise y a ella ofrecerle la mano? Pero ¿qué podía hacer? Salvo abalanzarse sobre él, lo cual sería perder la dignidad, algo que más tarde lamentaría enormemente, no tenía otra alternativa que aceptarla.

—Gracias, Aubrey —dijo.

Unos días más tarde, Florence estaba en el pueblo, sentada en el muro del puerto comiéndose un helado mientras Elise y Cynthia curioseaban en una tienda de regalos, cuando Rupert llegó en su Aston Martin y se detuvo junto a ella. Llevaba la capota bajada y su cabello castaño brillaba al sol. Apoyó el codo en la ventanilla y se quitó las gafas de sol.

—¿Te apetece una vuelta? —preguntó.

—No creo que quieras tener los asientos cubiertos de helado, ¿o sí?

—Esperaré a que te lo termines —repuso, apagando el motor—. ¿Qué haces aquí sola? Si no tienes cuidado, te recogerá algún apuesto demonio en un coche deportivo.

Florence se echó a reír.

—Estoy esperando a las chicas. Están comprando.

—Date prisa y termínate el helado o ellas también querrán venir.

—Lo dudo. A tu hermana no podría interesarle menos tu coche y Elise se pondrá demasiado nerviosa como para montarse en él. Me imagino que se le revolverá el estómago solo de verlo.

Rupert esbozó una sonrisa pícara y se puso de nuevo las gafas de sol.

—Bien. Entonces te llevaré a ti a dar un paseo por el campo.

En realidad Florence no quería ir.

—Creo que voy a esperar a las chicas —dijo.

Rupert tamborileó con los dedos sobre la puerta con impaciencia.

—Tú métete el cucurucho en la boca y vámonos. Supondrán que te has ido a casa —aseveró. Florence miró hacia el escaparate. Podía ver a las chicas hablando a través del cristal. Según parecía, no tenían prisa por marcharse—. Por cierto, debería felicitarte de nuevo por ganar el torneo de tenis —dijo—. Fue muy entretenido.

—Imagino que estás contento de que venciéramos a tu hermano.

—Mucho —repuso.

—Fue un partido muy igualado.

—Demasiado, en mi opinión. —La vio meterse el extremo del cucurucho en la boca—. Vamos, sube, Flossie.

—Oh, está bien —dijo, chupándose la última gota de helado de los dedos—. Solo una vuelta rápida. —Rodeó el vehículo hasta la puerta del copiloto y se montó—. ¿Sabes? No me llamo Flossie.

—Para mí, sí. ¿No te gusta? —Arrancó y el coche se puso en marcha con una sacudida.

—No mucho. La mayoría me llama Flo.

Rupert la miró y volvió a esbozar una amplia sonrisa.

—Yo no soy la mayoría. —Tenía los dientes muy blancos y su bronceada piel hacía que resaltaran.

El coche avanzó veloz por las estrechas callejuelas, con el motor rugiendo con determinación igual que un león en busca de su presa. Florence hacía una mueca cuando Rupert tomaba las curvas a toda velocidad, nerviosa por que algo grande pudiera venir en dirección contraria. Era imposible ver con claridad porque los setos eran altos y frondosos y los arcenes estaban cuajados de perifollo verde y de canola, que habían brotado de los campos cercanos. El viento le revolvía el cabello y rebotaba con cada bache de la carretera. Se agarró al asiento y rezó para que acabara pronto. No quería morir antes de que Aubrey la hubiera besado.

Rupert redujo al fin la velocidad y detuvo el coche en un área de descanso en lo alto de una colina.

—¿Conoces este lugar? —preguntó.

—Creo que no —replicó, soltándose y fijándose en que los dedos se le habían puesto blancos.

—Es precioso. Vamos, te lo enseñaré. —Rupert alargó la mano hasta el asiento trasero para agarrar su cámara.

Florence se apeó, aliviada por pisar tierra firme, y le siguió hasta una cerca de madera de cinco listones, que conducía a un campo de alta hierba y dientes de león.

—Fíjate qué vista —dijo, colgándose la cámara al cuello y tomando después una fotografía—. ¿No te parece magnífica? —En efecto, lo era. Desde ahí arriba podía ver el mar, que se extendía ante sus ojos, liso y resplandeciente bajo el gran cielo azul. Rupert escaló la cerca, se sentó en lo alto y acto seguido le tendió la mano para ayudarla a subir. Florence no se agarró. No habría dudado si hubiera sido la de Aubrey, aunque en realidad no necesitaba ayuda para escalar una cerca, ni siquiera llevando vestido. Se sentó a su lado y se enganchó al listón que tenía debajo con los tacones de los zapatos.

—Eres una chica guapa, Flossie —dijo, volviéndose hacia ella. El viento agitó un mechón de su pelo y el sol hacía brillar sus ojos color índigo. Era guapo. La mayoría de las chicas habrían matado por estar en su lugar, sentarse a su lado y que les dijera lo guapas que eran. Pero Florence solo deseaba que fuera su hermano.

—Gracias, Rupert —respondió. A continuación, para evitar la creciente sensación de incomodidad, añadió—: Oye, ¿ves esos barcos en el horizonte?

Rupert miró al mar a través del objetivo de su cámara.

—Barcos de pesca —dijo—. O mi padre guiando a los jóvenes a otra expedición más, como el flautista de Hamelin.

Bajó la cámara y sacó una pitillera plateada del bolsillo del pecho, la abrió y le ofreció un cigarrillo a Florence. Ella aceptó. Aunque no le gustaba fumar, disfrutaba bastante de la sensación de sofisticación que le proporcionaba. Ahuecó las manos en torno al encendedor y se apartaron del viento para que pudiera encenderlo. Sus manos se tocaron mientras buscaban proteger la llama. Florence sintió la caricia de las yemas de sus dedos en la piel y se le aceleró el corazón. Si se hubiera dado cuenta de lo íntimo que sería encender un cigarrillo, lo habría rechazado. Les costó algunos intentos, pero al fin Florence exhaló una nube de humo y trató de no toser. No quería que la considerara inmadura. Él se encendió otro y se guardó la pitillera y el encendedor en el bolsillo.

—Tu padre es un hombre maravilloso —comentó—. El verano no sería lo mismo si no organizara tantas actividades para nosotros.

—Todos son condenadamente amables. Todos. —El tono de Rupert era mordaz. Dio una calada al cigarrillo—. Parece que intenten demostrar algo.

Florence estaba confusa.

—¿El qué?

—Oh, qué sé yo. Lo fabulosos que son.

—Pero tú también eres un Dash.

—No uno de los fabulosos.

—Discrepo.

—Soy un rebelde, Flossie —repuso.

—Eres el hijo mayor, el heredero. El hijo más importante de la familia.

Él se echó a reír.

—Porque nací primero. Eso sí que es todo un logro, ¿verdad? Por supuesto que soy un Dash, pero no soy como ellos. Se me da fatal el tenis y no me gusta la gente en general.

Entonces Florence sintió pena por él. Parecía desolado, como si no le gustara ser diferente, sino que le molestara ese frío lugar, pese a que fuera él mismo quien se había relegado allí.

—No creo lo que dices sobre que no te gusta la gente. Tienes fama de ser aficionado a las fiestas. No puedes divertirte solo.

Rupert suspiró como si todo le pareciera un tremendo aburrimiento.

—Es solo de cara a la galería, Flossie. Intento encajar. Intento ser como todos los demás. ¿Qué más se puede hacer? No se puede nadar siempre contra corriente, pues acaba siendo bastante agotador. Solo hay que dejar que te lleve. Es lo que hago casi todo el tiempo. Dejar que me lleve.

Florence le miró con otros ojos. Rupert ya no parecía amenazador, sino perdido.

—¿Qué preferirías hacer? —preguntó con suavidad.

—Fotografiar cosas hermosas —repuso, levantando su cámara.

—Es una buena cámara —reflexionó Florence.

—Me alegro de que lo aprecies. Es una Leica. Una de mis posesiones más preciadas. —Miró por el objetivo y enfocó los ranúnculos que crecían en abundancia entre la alta hierba y los dientes de león—. Me gustaría llevar una vida tranquila en una casita en alguna parte. Preferiblemente en medio de un campo de ranúnculos y pasar los días leyendo a F. Scott Fitzgerald.

Florence se rio.

—Pero vas a heredar Pedrevan Park.

—Lo sé. La vida es una mierda. Lo siento. —Esbozó una sonrisa—. No debería decir palabrotas delante de una dama.

—No soy una dama.

Rupert entrecerró los ojos.

—Es cierto que no eres como las demás. Eres una fiera. A la mayoría de los hombres les parecerás un desafío demasiado grande. Lo sabes, ¿verdad, Flossie? La mayoría de los hombres no quieren una mujer fuerte.

Florence se preguntó si eso era cierto. Pensó en Aubrey. ¿También a él le parecería un desafío? Elise no era en absoluto desafiante.

—Estoy segura de que te equivocas —repuso, con optimismo.

—Eres una joven segura de sí misma, Flossie. Tienes una mirada firme y audaz. Debías de aterrorizar a tus profesores en el colegio.

—Hice todo lo que pude —replicó con una risita.

—Vas a ser una gran actriz.

—Si es que alguna vez piso un escenario.

—No necesitas un escenario. La vida es un escenario. Aquí hay mucho drama al que hincarle el diente si lo deseas.

—Sigo queriendo el escenario. Quiero interpretar distintos papeles. Quiero un público. Quiero los aplausos. —Rupert se rio, lo cual la animó a continuar—: Quiero el telón y las luces, el silencio que se hace en el teatro cuando empieza la obra. Quiero ser otra persona. Es aburrido ser yo todo el tiempo.

Rupert se llevó la cámara al ojo otra vez y la enfocó a ella.

—Creo que podrás tener todo lo que quieras, Flossie. —La cámara disparó.

Florence volvió el rostro hacia el mar.

—Necesito la aprobación del abuelo —dijo, tratando de no revelar lo incómoda que se sentía al ser fotografiada—. Él piensa que el teatro es para las chicas trabajadoras.

Rupert enarcó una ceja.

—¿Te refieres a las prostitutas?

—Él las describiría como «mujeres de vida alegre». —Se rio y él volvió a disparar con la cámara.

—Hermosa —murmuró, haciendo otra foto—. Entonces ese trabajo está hecho para ti. Pero tienes una naturaleza de acero, puedo verlo.

—Tienes razón. No me desanimaré.

—Imagino que siempre consigues lo que deseas.

—Hago lo que puedo. Aunque no siempre lo consigo.

—Mira si venciste a Aubrey en la pista. Eso fue pura fuerza de voluntad.

—Un buen golpe. John ganó el partido, no yo.

—Tu golpe será el que la gente recuerde.

—Aubrey se lo tomó bien. Es buen perdedor —adujo con una sonrisa. Hablar de Aubrey era igual que alzar el rostro hacia el sol.

—No suele perder. Es una novedad para él —respondió Rupert de forma lacónica.

—¿No aprecias a tu hermano, Rupert?

—Le quiero, claro que sí. La sangre tira mucho, ya sabes. Pero me molesta lo fácil que le resulta todo, cuando para mí todo ha sido una lucha cuesta arriba. Para Aubrey nada lo es. Todo el mundo le quiere. Puede tener a quien quiera, ya sea mujeres u hombres. Es injusto el enorme carisma que posee. La gente no puede evitar sentirse atraída por él.

—Tiene el encanto de tus padres, de eso no cabe duda.

Rupert la miró con expresión dolida en el rostro.

—¿Tú también le adoras, Flossie?

—Yo no adoro a nadie —replicó—. Nadie está libre de culpa, salvo Dios.

—Bien. Eres una mujer hecha y derecha, ¿no? —Sacudió la ceniza sobre la hierba—. Aubrey debería ser el hijo mayor. Pedrevan debería ser para él. Continuaría con las tradiciones de los Dash de organizar torneos de tenis y juegos de salón después de la cena. Me temo que los veranos serán muy aburridos cuando me pertenezca a mí. Cerraré las puertas y no dejaré entrar a nadie, igual que el gigante egoísta de Oscar Wilde.

—A lo mejor te casas con una mujer que se encargue de todo el entretenimiento por ti —adujo Florence—. Tú puedes sentarte en una tumbona en uno de los jardines secretos y esconderte con tus libros de Fitzgerald mientras ella organiza pícnics, búsquedas del tesoro y fiestas.

Rupert exhaló una bocanada de humo por un lado de la boca y la miró fijamente.

—¿Serías tú esa clase de mujer, Flossie?

Florence estaba segura de que lo sería si estuviera casada con Aubrey.

—Creo que soy tan cordial como ellos —repuso, manteniendo con firmeza la imagen de Aubrey en su mente—. Me encantan las fiestas y los juegos de salón. Se me daría muy bien organizar pasatiempos. Voy a celebrar la última fiesta del verano en nuestra playa. Va a ser magnífica. Una gran fogata, montones de velas en tarros, baile. He contratado una banda. Espero que tú también vengas, Rupert. Winnie y la abuela dudan de que esté a la altura, pero se tragarán sus palabras cuando vean que es todo un éxito.

Rupert sonrió con aire reflexivo.

—A lo mejor necesito a una mujer como tú que me salve.

Florence se echó a reír. Ni por un instante creyó que se refiriera a ella.

—Sí, necesitas a una muchacha campechana que adore entretener, pero que al mismo tiempo sea tolerante con tu naturaleza misántropa.

—Yo seré el gruñón cascarrabias en el desván que ve jugar al cróquet y al tenis en el césped mientras espera a que todo termine para poder tomarme una copa de jerez con mi amada esposa y ver ponerse el sol los dos solos.

—No te tenía por un romántico —dijo, sorprendida.

—¿Qué pensabas de mí?

—Bueno, si te soy sincera, siempre has sido una presencia bastante sombría. Al ser mayor que yo, no me fijaba demasiado en ti. Tienes reputación de deambular por la Costa Azul, igual que un abejorro zumbando de flor en flor, yendo de fiesta en fiesta. Jamás pensé que fueras un huraño cascarrabias que prefiere leer un libro a beber champán con los ricos europeos.

—Qué poco me conoces —adujo.

—No creo que nadie te conozca, Rupert.

Él sonrió y arrojó la colilla a las altas hierbas.

—Aún no, Flossie —repuso—. Pero tú lo harás.

El verano avanzó despacio, pero no detuvo su inexorable marcha ni un solo momento. Al comienzo de las vacaciones, cuando los meses de sol, fiestas y pasatiempos se extendían ante Florence como una secuencia que parecía no tener fin, pensaba que jamás llegaría el otoño. Le resultaba inconcebible que tantos días tocaran a su fin y, sin embargo, así era. Julio dio paso a agosto, los días comenzaron a acortarse un poco y la luz, que se había vuelto algo más tenue, se reflejaba en el agua como elegantes lentejuelas doradas.

Florence vio mucho a Rupert. A pesar de que acostumbraba a mantenerse alejado de las reuniones sociales de Gulliver's Bay, ahora parecía estar en todas partes. Iba a misa los domingos, a los pícnics en la playa y a las cenas y bailes en el granero. Participaba en el críquet, aunque fuera en calidad de árbitro, y saludaba a Florence, que observaba con atención a Aubrey desde una manta en el césped. Incluso se unió a una búsqueda del tesoro y llevó a Florence, a Cynthia y a Elise por la campiña en busca de la larga lista de cosas con las que tenían que hacerse para ganar el juego, y condujo con cuidado porque así se lo pidió Florence. Le había confesado que encontraba absurdo la vida social y, sin embargo, parecía que se estaba divirtiendo.

—¡Quién iba a imaginar que el arrogante Rupert se uniría a la diversión! —dijo Winifred, tumbada boca abajo en su toalla de playa con su traje de baño, viendo a Rupert, Aubrey y unos cuantos jóvenes más construir un descomunal castillo de arena.

Florence estaba tumbada a su lado, con la barbilla apoyada en las manos y los ojos protegidos por unas modernas gafas de sol redondas.

—No creo que disfrute haciendo un castillo de arena. Para nada es lo suyo —reflexionó—. Preferiría estar leyendo un libro.

—Siempre ha sido un poco más mayor que nosotros —adujo Winifred con aire pensativo—. A lo mejor está más dispuesto a participar ahora que somos más mayores.

—No se me había ocurrido. Puede que tengas razón. El año pasado yo tenía dieciséis y él veinte y ni siquiera me miró una sola vez. Por inesperado que parezca, este año se ha vuelto un amigo.

—Debe de ser irritante tener un hermano menor tan popular. —Winifred observó a Aubrey, con pantalones cortos y camisa, y con sus atléticas extremidades broceadas y fibrosas, alisar la montaña en la que estaban construyendo lo que parecía más un palacio que un castillo—. Rupert siempre ha sido un poco inadaptado.

—A mí me gusta la gente diferente —adujo Florence, contemplando a Rupert con afecto—. Seguro que detesta jugar con ese estúpido castillo.

—Es sombrío y misterioso. —Winifred exhaló un suspiro—. Tiene algo…

Florence esbozó una sonrisa.

—¿Te gusta, Winnie?

—Un poco. Tiene cierto encanto, ¿no os parece? Y no se puede decir que no sea guapo. Pero es demasiado peligroso para mí. Me gustan los hombres más amables.

—Es una lástima porque tú podrías casarte con Rupert y yo con Aubrey y así siempre estaríamos juntas.

—Rupert y Aubrey están destinados a llevar vidas muy diferentes —repuso Winifred.

—Sí, claro. Rupert heredará Pedrevan y Aubrey se abrirá camino en el mundo.

—Aubrey se ordenará sacerdote —aseveró Winifred con seriedad. Florence la creyó durante un instante. Abrió la boca, ahogando un grito de asombro. Entonces Winifred se estremeció de la risa—. ¡Te he pillado! ¡Mira que eres boba!

Florence se incorporó.

—¡Eres mala, Winnie! ¿Cómo has podido? Yo me casaré con Aubrey. Ya lo verás.

Florence se dio cuenta de que Rupert la estaba mirando desde el otro lado de la playa y se sintió un poco cohibida con su traje de baño. Aun así sonrió y agitó la mano y él le devolvió el saludo. Ojalá Aubrey también la mirara, así podría saludarle, pero estaba demasiado ocupado con su proyecto para molestarse siquiera en mirarla.

Por fin el palacio de arena estaba terminado. No se podía negar que era espectacular, con torres de tejado cónico, y todo el mundo se agolpó a su alrededor para admirarlo. Las chicas empezaron a decorarlo con guijarros y algas. Elise apareció con un cubo lleno de conchas. Rupert, que apenas se había manchado las manos, buscó un palo, le ató un pañuelo y lo colocó en lo alto a modo de bandera. Se apartó con orgullo.

—Ya está, ahora resulta magnífico —aseveró—. ¿A ti qué te parece, Flossie?

—Se ve espléndido —dijo con entusiasmo—. Creo que nunca he visto un castillo de arena tan magnífico.

Aubrey estaba revolviendo en el cubo de Elise. Los dos sonreían y él le estaba diciendo algo en voz baja que Florence no alcanzó a oír.

—Muy inteligente buscar tantas conchas, Elise —dijo Florence en un intento de incluirla.

Aubrey y Elise levantaron la vista con sorpresa.

—Yo no tengo paciencia para eso —adujo Aubrey con una risita.

—Lo sé —repuso Elise, dándole un empujoncito juguetón—. Por eso las he recogido para ti.

—Y a las chicas nos gustaría participar, ¿verdad? —apostilló Florence. No tenía la más mínima intención de decorar el castillo, pero tenía que hacer algo para interrumpir tan íntima conversación entre Elise y Aubrey. Se acercó, metió las manos en el cubo y sacó un puñado de conchas. Abrió los dedos y las miró. Para su sorpresa, entre las típicas conchas de Cornualles había algunos pequeños trozos de vidrio marino—. ¡Mirad! ¡Qué preciosidad! —exclamó, separándolos con el dedo.

Aubrey miró su palma y jadeó.

—Has encontrado uno azul, Elise. ¿Sabes lo raros que son los azules? —Lo agarró y lo giró despacio hasta que la luz del sol desveló su pálido brillo verde turquesa—. Es una gema. Una auténtica belleza. ¿Dónde lo has encontrado?

—Junto a esas rocas —respondió Elise, señalando hacia el final de la playa, desconcertada por que algo tan sencillo hubiera suscitado su interés.

—Ven, veamos si podemos encontrar más. Esto es un auténtico descubrimiento. —Aubrey tomó a Elise de la mano y se alejaron corriendo por la arena.

Winifred se acercó a Florence con sigilo.

—Olvídalo, Flo —dijo en voz queda al tiempo que le echaba el brazo sobre los hombros—. Solo vas a conseguir salir escaldada.

Florence irguió la cabeza. «La hija de un oficial no llora.» Asintió y parpadeó para contener las lágrimas. Ya que tenía un puñado de conchas en las manos, bien podría decorar el maldito castillo, pensó con amargura. Con el corazón apesadumbrado, procedió a colocar las conchas alrededor del castillo con las demás jóvenes. Parecían estar disfrutando, pero a Florence eso le traía sin cuidado. La marea no tardaría en llegar y se lo llevaría todo, así pues, ¿de qué serviría? Cuando terminó, se limpió las manos en el traje de baño y se preguntó qué hacer. Por un momento se sintió desamparada mientras todos a su alrededor reían, charlaban y adornaban el castillo.

Sintió una mano en su hombro. Era Rupert.

—¿Te apetece un helado? —preguntó.

Florence miró las pequeñas siluetas al final de la playa que buscaban vidrio de mar.

—Me encantaría —dijo, esbozando una sonrisa forzada—. De hecho, jamás me había apetecido tanto.

Rupert y Florence se sentaron en el muro de piedra que separaba la playa de la carretera y lamieron sus helados de vainilla. Un par de regordetas gaviotas los observaban con avidez desde las dunas, con la esperanza de que les tiraran algunos trocitos de cucurucho. Florence miró a Rupert y sonrió.

—En realidad no has disfrutado nada construyendo el castillo, ¿verdad? —preguntó.

Rupert enarcó una ceja.

—¿Cómo puedes pensar tal cosa? Nada me gusta más que hacer castillos de arena. De hecho, sería mi pasatiempo favorito si tuviera que elegir uno. —La ligera crispación de sus labios decía otra cosa.

Florence se echó a reír.

—Estás haciendo un buen trabajo arrimando el hombro, ¿sabes? En serio, si hubiera un premio al principiante más entusiasta, sería para ti.

Él exhaló un suspiro.

—Empiezas a conocerme, Flossie.

—¿Crees que has engañado a todos los demás?

—Por supuesto. Todos piensan que soy un jugador de equipo. No tienen ni idea de que no soporto los equipos. La sola palabra «equipo» me hace estremecer. —Hizo una mueca que arrancó una nueva carcajada a Florence.

—Entonces, ¿por qué lo haces? ¿Por qué no te retiras a tu jardín como un gigante egoísta y dejas que nosotros nos ocupemos?

Rupert la miró y frunció el ceño. Hubo un prolongado silencio mientras él parecía sopesar su respuesta. Por fin se encogió de hombros y desvió la mirada de nuevo hacia la playa.

—Me gusta una chica —dijo en voz queda.

Florence abrió los ojos como platos. Se preguntó si era Winnie. A fin de cuentas, las había saludado un montón de veces con la mano mientras construía el castillo.

—¿Me vas a decir quién es? —preguntó Florence.

—Sí, lo haré, pero no ahora.

—¡Aguafiestas!

Rupert se rio entre dientes y cambió de tema.

—¿Qué tal vas con el helado?

—Casi me lo he terminado.

Él arrojó los restos de su cucurucho a las gaviotas, que lo picotearon con voracidad.

—Pequeñas aves de rapiña —comentó—. Me sorprende que puedan seguir volando con las porquerías que comen.

—Si fueras una ave, ¿cuál serías? —inquirió Florence.

—Un águila volatinera.

—Jamás he oído hablar de ella.

—Es una belleza. Oriunda de África y de Arabia. Tiene el plumaje negro y gris y el pico y las patas rojas, que resultan muy atractivas, y se emparejan de por vida.

—Igual que los patos.

—Sí, podría haber elegido un pato si no fueran presa fácil. ¿Qué serías tú, Flossie?

Florence ladeó la cabeza y entrecerró los ojos con aire pensativo.

—Bueno, no me gustaría que me comiera un depredador.

—¿Ni siquiera un águila volatinera?

—Menos aún un águila volatinera. —Sonrió de oreja a oreja—. Me gustaría ser una golondrina. Al ser tan ágil tendría muchas posibilidades de escapar de tus garras.

—Soy muy veloz, Flossie. Deberías tener temple.

—Oh, estaré atenta a los que son como tú y a tus muy atractivas patas rojas.

Rupert se rio.

—Si te atrapo, no te comeré.

—¿Me lo prometes?

—Pero podría quedarme contigo por placer.

Florence se rio y le propinó un codazo juguetón.

—¡Oh, Rupert!

—Las golondrinas como tú son poco frecuentes.

—¿En serio? A mí todas me parecen iguales.

—¿Sabías que hay muchas clases de golondrinas? Está la golondrina común, la golondrina bicolor, la golondrina alfarera y el avión zapador, por nombrar cuatro. Pero tú no eres ninguna de esas. No, tú eres una golondrina rara.

—Bueno, ¿y de qué clase soy yo?

Él la miró de manera afectuosa.

—La golondrina del sol.

—Me gusta.

—Sí, si te capturo, pienso quedarme contigo para que cada amanecer y cada anochecer derrames tu luz sobre mí.

—Eso suena a cuento de hadas —dijo Florence.

—En ese caso seguro que tiene un final feliz. Los cuentos de hadas siempre los tienen.

—Deberías escribirlo. *La golondrina del sol…*

—*… y el águila volatinera.* —Sonrió con gesto cómplice—. Ya estoy en ello.

5

Al día siguiente llovía a cántaros. Winifred, que siempre tenía recursos, sacó su caja de pintura y se sentó en la mesa redonda situada en la ventana saledіza a pintar una flor con acuarelas. Florence no tenía ganas de hacer nada. Se tumbó en su cama a ver la lluvia golpetear el cristal de la ventana. Observó cómo las gotas caían, se fusionaban y se deslizaban por el cristal igual que lágrimas. El cielo estaba encapotado y plomizo, como su corazón. Sabía que jamás amaría a otro. ¿Cómo era posible que Aubrey no sintiera lo mismo? Estaba claro que solo tenía ojos para Elise. Había sido una tonta al albergar esperanzas. ¿Cómo había podido ignorarlo cuando había tenido las pruebas delante de las narices en todo momento?

Porque no había querido verlo.

¿Era demasiado vital?, se preguntó. ¿Era demasiado franca? ¿Tal vez era demasiado voluptuosa? ¿O demasiado rubia? Elise era menuda y morena, como un duendecillo del bosque. Y tampoco era un duendecillo hermoso, pensó con resentimiento. Florence sabía que no era guapa, pero sí mucho más atractiva que Elise, y tenía mucha más personalidad. La única ventaja que Elise tenía era su nacionalidad. Elise era francesa y su forma de hablar inglés resultaba muy atractiva. Ella podía cambiar muchas cosas para resultarle más atractiva a Aubrey, pero no podía convertirse en francesa.

Una llamada a la puerta la sacó de la vorágine de autocompasión.

—¿Puedo pasar? —Era el tío Raymond.

Florence se incorporó y se apresuró a secarse los ojos. El tío Raymond no esperó a que respondiera, sino que entró de inmediato. Echó un vistazo a la cara llorosa de su sobrina y se sentó en el borde de la cama con una sonrisa comprensiva.

—Ay, cariño, estás tan tristona como el tiempo —dijo.

Florence suspiró.

—El sol acabará por salir —respondió con rotundidad, desviando la mirada hacia la ventana—. Siempre sale.

—Pero hará falta algo más que sol para levantarte el ánimo.

—Estoy bien. Solo me duele la cabeza.

—Más bien el corazón. Lo reconozco al vuelo. El desamor posee una cierta naturaleza melancólica.

—¿Qué sabes tú del desamor, tío Raymond?

—Mi dulce Flo, yo he sufrido el amor no correspondido en más de una ocasión y no hay nada que duela más.

—¿Cómo sabes que sufro de amor no correspondido? —No era propio de Winifred ser indiscreta.

El tío Raymond se dio un golpecito en la nariz.

—Tengo mis fuentes y soy astuto como un zorro. No se me escapa nada. Te gusta Aubrey desde siempre.

Florence dejó escapar una risita amarga.

—Desde que tengo uso de razón.

—Se ha enamorado de la francesa, ¿verdad?

—¿Cómo lo sabes?

—Se veía a la legua cuando vinieron a cenar.

Florence estaba desconcertada.

—¿De veras?

—A veces uno solo ve lo que quiere ver —dijo de forma afable.

Florence se echó a llorar.

—Le quiero de verdad, tío Raymond. Sé que nunca amaré a nadie más. —Se puso una mano en el pecho—. Duele mucho.

—Así es, y no pienso decirte que mejorará porque no vas a creerme. Pero todas las experiencias en la vida son provechosas. Todo tiene un fin. Piensa en ello como en un banco dentro de ti desde que puedes sacar sabiduría cuando la necesites en el futuro. Un día ese banco estará lleno de todo tipo de placeres y sufrimientos. Cuando las cosas se pongan difíciles, cosa que sucederá porque no hay camino sin baches, podrás sacar cosas de él que te ayudarán a sobrellevar la situación. Encontrarás resiliencia, fuerza de voluntad, fortaleza, aceptación, paciencia, tolerancia y compasión. Ahora no puedes verlo, pero tal vez Aubrey no era el hombre indicado para ti. Eres joven, dispones de mucho tiempo para encontrar tu alma gemela. Un día, cuando estés con el hombre perfecto, volverás la vista atrás y le agradecerás a Elise que te salvara de Aubrey, que jamás podría haberte hecho feliz.

—Voy a ser la señora Dash. Puedo sentirlo. Ese apellido me queda como un guante. —Le miró con tal intensidad que el tío Raymond no pudo sino estar de acuerdo con ella.

—Muy bien —cedió al tiempo que se encogía de hombros—. Entonces debes tener paciencia.

—Lo haré. —Florence se animó ante la idea—. Se le pasará lo de Elise. A fin de cuentas, ella tendrá que volver a Francia y no podrán seguir juntos. Aubrey es demasiado joven para casarse, ¿verdad, tío Raymond?

—Sí. Claro que lo es. Apenas son adultos. No te preocupes, mi dulce Flo. Piensa en el cuento de la liebre y la tortuga.

—Yo soy la tortuga —dijo con entusiasmo—. Avanzaré a mi ritmo y alcanzaré a la liebre cuando se vuelva complaciente.

El tío Raymond le dio una palmadita en la mano.

—Esa es mi chica.

Florence le miró y frunció el ceño.

—Tío Raymond, ¿por qué no te has casado? Eres guapo, divertido e inteligente. Si no fuera tu sobrina, querría casarme contigo.

Él se rio.

—No soy de los que se casan —repuso, y algo en su expresión hizo que Florence no siguiera ahondando—. Creo que seré un solterón de por vida.

Florence decidió que haría que su fiesta fuera la más espectacular del verano. Una fiesta que Aubrey siempre recordaría. Ni siquiera necesitaba pedirle dinero a su abuelo para organizarla porque las ideas que tenía no costaban nada. Solo costaban tiempo y esfuerzo, algo que poseía en abundancia. Con ímpetu y energía renovados, dedicó los tres días previos a la fiesta alejada del torbellino social, buscando paja en los campos recién cosechados. Siguiendo las instrucciones de un libro de artesanías y manualidades que compró en el pueblo, hizo estrellas de distintos tamaños y estilos y las adornó con cintas. Luego tomó prestados unos altos palos de la propiedad de los Dash, los clavó en la arena a una distancia equidistante entre sí y ató la cuerda y las estrellas como si fueran banderines. Construyó bancos en la arena y los decoró con hojas. El tío Raymond y Rowley, el mayordomo, ya ayudaron a bajar las mesas de caballete de la casa y las adornó con jarrones con flores del jardín. A continuación tomó prestados sesenta tarros de mermelada de la cocinera y dentro puso las pequeñas velas que la mujer empleaba para mantener caliente la comida. Recortó el papel plateado de los paquetes de tabaco y pegó las pequeñas estrellas a los tarros de cristal. Las encendería justo cuando empezara a anochecer. El efecto sería impresionante.

La playa de los Pinfold tenía una característica muy especial: una cueva. Cuando subía la marea, solo se podía acceder desde el exterior en barca, pero cuando la marea estaba baja, tal y como su abuelo le había dicho que ocurriría la noche de la fiesta, se podía ir a pie. Florence iba a colgar pequeños faroles en palos para marcar el camino y a iluminar el interior de la cueva con velas, ya que las paredes estaban decoradas de forma natural con minerales que habían teñido la roca de verdes, rojos, azules y amarillos. Sería muy romántico. Al fondo de la cueva, donde no llegaba el agua, había una entrada oculta. Dicha entrada llevaba a un túnel que ascendía hasta la casa. Era un secreto bien guardado que los lugareños utilizaban en los viejos tiempos para el contrabando y Florence y Winifred cuando eran niñas para divertirse. «Si alguna vez tenemos problemas, utilizaremos ese túnel», le gustaba decir a Henry

Pinfold, pero Joan se reía y le decía que nadie utilizaría ese túnel si no era en una novela.

La noche de la fiesta, Florence subió de la playa con la cara quemada, roja y resollando después de haber supervisado los últimos detalles. Las criadas habían ayudado a llevar vasos y jarras de limonada bajo la supervisión de Rowley. Había botellas de vino enfriándose en cubiteras y Oliver, el hijo de la cocinera, estaba preparando cócteles. Habían encendido bengalas en el jardín y a lo largo del sendero para señalar el camino a la playa. No había ni una sola nube amenazadora en el cielo y el mar estaba en calma. Prometía ser una noche cálida y agradable.

Winifred estaba sentada en la terraza, pintándose las uñas. Su madre hojeaba una revista mientras se fumaba un cigarrillo. Las puertas de la casa estaban abiertas y en el gramófono sonaba música clásica.

—Espero que te des un baño —dijo Winifred, mirando a su hermana con diversión.

—Pues claro que me voy a dar un baño —replicó Florence.

—Tengo curiosidad por ver qué has estado haciendo en la playa los últimos días —adujo Margaret, levantando la vista de la página.

Florence esbozó una amplia sonrisa.

—Tienes que venir a verlo, pero no hasta justo antes de que lleguen mis invitados. Primero hay que encender docenas de velas.

Winifred se rio.

—Espero que no te hayas olvidado de nada importante —dijo—. Porque seguro que has olvidado algo.

—Y eso te encantaría para así poder sentirte superior, ¿verdad?

—Estoy segura de que has hecho un trabajo espléndido —intervino Margaret.

—¿Por qué ibas a olvidarte de algo con lo mucho que te has esforzado?

—Y lo he hecho todo yo sola —repuso Florence muy orgullosa—. Aparte de un poco de ayuda del tío Raymond y de Rowley cuando se requería fuerza, y de la cocina, claro. No puedo decir que haya cocinado ni un solo huevo.

—Estoy deseando verlo —dijo Margaret.

Winifred soltó un bufido y estiró los dedos para que se le secasen las uñas. Estaba claro que no creía que su hermana hubiera conseguido organizar una fiesta.

Florence no le prestó atención y se apresuró a entrar para ir a darse un baño y cambiarse.

Mientras estaba sentada en el tocador, recogiéndose el pelo y rizándolo hasta que relucía, pensó en Aubrey. No dejaría que le arruinara la fiesta, se dijo con firmeza. Era inevitable que bailara con Elise, pero no le importaría. No iba a permitir que le afectara. Esta era su noche. Había trabajado muy duro para lograrlo. Y, al contrario de lo que Winifred pensaba, no había descuidado ni un solo detalle. Tal vez Aubrey no le correspondiera, pero se quedaría impresionado con la belleza de la playa.

Cuando apareció en la terraza ataviada con un vestido rosa y blanco con las mangas abullonadas, se encontró al tío Raymond y a su abuelo disfrutando de un vaso de *whisky* escocés mientras contemplaban ponerse el sol, que sembraba el agua de vetas cobrizas y doradas.

—¿Verdad que es precioso? —dijo.

Los hombres se volvieron hacia ella.

—¡Por los clavos de Cristo! —exclamó Henry, mirándola con regocijo.

—Olvídate de la puesta de sol, dulce Flo. Tú sí que estás preciosa —repuso el tío Raymond.

Florence estaba contenta. Se atusó el cabello.

—¿Os gusta?

—Por supuesto que sí —respondió el tío Raymond—. Muy sofisticado. Pareces una estrella de cine estadounidense.

—No necesita que la animes —medió Henry, lanzándole a su hijo una mirada reprobatoria

—Esa es la idea —dijo Florence—. Lo he copiado de una revista. He tardado una eternidad. —Se movió presa de la excitación—. Es la noche perfecta para ello. Menos mal que no llueve. —Respiró el olor a humo de leña que llegaba de la playa—. Deben de haber encendido el fuego —señaló, captando una sensación de nostalgia en esa vieja y familiar fragancia.

—Espero que vayas a asar patatas en las ascuas —quiso saber el tío Raymond.

—Desde luego que sí —aseveró Florence—. La cena no estaría completa sin eso. —Le asaltó un recuerdo de los temporeros que solían venir a Kent desde el East End de Londres para recoger el lúpulo. Recorrían las hileras de vides llenando sus cestas y luego las llevaban a los bonitos secaderos donde las secarían en los pisos superiores con fuegos encendidos debajo. En una ocasión, uno de los granjeros permitió que Florence y Winifred asaran patatas en las ascuas. Eran las patatas más deliciosas que había probado—. El verano casi ha terminado —dijo, sintiéndose de pronto melancólica—. Pensé que jamás llegaría este día.

—Todo llega y todo pasa —repuso el tío Raymond de forma sabia.

—Lo bueno y lo malo —añadió Florence, pensando en Elise y en Aubrey.

—En efecto —convino el tío Raymond—. «Las cosas buenas se hacen esperar» es otro dicho que me gusta especialmente.

Florence reparó en el gesto cómplice de sus labios.

—Esta noche me lo voy a pasar de maravilla —dijo con determinación.

—¿Puedo acompañarte a la playa? —preguntó el tío Raymond.

—Yo también quiero ir a ver lo que has hecho ahí abajo —intervino Henry, dejando el vaso en la mesa.

En ese momento salieron Margaret, Winifred y Joan, ataviadas con sus mejores galas.

—El abuelo y yo solo nos quedaremos un rato —repuso Joan para tranquilizar a Florence—. No querrás que tus viejos abuelos te estropeen la fiesta.

—No la estropearéis. La animaréis —replicó Florence, enlazando el brazo con el de su tío—. Pues vamos. Es hora de revelarlo todo.

La playa estaba espectacular. Incluso desde lo alto de la colina, las titilantes luces y la hoguera brillaban con fuerza en el crepúsculo. Cada vez anochecía más temprano y la luz había adquirido ya un nebuloso matiz que le confería un resplandor rosáceo y anaranjado. El sendero era angosto y la familia tuvo que caminar en fila india entre zarzas y saúcos, que ya hacían alarde de sus bayas. Una vez llegaron a la arena, contemplaron maravillados el ingenio de Florence. El efecto de la paja resultaba encantador y el camino iluminado que conducía a la cueva parecía mágico.

—¡Es espléndido! —dijo Winifred con sorpresa—. No creo que hayas descuidado ni un solo detalle.

—Parece obra de las hadas —repuso Joan—. ¿Verdad que sí, Margaret?

—Estoy muy impresionada. —Margaret frunció el ceño, pues ella jamás habría logrado tan cautivador espectáculo—. No sé cómo lo has hecho.

—Creo que debería vigilar la cueva —dijo Henry, lanzando una mirada de advertencia a Florence—. No queremos que ninguna travesura tenga lugar ahí dentro.

El tío Raymond se echó a reír.

—No hay diversión sin travesuras —replicó.

—¡Por Dios, Raymond! —le reprendió su hermana—. Las jóvenes no necesitan que las animen.

—Cuando yo era joven, nuestras carabinas nos vigilaban igual que halcones —adujo Joan.

—En mi época también —replicó Margaret—. Sin embargo, estos jóvenes se conocen tan bien que dudo que necesiten supervisión.

—Florence y Winifred necesitan que se las proteja, no que se las vigile —dijo Henry—. ¡Miradlas! Parecen hermosas sirenas. Necesitan que las protejan de los piratas de Gulliver's Bay.

—No pasa nada, papá. Habrá adultos de sobra para luchar contra los piratas —repuso Margaret. Le brindó una sonrisa nerviosa a Florence y esta supo a la perfección en qué estaba pensando. Que ojalá su esposo estuviera aquí, pues no habría permitido que sus hijas asistieran a una fiesta sin carabina.

La playa no tardó en llenarse de invitados y la banda comenzó a tocar. Florence permaneció con su familia, saludando a todos los que llegaban. Pero solo le interesaba un grupo y no había llegado nadie de Pedrevan. Todo el mundo comentaba lo bonito que era su vestido rosa y blanco y su nuevo peinado, pero solo había una persona a la que deseaba impresionar. Cuando llegó, por supuesto con Elise, que parecía anodina con un sencillo vestido verde oliva, Florence empezaba a preguntarse si vendría. Lo acompañaban sus hermanos e innumerables primos.

—Esta es la forma perfecta de despedir el verano —dijo, tomándole la mano y besándola en la mejilla—. Me gusta tu nuevo aspecto. Te queda bien.

Florence esbozó una sonrisa radiante.

—Gracias, Aubrey —repuso—. Me entristece que acabe, pero siempre nos queda el próximo año.

—Ojalá —adujo, dedicándole una encantadora sonrisa antes de encaminarse por la arena hacia la creciente multitud.

—Eres la bella del baile —dijo Rupert, arrimándose para besarle la mejilla.

—Oh, gracias, Rupert —respondió, apartando la mirada de las dos personas que se mezclaban con el resto de los invitados—. Estás muy apuesto de esmoquin.

—¿Habrá baile?

—Por supuesto.

—Espero que me reserves uno.

—Desde luego.

—Vendré a buscarte. —Le vio encaminarse hacia la fogata, con una mano en el bolsillo del pantalón y sujetando un cóctel con la otra, y supo que debería sentirse halagada por que hubiera decidido venir; habían conquistado al esquivo Rupert Dash. Entonces se preguntó quién era la misteriosa joven a la que admiraba y sintió una sorprendente punzada de celos. Le había prometido que se lo diría, pero mientras le observaba hablar con Winifred y con Cynthia, ya no estaba tan segura de querer saberlo. No le gustaba imaginarle con otra persona. Le complacía que él, el águila volatinera, altiva, distante y enigmática como era, buscara su compañía. Le agradaba ser su golondrina del sol.

Florence pudo por fin dejar su puesto entre su familia e ir a reunirse con sus amigos. Disfrutó de las felicitaciones por haber conseguido que la playa pareciera un cuento de hadas y por el festín que había preparado la cocinera. Al pasar junto a la mesa de la comida se fijó en las patatas envueltas en papel de aluminio listas para colocar en las brasas. Cuánto le gustaría sentarse con Aubrey y hablar mientras se asaban las patatas. Pero él no se separó de Elise en toda la velada. Era inútil tratar de separarlos y no pudo hacer otra cosa que unirse a ellos y contemplar su intimidad.

—Pasado mañana nos vamos a Kent —les dijo Florence con un suspiro pesaroso—. No puedo creer que haya acabado el verano.

—Yo regreso a Francia mañana —repuso Elise.

—¿Mañana? Es muy repentino.

Elise se encogió de hombros.

—En realidad no. La fecha de mi marcha estaba fijada desde que llegué. —Miró a Aubrey—. Pero lo he pasado bien y he aprendido inglés.

—Pues tú no me has enseñado ni una palabra de francés —se quejó Aubrey con una sonrisa.

—Mentiroso. Te he enseñado muchas palabras.

—Tienes razón, no estoy siendo justo. Y no viniste aquí para enseñarnos tu idioma, sino para aprender el nuestro. Espero haber sido un buen profesor.

Ella asintió.

—Has sido un gran profesor.

Florence sintió que se le revolvía el estómago.

—A lo mejor puedes volver y enseñarnos francés a todos —sugirió, esbozando una sonrisa incómoda.

Sin embargo, Aubrey parecía contento con su sugerencia, lo que alivió parte de los retortijones.

—Florence tiene razón. Tendrás que volver. Esto no es un adiós, sino un hasta pronto.

—¿Hay alguna diferencia?

—Pues claro —repuso Aubrey, y Florence ya no pudo soportar la forma en que miró a Elise.

—Lo siento, acabo de darme cuenta de que tengo que ocuparme enseguida de una cosa —se excusó.

Florence se alejó a toda prisa por la playa entre los faroles, parándose tan solo para quitarse los zapatos a fin de poder correr más deprisa por la arena. Cuando llegó a la cueva, apoyó la mano en la húmeda roca y rompió a llorar.

—¿Flossie? ¿Estás bien?

Se dio la vuelta y vio el rostro preocupado de Rupert en la entrada de la cueva. De nada servía que fingiera que se le había metido algo en el ojo.

—Estoy bien, solo un poco triste porque se acaba el verano —respondió, secándose la mejilla.

Él frunció el ceño.

—Es la peor explicación de por qué alguien llora que he oído.

Florence esbozó una sonrisa avergonzada cuando él se acercó.

—Es lo único que se me ha ocurrido.

—Tienes que hacerlo mejor. ¿Por qué no dices la verdad sin más? Somos amigos, ¿no?

—Oh, no es tan sencillo, Rupert.

Él recorrió la cueva con la mirada. Las danzarinas llamas iluminaban las paredes como parpadeantes películas mudas.

—Este lugar es magnífico.

—En el pasado fue una cueva de contrabandistas.

—No me extraña.

—Pensé que sería romántico iluminarla, pero ¿para qué?

—Sí que es romántico. —Se volvió hacia ella y sonrió—. No deberías llorar, no aquí, Flossie. —Su expresión mostraba una ternura que no había visto antes y sintió que algo se agitaba en su estómago.

—Si mi abuelo nos encontrara aquí solos, haría que te colgaran, te arrastraran y te descuartizaran.

—Dudo que nos encuentre aquí. —Rupert sonrió de oreja a oreja. Al igual que Florence, no le preocupaba romper las reglas. Le tendió la mano—. ¿Bailas? —Apenas se oía la música, pero podían bailar al son de las olas que lamían la arena. La banda estaba tocando un vals—. Vamos, un baile te animará. No puedes negar que necesitas animarte.

Florence colocó la mano en la suya y dejó que la acercara a él con la otra mano, colocada de forma cómoda en la parte baja de su espalda. Comenzaron a danzar por la cueva. Ninguno habló durante un rato. Rupert era un buen bailarín y hacía alarde de una gran seguridad. La guio por la arena con maestría, sosteniéndola cuando se tropezaba en el irregular terreno. Estar tan cerca de él no hizo que se sintiera tan nerviosa como cuando estuvieron sentados en la cerca. De hecho, hacía que se sintiera reconfortada. Parecía que le conocía tan bien que su contacto le resultaba tranquilizadoramente familiar. Le pisó el pie, confusa de pronto por su inesperado cambio de parecer. Los dos rompieron a reír. Rupert tenía razón; bailar la animaba.

—¿Lo ves? Ahora te sientes mejor, ¿verdad?

—Así es —dijo, alejándose de él, sin aliento—. Me gusta bailar.

—Salvo por algún que otro paso torpe en la arena y por el pisotón en el pie, tienes talento natural.

—Lo mismo que tú, Rupert. Pero supongo que todos los Dash bailan como los ángeles.

—Puede que no sea un experto en la pista de tenis o en el campo de cróquet, pero me muevo con soltura en la pista de baile. Al menos eso puedo decirlo. —Su sonrisa fue diferente.

—¿A quién le importa el tenis y el cróquet? Es el carácter de la persona lo que cuenta. Hay mucha gente gris por ahí. Nadie podrá decir nunca que eres una persona gris, Rupert. Al fin y al cabo, eres un águila volatinera.

—Y tú eres una golondrina del sol, Flossie. —Su voz rebosaba afecto—. Tú y yo tenemos mucho en común. Creo que por eso me gustas tanto. Reconozco a un espíritu afín.

—¿Porque los dos somos atrevidos?

—Supongo que en parte por eso. A ninguno de los dos nos gusta hacer lo que nos dicen. Pero hay algo más. Algo que no alcanzo a precisar. Algo más que el que seamos atrevidos. —Frunció el ceño y entrecerró los ojos mientras buscaba el término adecuado—. Te conozco.

Florence no entendía a qué se refería. La miraba de un modo que la ponía nerviosa.

—Has sido muy amable, Rupert —dijo—. Gracias.

Él le asió la mano. Había un brillo desconocido en sus ojos. Una expresión decidida. A Florence se le encogió el estómago de temor, pero también de excitación. La atrajo contra sí, ahuecó la mano sobre su nuca y la besó en los labios. Estaba tan aturdida que no sabía qué hacer. Nunca antes la habían besado. Sentir los labios de Rupert sobre los suyos resultaba extrañamente placentero. No se apartó ni protestó. Él se los separó con delicadeza y sus lenguas se encontraron. Sintió una punzada caliente e intensa en el vientre que le hizo contener el aliento. Era una sensación tan sensual y prohibida que no le dijo que se detuviera. No podía. En lugar de eso, cerró los ojos y sucumbió a ella, dejando que la llevara por un momento como un mal viento a nada bueno. Un viento que conocía bien, pues con anterioridad había dejado que la metiera en problemas en infinidad de ocasiones. A medida que el beso se hacía más profundo comenzó a experimentar una sensación de dolor, una sensual sensación de deseo que no había sentido ni siquiera en sus sueños. Tan sorprendida y confusa estaba por la curiosa forma en que estaba reaccionando su cuerpo que abrió los ojos sobresaltada.

No se le había pasado por la cabeza que él pudiera encontrarla atractiva. No se le había ocurrido que podría querer besarla. Que fuera ella la chica de la que le había hablado; la chica que le gustaba.

Le puso una mano en el pecho y le apartó con delicadeza.

—No, Rupert…

Él se rio con suavidad, con una mano todavía en su cintura y acariciándole la mejilla con la otra.

—Mi querida Flossie, ¿no te has dado cuenta de que te quiero? —Ella le miró con desconcierto—. ¿Cómo es posible que no te hayas dado cuenta? ¿Por qué crees que he aguantado esos interminables y espantosos eventos sociales todas estas semanas? ¿Por el placer de ver los puntos directos de Aubrey en la pista y los golpes ganadores en el campo de críquet? ¿Por el placer de construir castillos en la arena? No, por el placer de estar cerca de ti.

—Pero no imaginaba que...

—¿Por qué si no iba a llevarte a dar un paseo en coche? ¿Por qué me he quedado en Gulliver's Bay si no es por ti? Quiero casarme contigo. Nos imagino a los dos en Pedrevan; tú organizando partidos de críquet y yo viéndote desde la ventana, anhelando que todo el mundo se vaya a casa para poder tenerte toda para mí.

—Pero si ni siquiera tengo dieciocho...

—Entonces esperaré.

—Rupert, quiero a otro.

Su cara de sorpresa y de dolor no había sido mayor aunque le hubiera propinado un puñetazo en el estómago. El color desapareció de su rostro y sus ojos se apagaron de repente cuando la luz desapareció de ellos.

—¿A quién? ¿A quién amas?

Parecía tan dolido que le mortificaba haberlo causado ella. No podía decirle la verdad.

—No le conoces —murmuró—. Pero no me corresponde. De hecho, ama a otra, así que en realidad es en vano.

—Ahora sabes cómo me siento.

—Oh, Rupert, si eso es cierto, entonces te he convertido en el hombre más desdichado del mundo.

—Así es —respondió—. Pero no te lo reprocharé. —Se rio con amargura y metió las manos en los bolsillos de los pantalones. Se encogió de hombros—. ¡Vaya dos!

—Lo siento... —Florence comenzó a llorar. Se sentía muy desgraciada por haberle herido y por primera vez aquel verano, no estaba segura de lo que sentía.

Rupert la rodeó con los brazos y la besó en la sien.

—Eres joven, a saber qué nos depara el futuro. —Cerró los ojos y respiró el aroma de su cabello—. Me has hecho pasar un verano maravilloso. Supongo que debería estar agradecido por ello.

Le brindó una sonrisa triste, absorbiendo cada detalle de su rostro y después se dirigió a la entrada de la cueva.

—¿Qué vas a hacer? —preguntó Florence, sintiendo que algo se le escapaba y no deseaba dejar que se fuera.

—No lo sé. Pero mañana a esta hora estaré lejos de aquí. —Florence quiso decir algo para evitar que se marchara, pero no había nada que pudiera decir—. Adiós, Flossie. Cuídate. Eres una chica especial. Una golondrina del sol. Seguro que el hombre que amas no te merece.

—¿Y tú?

—Yo sí te merezco. Somos tal para cual. Nos merecemos el uno al otro. Pero tú aún no lo ves. —Tras volver la vista hacia atrás una última vez, añadió tan bajo que casi no pudo oírle—: Te esperaré.

Florence se quedó un rato en la cueva, reviviendo una y otra vez lo que acababa de ocurrir. Se pasó los dedos por los labios y frunció el ceño. Sus ojos se detuvieron en la entrada de la cueva, esperando que él regresara. El agua se abría paso despacio a medida que la marea subía por la playa, borrando las huellas de Rupert en la arena. Cuando estuvo segura de que no volvería a aparecer, trepó por el banco de roca del fondo de la cueva, buscó el túnel secreto y lo recorrió despacio hasta la casa, sumida en la decepción. Ya no tenía ganas de fiesta.

6

Londres, 1988

El aire estaba cargado de humo y del fuerte y entrecortado sonido de los disparos. Atenazado por un miedo tan inmenso que resultaba imposible de asimilar, parpadeó para despejar el sudor frío que se le metía en los ojos y hacía que le escocieran. El humo se le agarraba a la garganta. Luchaba por respirar. Era consciente del peso de su uniforme, de la presión de su casco, del arma que llevaba en las manos y de la nauseabunda sensación de pánico que le acalambraba el estómago. El cielo estaba cuajado de paracaídas, como cientos de medusas en un mar contaminado, que descendían despacio a la tierra. Los planeadores volaban por encima de ellos como grullas y algunos estaban desparramados por el páramo, con las panzas desgarradas y las entrañas en llamas. En medio del humo podía ver los altos y delgados troncos de los árboles. Sabía que los resguardaban de los disparos, pero era consciente de que no podía quedarse donde estaba. Tenía una misión que llevar a cabo y, aunque estaba aterrado hasta la médula, su parte más fuerte, el coraje, lo impulsó, haciéndole superar la sensación de impotencia que lo anclaba al suelo. El caos reinaba a su alrededor; había hombres corriendo, gritando, muriendo, y por encima del ruido, el incesante estruendo de los disparos.

Max se incorporó con un sollozo tan descarnado que hizo que su cuerpo entero se estremeciera. Parpadeó en la penumbra, observando su entorno, tratando de comprender dónde estaba. El corazón le palpitaba contra las costillas, la sangre latía en sus sienes, las sensaciones que había sentido de una forma tan vívida hoy reverberaban por todo su ser igual que las réplicas de un terremoto. Poco a poco empezó a tomar conciencia de que ya no estaba en el campo de batalla, sino en su cama en Battersea, al sur de Londres. La grisácea luz del amanecer fue iluminando de forma gradual las fotografías de la pared, la cómoda de madera de cerezo, la silla tapizada y, por último, la mujer que dormía a su lado. Su respiración se sosegó. El sudor se enfrió en su frente y la sensación de pánico comenzó a disiparse como la niebla. Las imágenes en blanco y negro se desvanecieron, pero el desconcierto permaneció, con el débil olor a cordita; había tenido ese sueño muchas veces antes cuando era niño. ¿Por qué volvía a tenerlo ahora que era un hombre de veinticinco años?

Se levantó de la cama y entró en el baño. Cerró la puerta despacio y encendió la luz. El repentino resplandor espantó los últimos resquicios del campo de batalla. El suelo estaba frío bajo sus pies descalzos. Estar tan conectado a nivel físico con el presente era una grata sensación; lo que acababa de experimentar era un infierno al que no deseaba regresar jamás. Se puso delante del lavabo y se miró en el espejo. Tenía la cara pálida, los ojos atormentados y algunos gruesos mechones de su pelo castaño de punta. Se pasó los dedos por la barba de varios días, como si hiciera solo un momento hubiera sido otra persona y ahora quisiera asegurarse de que volvía a ser él mismo.

Muchas veces había intentado encontrarle el sentido a aquella pesadilla recurrente. De adolescente pensaba que tal vez tuviera algo que ver con su deseo de alistarse en el ejército, como había hecho su padre. Pero ahora que había dejado el regimiento de caballería del Ejército Británico, no parecía relevante. Max se preguntaba si tal vez se trataba de una predicción de lo que estaba por venir, pero tampoco le parecía que fuera eso. La idea de haber vivido antes no era algo que descartara; desde niño había sentido fascinación por lo esotérico y había leído algunos libros extraordinarios sobre el tema. Por lo general, los sueños de vidas pasadas que se tenían en la infancia desaparecían al comienzo de la edad adulta, cuando las experiencias dominantes de la vida presente tomaban el relevo. Max no había tenido esta pesadilla desde que tenía unos trece años. ¿Por qué había vuelto?

Se lavó la cara con agua fría, respiró hondo y dejó atrás el trauma. Miró el reloj. Eran las seis y media de una mañana gris de febrero. Como era sábado y ya estaba despierto, decidió salir a correr por el parque.

Dejó a su prometida durmiendo, salió con sigilo del dormitorio y se vistió en la habitación de invitados. Se puso los auriculares y se metió el *walkman* en el bolsillo del chándal. Había grabado una buena cinta especialmente para correr: Queen, David Bowie, los Rolling Stones y algunos temas de *Los Miserables*. Hacía frío fuera. Una fina capa de escarcha cubría la hierba, retazos de niebla persistían aquí y allá, formando vaporosas nubes, y el débil y frío sol intentaba penetrar en el blanquecino cielo, pero solo conseguía hacer llegar de vez en cuando algún rayo de luz para descongelar el suelo helado. Max corrió por el asfalto al son de *Bohemian Rhapsody*. Había poca gente en el parque a esas horas. Algún que otro paseador de perros o ciclista envuelto en gruesos abrigos y con gorro, cuyo aliento surgía en nubes de vaho debido al aire helado. Las farolas seguían iluminando el amplio paseo y los plátanos, igual que monstruos petrificados, se erguían nudosos y retorcidos en el frío. El parque estaba precioso, como un escenario antes de que se levantara el telón y se encendieran las candilejas. Max deseó haber traído su cámara. Cuando regresara a casa, la luz habría cambiado y la monótona y prosaica luz de la mañana habría consumido la magia del amanecer.

Después de correr, encontró a Elizabeth en la mesa de la cocina, en bata de cachemira, con una taza de café y un tazón de copos de maíz, leyendo el *Daily Mail*. Llevaba el ondulado pelo castaño recogido en una coleta y su pálida piel inglesa resplandecía como si estuviera iluminada desde dentro. No apartó los ojos del periódico cuando él entró. Max se quitó los auriculares y sonrió, agradeciendo lo guapa que estaba a primera hora de la mañana.

—Hola, preciosa —dijo.

—¿Qué tal la carrera? —preguntó pasando la página.

—Está todo precioso. Escarcha, niebla…

—Jennifer sale de nuevo en Dempster —le interrumpió. A Jennifer, la hermana de Elizabeth, la estaba cortejando un primo lejano de la reina y casi todas las semanas salía en la columna de cotilleos de Nigel Dempster.

—¿Qué se trae entre manos esta vez? —preguntó sacando una taza del armario.

—Al parecer se puso a bailar encima de las mesas en Tramp.

—Parece típico de Jennifer.

Elizabeth se rio.

—Desde luego que sí. —A diferencia de su hermana, Elizabeth no era alocada. Era conservadora, sensata y muy consciente de su condición social, que, según su definición, era de clase alta, justo por debajo de la aristocracia. No era malo que su hermana saliera con un aristócrata, ni siquiera que eso se divulgara en los periódicos. Sin embargo, lo *malo* era el comportamiento indigno de Jennifer, que daba a la gente celosa la oportunidad de criticar—. Espero que no haya mucha prensa en nuestra boda —añadió pensativa—. Es de muy mal gusto.

—No creo que nadie esté interesado en nosotros.

Elizabeth le miró con irritación.

—Están interesados en Jennifer y en Archie y ellos van a venir, Max.

Max vació la cafetera en la papelera y la rellenó con café molido.

—Anoche tuve una pesadilla —dijo—. De niño la tenía siempre. Hacía años que no la tenía y anoche volví a soñar con ello.

—Hablar de los sueños es muy aburrido, cariño —repuso Elizabeth, volviendo a centrar su atención en el periódico.

Max llenó de agua la base de la cafetera y la puso al fuego.

—No se trata de un sueño corriente. Es un sueño recurrente sobre un campo de batalla.

—¿De verdad? —murmuró con desinterés.

—Es tan vívido que puedo oler la cordita. —Frunció el ceño y sacudió la cabeza—. *Todavía* puedo oler la cordita.

—Voy a comer con mamá hoy en el Caprice después de la prueba de mi vestido. No sabes lo perfeccionista que es Catherine Walker. A mí me parece perfecto, pero cada vez que la veo hace algunos retoques aquí y allá. No estoy haciendo nada para perder peso, pero parece que estoy adelgazando. No estoy nada nerviosa, pero por lo visto la excitación también puede hacer perder algunos kilos.

—No te sobra ningún kilo, Bunny.

Elizabeth sonrió al oír el apodo de su familia.

—Me gusta que me llames Bunny.

Max se acercó por detrás y le plantó un beso en el cuello. Ella soltó una risita al sentir el roce de su incipiente barba.

—¿Cuánto te gusta que te llame Bunny?

—No tanto. —Se zafó de él—. Además, deberías ducharte.

—¿Qué tal cuando salga de la ducha? —Volvió a besarla y sus labios se demoraron sobre su piel. Inspiró hondo—. Hueles bien.

—Eso es porque me he duchado. En serio, cariño, estás muy sudado. Ve a ducharte. A lo mejor hubiera estado dispuesta si me lo hubieras sugerido mientras estábamos en la cama, pero ahora que me he levantado, me he levantado. Y no tengo ganas de ducharme otra vez.

Max estaba decepcionado. Le hubiera gustado pasar el resto de la mañana en la cama, haciéndole el amor.

—Está bien, pero no puedes culparme por intentarlo. Si no fueras una preciosidad, no estaría interesado.

Elizabeth era preciosa a los ojos de Max. Tenía el pelo largo y castaño, unos claros y despreocupados ojos azules, la piel blanca y cálida y una figura esbelta y elegante. Le encantaban las pocas pecas de su pequeña nariz y su indiferente reserva inglesa. Había algo muy estimulante en ello.

—¿Por qué no comes con nosotras? —sugirió Elizabeth—. A mamá le encantaría verte.

—¿No es una comida de chicas?

—No si te unes a nosotras —replicó y Max dudó. No le caía bien la madre de Elizabeth y había planeado pasar el día a oscuras, revelando fotografías que había tomado recientemente de las vacaciones esquiando en los Alpes—. No te preocupes. No tienes por qué hacerlo —añadió con voz cortante.

Max conocía bien ese tono. Advertía de un agravio seguido de un largo enfado. Se le encogió el corazón.

—Claro, me encantaría —dijo, tratando de parecer animado.

—Bien —respondió.

La cafetera anunció con un silbido que el café estaba listo. Max se sirvió una taza y se la llevó arriba. No le entusiasmaba la idea de comer con Antoinette, pero si eso complacía a Elizabeth, sufriría una hora más o menos con su madre. Elizabeth y Antoinette estaban muy unidas y Max tenía que cuidar lo que decía de su futura suegra.

Antoinette Pemberton llamó la atención cuando entró en el Caprice con su hija. Rondaba los cincuenta y era una mujer guapa, aunque un poco almidonada. Se había secado el cabello pelirrojo con secador y se lo había recogido con un crepado tan tieso que ni siquiera un vendaval le habría movido un solo pelo de su sitio. Llevaba las largas y elegantes uñas pintadas de un intenso escarlata, a juego con los labios, y tenía los dientes muy blancos. Una ligera sobremordida daba a su boca un atractivo mohín y sus ojos, del mismo azul sereno que los de su hija, eran vivaces y agudos. La *maître* la conocía bien e intercambiaron unas animadas palabras en la puerta. Antoinette entregó su abrigo de piel a la joven, dejando ver el traje de falda verde esmeralda con marcadas hombreras y cintura ceñida, acentuada por un delgado cinturón, que llevaba debajo. Sus tacones no eran demasiado altos y estaban adornados con pequeños broches dorados. Elizabeth, con un traje similar al de su madre, echó un vistazo a la sala para ver si había alguien conocido. Al ser sábado, la mayoría eran forasteros, pensó con desdén. Max llegaba tarde, como de costumbre. Elizabeth suspiró con exasperación; Max *siempre* llegaba tarde.

Las dos mujeres ya estaban en la mesa cuando él llegó. Elizabeth le vio abrirse paso entre las mesas y su irritación se disipó, ya que

Max Shelbourne se hizo notar y atrajo todas las miradas femeninas de la sala, y algunas masculinas. Era alto y apuesto, de complexión fornida y atlética, y se movía con paso firme. Le perdonó su tardanza de inmediato.

—Siento llegar tarde —se disculpó, besando la empolvada mejilla de Antoinette—. Están de obras en Chelsea. El taxi ha tenido que dar un rodeo.

—No te preocupes, Max —dijo Antoinette, recorriendo con mirada incisiva su chaqueta y su corbata. No obstante, hubiera preferido que no llevara vaqueros—. Me alegro de que estés aquí. Me alegro de que hayas venido.

—El vestido es divino —dijo Elizabeth, ofreciéndole los labios—. Pero hay que volver a llevarlo.

Max la besó y se sentó.

—No quiero que te desvanezcas, cariño.

—Bunny no se desvanecerá, no te preocupes —dijo Antoinette, arrugando la nariz ante su hija—. Es natural tener nervios antes de la boda.

—No estoy nada nerviosa, mamá. Solo estoy emocionada.

—Lo mismo digo, cariño. —Antoinette sonrió a Max—. Nosotras vamos a tomar un bellini de melocotón. ¿A ti qué te apetece?

Max miró la copa de champán y se fijó en la marca de pintalabios rojo. También tenía los dientes manchados de carmín.

—Una copa de vino blanco estaría bien, gracias.

Max escuchó con fingido interés mientras le hablaban del vestido y discutían los planes de boda. Elizabeth había hecho una lista en la General Trading Company de Sloane Street y ya estaba recibiendo regalos. Le hacía especial ilusión la porcelana de Herend que le había regalado su madrina. Pidieron el almuerzo. Antoinette pidió dos bellinis más y una botella de Sancerre. La boda, prevista para mayo, dominó la conversación. Quién había contestado, quién no, quién tenía suerte de haber sido invitado, quién venía del extranjero. El banquete iba a celebrarse en Pavilion Road, en Knightsbridge, que estaba muy de moda y convenientemente cerca del hotel donde iban a pasar la noche de bodas.

—Va a ser estupendo —dijo Elizabeth, mirando directamente a Max. Fue entonces cuando él se dio cuenta de que su atención se había desviado y no tenía ni idea de lo que estaba hablando.

Antoinette solo se interesó por el propio Max cuando pidió un café solo. Max preferiría que se hubieran limitado a la boda.

—¿Qué tal el nuevo trabajo? —preguntó con una sonrisa, ya que se lo había conseguido su marido, Michael, moviendo varios hilos y haciendo alguna que otra recomendación.

—Es estupendo —respondió Max, haciendo acopio de un entusiasmo que no sentía.

Odiaba su trabajo en una pequeña empresa de corretaje de la City y odiaba vivir en Londres. No tenía intención de dejar el ejército, pero Elizabeth no quería ser la esposa de un militar ni vivir en un cuartel en Alemania y él no quería dedicarse a las finanzas. En realidad quería ser fotógrafo, pero, como Elizabeth le recordaba una y otra vez, era poco probable que ganara dinero haciendo fotografías. Además, el tipo de fotografía que quería hacer requería viajar y Elizabeth ya había sufrido bastante con él en el ejército; lo quería en casa.

—Hiciste bien en dejar el regimiento —continuó Antoinette, arrugando de nuevo la nariz—. Ganarás mucho más dinero en la bolsa y siento decirte que ganar dinero es importante si quieres casarte y formar una familia. Está muy bien tener la romántica idea de dedicarse a algo más creativo, como la fotografía, pero al fin y al cabo, mi Bunny necesita un hombre que pueda mantenerla y tiene gustos bastante caros —añadió eso último sonriendo a Elizabeth con afecto—. La bolsa es un trabajo para toda la vida, Max. Como sabes, Michael lleva más de treinta años trabajando para la misma empresa. Eso es seguridad.

A Max se le encogió el corazón. Le entraban ganas de cortarse las venas solo de imaginarse atado a Smith Bellingham el resto de su vida.

Elizabeth puso la mano encima de la suya y le dio un apretón tranquilizador.

—Siempre es difícil al principio, cariño. Empezar algo nuevo es desalentador. Cuando empecé en Annabel Jones, estaba aterrorizada.

No tenía ni idea de cómo usar la caja registradora. Era penosa. Y tuve que aprender qué eran las diferentes piedras. No sabía nada de joyas, solo sabía lucirlas. —Miró el anillo de compromiso que había pertenecido a la bisabuela de Max.

—Lo luces bien —dijo.

Elizabeth sonrió. El anillo era adecuadamente grande, con un zafiro flanqueado por dos diamantes.

—¿No es genial que te quede bien? Ni siquiera tuvimos que ajustarlo. Era tu destino. —Lo miró con afecto—. Estaba predestinado.

Aquella noche hicieron el amor. Max se perdió en el suave cuerpo de Elizabeth y se olvidó de su frustración con el trabajo y de su deseo de mudarse de Londres. Después de tres años, su deseo por Elizabeth no había disminuido. Cuando estaba en sus brazos no quería estar en ningún otro lugar. Sin embargo, hacía tiempo que las dudas le acechaban y estaban echando raíces en el frágil lecho de su felicidad cuando no estaban en brazos el uno del otro. La realidad era que hacía meses que no era feliz. Era demasiado fácil achacar la pesadumbre en su pecho a sus nada satisfactorias circunstancias, pero el problema estaba en casa. Cuando se atrevió a examinarse con franqueza, se dio cuenta de que la razón de su descontento era Elizabeth. La frialdad se había colado en su relación, donde antes había calidez. Se preguntaba si ella había cambiado o si tal vez no se había percatado hasta ahora de lo incompatibles que eran en realidad. Sin embargo, estos momentos de autoanálisis fueron breves, pues a medida que se acercaba el día de la boda, y con él la culminación de todas las aspiraciones de Elizabeth, la verdad resultaba sencillamente demasiado incómoda de afrontar.

Cuando terminaron de hacer el amor, Max agarró su libro y Elizabeth hojeó el *Tatler*. La miró.

—¿Sabes? He estado pensando en mi sueño.

Elizabeth exhaló un suspiro.

—Es un sueño, cariño. Olvídalo.

—Creo que es más que un sueño.

Elizabeth echó un vistazo al libro que él estaba leyendo. *Iniciación*, de Elizabeth Haich.

—Lees demasiados libros estúpidos de esos. ¿No es el de esa mujer que cree que fue sacerdotisa egipcia en una vida pasada?

—Sí —respondió. Ya habían hablado de ese tema antes y no había ido bien, pero de alguna manera Max siempre había tenido la esperanza de que ella se abriera más a la posibilidad de que existiera la vida más allá de la muerte.

—¿Por qué todos los que creen haber vivido antes fueron Catalina la Grande, Cleopatra o Enrique VIII? ¿Por qué nadie es un simple agricultor o un tendero?

—Lo son. La mayoría de la gente que tiene regresiones a vidas pasadas tuvo vidas muy normales. ¿Y quién puede decir que no fuiste alguien famoso? Alguien tiene que haberlo sido.

—Es ridículo. La verdad es que morimos y se acabó. La gente quiere creer que hay vida después de la muerte o que nos reencarnamos porque no puede aceptar que no haya nada. Pero yo no era consciente de mí misma antes de nacer y tampoco lo seré cuando muera, así que ¿qué más da? No necesito inventarme historias para sentirme mejor con la muerte.

—¿Ni siquiera estás abierta a la posibilidad de que la vida continúe?

Elizabeth arrugó su bonita nariz.

—La verdad es que no. No me interesa nada.

—¿No quieres creer que tus seres queridos que han muerto siguen vivos?

—Aún no he perdido a nadie que me importe.

—Quizá cambies de opinión cuando lo hagas.

—Si mueres antes que yo, puedes perseguirme. Haz sonar algún pomo o escribe tu nombre con espuma de afeitar en el espejo del baño, y entonces te creeré. De todos modos, ¿qué decías de tu sueño?

Max ya no tenía ganas de compartirlo. Ese momento después del sexo había pasado bajo la fría luz de sus diferencias y se sentía extrañamente desconectado de ella.

—Nada. —Volvió a centrar su atención en el libro.

Elizabeth dejó la revista con un suspiro.

—Vamos, ibas a decirme algo.

—No lo entenderás.

—Ponme a prueba.

—Acabo de hacerlo.

—Está bien, no me lo cuentes. —Otra vez ese tono cortante. Agarró la revista y la hojeó de forma malhumorada.

Max haría casi cualquier cosa para evitar un enfado.

—Muy bien. Estoy pensando en buscar un médium para explorar mi sueño. Creo que podría ser un recuerdo de una vida pasada.

Elizabeth puso los ojos en blanco.

—Seguro que descubres que eras Enrique VIII.

—Enrique VIII no participó en una batalla aérea en la Segunda Guerra Mundial.

Ella sonrió, más para sí misma que para Max.

—Estás loco.

—Eso es lo que pensé que dirías.

—Lo siento, pero no puedo fingir que creo que es una buena idea.

—Por eso no quería decírtelo.

—Tenemos que estar de acuerdo en que no estamos de acuerdo en este tema. No quiero que nuestro matrimonio se estropee por tus absurdas creencias.

Max se sintió ofendido, pero no quería irse a dormir después de una pelea.

—Estoy de acuerdo —dijo, y sintió que la tensión en el aire se disipaba. Pero cuando por fin apagaron la luz, el resentimiento que ardía en su interior era tan grande que no podía dormir. Se quedó mirando el techo mientras Elizabeth se hacía un ovillo dándole la espalda. Oyó su respiración pausada y luego los leves ronquidos que no solían molestarle, pero que ahora le llenaban de furia.

Se levantó de la cama y se vistió en la habitación de invitados. Luego salió sigilosamente de la casa y cerró la puerta sin hacer ruido. Sintió una oleada de alivio al respirar el aire fresco de la noche.

Fue tan profundo que le tomó por sorpresa. Metió las manos en los bolsillos del abrigo y echó a andar. Las calles estaban vacías, las anaranjadas luces brillaban entre la niebla. Una ligera llovizna humedecía el aire. Pasaron uno o dos coches en una y otra dirección, pero por lo demás las carreteras estaban tranquilas. Pensó en todos los que dormían en sus casas. Las cortinas y persianas estaban cerradas, los interiores oscuros. La quietud daba a la ciudad un aspecto surrealista.

Max pensó en su sueño. Recordaba cada detalle como si fuera un recuerdo reciente. Por lo general, los sueños se esfumaban poco después de despertar, pero este perduraba, como si lo hubiera vivido, como si la impresión de la experiencia estuviera grabada en su alma. Podía sentir el uniforme sobre la piel, las botas en los pies, el casco en la cabeza, el arma en la mano. El sonido de los disparos aún resonaba en sus oídos. Si se permitía sumergirse en él, podía sentir el regusto metálico del miedo en la boca. No era un sueño cualquiera.

Apretó el paso. Pensó en Elizabeth y su desprecio le quemaba. Qué diferentes eran. Por supuesto, cuando se conocieron en una fiesta hacía tres años, sus diferencias no importaban, ya que la atracción mutua era brutal. Pero ahora, mientras se dirigía hacia el Albert Bridge, un pensamiento cada vez más familiar volvió a introducirse en su mente como una negra sombra. ¿Y si Elizabeth no era la mujer adecuada para él?

Llegó a la mitad del puente y se detuvo a contemplar el agua. La luz de las farolas se derramaba como si fuera cobre fundido sobre la superficie que un frío viento agitaba, haciendo que el cobre temblara y se extendiera. Max vio su belleza y el anhelo invadió su corazón. No sabía qué anhelaba, pero era una sensación profunda y abrasadora. Tomó aire y la sombra se oscureció hasta convertirse en ansiedad. Amaba a Elizabeth, pero no le gustaba su intolerancia, su cerrazón, su contumaz materialismo. Jamás le entendería. Con un abismo tan profundo entre ellos, ¿podrían en algún momento sus mentes llegar a un consenso? Nunca se había sentido tan solo. Faltaban menos de tres meses para la boda. Estaba a punto de atarse a otra persona para toda la vida. «Para amarte y respetarte todos los días de mi vida hasta que la muerte nos separe». El sentimiento de desolación era aplastante.

Si cancelaba la boda le haría mucho daño. Maldijo, se pasó una mano por el pelo y cerró los ojos. La idea de hacerle daño le resultaba insoportable. Sus padres estarían encantados. Nunca se habían encariñado con Elizabeth. Eran gente de campo y ella era demasiado urbana para su sensibilidad. Michael y Antoinette estarían devastados y furiosos. Le maldecirían por humillar a su hija y por su ingratitud. Gracias a ellos tenía un buen trabajo y un futuro, aunque no deseaba ninguna de las dos cosas.

No, no podía hacerlo. Bueno, Elizabeth no compartía sus creencias espirituales, pero ¿acaso importaba? ¿Tan vital era que creyera en la vida después de la muerte, en la reencarnación, en el mundo espiritual, en la evolución del alma? ¿Importaba que fuera superficial? ¿Importaba que no compartieran los mismos valores? Se le revolvió el estómago porque sabía la respuesta. Lo sentía en lo más hondo de su ser. *Sí que importaba.* Era lo más importante. Mientras contemplaba el Támesis, comprendió su anhelo. Era el anhelo de su alma por una conexión más profunda y significativa con otra persona. Alguien que pudiera caminar a su lado por este camino de autodescubrimiento. Alguien que le entendiera porque iba en la misma dirección.

Apoyó la cabeza en las manos. ¿Qué narices iba a hacer?

7

A la mañana siguiente, Max se despertó con la habitual sensación de excitación. Elizabeth estaba acostada a su lado. Podía sentir el calor de su cuerpo y su excitación se intensificó. No pensó en su paseo de medianoche ni en la agonía que este le había provocado. A la suave luz de la mañana, solo pensaba en su presente deseo y en la posible disposición de Elizabeth a satisfacerlo.

Le puso una mano en la cintura. Ella se movió, así que la acercó más y se amoldó a su cuerpo por detrás. Deslizó despacio la mano por debajo del camisón y palpó la satinada textura de su piel y la plenitud de sus caderas y de sus pechos. Elizabeth murmuró, lo cual era señal de que le gustaba. En ese momento, la idea de romper su compromiso no podía estar más alejada de su mente. Movió las manos por sus muslos y las introdujo entre ellos, en ese lugar cálido y acogedor. Elizabeth dejó escapar un suave gemido y los separó.

Pasaron el resto de la mañana disfrutando de un largo desayuno y leyendo el periódico. La intimidad del acto sexual perduraba en el ambiente, disipando el malestar de la noche anterior. Elizabeth sonrió y Max le devolvió la sonrisa, seguro de repente de que sus dudas no eran más que los nervios previos a la boda. Era un alivio; al final Elizabeth era la mujer adecuada para él. ¿Cómo había podido dudar de ella? Qué aburrido sería pasar la vida con alguien que siempre estuviera de acuerdo. Elizabeth era un reto y eso le gustaba.

Almorzaron en el pub local con un grupo de amigos. Max pidió filete con patatas fritas. Elizabeth le robó una patata, la mojó en kétchup y se la metió en la boca. La mirada que le dirigió hizo que se sintiera aliviado y reconfortado. Iba a casarse, no a la horca. Tenía que tranquilizarse.

La semana siguiente Max fue a trabajar como de costumbre. Cruzó el parque a pie y el puente para tomar el metro de Sloane Square a la City. Era un trayecto largo y el paseo lo hacía todavía más largo, pero lo necesitaba. Los desnudos y temblorosos árboles le levantaron el ánimo. La imagen de las campanillas de invierno que crecían en blancos grupúsculos y los brotes verdes de los narcisos que surgían de la tierra hacían que se sintiera feliz. Los pájaros habían empezado a trinar, señal de que por fin llegaba la primavera, y las mañanas eran más luminosas. Cuando volvía a casa por la noche estaba oscuro. Si no caminaba por la mañana se perdería la luz por completo.

Detestaba su trabajo y era una lucha diaria cumplir con sus tareas. No se trataba de que no pudiera hacerlo. El trabajo en sí no suponía ningún reto y él era brillante; sabía que si seguía allí tal y como había hecho su futuro suegro, llegaría a lo más alto. Pero al final del día sentía que le habían arrancado otro trozo de su alma, como un ratón royendo queso. Se sentía desmoralizado, insatisfecho y frustrado. En el fondo sabía que no estaba destinado a hacer esto. No estaba destinado a estar en una oficina, rodeado de cemento, mirando por la ventana en busca del cielo azul entre los rascacielos. Estaba destinado a estar en la naturaleza, capturando sus maravillas con su Leica.

Max luchó contra el sentimiento de desesperanza que solía asaltarle mientras regresaba a pie por el parque en la oscuridad. Ya no veía las campanillas de invierno ni los narcisos, y el asfalto, que brillaba bajo el resplandor anaranjado de las farolas, le recordaba que la naturaleza estaba reprimida en aquel cuidado espacio urbano y era un pobre sustituto de las onduladas colinas, de los bosques y de los lagos. Elizabeth trabajaba en Beauchamp Place. Tomaba el autobús hasta Chelsea, y según el tiempo que hiciera, iba andando o en taxi hasta Annabel Jones. Le gustaba su trabajo. La clientela era lo que su madre denominaría «gente decente». Gente como *ellos*. Apenas pasaba un día sin que viera una cara conocida en la tienda. Eso la hacía feliz. Estaba contenta con su vida. Se conformaba con lo que tenía y el futuro se abría ante ella de forma cómoda y tranquilizadoramente familiar.

Pero para Max la sensación de desarraigo no hacía más que aumentar. Las noches eran más oscuras y, en la oscuridad, cuando las cosas materiales desaparecían y solo le quedaban los pensamientos y los susurros de su corazón, sus dudas volvían con cada vez más fuerza. Se casaba dentro de tres meses. ¿Ya estaba? ¿Así iba a ser su vida? ¿No había nada más? Y los susurros se hicieron más fuertes y sucintos: «Hay más, pero tienes que buscarlo». Max se dirigió al poder superior que sabía que le acompañaba en cada paso de su camino y le hizo una simple petición que, por raro que pareciera, nunca había hecho antes: «Ayúdame».

A la semana siguiente, Elizabeth y él asistieron a una cena en Kensington. Max no quería, pero Elizabeth había insistido, ya que la anfitriona era su madrina, Valerie Alcott, y sus padres, Antoinette y Michael, estarían allí. Max había intentado escabullirse, pero Elizabeth había hecho oídos sordos a sus excusas, incluso a la que aludía la posibilidad de que estuviera con gripe. Así pues, se encontraba en la casa de Valerie, recargada de tapizados, con una sonrisa cordial mientras le decía a todo el que le preguntaba lo mucho que le gustaba su trabajo en la City y lo emocionado que estaba por la inminente boda.

Michael Pemberton era un hombre acostumbrado a que lo escucharan. Era alto y robusto, con un espeso cabello castaño y unos ojos marrones muy separados, que en aquella velada se adueñaron de la sala como si *él* fuera el anfitrión y no la diminuta y efusiva Valerie. Ataviado con un esmoquin burdeos y unos zapatos de terciopelo a juego con las iniciales M.P. bordadas en oro, dominaba la reunión, con una mano en el bolsillo y una copa de champán en la otra. La luz del fuego se reflejaba en el gran anillo de sello que lucía en el meñique izquierdo y hacía que brillara con intensidad, como si confirmara su autoridad. No le interesaban las mujeres. Al igual que las flores bonitas, estaban allí para embellecer una habitación y era mejor que no expresaran opiniones. Había educado a sus dos hijos en Eton, donde él mismo había prosperado, pero a sus dos hijas las había enviado al internado femenino North Foreland Lodge, en Hampshire, donde habían conocido al tipo de chicas adecuado y se las había preparado de manera conveniente para el matrimonio. Estaba rodeado de hombres en un extremo de la sala en tanto que las mujeres hablaban de la boda sentadas alrededor del fuego.

Max se las arregló para no ser absorbido por el grupo de Michael. Hablaban de mercados e inversiones, lo que le aburría. Se encaminó hacia las mujeres, pero cuando las oyó hablar animadamente de los vestidos de las damas de honor y de los zapatos de charol de los pajes, sintió que se le formaba un nudo en el estómago y se dirigió a la estantería, donde encontró un estante entero dedicado a las novelas románticas de Mills & Boon. Iba a ser una noche larga.

—Hola —dijo una voz. Se giró y vio a una anciana que le miraba con sus vivaces ojos verdes—. Soy Olga Groot.

Max le estrechó la mano. Concluyó que acababa de llegar, ya que no estaba allí cuando él entró en la estancia.

—Max Shelbourne —se presentó—. Mucho gusto.

—Supongo que la ficción romántica no es lo tuyo —dijo la mujer con una sonrisa, que iluminó su alegre rostro, infundiéndole carácter y encanto.

Él se rio.

—No, no lo es.

—¿Qué te gusta? —Llevaba un largo pañuelo púrpura sobre un largo vestido morado y parecía bastante fuera de lugar en aquel convencional salón.

—Me atraen los libros más espirituales —repuso, preguntándose por qué no había dicho Wilbur Smith.

—A mí también —respondió—. ¿Qué estás leyendo ahora?

—A Elizabeth Haich.

—¿*Iniciación*? Me encantó. Es fascinante. Aunque algunas partes tuve que leerlas veinte veces para empezar a entenderlas.

Max se sorprendió gratamente.

—A mí también me desconcertaron los números y las ecuaciones —asintió, sintiéndose de pronto bien despierto, como si le hubieran echado algo en el champán.

—¿Has leído a Edgar Cayce?

—Sí, he leído todos sus libros.

—Una vez que empiezas a buscar, es increíble la forma en que el universo conspira para ayudarte. Las cosas se cruzan en tu camino de repente.

Max arqueó una ceja. Era extraordinario que estuvieran hablando de temas esotéricos solo dos minutos después de haberse conocido.

—Creo que acabas de cruzarte en mi camino —dijo, bajando la voz—. ¿De qué conoces a Valerie?

—Soy su madre —respondió. Luego, en respuesta a la expresión de desconcierto de Max, porque dos personas no podían ser más diferentes, añadió—: Soy la loca de la familia. —Se echó a reír—. Me siento a tu lado en la mesa.

Max sonrió aliviado.

—¡Qué suerte la mía!

—Creo que vamos a tener mucho de qué hablar —adujo.

Y así fue. Se enfrascaron en la conversación casi sin pararse a tomar aire. Max se sintió como un náufrago al que le acaban de lanzar un salvavidas. Se aferró a él con sorpresa y gratitud, y con la extraña sensación de que las placas tectónicas del destino se desplazaban bajo sus pies. Miró a Elizabeth al otro lado de la mesa y sintió cada vez con más claridad el creciente abismo que los separaba.

Al final de la cena, Max anotó el número de teléfono de Olga y trazó un plan para volver a verla. Resultó que Olga era médium.

—No es casualidad que nos hayamos encontrado esta noche —dijo en voz baja, con sus vivaces ojos verdes repentinamente serios—. Creo que puedo ayudarte.

Y esa palabra, «ayuda», que Max había implorado justo la semana anterior resonó en él a un nivel profundo y subconsciente.

—Pobrecito mío, tener que aguantar a la madre de Valerie —comentó Elizabeth en el taxi de camino a casa—. Está más loca que una cabra.

—En realidad, es una mujer fascinante —dijo Max.

Elizabeth lo miró incrédula.

—No tienes que ser educado conmigo. No me importa lo que pienses de la madre de Valerie. ¿Te has acordado de darle las gracias a Valerie por la porcelana? Es de Herend. Es preciosa y muy cara. Nos ha regalado los diez platos de postre.

—Lo siento, lo olvidé.

Ella puso los ojos en blanco.

—Típico. ¡Hombres!

—¿Qué tal el lugar que te ha tocado en la mesa?

—Agradable.

Mientras ella le contaba sus conversaciones, la mente de Max se desviaba hacia las cosas de las que había hablado con Olga. No podía hablar de ellas con Elizabeth, porque no haría otra cosa que burlarse o reírse con esa condescendencia tan típica de ella, como si le compadeciera por las cosas en las que él creía. Lo que le resultaba tan perturbador no era solo la forma en que se burlaba, sino también la expresión de su rostro cuando lo hacía. Era esa expresión la que la alejaba aún más de él, porque ahí sus diferencias quedaban al descubierto, expuestas con absoluta claridad.

Olga Groot vivía en una pequeña casa en Barnes. Su marido había muerto hacía muchos años y vivía sola con un grupo de gatos de raza ragdoll.

—Soy un cliché —dijo riendo cuando llegó Max—. La bruja arquetípica con sus cristales y sus gatos. —En efecto, su casa estaba llena de ambas cosas.

Max sintió la energía en cuanto entró en el vestíbulo. El aire era cálido y suave, las luces doradas. No parecía haber ni un borde afilado en la casa. Todo parecía liso, curvo y suave. Por supuesto, había muchas superficies angulosas, pero los cristales habían impregnado el lugar de una sensación acogedora. Olga le hizo pasar al salón. Tenía un aire anticuado, con pantallas victorianas con borlas y macetas con plantas. Nada hacía juego. Había cojines de todos los colores y texturas en el sofá, mantas colocadas sobre los agujeros de la tapicería y alfombras sobre el desgastado suelo de madera. La luz del sol entraba a raudales por el ventanal, en cuyo alféizar dormitaba uno de los gatos. Max no estaba seguro de que fuera real. Parecía un juguete, hasta que movió la cola como si fuera consciente de los pensamientos de Max y quisiera sacarle de su error. En un rincón, había un televisor cubierto con un chal de encaje. Las estanterías estaban llenas de libros esotéricos comprados en la librería Watkins de Covent Garden y fotografías enmarcadas. En la mesa redonda de la ventana salediza había montones de cuadernos, bolígrafos, papel, cartas del tarot y un gran cristal de cuarzo redondo y transparente. Max se alegró de que Elizabeth no estuviera allí para ver la parafernalia de la «bruja».

—¿Quieres una taza de té? —Max no bebía té, pero dijo que le encantaría—. No te muevas. Vuelvo enseguida. Echa un vistazo a mi librería. Puedes llevarte los que te apetezcan.

Max recorrió los libros con la mirada. Había obras de Betty Shine, Edgar Cayce, Michael Hawkins y Jung. Obras de autores de los que no había oído hablar sobre el tarot, la hipnosis, la reencarnación, la vida después de la muerte y los espíritus. Sacó uno que parecía interesante. Olga volvió a la habitación con una bandeja de té, que incluía un plato de galletas. Max la tomó de sus manos y la puso sobre la mesa junto a la ventana después de apartar algunos papeles y libros. El gato abrió los ojos antes de volver a cerrarlos con un suspiro.

—¿Has encontrado algo? —preguntó Olga, sirviendo dos tazas con una desportillada tetera de porcelana.

—Sí. ¿Me prestas este? —Se lo mostró.

—Ah, *Recuerdos, sueños, pensamientos* de Carl Jung. Es muy bueno. Está un poco manoseado, pero sobrevivirá a otra lectura. —Se sentó y

Max se acomodó frente a ella—. La otra noche sentí una fuerte atracción hacia ti —le dijo, añadiendo un terrón de azúcar al té y un chorrito de leche de la jarra.

—Es curioso que digas eso, pero creo que fuiste la respuesta a una plegaria. —Sonrió de manera avergonzada. Si Elizabeth lo oyera, se reiría en su cara; no creía en las plegarias.

—Bueno, eso tiene sentido —dijo Olga—. Si pides ayuda, siempre se te da.

Max empezó a hablar. Parecía que hubieran descorchado una botella y todos sus miedos, anhelos y sueños salieran de golpe en forma de un burbujeante chorro. Olga bebió un sorbo de té mientras le miraba con una expresión llena de compasión y comprensión.

—Siento que me estoy estancando —dijo, y mientras hablaba fue como si un gran peso se hubiera asentado sobre su pecho. Tosió y se llevó una mano al pecho.

—No pasa nada, querido —repuso Olga—. Es solo la emoción buscando una salida. Respira.

Max tomó aire. Olga sonrió. Había dulzura en ella y cierta complicidad, porque sabía lo que le retenía incluso antes de que Max se lo dijera.

—No quiero parecer estúpido, pero siento dentro de mí el anhelo de encontrar algo profundo y significativo en mi vida y, sin embargo, estoy bloqueado. Es como si estuviera en un charco de alquitrán y no pudiera mover los pies. Estoy atascado.

Olga asintió.

—Sí, estás atascado. Pero no pasa nada porque es posible liberarse.

La miró con incomodidad.

—Odio mi trabajo. Vivo en un lugar que no me hace feliz y... —Vaciló. No estaba seguro de poder decir las palabras.

Pero Olga las dijo por él.

—Quizá Elizabeth no sea la chica adecuada para ti. —Max tomó una bocanada de aire; esas palabras eran incendiarias—. ¿Sabes, Max? Todos tenemos un camino que recorrer en la vida. Todos son diferentes. Algunos se cruzan con otros, otros corren paralelos y otros nunca se encuentran. Estamos aquí para aprender unos de otros. El camino de Elizabeth ha discurrido junto al tuyo durante un tiempo porque ambos habéis tenido cosas importantes que aprender el uno del otro. Pero eso no significa que tengáis que recorrer el mismo camino para siempre. Has madurado, y al hacerlo, ella ha dejado de ser para ti. Quizá sea hora de que cada uno siga su propio camino —sugirió. Max sabía que tenía razón, pero no podía soportar la idea de hacer daño a Elizabeth ni despertar la ira de su familia—. Este es solo uno de los muchos retos a los que te enfrentarás en tu vida —continuó Olga—. Tienes mucho que dar, Max, pero Elizabeth no es la compañera adecuada porque te reprimirá y apagará la luz que estás destinado a procurar al mundo. No la critico. Ella está en una etapa diferente de su desarrollo. Tiene su propio camino que tomar y las lecciones que encontrará en el camino no son las tuyas. Vuestro tiempo juntos ha terminado. Siento que hay otra persona ahí fuera para ti que compartirá las cosas que te importan.

—Pero amo a Elizabeth.

—Por supuesto. Pero en el fondo de tu corazón también sabes que sois incompatibles.

Max sintió que el peso en su pecho le oprimía las costillas. No podía negar esa sensación de anhelo en su corazón. Era su cabeza la que le decía que lo ignorara, que mirara hacia otro lado, que tomara el camino fácil. Era su cabeza la que preveía la ira de Michael, la conmoción de Antoinette y el dolor de Elizabeth. Solo faltaban tres meses para la boda. Habían recibido infinidad de regalos. El vestido ya estaba hecho. Sintió que el alquitrán alrededor de sus pies se tornaba más pegajoso. La sensación de no poder moverse era abrumadora. Apuró su taza de té y vio que Olga le servía otra.

—Cómete una galleta —dijo, acercándole el plato—. Todo llega, Max. Lo bueno y lo malo. La vida son ciclos, cambios. No nos gusta el cambio. Nos resistimos a él porque tenemos miedo a lo desconocido. Pero nada permanece igual. Al aceptar el cambio cuando es necesario, descubrimos que un mundo mejor se abre ante nosotros. Creo que ahora estás en ese punto. En el punto de dar un paso hacia un nuevo futuro. Hace falta valor. Es horrible hacer infeliz a la gente, pero quizá sea parte de *su* karma. Puede que la infelicidad sea el destino de Elizabeth en este momento de su vida, porque la infelicidad la llevará a profundizar más. La infelicidad nos vuelve más comprensivos, más compasivos, nos abre los ojos a nuestra verdadera naturaleza y a nuestro propósito aquí, a ser conscientes del alma eterna que es lo que somos.

Max entrelazó los dedos y suspiró.

—Si rompo nuestro compromiso, será una catástrofe monumental.

—Eso también pasará —dijo Olga—. ¿Qué sientes *aquí*? —Apretó una mano contra su plexo solar.

Max encorvó los hombros.

—Que Elizabeth no es la chica adecuada para mí.

Olga entrecerró los ojos.

—Tu propósito es el de ser una luz para el mundo. Vas a enviar un poderoso mensaje, posiblemente a través de un libro. Solo estás al principio de tu viaje. Elizabeth ha sido una parte importante de él. Pero ahora ella tiene que seguir su propio camino y tú tienes que seguir el tuyo. La infelicidad que has estado sintiendo está ahí para guiarte, para que no vayas en la dirección equivocada. Sabrás que estás en el buen camino cuando empieces a sentirte feliz. —Olga calló un momento, como si escuchara su voz interior—. Max, las personas adecuadas aparecerán en tu vida en el momento oportuno. Las puertas se abrirán, las cosas aparecerán en tu camino, las personas se materializarán cuando las necesites, como me ocurrió a mí. Mantén los ojos bien abiertos porque esto es fundamental: no existen las coincidencias. Todo ocurre por una razón. La clave es darse cuenta y actuar. Se te ayudará en tu camino porque tu propósito es importante. —Esbozó una sonrisa tranquilizadora—. Por supuesto, te encontrarás a personas cínicas, como Elizabeth, pero no dejarás que te aparten de tu camino porque lo que haces es por un bien superior.

Max se comió una galleta y Olga fue a la cocina a preparar otra tetera. Leyó la contraportada de la autobiografía de Jung. Se preguntó qué le parecería a Elizabeth. Se rio con amargura para sus adentros y sintió que se le encogía el estómago al pensar en romper con ella. Max era un hombre de acción; se había lanzado en paracaídas desde aviones, había recibido un riguroso entrenamiento en el ejército, había saltado con su caballo setos de metro y medio de altura, había esquiado por estrechos y empinados acantilados y había volado en ultraligero sin miedo, pero nada le aterrorizaba tanto como la idea de decirle a Elizabeth que se había acabado.

Cuando Olga regresó y volvieron a sentarse a la mesa de la ventana saledíza, Max decidió contarle su pesadilla. Ella le escuchó con esa expresión de sabiduría. Recordaba cada detalle como si realmente lo hubiera vivido.

—No sé si es algo importante. Siempre pensé que era una premonición, pero ahora que he dejado el ejército, no estoy tan seguro.

—No es una premonición —dijo—. Es una vida pasada.

Max asintió.

—Pensé que podría ser eso, pero…

—Elizabeth te dijo que no existe tal cosa.

Max sonrió.

—Siempre he tenido el valor de mis propias convicciones.

—¿Lo has investigado? ¿Sabes qué batalla fue?

—No, nunca le he dado demasiadas vueltas. Pero, a juzgar por el uniforme, los planeadores y los paracaídas, debe de ser la Segunda Guerra Mundial.

—¿Sabes? A menudo nos reencarnamos dentro de nuestra familia. ¿Sabes si algún miembro de tu familia luchó en esa guerra?

—Tendría que ser alguien que hubiera muerto durante la guerra o entre la guerra y 1963, cuando yo nací —repuso Max con aire pensativo. Sintió una pequeña chispa de excitación encenderse en su pecho—. Tendré que preguntar a mis padres. No conozco a nadie de memoria.

—Merece la pena investigarlo —aseveró Olga—. ¿Te ha gustado la galleta?

—Estaba deliciosa.

—Cómete otra. —Sonrió con amabilidad—. Vas a necesitar fuerzas.

Max no tuvo tiempo de digerir lo que Olga le había contado sobre su vida pasada porque la tarea más apremiante de romper su compromiso se cernía sobre él, cada vez más grande y ominosa. Elizabeth ignoraba felizmente lo que Max tenía en mente. Si notó su creciente inquietud, sus paseos a medianoche, su palidez y su reticencia a hablar de lo que ella llamaba «el día más feliz de mi vida», no dijo nada. Estaba ocupada con los preparativos. Max estaba ocupado pensando en cómo iba a soltar la bomba que iba a destrozar esos preparativos.

El fin de semana voló en ultraligero en Old Sarum, cerca de Salisbury. Había aprendido a volar cuando estaba en el ejército y se le daba tan bien que se sacó el carné de piloto en un abrir y cerrar de ojos. Era un alivio dejar atrás la tierra, con todos sus problemas y frustraciones y elevarse en el cielo. Allí arriba, con el mundo en miniatura bajo sus pies, todo parecía menos importante. Respiró el aire puro y se sumergió de lleno en el feliz momento presente. Con el frío viento en la cara, el sol brillando en el cielo y el traqueteo del motor, sintió una paz que no había sentido en mucho tiempo.

Cuando aterrizó, esa paz se vio perturbada por sus problemas, que corrían por el aeródromo como sombras negras para acosarle una vez más.

Faltaban menos de tres meses para la boda y Max ya no podía seguir reflexionando. O seguía adelante con la boda o le ponía fin ya. No podía aplazarlo por más tiempo.

Hizo las maletas con el corazón lleno de pesar. Pero la libertad brillaba como una luz al final de un túnel muy oscuro, que de repente estaba a su alcance y no paraba de aumentar. Cuando Elizabeth volvió a casa del trabajo, sin darse cuenta le facilitó la situación al quejarse de que no participaba del entusiasmo.

—Esta va a ser la única vez que me case y quiero disfrutarlo, Max —dijo sin reparar en la bolsa junto a la escalera—. No puedo disfrutarlo si vas por ahí con cara larga.

Max se metió las manos en los bolsillos y sus hombros se pusieron rígidos y subieron casi hasta las orejas.

—Me temo que no puedo casarme, Bunny —dijo, apenas capaz de mirarla.

Ella frunció el ceño.

—¿Qué? ¿De qué estás hablando?

—No puedo casarme contigo. Lo siento.

—No seas ridículo. —Se rio con desdén—. No seas patético. Estás nervioso antes del gran día. Es normal. —Pasó junto a él y entró en la cocina—. Bébete una copa de vino. —Abrió la nevera y sirvió dos copas.

—Lo digo en serio —insistió, siguiéndola—. Hace ya tiempo que las cosas no van bien. ¿No te has dado cuenta?

—Han ido perfectamente bien. —Le dio la copa. Max la dejó en el aparador—. Mira, si esto es por tu trabajo, déjalo. A mí me da igual. Papá lo superará.

—Lo he dejado. Hoy he presentado mi dimisión. No van a obligarme a cumplir el contrato.

Ahora parecía preocupada. Bebió un trago de vino.

—Tenemos que hablar de esto, Max. Con calma.

—Hay poco que decir. Creo que no estamos bien juntos, Elizabeth. Antes lo estábamos, pero nos hemos distanciado.

—No sé de qué me estás hablando.

—Solíamos reírnos sin parar. Solíamos ser cariñosos. Ahora casi nunca nos reímos y no estamos de acuerdo en nada. Tal vez sea yo. Tal vez haya cambiado. Qué sé yo. No soy feliz. Esa es la verdad.

—Si se trata de que quieres vivir en el campo, papá puede alquilarnos una cabaña en algún sitio y así tendrás una guarida a la que escaparte. Puedes plantar hortalizas y hacer lo que la gente hace en el campo.

—No es cuestión de logística, Elizabeth. Se trata de nosotros.

—Vale, ¿qué pasa con nosotros? —Dejó la copa y se cruzó de brazos a la defensiva.

—Para empezar, tenemos creencias diferentes.

—Así que es porque no estoy de acuerdo con tus ideas sobre la reencarnación y la vida después de la muerte. ¡Por Dios, Max, madura! Si yo puedo tolerar que digas tonterías, tú puedes tolerar que no las entienda.

—No es eso. Es que somos personas diferentes, nada más.

—¿Me sigues queriendo? —Sus ojos se llenaron de lágrimas.

—Sí.

Elizabeth suspiró aliviada.

—Entonces podemos solucionarlo. Si nos queremos, podemos superarlo todo, incluso los nervios previos a la boda. —Sonrió con desgana y agarró su copa de vino—. Lo que no te mata te hace más fuerte. Esto nos hará más fuertes, Max.

Él sacudió la cabeza.

—No puedo. —El peso en su pecho parecía más bien un puño de hierro que le atenazaba el corazón—. Siento hacerte daño.

Ella apuró la copa de un trago.

—¡¿Que lo sientes?! —exclamó levantando la voz—. ¿Que lo sientes? ¿Te das cuenta de lo que estás haciendo? Vamos a tener que cancelar la boda. Devolver todos los regalos. Decirles a los invitados que no vengan. ¿Y el hotel? ¿La luna de miel? ¿El vestido? ¿Sabes cuánto le ha costado esto a mi padre? Por no hablar de la humillación. Prácticamente me estás plantando en el altar. ¿Cómo me puedes hacer esto? ¿Cómo me haces esto? Joder, ¿es que estás mal de la cabeza, Max? —Era raro que Elizabeth dijera palabrotas. Las lágrimas empezaron a resbalar por su rostro. Luego hizo una mueca de desprecio—. Después de todo lo que he hecho por ti. Si no fuera por mí, estarías deambulando por el mundo con esa estúpida cámara tuya, fotografiando herrerillos, sin ganar ni un céntimo y acumulando nada más que deudas. Gracias a mí tienes un buen trabajo y un futuro.

—No quiero ese trabajo y no quiero ese futuro, Elizabeth. Si no lo entiendes, es que no me conoces.

—Creía que te conocía, pero tienes razón. Has cambiado. Eres egoísta, Max. Solo piensas en ti. ¡Fuera de aquí!

Max no esperó a que Elizabeth le arrojara algo. Agarró su bolsa y salió corriendo a la calle. Un taxi negro dobló la esquina y su luz naranja era como un faro de esperanza en medio de la niebla. Max sacó la mano. El taxi se detuvo junto el bordillo. Cuando subió y cerró la puerta, oyó a Elizabeth gritar desde la ventana del piso de arriba:

—Cuando te des cuenta de que has cometido un error garrafal, será mejor que vayas a arrastrarte ante mi padre antes de que se te ocurra arrastrarte delante de mí.

El taxista enarcó las cejas.

—¿Adónde, amigo? —preguntó.

—No lo sé —respondió Max—. Solo conduzca.

8

Max pasó la noche en casa de Olga. Ella se mostró muy comprensiva.

—Has hecho lo correcto —le tranquilizó. Pero Max pasó de sentirse eufórico por la sensación de libertad a sentir como si le hubieran partido el corazón en dos. Sin embargo, la experiencia había hecho sabia a Olga—. Sufres porque le has hecho daño *a ella*, no porque te hayas hecho daño a ti mismo —explicó.

Max no estaba seguro. Tenía las emociones a flor de piel. No sabía de dónde le venía el dolor, parecía inundarle el corazón desde todas las direcciones. Pero Olga tenía razón, se sentía fatal por Elizabeth.

A la mañana siguiente, hizo lo que sabía que debía hacer. Fue a ver a Michael y a Antoinette. Temía la reunión. No había dormido. Se sentía desgraciado. Una pequeña parte de él deseaba no haber sido tan impulsivo, pero en su mayoría estaba seguro de haber hecho lo correcto y se sentía aliviado de haber tomado esa decisión.

Michael y Antoinette vivían en un gran piso detrás del Royal Albert Hall, en South Kensington. Esa misma mañana, cuando Max habló por teléfono con Antoinette, se había mostrado comprensiva. Eso le hizo temer aún más la reunión porque le dio a entender que esperaba que cambiara de opinión. Llamó al timbre y tomó el ascensor hasta el tercer piso. Antoinette estaba en la puerta. Vestía de manera formal, como de costumbre, con un pantalón negro y una chaqueta con grandes hombreras y botones dorados, y su crepado cabello rojo parecía un casco. No sonrió y se hizo a un lado para dejarle pasar.

Michael estaba en el salón, de pie junto a la ventana con una taza de café. Cuando vio a Max, dejó la taza. Max se sintió como un colegial delante del director. Michael lo miró de arriba abajo, observando la espesa barba incipiente y su pelo rebelde, y un rictus de desagrado asomó a sus labios. Max notó que sus ojos se detenían en sus vaqueros, pero ¿por qué iba a ponerse otra cosa? No era una entrevista de trabajo, sino una renuncia.

—¿Quieres algo de beber, Max? —preguntó Antoinette.

—No, gracias —respondió. No tenía intención de quedarse mucho tiempo.

Michael le ofreció asiento, pero él no se sentó. Se colocó delante de la chimenea y puso los brazos en jarra. Antoinette se sentó en el brazo del sofá y esperó a que su marido iniciara la conversación.

—Elizabeth nos telefoneó anoche —dijo—. Está muy disgustada. ¿Qué es todo esto, Max?

—Me temo que no quiero casarme.

—¿Nunca? —intervino Antoinette con voz aguda.

—Elizabeth y yo no estamos hechos el uno para el otro.

—¿Y te has dado cuenta tres meses antes de la boda? —alegó Michael.

—Hace tiempo que siento que nos estamos distanciando —explicó Max, aunque sabía que nunca lo entenderían.

—Entonces, ¿por qué no lo hablaste con ella antes? —Max se dio cuenta de que Michael se estaba enfadando a medida que se desvanecía la posibilidad de una reconciliación—. ¿Tienes idea de cuánto daño le has hecho?

—¿Te importa? —añadió Antoinette.

—Claro que me importa. Todavía amo a Elizabeth…

—Entonces, ¿cuál es el problema? —preguntó Antoinette en un tono más suave—. Si todavía os queréis, podéis solucionarlo. El amor es la clave aquí.

—La quiero, pero no deseo estar casado con ella. Los dos queremos cosas diferentes.

Antoinette sonrió, pero la sonrisa no llegó a sus ojos, que eran tan duros como el granito.

—¿No podías haberlo descubierto hace un año? Has tenido tiempo de sobra para saber lo que quieres y lo que no.

—No ha aflorado hasta hace poco. —Max se levantó—. He venido a disculparme, no a dar explicaciones. No espero que nadie me entienda. Nos haré desgraciados a los dos si sigo adelante con un matrimonio erróneo. Elizabeth me lo acabará agradeciendo cuando esté casada con un hombre adecuado para ella.

La cara de Michael era del color de la remolacha.

—No creo que Elizabeth te lo agradezca nunca. No te consueles pensando eso, muchacho. Nadie te lo agradecerá *jamás*. ¿Tienes idea de cuánto me ha costado esta boda? ¿Tienes la menor idea de cómo nos vas a hacer quedar a todos? ¿Es que no sientes ninguna gratitud? No tendrías trabajo si no fuera por mí...

—He presentado mi dimisión.

—Vaya, eres un maldito tonto. Ese trabajo iba a ser la clave de tu éxito. ¿Sabes? Cuando empezaste a salir con nuestra hija, no estábamos seguros de ti. Teníamos serias dudas sobre tu idoneidad. Pero demostraste ser un joven cariñoso y atento que podía hacer feliz a Elizabeth. Te encontré un buen trabajo, un trabajo para toda la vida, y te mudaste a la casa que había comprado. Un *pack* bastante decente, diría yo. Te lo han dado todo y ahora lo estás tirando todo por la borda, Max. Estás arruinando tu vida y, de paso, la de Elizabeth. No sé lo que crees que quieres, pero soy más viejo y más sabio que tú y puedo decirte que no lo encontrarás. Cuando entres en razón, no esperes que te recibamos con los brazos abiertos. Vas a tener que trabajar muy duro para recuperar a nuestra hija. Sin embargo, dudo que te acepte. Sería tonta si te diera otra oportunidad. Dudo que vuelva a confiar en ti, en un hombre deshonesto como tú.

Max se dirigió a la puerta.

—Romper con Elizabeth es lo más honesto que he hecho en mi vida. Siento el momento y siento haberla herido. Se merece algo mejor que yo. Espero que lo encuentre.

Antoinette le miró horrorizada. A Michael le palpitaba la vena del cuello. Estaba claro que pensaban que iban a convencerle. No era así como habían planeado que terminara su encuentro. Max se marchó tan rápido como pudo. Cuando estuvo en la calle inhaló una bocanada de aire. Necesitaba escapar. Irse lejos. Y lo antes posible.

Max observaba la salida del sol sobre la sabana sudafricana a través del objetivo de su cámara. De pie en la terraza, bajo el tejado de paja, observó el río resplandecer a la pálida luz del amanecer mientras varios pájaros se posaban en su orilla. El silencioso sosiego del paisaje era un reflejo del sosiego en su interior y sintió que todo su ser se despojaba del trauma del mes anterior y por fin se relajaba. El cielo era de un azul pálido mientras el sol centelleaba entre los árboles y danzaba sobre el agua. Creyó que le resultaría extraño estar solo, ya que todas las vacaciones de los últimos tres años las había pasado con Elizabeth, pero se sentía de maravilla. Era como si hubiera mudado de piel en Londres y hubiera salido renovado.

Entre las personas que se alojaban en el albergue había una joven pareja inglesa de Cornualles. Daniel era arquitecto y su novia, Robyn, una escritora de ficción histórica en ciernes. Cuando hablaron la noche anterior durante la cena, le dijo a Max que no había publicado nada, pero que estaba trabajando en una novela sobre lady Castlemaine, la amante del rey Carlos II, y esperaba encontrar un agente dispuesto a aceptarla. Daniel tenía un gran carácter, una risa estridente y una gran afición a contar anécdotas. Era divertido y tenía un encanto que hacía que la gente se encariñara con él al instante. Robyn era más tranquila y escuchaba las historias de Daniel con una sonrisa indulgente. Tenía el pelo largo y rubio y los ojos grises, y cuando sonreía era preciosa. Había algo en su sonrisa que Max encontraba cautivador.

Esa misma mañana, los tres se levantaron justo antes de que amaneciera y salieron en el Land Cruiser descapotable para observar a los animales. Max iba delante con Sean, el guarda forestal, en tanto que Daniel y Robyn iban detrás. Llevaban unos prismáticos al cuello y Max había llevado su cámara. No dijeron una sola palabra mientras pasaban junto a manadas de impalas que pastaban en medio de la bruma matinal, elefantes que se movían lentamente entre la maleza y jirafas que se estiraban hacia las ramas más altas de las acacias. Nadie quería perturbar la tranquilidad del mundo natural. Max lo capturó con su teleobjetivo.

Volvieron al hotel para desayunar y Max estaba ahora en la terraza con su cámara. Justo cuando estaba a punto de bajarla, una manada de elefantes apareció en el recodo del río y empezó a avanzar por el valle, pasando por delante del hotel. Cada foto parecía sacada de una revista de *National Geographic;* aquellos elefantes eran muy fotogénicos. Sintió que había alguien a su lado y bajó la cámara. Era Robyn, que observaba a los elefantes con sus prismáticos.

—¿Verdad que es maravilloso? —susurró, como si temiera que la oyeran y salieran corriendo.

—Están muy cerca —repuso Max—. Desde aquí arriba se ve todo de forma increíble. La diversidad de animales que deambulan por el río... De verdad es un privilegio verlos.

—Siempre me han gustado los elefantes —comentó, bajando los prismáticos y sonriéndole—. Es una gozada verlos en libertad.

—Estoy de acuerdo. Me alegro de haber venido. —Se sentaron en los grandes y cómodos sillones mientras los elefantes se detenían a pastar justo delante de la terraza.

—No es habitual venir solo —dijo—. ¿Siempre viajas solo?

—Acabo de romper con mi novia —confesó—. Tenía que alejarme y estar solo durante un tiempo.

—Siento oír eso.

Robyn le miró y sus ojos tenían una profundidad y una sensibilidad que animaron a Max a confiar en ella. Sabía que probablemente no volvería a verla y necesitaba hablar.

—Rompí el compromiso tres meses antes de la boda. Una chapuza. No estoy orgulloso.

Robyn ahogó un grito.

—¡Dios mío! ¡Qué horror! ¿Estás bien?

—Me estoy recuperando. Este es el lugar perfecto para recomponerme.

—¿Y tu prometida? Debe de estar destrozada.

—Me temo que le he hecho mucho daño. Esa es la peor parte, herir a alguien a quien amas.

—¿Qué salió mal?

—Me di cuenta de que no éramos el uno para el otro. —Miró de nuevo hacia los elefantes—. Creo que la amo, pero no quiero casarme con ella. Es una paradoja, ¿no?

Robyn lo pensó un momento.

—Supongo que sí, pero cada persona es diferente y hay muchas formas de amar. Quizá necesites algo más que amor a la hora de elegir a la persona con la que quieres pasar el resto de tu vida.

—Creo que tienes razón. —Le habló de las noches que había paseado por Battersea y buscado respuestas en el Támesis. Le escuchó mientras le contaba el tormento con el que cargaba y se sintió bien al confiar en alguien que no los conocía ni a Elizabeth ni a él. Alguien ajeno a su mundo.

—¿Puedo hacerte una pregunta personal? —Tenía el ceño fruncido y el rostro serio.

—Por supuesto. Puedes preguntarme lo que quieras.

—¿Por qué no erais el uno para el otro? Si ya llevabais tres años saliendo, ¿cómo no lo descubristeis antes? ¿Cuál fue el catalizador?

Max suspiró y se frotó la barba incipiente de las mejillas mientras consideraba las muchas razones por las que había tirado la toalla.

—Simplemente queríamos cosas diferentes —explicó—. Creo que al principio, cuando todo era tan físico, esas cosas no importaban. Pero poco después de pedirle que se casara conmigo, empecé a sentirme cada vez más incómodo. Empecé a darme cuenta de que no teníamos los mismos valores. Su padre es muy controlador. Asumió las riendas. Le compró una casa, me buscó un trabajo en la City, me hizo socio de White's, básicamente me planeó la vida. Una vida a imagen de la suya. Me sentía asfixiado, como si no tuviera nada que decir. —Vaciló. El ceño de Robyn se hizo más marcado—. Y a nivel espiritual es insolvente. Sé que suena poco amable. No es mi intención —se apresuró a añadir—. Pero la espiritualidad es importante para mí. Ni siquiera está dispuesta a hablar de ello. Me rechaza con desdén. Lo cierto es que estamos en viajes muy diferentes, tirando del cliché. Vemos el sentido de la vida de maneras muy diferentes. Bueno… —se rio entre dientes—, ella no cree que haya ninguno.

Robyn ladeó la cabeza.

—¿Cómo ves tú el sentido de la vida?

La franqueza de la expresión de Robyn le tranquilizó e hizo que sintiera que se mostraría comprensiva.

—¿De cuánto tiempo dispones? —Se rio—. Creo en la reencarnación, en la vida después de la muerte, en la evolución del alma en su camino hacia la iluminación.

Ella sonrió.

—Yo también creo en eso.

Max se sorprendió.

—Elizabeth no cree en absoluto en el alma —dijo, dándose cuenta de repente de que tenía una aliada y deseoso de compartir sus pensamientos con alguien de ideas afines—. Ella cree que cuando morimos dejamos de existir. Cree que estoy loco.

—Bueno, si te hace sentir mejor, yo no creo que estés loco. Siempre me ha fascinado lo esotérico y lo paranormal. ¿Sabes? Nuestras vidas están llenas de señales si abrimos los ojos a ellas. Sincronías, extrañas coincidencias, personas que se cruzan en nuestro camino cuando pedimos ayuda. La mayoría de la gente las ignora o les resta importancia al considerar que es fruto de la casualidad.

—Elizabeth piensa que la gente que cree en la vida después de la muerte tiene demasiado miedo para aceptar la verdad.

—Pero no pasa nada por eso —repuso Robyn, encogiéndose de hombros—. Puede creer lo que quiera. Solo es negativo que te haga sentir mal por aquello en lo que crees. —Recorrió la terraza con la mirada y volvió a posarla en Max—. Daniel tampoco cree en lo que yo creo y a veces se ha reído de mí cuando me he despertado en mitad de la noche y le he dicho que había visto un ángel o un espíritu a los pies de la cama. Pero nunca me hace sentir insignificante o estúpida y nunca me cuestiona. Es lo bastante inteligente para admitir que no lo sabe todo. No comparte mi interés, pero yo tampoco comparto su interés por la vela, así que ahí lo tienes. —Rompió a reír y Max se quedó embobado un momento con su sonrisa. Ella debió de darse cuenta de la forma en que la miraba, porque desvió la mirada hacia el río—. Los elefantes se han ido —comentó.

—Sí, se han ido —convino. En ese preciso momento, con la encantadora sonrisa de Robyn burbujeando en su interior como si fuera champán, los elefantes le importaban un bledo.

—No te preocupes por Elizabeth. Se recuperará y lo más probable es que encuentre a alguien adecuado para ella. Y tú encontrarás a alguien adecuado para ti. Si consideras que la vida es un viaje que hace el alma para aprender y tomar conciencia de sí misma, entonces esta es solo una de esas lecciones que has tenido que superar. Saldrás más fuerte, más sabio y probablemente con un mayor conocimiento respecto a lo que quieres y a lo que no quieres en la vida. Dentro de diez años te alegrarás de haber tomado la decisión que tomaste. Hace falta valor.

Max se rio.

—Espero que tengas razón. Pero te aseguro que ni siquiera me planteo enredarme en otra relación. Después de esta, puede que me pase el resto de mi vida solo.

—Lo dudo —replicó con una sonrisa coqueta. Max se dio cuenta de que Daniel salía de su cabaña hacia la terraza. Robyn también se dio cuenta y la coquetería se esfumó—. Cuando encuentres a la mujer indicada, lo sabrás —dijo con seriedad—. La próxima vez estarás mejor preparado para juzgar. —Se enderezó y sonrió cuando Daniel se acercó—. Te has perdido una manada de elefantes —dijo—. Justo delante de nosotros.

—Es una pena —repuso Daniel, decepcionado—. Qué suerte has tenido. —Asió la mano de Robyn y miró hacia el río—. Estoy seguro de que volverán. Sean me ha dicho que suele haber elefantes y cocodrilos. Por la noche se les iluminan los ojos si les apuntas con la linterna. Me voy a la piscina. ¿Quieres venir?

Robyn se levantó.

—Encantada —dijo—. Voy a aprovechar al máximo el sol, Max. Ha sido un placer hablar contigo.

Max los vio alejarse, agarrados de la mano. Sintió una punzada de envidia porque Daniel había tenido la suerte de encontrar a alguien como Robyn.

Miró de nuevo hacia el río.

Cuando Max regresó a Londres se fue a vivir con su hermana, Liv, que tenía un pequeño piso en Bayswater y estaba dispuesta a alojarle durante uno o dos meses. Max sabía que en algún momento tendría que volver a casa de Elizabeth para recoger el resto de sus cosas, así como el anillo de compromiso de su bisabuela. Temía tener que enfrentarse a Elizabeth después de lo que había hecho. También tendría que buscar trabajo, lo que no sería fácil porque no tenía ni idea de lo que quería hacer. Por el momento confiaría en el destino y no se preocuparía. Sin duda las cosas se arreglarían solas.

Una vez instalado, decidió investigar un poco sobre su sueño recurrente. Si conseguía encontrar a alguien de su familia que hubiera luchado en la Segunda Guerra Mundial, en una batalla aérea con paracaidistas y planeadores, tendría algo de lo que tirar.

El primer fin de semana después de volver al Reino Unido, Max fue en su Alfa Romeo Spider rojo a casa de sus padres en Hampshire. Le encantaba sentir el viento en el pelo y el sol en la cara. Recordaba que su madre había hablado de un árbol genealógico que había elaborado una prima de su abuelo obsesionada con la genealogía. En aquel momento no le había interesado demasiado. Ahora se preguntaba si lo habría terminado y si podría hacerse con una copia.

Max se había criado en una casa solariega a las afueras de Alresford. Sus padres, George y Catherine Shelbourne, habían comprado la casa de estilo Reina Ana justo antes de que él naciera. Al tomar el camino de entrada sintió la cálida sensación de volver al hogar. Era principios de abril. Las hojas de los árboles y arbustos empezaban a desplegarse, creando la ilusión de volutas de humo verde que flotaban entre las ramas. Los narcisos estaban en plena floración y sus pesadas trompetas amarillas anunciaban en voz alta la llegada de la primavera. El canto de los pájaros llenaba el aire, ahora cálido por el sol y el optimismo; el invierno había desaparecido y la naturaleza esperaba con ilusión mañanas luminosas y días largos.

Aparcó fuera de la casa y entró en el vestíbulo.

—¡Hola! —gritó—. ¿Hay alguien en casa?

Su madre salió de la cocina al cabo de un momento, seguida de tres perritos que la perseguían como si fueran damas de honor.

—Cariño, me alegro mucho de verte. —Catherine abrazó a su hijo, que era mucho más alto que ella. Exhaló un profundo suspiro y le miró de forma compasiva—. Dios mío, lo has pasado muy mal, ¿verdad?

—No lo he pasado demasiado bien. Pero Sudáfrica me ha sentado genial —respondió, sonriendo al ver su cara de preocupación.

—Espero que Elizabeth esté bien. Nunca me he encariñado con ella, como bien sabes, pero no le deseo ningún mal. Es horrible que te dejen plantado con la boda tan próxima. Pero no voy a preguntarte por qué no lo hiciste antes. No quiero que tengas que revivirlo todo de nuevo. Lo hecho, hecho está. Ven a tomar una taza de café. Tu padre está en el jardín. Estoy haciendo un pastel de frutas. Se me ocurrió que te apetecería y sé que tu padre querrá. ¿Verdad que hace un día precioso? Precioso de verdad.

Max siguió a su madre y a los perros hasta la cocina. Sabía que hablaba más de lo normal porque estaba nerviosa. Se imaginaba que su insensible comportamiento era la comidilla de Hampshire. No se había cubierto precisamente de gloria.

Se sentó en el taburete de la isla y le contó a su madre lo de su viaje mientras se tomaba el café.

—Parece maravilloso —dijo ella—. Justo lo que necesitabas.

—Siento haberte hecho pasar por esto —repuso—. Habrás tenido que eludir todo tipo de preguntas por mi culpa. Nunca pensé de qué forma os afectarían mis actos a ti y a papá.

—No seas tonto. Es mucho mejor darte cuenta de que estás cometiendo un error antes de llegar al altar. Conozco a alguien que se dio cuenta de que había cometido un terrible error en el mismo momento en que pronunciaba sus votos. Entonces ya era demasiado tarde. ¡Imagínatelo! Eso es mucho peor. Hiciste lo correcto. Y eso es lo que le he dicho a la gente. Fue duro para los dos, pero es curioso cómo la vida corrige las cosas. Estoy segura de que todo saldrá bien.

Max esbozó una sonrisa irónica. ¿Cuántas veces le había dicho eso cuando era niño?

—Mamá, ¿te acuerdas de aquella prima del abuelo que estaba haciendo un árbol genealógico?

—Sí, Bertha Clairmont.

—¿Llegó a terminarlo?

—Por supuesto. Aunque no le he echado un buen vistazo. No me interesan demasiado los antepasados de tu padre. Me interesa mucho más la gente que vive en el presente.

—Me encantaría verlo.

—¿En serio? Bueno, tengo una copia en el salón. ¿Dónde la puse? Sospecho que en un cajón. ¿Quieres que te la busque?

—Te lo agradecería. —Max desvió la atención hacia la puerta, donde ahora estaba su padre, con una sonrisa en los labios.

—¡Max! ¡Qué agradable sorpresa! —exclamó George, quitándose los guantes de jardinería y acercándose a abrazar a su hijo.

—Hola, papá. ¿Qué tal el jardín?

—Va bien. Las heladas no le han afectado demasiado. Deberías venir a ver algunos de los árboles que he plantado.

—Me encantaría.

—Estupendo. Pues vamos. Necesito ayuda para deshacerme de ese viejo cobertizo. Llevo años queriendo derribarlo, así que ayer le di con un mazo. Menuda la que monté. Puedes ayudarme a cargarlo en el remolque y lo quemaré. Haré una gran hoguera. Enorme.

Max le siguió afuera.

—Papá, ¿alguno de tus parientes luchó en la Segunda Guerra Mundial?

—Al hermano de mi padre, tu tío abuelo, lo mataron en el Canal. Me parece que a un primo lo mataron en Extremo Oriente.

—No lo sabía.

—Fue muy triste.

—¿Alguien más?

—Tendrías que preguntarle a tu abuelo.

—Lo haré.

George se detuvo delante de un arbolito.

—Fíjate qué cosa tan magnífica. Va a ser un gran olmo americano. Todos estos árboles se vuelven dorados en otoño. Te habrás dado cuenta. He estado ocupado plantando más. Me encanta plantar árboles.

—Lo sé, papá.

—Bueno, es genial darle al mundo algo que me sobrevivirá.

—En ese caso, has dado un montón.

Su padre se rio entre dientes.

—Bien, aquí está. Espero que no te importe ensuciarte.

—Por supuesto que no.

—Estupendo.

Después de comer, Catherine fue al salón a buscar el árbol genealógico. Max y George permanecieron en la mesa, conversando. Aún no habían hablado de Elizabeth. La última vez que había salido su nombre, justo después de Navidad, habían acabado peleándose porque George había dejado muy claro que no creía que Elizabeth fuera adecuada para él. George apuró su copa de vino.

—Me alegro de que hayas entrado en razón —dijo con cuidado.

Max asintió.

—Lo he hecho justo a tiempo.

—Michael Pemberton es un arrogante de mierda —añadió al percibir que su hijo estaba dispuesto a hablar de ello.

—¡Papá! —Max no estaba acostumbrado a oír a su padre decir palabrotas.

—Lo siento, pero a veces hay que decir las cosas, Max. De buena te has librado. Es una familia tóxica y no olvides que de tal palo, tal astilla.

—Lo sé. Ahora sigo adelante.

—Bien. No tenemos que hablar más de ello. Es un bache. —Sirvió más vino en su copa—. Espléndido.

Catherine volvió con un gran pergamino.

—Aquí está —dijo con voz alegre. Miró la copa de vino de su marido, se dio cuenta de que había vuelto a llenarla y de repente pareció preocupada—. ¿Va todo bien?

—Todo va bien, mamá —repuso Max con una sonrisa.

—¿Qué tienes ahí? —preguntó George.

—El árbol genealógico de Bertha.

—Ah, sí. ¿Para qué quieres eso?

—Siento curiosidad —respondió Max.

George enarcó las cejas y bebió un sorbo de vino.

Max se levantó de la mesa.

—Papá ha dicho que Michael es un arrogante de mierda —informó con una sonrisa.

Catherine miró fijamente a su marido.

—¡George!

—Tiene razón —convino Max—. Aunque no tenía que haber sido tan comedido al elegir las palabras.

Max llevó el pergamino a su dormitorio y lo abrió sobre la cama. Dentro había un árbol genealógico, escrito de forma clara y nítida en tinta negra. La letra era impecable. Bertha debió de contratar a un calígrafo para que se lo copiara, pensó Max. Sus ojos se centraron en la década de 1900 y se fijaron rápidamente en un nombre.

Eastbourne, 1937

La ambición de Florence de ser actriz despertó cuando de niña su padre compró uno de los primeros proyectores de cine. Estaba sentada en el suelo con las piernas cruzadas, bebiendo cerveza de jengibre sacada de los barriles de madera del sótano y viendo embelesada a los indios y a los vaqueros galopar en silencio por la gran pantalla blanca, disparándose unos a otros al son de una música enardecedora. Los adultos se reían, pero Florence miraba horrorizada, pues a su tierna edad no se daba cuenta de que lo que estaba viendo no era real. Incluso después de que se lo explicaran, seguía mordiéndose las uñas preocupada por si mataban a uno de los vaqueros.

La primera vez que fue al teatro fue para ver *La posada del caballito blanco* en Londres. Debido a que su madre sufría una migraña, el tío Raymond había invitado a Winifred y a Florence a un elegante almuerzo en el Trocadero, debajo de un gigantesco globo giratorio de plata y cristal que colgaba del techo y proyectaba luces centelleantes en las paredes. Florence quedó tan cautivada por el globo como por el delicioso almuerzo de lenguado al limón y patatas crujientes, seguido de helado de fresa, que era su favorito. Al tío Raymond le gustaban los buenos restaurantes y podían pedir lo que quisieran. Después de comer, atravesaron Piccadilly, pasaron por delante de los vendedores de flores que se reunían alrededor de la estatua de Eros a vender ramos de violetas que llevaban en grandes cestas y se adentraron en el misterioso mundo del teatro. A Florence el teatro le pareció fascinante. Se sentó en el borde de su butaca de terciopelo, sin apenas atreverse a respirar, cuando el director de orquesta levantó la batuta y, tras una pausa, la bajó con aplomo para que la música de la obertura llenara el auditorio. Se alzó el telón y apareció, como por arte de magia, un mundo de encanto y fantasía.

La madre de Florence no quería que fuera actriz; quería que fuera presentada en la corte como lo había sido Winifred, pero Margaret no tenía la fortaleza de carácter para decirle que no a su hija menor. Solo su padre, el abuelo de Florence, tenía la autoridad y los medios; como Winifred había dicho de forma mezquina: «El que paga al gaitero elige la melodía». La melodía que Florence tenía que bailar era un año en la Escuela de Economía Doméstica de la señorita Randall. Aceptó con la condición de que al terminar podría ir a la escuela de arte dramático. Esto fue acordado.

La escuela de la señorita Randall estaba situada en Silverdale Road, Eastbourne, en un gran edificio blanco con salas oscuras y recubiertas de madera dominadas por una amplia e imponente escalera. Para alegría de Florence, había convencido a Cynthia Dash para que se matriculara y las dos asistían juntas. Las chicas pensaban que Ranny's, como llamaban cariñosamente al colegio, era ridículo. Allí les enseñaban a cocinar, a planificar menús, a escribir invitaciones a mano, a planchar camisas y a arreglar una habitación. Les enseñaban a hacer arreglos florales, a ordenar la colada y a administrar una casa. Florence y Cynthia se reían en casi todas las clases y se escapaban al tejado para fumar en los descansos. Por la noche, Florence convencía a Cynthia para que saliera por la ventana y escalara por el desagüe para que pudieran ir a la playa y sentarse en la arena bajo las estrellas y comprar bebidas en el pub local, que estaban bien seguras de que ninguno de sus engreídos profesores se dignaría a frecuentar.

Florence pensaba constantemente en Aubrey y devoraba con avidez cualquier noticia que Cynthia le daba. Sin embargo, a medida que avanzaba el otoño, no era el rostro de Aubrey el que dominaba sus fantasías, sino el de Rupert. Una y otra vez se sorprendía reviviendo aquel momento en la cueva en que él la había besado. El recuerdo era tan vívido que podía sentir sus suaves labios sobre los suyos, la humedad de su lengua, el calor de su mano en la parte baja de su espalda y la presión de su cuerpo contra su estómago. El recuerdo despertó sentimientos que no había experimentado antes y se ruborizó, aunque nadie podía leer su mente y sacar a la luz sus fantasías.

Rupert no tenía el carácter tranquilo de Aubrey, sus dotes deportivas y su temperamento despreocupado. Rupert era oscuro y misterioso. Tenía un aire de peligro imperturbable, era complejo e impredecible. Entonces, ¿por qué su cuerpo suspiraba por él en contra de la voluntad de su mente, que le decía que era a Aubrey a quien amaba? *Siempre* había sido Aubrey, ¿verdad?

En el verano de 1938, al final del curso, la señorita Randall organizó un baile en el Grand Hotel para celebrar el comienzo de su independencia. Hermanos y novios estaban invitados. Con mucha ilusión, Florence y Cynthia fueron de compras por la ciudad en busca de vestidos apropiados. Cynthia encontró un recatado vestido de seda azul que combinaba con el color de sus ojos, pero Florence se hizo con uno negro con escote palabra de honor que era del todo inapropiado. Se gastó toda su asignación en él. La madre de Florence se horrorizó cuando lo vio e insistió en que Florence lo devolviera a la tienda de inmediato. Florence dijo que lo haría, pero como su madre no iba a estar presente en el baile, desobedeció sus instrucciones y lo colgó en su armario con un grito triunfal.

Un par de semanas antes del baile, Cynthia le dijo a Florence que había conseguido pareja para las dos.

—He conseguido convencer a Aubrey y a Rupert para que vengan —dijo con una sonrisa pícara—. Aubrey viene de Sandhurst y Rupert acaba de terminar en Cirencester. Has sido una terrible influencia para mí y estoy rompiendo una de las reglas de Ranny, Flo. Pero qué más da si vamos a irnos, ¿no? Tendrás que fingir que Rupert es tu novio. No te importa, ¿verdad?

Florence no sabía qué decir. Tanto Aubrey como Rupert iban a asistir. Hacía casi un año que no veía a ninguno de los dos.

—Estoy encantada —dijo, sintiendo que su pecho rebosaba de tanto entusiasmo que estaba a punto de estallar.

Cynthia sonrió de forma astuta.

—Sé que sientes un afecto especial por Aubrey.

—¿Tan transparente soy? —repuso Florence, alejando a Rupert de sus pensamientos.

—Solo para mí porque te conozco muy bien.

Florence suspiró.

—Me comporté como una tonta el verano pasado. Mientras yo le perseguía como una idiota, él cortejaba a Elise. ¿Te acuerdas?

—Sí, lo recuerdo. Estaba muy interesado en ella.

Florence aprovechó que había empleado el tiempo pasado.

—¿Estaba?

—Eso terminó hace mucho tiempo. Elise volvió a Francia y ahí se acabó todo.

—Estoy segura de que se cartearon.

—No lo sé, pero creo que estaba condenado al fracaso desde el principio.

Florence centró sus pensamientos en Aubrey. Él era el objeto de su deseo. El hombre con quien deseaba casarse. Rupert le provocaba cosas extrañas, como el diablo, tentándola con los pecados de la carne, como hubiera dicho el reverendo Minchin en la escuela. Aubrey era un caballero, se dijo a sí misma con firmeza. Estaba segura de que Rupert no lo era.

Cuando llegó la noche del baile, Florence y Cynthia se pasaron toda la tarde preparándose. Celia Dash siempre decía que bañarse y vestirse antes de la fiesta solía ser más divertido que la fiesta en sí, pero Florence estaba segura de que ese baile no decepcionaría. Aubrey iba a venir. Elise ya no estaba. El vestido era una maravilla y Florence sabía que estaba guapísima con él. Por fin había llegado su oportunidad de conquistarlo.

Florence esperó a que todas las chicas estuvieran reunidas en el vestíbulo del colegio antes de bajar por la gran escalera con su llamativo vestido negro y su elegante recogido. Consciente de que todos la miraban, irguió la cabeza y sonrió. Se sentía como una estrella de cine; ojalá Aubrey estuviera al pie de la escalera para recibirla. Bajó con cuidado cada peldaño, con una mano en la barandilla. Cuando llegó al último, respiró hondo con satisfacción. Era la única joven vestida de negro. La única joven lo bastante valiente como para presumir de escote y de todas sus curvas.

La señorita Randall estaba ante ella con expresión furiosa.

—No puedes ponerte eso, muchacha —dijo con su voz inglesa que la hacía parecer de la realeza—. Es muy inapropiado. ¿En qué demonios estabas pensando?

Florence se quedó con la boca abierta.

—Es un vestido precioso —respondió.

—No cabe duda de que es hermoso, pero no es apropiado para una chica de Ranny. ¿No has aprendido nada? Será mejor que vayas y te cambies de inmediato.

—¡Pero no tengo nada más que ponerme!

La señorita Randall se encogió de hombros con impaciencia.

—Entonces tendrás que quedarte.

Florence tenía ganas de llorar. La velada se había estropeado incluso antes de empezar.

Cynthia se adelantó.

—Yo tengo un vestido que puedes usar —intervino con suavidad, tomando la mano de Florence—. Vamos, si nos damos prisa nos esperarán.

La señorita Randall miró su reloj.

—Tienes exactamente cinco minutos y ni uno más.

El vestido de Cynthia era de un bonito tono verde, cortado al bies, con manga corta y un cinturón a juego, pero no era glamuroso.

—No creo que me pegue mucho —murmuró Florence abatida al ver su imagen—. Debería quedarme, como dice Ranny.

A Cynthia le horrorizó la idea.

—No seas tonta. Estás preciosa. Lo estarías con cualquier cosa. Además, Rupert y Aubrey se sentirán decepcionados si no estás allí y Rupert se quedará sin pareja. Se sentirá ridículo. No sabes cómo es cuando está enfadado. Se pondrá furioso conmigo. Por favor, tienes que venir. No puedes dejar que un vestido te arruine la noche. Eres más que un vestido, Flo.

—Está bien, iré. Pero la velada se ha echado a perder —dijo Florence, enfadada. Se miró al espejo, se limpió una mancha de kohl bajo los ojos y siguió a Cynthia fuera de la habitación.

—Así está mejor —dijo la señorita Randall con brusquedad cuando Florence se presentó al pie de la escalera—. Vamos, el autobús está esperando.

La humillación de que la regañaran delante de las chicas no era nada comparada con la humillación de que Aubrey y Rupert la vieran con un vestido poco favorecedor. Florence estaba sentada en el autobús con los brazos cruzados, mirando cabizbaja por la ventanilla, mientras Cynthia intentaba convencerla de que no se darían cuenta. Que su personalidad era lo que contaba y que además el vestido era divino.

—No quería estar divina, sino sofisticada y llamativa —repuso Florence.

—Pero si lo estás —dijo Cynthia con una sonrisa comprensiva—. En cuanto estés en la pista de baile te olvidarás por completo del vestido.

Llegaron al Grand Hotel y esperaron con las demás chicas en el vestíbulo a que llegaran sus parejas. Uno tras otro, fueron apareciendo jóvenes vestidos de etiqueta para acompañar a sus hermanas y novias al salón de baile. Florence se sentía abatida y torpe con el vestido de Cynthia. Ya no se sentía la chica más glamurosa de la sala, sino carente de estilo, como un pato entre cisnes.

Entonces los vio. Rupert y Aubrey, altos y urbanitas, sonriendo con la confianza y el encanto típicos de los Dash. Atravesaron las grandes puertas y Florence sintió que el corazón se le aceleraba al verlos. Uno rubio, el otro moreno, pero ambos más glamurosos que cualquiera de los jóvenes que habían pisado el Grand aquella noche. Tal vez Florence no llevara el vestido más bonito, pero sabía que tenía la pareja más atractiva.

Aubrey la saludó primero.

—Florence —dijo, y sus ojos grises brillaron de placer al tomarle la mano y besarle la mejilla—, estás preciosa.

—Gracias —repuso con una sonrisa de agradecimiento iluminando su rostro.

—¿Has aprendido algo? —preguntó.

—A arreglar una habitación y planchar una camisa.

—Muy importante —dijo con una sonrisa—. Aunque no estoy seguro de lo que es «arreglar una habitación».

Aubrey fue a saludar a su hermana. Florence tenía ahora a Rupert ante sí, mirándola con una sonrisa cómplice, como si entre ellos existiera una intimidad que el paso de los años no había disminuido en absoluto.

—¿Qué te apuestas a que te has comprado un vestido inapropiado y le has tenido que pedir prestado uno a mi hermana? —Florence estaba atónita. ¿Tan evidente era? Él se rio y le puso una mano en la cintura. Cuando se acercó a besarle la mejilla, murmuró—: Cynthia acaba de destapar el pastel.

Florence se sintió aliviada.

—Cómo no —dijo.

¿Su beso se prolongó un poco más de lo debido o Florence se lo imaginó? Sentía su cara afeitada contra su piel y el olor a limón de su colonia.

—¿Sabes? Es la chica la que hace al vestido, no el vestido el que hace a la chica —añadió—. Tú estarías preciosa hasta con un saco.

—Qué suerte, porque me siento como si llevara uno puesto.

Le ofreció el brazo.

—¿Vamos?

Ella lo aceptó.

—Sí, vamos. Con saco o sin él, no voy a dejar que me arruine la noche.

Los cuatro permanecieron juntos, bebiendo champán en copas de cristal. No querían mezclarse con los demás invitados. Querían rememorar el verano anterior en Gulliver's Bay.

—Vuestra fiesta fue lo mejor de las vacaciones —le dijo Aubrey a Florence—. Dudo que vuelva a haber otra igual.

—Es muy amable por tu parte. Solo quería demostrarle a mi familia que podía organizar algo así por mi cuenta.

—Lo organizaste muy bien —adujo Aubrey—. Espero que les haya impresionado.

—Se sorprendieron, tal y como yo quería. Pero no creo que tenga fuerzas para volver a hacerlo. Demostrar que se es capaz supone mucho trabajo.

Florence se olvidó del vestido y se deleitó con la admiración de Aubrey. Al notar la forma en que la miraba se dio cuenta de que él no la había visto de verdad antes. «Así debía de mirar a Elise», pensó, animándose bajo su mirada como una flor primaveral.

—Echaré de menos nuestros largos veranos en Pedrevan —dijo Cynthia con nostalgia—. No creo que volvamos a tener unas vacaciones tan largas.

—Desde luego que no si vamos a la guerra —dijo Rupert.

—Siempre se puede contar contigo para fastidiar esta encantadora velada, Rupert —le reprochó su hermana. Pero no se equivocaba. Tras un año de promesas incumplidas y la anexión de Austria a la Gran Alemania en marzo, pocos dudaban de que era más que probable que estallara la guerra.

—Solo en contraste con la sombra podemos ver realmente la luz —añadió Rupert, sonriendo a Florence—. Si de verdad la guerra es inminente, estoy más decidido que nunca a disfrutar ahora.

Florence se vio sentada entre Rupert y Aubrey en la cena. Durante la primera mitad habló con Aubrey. A él le interesaban sus planes. Le contó que iba a matricularse en una escuela de arte dramático, pero que aún no había decidido en cuál, ya que su abuelo pensaba que la London Theatre School tenía fama de tener una moral relajada. Hizo una mueca y Aubrey se rio. Se dio cuenta de que disfrutaba de su compañía. Ojalá le hubiera prestado tanta atención el año anterior. Ojalá la hubiera mirado así cuando ella intentaba captar su atención en Gulliver's Bay. Sin embargo, para desconcierto de Florence, el repentino interés de Aubrey por ella no tuvo el efecto que esperaba. No se le aceleró el corazón ni el rubor le tiñó el rostro. No le causó reacción alguna. En cambio, era muy consciente de la presencia de Rupert al otro lado. Parecía poseer un magnetismo que no dejaba de atraer su atención y se sorprendió al desear que terminara el primer plato para poder dirigirse a él.

Los camareros retiraron por fin los platos y la chica que estaba al otro lado de Aubrey reclamó su atención. Florence sonrió a Rupert. Este le devolvió la sonrisa, con sus ojos azul plomo llenos de complicidad. Era como si aquel beso en la cueva les hubiera proporcionado a ambos una sensación de connivencia y complicidad. Como si fueran muy conscientes de su secreto y estuvieran encantados con él. Florence recordó los labios de Rupert en los suyos y le ardió la cara. Bebió un sorbo de vino para disimular su vergüenza, pero si Rupert se dio cuenta, no lo dejó entrever.

—Me alegro de volver a verte, Flossie —dijo—. Siento la forma en que nos separamos.

—Yo también —respondió—. Deberíamos haber vuelto a la fiesta y haber bailado.

—Si mal no recuerdo, sí que bailamos. —Bajó la voz—. Y me pisaste el pie.

—¿De veras? —Florence no quería acordarse de aquello—. Qué torpe…

—En absoluto. Daría cualquier cosa por que me pisaras otra vez.

Ella se rio.

—Es muy galante por tu parte.

—¿Se te ha curado el corazón?

Florence volvió a sonrojarse.

—En realidad nunca se rompió. Era joven y tonta.

—Bueno, ahora ya has crecido.

—Me estás tomando el pelo —dijo ella, un tanto molesta.

—En absoluto. Nunca me burlaría de ti. Este año te ha sentado bien. Has florecido, aunque yo reconocí tu belleza incluso antes de que lo hicieras.

—He aprendido a planchar camisas y a arreglar una habitación.

—Me alegro, porque una joven no tardaría en caer en desgracia si no fuera competente en esas áreas de vital importancia.

—También he aprendido a montar y bajarme de un coche.

—Un coche deportivo, espero.

—Sí, sobre todo un Aston Martin. También es importante saber en qué coches montar y cuáles evitar por completo.

Rupert se rio entre dientes.

—Y conjuntar la ropa para que combine. Me atrevería a decir que te quedaría muy bien el rojo.

—Ranny piensa que el rojo es un color poco recomendable. Dice que transmite un mensaje equivocado.

Rupert fingió horrorizarse.

—No podemos permitir que te confundan con una prostituta callejera. ¡Dios no lo quiera!

—En efecto. Pero ahora voy a estudiar arte dramático en Londres. Si Ranny lo supiera, le daría un ataque. Las actrices son sinónimo de mujeres de virtud relajada. Si creía que mi vestido es inapropiado, se desmayaría solo de imaginarme encima de un escenario.

—Me gustaría ver tu vestido.

Florence sonrió.

—Es realmente espléndido.

—¿Me prometes que te lo pondrás cuando te lleve a cenar después de verte en una obra?

—Eso es presuntuoso. ¿Qué te hace pensar que aceptaré tu invitación a cenar?

—Que te *conozco.*

Florence le miró con expresión seria.

—Eso ya lo has dicho antes.

—Sí, pero lo he pensado muchas más veces de las que lo he dicho.

—¿Por qué?

—¿No lo sientes tú también?

—¿Que te *conozco*?

—Sí. Que nos conocemos. No solo en el aspecto social, sino a un nivel más profundo. Siento que te conozco desde hace mucho tiempo.

Florence no sabía qué decir. No estaba segura de a qué se refería.

—Es extraño —repuso.

—Quizá, pero también es cómodo. Incluso sé lo que vas a hacer a continuación.

—¿Qué voy a hacer ahora?

—Vas a levantar tu copa y beber un sorbo.

Florence se miró los dedos, que sujetaban el tallo de su copa de vino. Tenía razón. Estaba a punto de llevársela a los labios.

—¿Cómo lo sabes?

—Porque es lo que haces cuando sientes vergüenza. Desvías la mirada y buscas algo que hacer con las manos. Es adorable.

Florence le brindó una pequeña sonrisa.

—Pero yo no sé lo que vas a hacer tú ahora.

—Sí que lo sabes.

Clavó la mirada en su rostro.

—Me vas a avergonzar otra vez —dijo en voz baja, deslizando la mirada hacia su plato. Sintió que él sonreía.

—Aquí no. Pero pienso sacarte a bailar en cuanto empiece la música.

Sin embargo, cuando la banda empezó a tocar fue Aubrey quien llegó primero porque Rupert estaba distraído con la chica de su izquierda, que había entablado una conversación con él. Rupert la observó mientras su hermano la conducía a la pista de baile. Florence sintió que sus ojos la seguían por toda la sala y deseó que no hubiera sido tan lento. Antes se habría considerado la chica más afortunada del mundo por bailar con Aubrey. Pero ahora deseaba estar en brazos de su hermano y que la llevara por la pista de baile como habían hecho en la cueva.

Rupert observó a Florence y a Aubrey. No fue consciente de la expresión pensativa de su rostro hasta que su hermana ocupó la silla vacía a su lado.

—Hacen una pareja encantadora, ¿verdad? —comentó.

Rupert se quedó estupefacto.

—¿Aubrey y Florence?

—Por supuesto. Son una pareja ideal. Deberían haber estado juntos el verano pasado, pero Aubrey estaba enamorado de Elise. Pobre Flo, cómo suspiraba por él.

Rupert la miró fijamente mientras las piezas del rompecabezas encajaban.

—¿Quieres bailar conmigo, Cynthia? —dijo.

—Por supuesto.

Rupert se movía con gracia por la pista de baile. Sin embargo, no estaba pendiente de su hermana, sino de Florence. Como un águila acechando a una hermosa golondrina, esperó el momento oportuno para intervenir.

Florence vio a Rupert bailando con Cynthia, pero estaba serio. Le miró durante un segundo y vio en él cierta agitación. Pero Aubrey le estaba hablando, preguntándole si podría invitarla a salir la próxima vez que estuviera en Londres, y Florence se vio respondiendo que le encantaría que lo hiciera. La música terminó y Florence aplaudió a la banda. Parecía que Aubrey iba a sacarla a bailar otra vez, cuando Rupert apareció con Cynthia.

—Cambiemos —dijo, sin esperar la respuesta de su hermano. Rodeó la cintura de Florence con una mano y la atrajo hacia él. La sonrisa de Aubrey vaciló. Parecía decepcionado. Cynthia tenía el ceño fruncido. Miró a Florence, pero esta hizo como si no la hubiera visto. La banda empezó a tocar un vals.

Mientras Rupert la guiaba por la habitación, Florence sintió que un peso caía sobre ellos. Sentía la mano de Rupert agarrotada en la curva de su espalda y la agarraba la otra con tanta fuerza que casi se le había puesto blanca. Tuvo la sensación de que algo de lo que se había dicho le había disgustado. Entonces la apretó contra él como si temiera que se fuera a escapar.

—¿Amas a mi hermano? —le susurró al oído.

Florence se quedó atónita. La vehemencia de su pregunta la conmovió.

—No —respondió.

—¿Le amabas?

—Creía que sí.

Rupert tenía la mejilla apoyada en la de ella. Su aroma a limón invadió los sentidos de Florence. Su cálido y familiar olor la transportó al beso que compartieron en la cueva y sintió un deseo irrefrenable de que volviera a besarla. Cerró los ojos.

—¿Tengo alguna posibilidad, Flossie? Porque si no es así, tienes que decírmelo ahora. He sobrevivido un año con la esperanza de tener una segunda oportunidad. No sobreviviré otro. Dime ya si prefieres estar con Aubrey y te dejaré ir.

Florence se sintió extrañamente conmovida. Le apretó la mano.

—Creía que habías dicho que me conocías —respondió en voz baja.

—No es el momento de bromear —adujo.

Apretó la mejilla contra la suya, desesperada de repente por tranquilizarlo.

—Quiero estar *contigo* y solo contigo, Rupert.

Sintió que se relajaba. Su mano se aflojó en la parte baja de su espalda y sus dedos acariciaron con suavidad los de ella. El peso desapareció.

—Y yo quiero estar contigo, Flossie —repuso.

Rupert la tomó de la mano y salió del salón de baile. A Florence no le importaba si la señorita Ranny o alguna de las otras profesoras que rondaban la habitación como carabinas la pillaban marchándose, porque esta era su última noche en la escuela para señoritas y, por lo que a ella se refería, ya era libre.

Recorrieron el sendero de forma apresurada, atravesaron el jardín ornamental y bajaron hasta el terraplén donde la vasta extensión de oscuro mar brillaba como el petróleo bajo una roja luna creciente. Presa de una sensación de urgencia y llevada por una ola de excitación, Florence se quitó los zapatos y corrió hacia la playa. Cuando vio que era de guijarros, se detuvo para volver a calzarse. Pero Rupert estaba impaciente. La cargó en brazos y se la llevó a la oscuridad.

El batir de las olas se volvió más ruidoso. Rupert la dejó en el suelo con cuidado. Enmarcó su rostro con las manos y le acarició suavemente las mejillas con los pulgares. Sus ojos rebosaban ternura mientras la miraba como si nunca hubieran contemplado nada tan hermoso. Ninguno de los dos habló. No era necesario. Estaban solos en aquel lugar oscuro y secreto y eso era lo único que importaba. Ya no estaban en Eastbourne, sino en Gulliver's Bay, bajo las guirnaldas de paja de Florence y el cielo estrellado. Rupert se apoderó de sus labios y Florence deslizó las manos por debajo de su chaqueta, lo atrajo contra sí y se sumergió en su beso.

10

El 25 de septiembre de 1938 se ordenó a la flota británica hacerse a la mar. Se cavaron zanjas en los parques de Londres para utilizarlas como refugios antiaéreos y se instalaron sirenas en las comisarías de policía para avisar a la población de los ataques de los bombarderos alemanes. El miedo se cernía sobre la ciudad como la niebla tóxica mientras Gran Bretaña se encontraba una vez más al borde de la guerra con Alemania. Hitler había prometido invadir Checoslovaquia el 1 de octubre y parecía inevitable que tal medida desencadenara un conflicto entre las grandes potencias europeas.

Dos días antes de la fecha límite, Neville Chamberlain se reunió con Hitler, Mussolini y Daladier en Múnich para discutir la crisis de los Sudetes. Muchos de los amigos varones de Florence estaban en el ejército a la espera de ser llamados a filas y Florence y Winifred discutieron qué funciones podrían desempeñar para servir a su país, en caso de que Inglaterra entrara en guerra.

Sin embargo, el 30 de septiembre Neville Chamberlain regresó de su visita a Múnich, agitando la declaración conjunta de paz. Hubo una oleada de alivio y celebración; se había evitado la guerra. De todos modos, a pesar de la sensación de júbilo, se respiraba el temor en el ambiente. Parecía que todos supieran que las palabras de Chamberlain eran papel mojado. Que simplemente estaba ganando tiempo. Florence estaba decidida a disfrutar al máximo mientras pudiera. Qué importaba nada ahora que sabía que su corazón le pertenecía a Rupert.

Se matriculó en la Escuela de Danza y Arte Dramático Ginner Mawer, en Knightsbridge, y se alojó en casa de la señora Arkwright, una anciana viuda que alquilaba habitaciones en las inmediaciones exclusivamente para alumnas. Prohibía las visitas masculinas y se sentaba en un sillón cerca de la puerta principal desde las ocho de la tarde hasta medianoche como un rollizo buitre, dispuesta a atrapar a cualquiera de sus inquilinas que se atreviera a desobedecerla.

Florence emprendió su nueva vida con su típico entusiasmo y cambió sus vestidos, blusas y faldas lápiz por bohemias capas cruzadas, pantalones anchos y cintas para el pelo. Adoraba las clases de ballet con la renombrada Peggy van Pragh y encarnar diferentes personalidades en el escenario le descubrió una novedosa sensación de liberación. Además, era emocionante vivir en Londres, sobre todo porque Rupert también estaba allí, trabajando para una empresa de corretaje de St James's, que no se molestaba en ocultar que detestaba.

A Rupert le encantaban las librerías. Su favorita era Hatchards, en Piccadilly, y allí llevó a Florence en cuanto tuvo ocasión.

—He encargado una hermosa primera edición encuadernada de mi novela favorita para ti —dijo—. Es muy especial y quiero que la tengas. —Florence ya había estado en Hatchards, pero era muy distinto que él la llevara. Rupert la llevó de la mano por todas las plantas como si fuera el dueño del lugar, entusiasmado por enseñárselo a la chica que amaba. Conocía a los libreros por su nombre y ellos, a su vez, le hacían mucho caso—. Me encanta el olor, ¿a ti no? —dijo mientras subía por la alfombrada escalera de caracol hasta otra planta en la que todas las paredes estaban repletas de estanterías de oscura madera y relucientes libros de tapa dura—. Huele a historias —repuso de forma animada al tiempo que inspiraba con fruición—. Y a antigüedad. ¿Sabes que lleva en este edificio desde 1801? Imagina cuántas palabras alberga este lugar. Cuántas aventuras, historias de amor, personajes, lugares, tramas, suspense, asesinatos, misterio y magia. Es maravilloso. Puedes sentir todo el amor volcado en cada obra y, sin embargo, aunque tuviéramos mil vidas, nunca tendríamos tiempo de leerlas todas.

Florence se dejó llevar por su entusiasmo.

—Me imagino que te pierdes aquí dentro, Ru. —Se rio, mirándole con afecto. Cada momento que pasaba con él, lo amaba más.

—Vengo por aquí casi todos los días —repuso, rodeándole la cintura con un brazo y acercándola para besarle la sien—. Pero es aún más agradable venir contigo.

Se dirigieron al mostrador de la planta baja y el encargado entregó a Rupert un paquete de papel marrón rodeado con una cuerda.

—Esto es para ti, cariño —dijo Rupert.

Florence lo desenvolvió con cuidado. Dentro había un precioso libro en tapa dura de *El gran Gatsby*, de F. Scott Fitzgerald.

—Qué maravilla —adujo, pasando los dedos por la cubierta añil y dorada—. Gracias, Ru. Lo guardaré como un tesoro.

—¿Lo has leído?

—No, no lo he leído. Pero lo haré de inmediato.

—Pues te aguarda una auténtica delicia —dijo—. Ojalá yo no lo hubiera leído para así poder disfrutarlo de nuevo por primera vez.

—Puedes revivir esa sensación a través de mí cuando hablemos de ello —sugirió.

—En un campo de ranúnculos —añadió con una sonrisa.

Florence se rio y apoyó la cabeza en su hombro.

—En un campo de ranúnculos —repitió, recordando con nostalgia aquella primera conversación que habían mantenido en la cerca que daba a Gulliver's Bay.

El debut de Florence en el escenario público tuvo lugar justo antes de Navidad. La obra era *Sueño de una noche de verano* y Florence interpretó el papel de Helena. Su madre y Winifred fueron a verla, junto con Rupert, que la invitó a cenar y a bailar después en el Savoy, con la condición de que llevara el vestido que tanto había desagradado a la señorita Ranny.

Tal vez Florence no hubiera podido hacer su gran entrada en el Grand Hotel de Eastbourne, pero sí la hizo en el vestíbulo del Savoy, para deleite de todos los que la rodeaban. Llevaba puesto un abrigo encima del vestido cuando Rupert la recibió en la entrada de artistas después de la representación. Intentó convencerla de que se lo quitara para poder admirarla, pero ella se resistió. No quería que la viera en el oscuro callejón detrás del teatro y tampoco tiritar de frío, ya que la noche, aunque seca, era glacial. Esperó a estar en la calidez del hotel antes de permitir que él se lo quitara. Cuando se dio la vuelta, se emocionó al ver el brillo de admiración y deseo en su rostro. Se sintió como una estrella de cine.

—Ahora entiendo por qué la señorita Ranny no lo aprobaba —murmuró, recorriendo sus curvas con admiración—. Estás peligrosamente guapa, Flossie. —Florence se rio—. Voy a tener que contenerme. —Rupert le ofreció el brazo y la acompañó al comedor.

Disfrutaron de una larga noche de charla y baile con la famosa banda de Carroll Gibbons y, para su alegría, Florence descubrió que empezaba a sentir que también conocía a Rupert, a ese nivel profundo e intemporal del que él había hablado.

Florence pasó las Navidades en Gulliver's Bay con su madre, Winifred, sus abuelos y su tío Raymond. Estaban ansiosos por que les contara cosas de la escuela de teatro y de su excitante vida social en Londres, pero lo que más les interesaba era saber de Rupert.

—¿Qué es eso que he oído sobre ti y Aubrey Dash? —preguntó Henry cuando la familia se sentó alrededor de la mesa del comedor en Nochebuena.

Florence miró a Winifred, que enarcó las cejas con interés y dejó el cuchillo y el tenedor a la expectativa.

—No es Aubrey, sino su hermano Rupert, abuelo —respondió.

—¿Qué? ¿No es Aubrey? —Henry miró a su mujer, confundido—. Pensé que habías dicho Aubrey, Joan.

—No, Henry, dije Rupert.

—¡Por los clavos de Cristo, puede que sea el rebelde de la familia, pero va a heredar Pedrevan!

—Es muy guapo —apostilló Margaret, aliviada de que el joven fuera adecuado. No le habría sorprendido que Florence se hubiera enamorado de alguien que no lo era.

El tío Raymond le brindó una sonrisa cómplice a Florence.

—Es extraordinario cómo resultan las cosas —dijo arqueando una ceja.

—¿A qué se dedica, aparte de llevarte a bailar al Savoy? —preguntó Henry.

—Es corredor de bolsa —dijo Florence—. Pero lo odia.

Henry asintió con aprobación.

—Toda experiencia es buena —repuso—. De todo se saca algún provecho.

—¿No está Aubrey en Sandhurst? —preguntó Joan.

—Sí —contestó Winifred—. Y creo que está un poco decepcionado por el repentino e inesperado cambio de opinión de Florence. —Miró a su hermana con severidad.

—No es que supiera que me gustaba —replicó Florence.

Winifred puso los ojos en blanco.

—Claro que lo sabía —adujo con un suspiro—. Todo el mundo lo sabía.

Todos menos Rupert, pensó Florence.

El día de Navidad, las familias de Gulliver's Bay asistieron al tradicional oficio religioso. El reverendo Millar presidió la congregación entre titilantes velas, acebo y el tradicional abeto decorado con espumillón y adornos de cristal. Un intenso olor a cera derretida y a perfume impregnaba el aire, así como el buen ánimo de los fieles, que solo se acalló cuando el vicario levantó los brazos en señal de bienvenida y comenzó a hablar.

Florence se sentó con su familia y miró a los Dash, sentados al otro lado del pasillo. Como era habitual en ellos, estaban de lo más glamurosos, ataviados con elegantes abrigos, finas pieles y alegres sombreros. Celia llevaba un sombrero escarlata de Madam Agnès de

París adornado con una sola pluma y Cynthia, una moderna boina de lana. Como de costumbre, iban acompañados de abuelos, tíos y primos, y parecían ocupar la mayor parte de los bancos, exudando un aire de señorío debido a su gran número.

Florence no era capaz de concentrarse en el servicio. Sus ojos se desviaban hacia Rupert, que de vez en cuando le devolvía la mirada, con una sonrisa apenas perceptible dibujada en los labios. Esta vez Winifred no le dio un codazo en las costillas. No habría conseguido nada; Florence se comportaba peor cuando le apretaban las riendas. El edificante sonido de los villancicos llenó la iglesia y levantó el ánimo a Florence, llevada por la alegre oleada de amor.

El reverendo Millar dio el típico sermón conmovedor, mezclando humor con un potente mensaje espiritual, que era su fuerte, y Florence trató de mantener la mirada fija en él, pues no deseaba ofenderle mirando a otra parte. Sentía los ojos de Rupert clavados en ella, y después de resistirse a su atracción durante al menos cinco minutos, sucumbió y volvió a desviar la mirada. Pero Rupert no era el único que la observaba, Aubrey también. Enderezó la espalda por la sorpresa. Aubrey retuvo su atención durante un prolongado momento y luego la liberó. Florence no se movió. Había cierta tristeza en la forma en que la había mirado, como si surgiera de un lugar sombrío. Había pensado poco en Aubrey desde que lo vio el verano pasado en el Grand Hotel de Eastbourne. Qué extraño que alguien pueda acaparar la mente por completo y que de repente, de un día para otro, no significara nada, pensó. Dirigió la mirada hacia Rupert, que la observaba con gesto serio.

Cuando terminó la misa y se reunieron fuera bajo el fresco sol invernal, Rupert le rodeó la cintura con un brazo y bajó la voz.

—Aubrey no se alegra por nosotros —dijo.

—¿Por qué no? —respondió con preocupación.

—Porque te quiere para él.

Florence se quedó atónita.

—Te lo estás imaginando. Nunca se ha interesado por mí.

—Me temo que te equivocas, vida mía. —Le dio un suave apretón—. Por primera vez en mi vida siento pena por mi hermano. Ha tenido todo lo que ha deseado, pero no puede tenerte a *ti*.

Florence le miró de forma inquisitiva.

—El hombre que se quejó amargamente de su perfecto hermano el pasado verano no es el mismo que siente compasión por él ahora.

—Tú me has cambiado —adujo Rupert con seriedad.

—¿De veras?

—Me has enseñado a ser agradecido.

Florence alargó la mano y le tocó la cara.

—Oh, Ru. Es lo más dulce que me han dicho nunca.

Rupert sonrió con timidez.

—Es la verdad. No pasa un día sin que dé gracias a Dios por haberte traído a mi vida. —Le tomó la mano y se la besó—. Y por animarte a amarme.

Florence regresó a la escuela de danza y teatro en enero y Rupert volvió a su trabajo en St James's. En todo Londres no se hablaba de otra cosa que de la guerra, y la sociedad se esforzaba por librarse de sus miedos festejando como de costumbre. Rupert acompañó a Florence a una recepción nupcial en el Drapers Hall en la City, majestuosamente revestido de madera, donde unos camareros ataviados con librea y guantes blancos les sirvieron la cena en bandejas de plata y oro macizos. La música y el baile les ayudaron a olvidarse de los periódicos, plagados de noticias sobre la creciente hostilidad alemana y el formidable poder del Partido Nazi de Hitler, y bailaron hasta el amanecer.

El 31 de marzo, Neville Chamberlain se comprometió a apoyar a Polonia en caso de que Alemania amenazara la independencia polaca. Rupert y Florence decidieron pasar juntos las vacaciones de Pentecostés en Gulliver's Bay. Hacía un calor atípico para el mes de abril. Fueron de Londres a Cornualles en el Aston Martin de Rupert, con la capota bajada y el viento agitándoles el pelo, cantando a voz en grito las canciones que les gustaban. Todo en el viaje parecía más intenso, como si en el fondo supieran que sería el último antes de que la amenaza de guerra se hiciera realidad. Cantaron con más brío, hablaron con más sinceridad y se besaron como solo lo hace la gente cuando se enfrenta a una separación inevitable.

Florence fue invitada de los Dash en Pedrevan Park. No estaba llena de los habituales hermanos y primos, sino curiosamente vacía. Los únicos residentes eran William y Celia, que deambulaban con tristeza y en silencio por las grandes habitaciones, como los globos que quedan la mañana después de una fiesta. La casa, que solía estar repleta de gente, música y risas, estaba tan silenciosa como una tumba, y daba la impresión de que también ella sintiera un cambio en el aire, como un viento de otoño al final del verano. Pero el sol calentaba, los árboles y los setos estaban en plena floración y Rupert y Florence nadaban en el mar, paseaban por la playa y se sentaban en el banco del jardín, bajo el cerezo, a charlar. Cuanto más hablaban, más cosas descubrían que tenían en común. Y entonces, inspirados por las embriagadoras vibraciones de la naturaleza y sus tiernos corazones, llegaron a una profundidad en su conversación que no habían alcanzado antes.

Estaba atardeciendo. El sol era un ardiente orbe naranja en el claro cielo azul. El mar estaba en calma, las olas lamían con suavidad la playa y en la brisa se percibía el sulfuroso aroma del océano. Se sentaron juntos en las dunas, Florence envuelta en el abrigo de Rupert y él fumando un cigarrillo que compartía con ella, y contemplaron el hipnótico juego de luces sobre el agua.

—Mira, la primera estrella —dijo Florence al tiempo que señalaba.

—Eso no es una estrella —dijo Rupert—. Es Venus.

—¿Seguro? Qué curioso. Siempre le pedía deseos a esa estrella.

Rupert se rio entre dientes.

—¿Y qué deseabas?

Ella suspiró y sonrió con nostalgia.

—A ti, solo que no sabía que era a ti a quien deseaba. Solo deseaba amor. Creo que eso es lo que en el fondo queremos todos, ¿no? Amar y ser amados.

—Creo que anhelamos un amor más profundo de lo que la mayoría de la gente cree. El amor es el anhelo del alma de reunirse con su creador. Lo sentimos cuando vemos una hermosa puesta de sol, la perfección de una flor o escuchamos el canto de los pájaros al amanecer. Remueve algo dentro de nosotros, despierta emociones en lo más profundo de nuestro ser. Dios es amor y el amor se expresa en la naturaleza. Por eso lloramos ante la belleza, porque la belleza conecta con nuestra alma y despierta nuestra nostalgia.

—Qué forma tan bonita de expresarlo, Ru. Qué tontería que las religiones separen a la gente cuando todos buscamos lo mismo: el amor. Si la gente lo entendiera, no habría prejuicios ni persecuciones religiosas. Todos somos flores y Dios nos ilumina a todos con su luz de manera indiscriminada. Al menos, eso es lo que dice el tío Raymond.

—Creo que el tío Raymond es muy sabio —repuso Rupert—. La religión desempeña un papel importante en la vida espiritual de las personas. Pero mientras busquen a Dios fuera de sí mismos, nunca lo encontrarán, porque Dios está dentro de cada uno de nosotros. En cualquier caso, eso es lo que yo creo. —Sonrió con timidez—. ¿Parezco un loco?

Florence negó con la cabeza.

—No pareces un loco, cariño. Hablas con mucha coherencia. Odiaba la iglesia en el colegio y el reverendo Minchin era un pesado. Pero a ti podría escucharte hablar de religión eternamente.

Rupert dio una larga calada al cigarrillo y se lo pasó a Florence.

—Nunca he sido capaz de hablar de estas cosas. Siempre he tenido una gran curiosidad y cientos de preguntas, pero temía ponerme en evidencia si las compartía. Mis creencias no son convencionales.

—Me alegra que sientas que puedes confiar en mí.

—Yo también me alegro. Sé que tú lo entiendes. Compartimos la misma curiosidad. —La acarició con la mirada—. Nunca he dudado de que la vida es algo más que este mundo material. En el fondo siempre lo he sabido.

—Yo creo que vamos a alguna parte cuando morimos —adujo Florence—. No sé adónde, pero no creo en la muerte. Al menos, no quiero. Me gusta pensar que una parte de nosotros sigue viva.

—La vida es un campo de entrenamiento. Estamos aquí para aprender. Para volvernos sabios, como el tío Raymond. —Se rio.

—¿Crees que tienes un propósito espiritual, Ru?

—Todos lo tenemos, aunque no tengo ni idea de cuál es el mío. Creo que es algo que se acuerda antes de que hayamos nacido. Una especie de plan, un plano, si lo prefieres, que establece nuestras tareas y las cosas que debemos experimentar para aprender las lecciones que nuestra alma necesita para evolucionar.

—Pero cuando llegamos aquí no recordamos lo que habíamos planeado hacer. ¿No frustra eso el objetivo?

—Tenemos un sistema interno que nos guía —dijo Rupert.

—¿Cuál?

—Nuestro instinto, nuestra intuición. Sabes cuándo estás haciendo algo bien porque te sientes feliz. Es tu sistema interior que te guía. Las cosas salen rematadamente mal cuando no le haces caso. —Sonrió con picardía—. Mi sistema orientativo interior me dice que eres la chica indicada para mí.

Florence le acarició con afecto.

—¿Crees que estamos hechos el uno para el otro?

—Creo que ya hemos vivido muchas vidas juntos.

—Así que a eso te referías cuando decías que me conocías. —Sonrió—. Eso es bastante radical, Ru. El Reverendo Millar se horrorizaría al oírlo.

—Entonces guardémoslo para nosotros. —Le quitó el cigarrillo y lo apagó en la arena—. No creo en las coincidencias. Algunas cosas están destinadas a suceder. Tú y yo somos una de ellas. —Se volvió y la miró bajo la luz, cada vez más débil. Sus ojos rebosaban afecto—. Si existen las almas gemelas, tú eres la mía, mi querida Flossie.

—Doy gracias por haberte encontrado —dijo—. Si no, me habría pasado la vida buscándote.

Rupert la tumbó en la arena y le acarició la cara.

—A las almas gemelas no les une solo una atracción física, sino también una conexión profunda y espiritual fruto de haberse conocido a través de muchas encarnaciones.

Florence le puso las manos en las orejas; estaban frías ahora que el sol se había puesto y el viento se había levantado.

—Recuérdame nuestra atracción física —dijo con una sonrisa—. En caso de que estemos en peligro de pensar tanto en lo divino que olvidemos lo terrenal.

Rupert sonrió, bajó la cabeza y le rozó los labios con los suyos. Florence cerró los ojos. Sintió su aliento en la piel, la suave sensación de su tacto, su grave murmullo mientras él saboreaba el momento antes de que ella entreabriera los labios y le permitiera besarla por completo.

El día antes de regresar a Londres, Rupert llevó a Florence a la cueva donde la había besado por primera vez. Había bajado la marea y solo los ostreros y las gaviotas picoteaban la arena húmeda en busca de los crustáceos que dejaba el agua al retroceder. La estrechó entre sus brazos.

—¿Quieres bailar conmigo? —le preguntó.

Florence se rio, recordando la noche en que habían bailado un vals sobre la arena al son del lejano sonido de la banda.

—Me encantaría —respondió, dándole la mano.

Rupert le puso la otra en la parte baja de la espalda y la atrajo hacia sí. Florence sintió los latidos de su corazón contra el pecho. Su nerviosismo era contagioso y Florence empezó a sentirse nerviosa también. Se movieron despacio por la cueva y esta vez Florence no le pisó el pie, sino que se deslizó con gracia, como le habían enseñado en la escuela de danza y teatro. No habían pensado en la posibilidad de una guerra, ni siquiera habían hablado de ello, pero en esos momentos rondaba sus mentes como una nube gris sobre un cielo despejado, sembrando el pavor.

Rupert se detuvo e hincó una rodilla en el suelo. A Florence se le atascó el aliento en la garganta porque se le había formado un nudo a causa de la repentina oleada de emoción.

—Mi dulce Flossie —le asió una mano y con la otra mano sacó del bolsillo un anillo hecho de algas—, hasta que pueda darte uno de verdad. —Se lo puso en el dedo—. Te amo, Florence. Y quiero pasar el resto de mi vida contigo. Haces de mí un hombre mejor. —Tomó aire y levantó la mirada. Ella apenas podía verle porque las lágrimas le nublaban la vista—. Estaba perdido antes de conocerte —continuó—. Mi brújula interior aún no había encontrado el norte. Pero entonces, hace dos veranos, entraste en mi vida de esa manera ligera y despreocupada tan tuya y no tardé nada en darme cuenta de que tú eras mi norte. Siempre lo has sido, mucho antes de que ninguno de los dos fuera consciente de ello. Algunos no verán con buenos ojos la rapidez con la que te pido que te cases conmigo, pero no quiero perder ni un momento. Conozco lo que desea mi corazón y ahora conozco mi destino. Pase lo que pase en los próximos meses, lo superaremos juntos y, con suerte, envejeceremos rodeados de hijos y nietos aquí, en Pedrevan.

Florence se arrodilló y enmarcó su rostro con las manos.

—Mi querido Ru, si yo soy tu norte, tú eres la estrella que me guía. Me entrego a ti en cuerpo y alma y confío en que eres el único hombre capaz de amarme porque quizá nos hayamos amado durante muchas vidas. Esta será solo una más. —Apretó los labios contra los de él, sellando su compromiso con un beso.

Rupert no veía la hora de pedirle al abuelo de Florence su mano en matrimonio. Fueron a toda prisa de la cueva a The Mariners. Joan estaba en el jardín con Henry, decidiendo si arrancar o no lo que parecía ser una hortensia marchita. Cuando vieron a Rupert y a Florence suspendieron su discusión, pues de inmediato captaron el entusiasmo y la resolución en la expresión de los jóvenes.

—Henry —dijo Rupert alegremente—, ¿me concedes un minuto de tu tiempo?

Joan llamó la atención de Florence, que esbozó una sonrisa, y se quitó los guantes de jardinería. De pronto le temblaban las manos.

—Cariño, ven a ayudarme en la cocina —dijo, dirigiéndose a la casa—. He preparado una tarta de manzana y canela y necesito que me digas qué te parece.

Florence siguió a su abuela hacia las puertas francesas, lanzando una mirada alentadora a Rupert antes de desaparecer en el interior.

Una vez en el vestíbulo, Joan se volvió hacia Florence.

—¿Tengo razón al pensar...? —Vaciló, insegura y sin querer decir nada fuera de lugar a un mismo tiempo.

Florence abrazó a su abuela.

—¡Nos vamos a casar! —exclamó.

Joan se rio, estrechándola con fuerza.

—Cuánto me alegro, cariño. ¡Qué noticia tan maravillosa! Es una muy buena elección. ¡Una muy buena elección! Tu madre se pondrá muy contenta.

Florence le enseñó el anillo de algas, que ya se deshacía en su dedo.

—Hasta que me compre uno de verdad —dijo mirándolo con ternura.

—Qué bonito —repuso Joan—. Es un hombre muy fuera de lo común.

—Es romántico —dijo Florence.

—Mucho —convino Joan—. Tenéis suerte de haberos encontrado. Te deseo toda una vida de felicidad, cariño. —Y Florence no veía ninguna razón para que ese deseo no se cumpliera.

Cuando las dos mujeres regresaron al jardín, Henry y Rupert seguían hablando junto a la hortensia marchita. Henry sonrió a Florence.

—Así que Rupert ha decidido convertirte en una mujer honrada —dijo—. Es muy valiente por su parte.

—¡Oh, Henry! —exclamó Joan—. ¡Es una noticia maravillosa!

—Sin duda lo es —coincidió, haciéndole cosquillas en la cara a Florence con su bigote mientras le daba un beso—. Pensé que te perderíamos por el teatro.

—Abuelo, se puede ser esposa y actriz a la vez —señaló Florence.

—Claro que sí —dijo Rupert, pasándole la mano por la cintura.

Henry arqueó una ceja, poco convencido.

—Estarás ocupada criando niños, querida. Y un día dirigirás Pedrevan y eso no es tarea fácil. Creo que tus días de teatro se han acabado.

—¿Cuándo os casaréis? —interrumpió Joan, encauzando la conversación hacia aguas más tranquilas.

—En octubre, aquí en Gulliver's Bay —respondió Rupert.

—¡Qué emoción! —exclamó Joan. Se volvió hacia su nieta—. Querida, ¿quieres telefonear a tu madre y a Winnie? Querrán saberlo antes de que se corra la voz, y conociendo este pueblo, se correrá.

—¿Tienes tiempo para una copa de champán, Rupert? —preguntó Henry mientras las mujeres entraban en la casa—. Me gustaría brindar. El compromiso de mi primera nieta es un acontecimiento trascendental, pero Flo ha sido siempre un desafío. Te entrego ese desafío a ti con alivio. Ahora es *tu* responsabilidad.

Rupert se echó a reír.

—Acepto la responsabilidad con gusto, pero creo que el desafío es todo tuyo, Henry. En cualquier caso, ambos estaremos a la altura de cualquier desafío que se nos presente.

Henry le miró fijamente, con una aciaga sombra en los ojos.

—La guerra será un desafío, Rupert. Acuérdate de lo que te digo. Se acerca y no será bonita. Brindemos por la suerte. Sospecho que en los próximos meses todos la vamos a necesitar.

Los Dash celebraron el compromiso de Rupert y Florence al típico estilo Dash, con una glamurosa fiesta en Pedrevan en junio. Rupert había llevado a Florence a una joyería de Bond Street y ella había elegido un anillo de esmeraldas y diamantes para sustituir el de algas que él le había hecho en la playa. Cynthia estaba emocionadísima; Florence no solo era su mejor amiga, sino que pronto se convertiría en su cuñada. Aubrey felicitó a su hermano con auténtica buena voluntad y abrazó a Florence con afecto, pero Winifred se fijó en la forma en que la miraba y le dijo a su hermana que no se dejara engañar por su aparente alegría. En su opinión, estaba visiblemente decepcionado y dolido por no haberla conquistado él.

—Tuvo la oportunidad —le recordó Florence a su hermana cuando se encontraban en el césped de Pedrevan, justo antes de que empezaran a llegar los invitados para celebrar su compromiso—. Como bien sabes, estaba loca por él.

—Tú aún no te habías desarrollado —adujo Winifred—. Y a él le gustaba Elise.

—Rupert se enamoró de mí antes de que yo me desarrollara. Vio mi potencial. —Florence sonrió con nostalgia—. ¿Sabes que me besó en la cueva la noche de mi fiesta en la playa?

Winifred se sorprendió.

—¡Venga ya!

—Que sí —insistió Florence—. Fue la primera vez que me besó y fue maravilloso.

—Estabas destrozada por lo de Aubrey y Elise, si no recuerdo mal.

—Pero ese beso me abrió los ojos. Desde ese momento no pude dejar de pensar en Rupert. Él era mi destino. Pasamos casi todo el verano juntos y no me di cuenta de que nos estábamos enamorando. Estaba cegada por lo que creía que quería.

—Qué calladito te lo tenías.

—No te lo conté porque en ese momento no estaba segura de lo que sentía al respecto. Estaba confusa. No imaginé que me enamoraría de Rupert. Pensé que siempre amaría a Aubrey.

Winifred enroscó un mechón de pelo detrás de la oreja de su hermana y la miró con seriedad.

—Es cierto que Aubrey perdió su oportunidad. Pero eso no hace que su decepción sea menor. Veo la forma en que te mira y se me parte el corazón. Siempre ha sido el hijo privilegiado, pero es un alma sensible y creo que está sufriendo. Sé amable.

—Siempre soy amable, Winnie. No podría ser de otra manera.

—Lo sé. No hay nada que puedas hacer. Puede que Rupert nunca haya ganado un trofeo en todos los veranos que pasamos aquí en Gulliver's Bay, pero ahora ha ganado el mayor trofeo de todos. —Winifred esbozó una sonrisa llena de ternura y besó a su hermana—. Os merecéis el uno al otro, Flo. Sé que seréis felices. Esta noche es vuestra noche. Ve a buscar a Rupert y disfrútalo.

Y Florence lo hizo en todo momento. Cenaron, bailaron y alzaron las copas de cristal para brindar por su salud, su felicidad y su futuro, que se presentaba ante ellos como un centelleante mar de infinitas posibilidades. Florence fue amable con Aubrey. Le miró con afecto y dejó que la paseara por la pista de baile, pero ella solo veía a Rupert, siempre ahí, alto y apuesto, llamándole la atención y sonriéndole con ese aire conspirador tan suyo que hacía que se le acelerara el corazón.

Mientras la música y el clamor de la fiesta se perdían en la distancia, Rupert y Florence pasearon de la mano por el jardín hasta el lago, donde la estatua de la diosa Anfitrite brillaba como plata pulida a la luz de la luna y las luciérnagas danzaban sobre el agua. Todo estaba en silencio, salvo por el suave susurro de la noche y el ocasional ulular de una lechuza. Por fin llegaron al templete de piedra circular enclavado entre laureles y cornejos y custodiado por un viejo y grandioso roble, cuyas nudosas ramas se extendían en un posesivo abrazo. Se detuvieron en los escalones y contemplaron el agua. Era romántico y melancólico a la vez, porque su belleza transmitía una sensación de transitoriedad, el reconocimiento de una verdad desagradable; que nada es duradero, que todo lo que existe en este mundo material acaba desapareciendo por mucho que queramos aferrarnos a ello. Florence sintió una punzada de pérdida al pensar que la muerte los separaría, como sin duda ocurriría algún día. Esa inevitabilidad resultaba insoportable, aunque fuera dentro de setenta años.

—No quiero estar nunca sin ti —dijo, mirando a Rupert con ansiedad.

Él frunció el ceño.

—Siempre estaremos juntos, cariño.

—Pero esta noche es tan hermosa, tan perfecta, y sin embargo por la mañana habrá terminado.

—Y habrá muchas más noches hermosas y perfectas para disfrutar juntos.

—Por supuesto que las habrá, lo sé, pero algún día no habrá más. Un día moriremos.

Rupert se rio y la estrechó entre sus brazos.

—Mi querida Flossie, todos moriremos algún día. Pero nunca dejamos a los que amamos. La muerte no es más que un nuevo comienzo, dejar una orilla y llegar a otra. Tú lo sabes. Te prometo que nunca te dejaré. Siempre estaremos juntos.

Rupert ahuecó las manos a ambos lados de su cuello y la besó mientras le acariciaba la mandíbula. Fue un beso largo y tierno y Florence sintió que sus manos se calentaban y que el corazón se le aceleraba bajo las costillas. Dejó que su beso disipara sus temores y solo quedó el anhelo en su corazón, como el temblor de un violín una vez que se levanta el arco; un subliminal temor a la pérdida causado por la codiciosa naturaleza del amor.

El 1 de septiembre, Hitler ordenó cruzar la frontera polaca a sus tropas. Florence estaba en Pedrevan con la familia de Rupert un par de días después, escuchando la radio, cuando la voz cansada de Neville Chamberlain anunció que Gran Bretaña era ahora una nación en guerra. Se hizo un silencio lleno de estupefacción. Florence tomó la mano de Rupert. En su mente vio que su boda de octubre desaparecía en una nube de disparos. El terror de perder a Rupert le atenazó el corazón. Pero el destino los había unido y era inimaginable que pudiera separarlos, se aseguró.

11

Pedrevan no tardó en llenarse de niños evacuados que llegaban en tren desde Londres con sus máscaras de gas de Mickey Mouse en cajas de cartón colgadas de sus pequeños hombros y las caras pálidas y llenas de desconcierto. Celia Dash se arremangó y se lanzó de lleno a la tarea, proponiendo que pusieran grandes cuencos de agua en el jardín para que los pequeños chapotearan. Una idea genial, pensó Florence, porque enseguida se olvidaron de sus extrañas circunstancias y de estar lejos de sus familias y jugaron muy contentos.

Florence se quedó con sus abuelos en The Mariners. Su madre y Winifred se unieron a ellos desde Kent y el tío Raymond vino desde Londres. Fue el tío Raymond quien sugirió que Florence se uniera al FANY, el Cuerpo Voluntario de Primeros Auxilios, una organización benéfica femenina fundada en 1907 para llevar a cabo labores de enfermería e inteligencia. Habían alcanzado notoriedad en la Gran Guerra, les dijo el tío Raymond. Su trabajo consistiría en realizar labores de enfermería e inteligencia y servicios de transporte. Florence estaba entusiasmada. Si iba a contribuir al esfuerzo bélico, aquello le parecía perfecto.

Rupert se alistó en el Regimiento Real de Sussex y lo enviaron de inmediato a Bedford para realizar el curso de formación de oficiales. Florence se unió enseguida al FANY y se embarcó en un intenso programa de formación en Camberley, Surrey. No quería estar tan lejos de Rupert, pero eran tiempos extraordinarios y sabía que debía cumplir con su deber. Su primera faena fue aprender a conducir una ambulancia, lo que no era tarea fácil, ya que la más mínima sacudida podía infligir terribles dolores a un soldado herido. Florence no era alta y debido a ello no le permitieron conducir los grandes vehículos de seis ruedas. En su lugar, le dieron una furgoneta de lavandería modificada, que había sido requisada por el ejército para utilizarla como ambulancia. Estaba muy orgullosa de su uniforme caqui, hecho a medida. Estaba inspirado en el uniforme de los oficiales del ejército, pero con falda en vez de pantalones. En la gorra y la chaqueta llevaba la insignia del FANY, una cruz dentro de un círculo. Alrededor de la cintura llevaba un cinturón Sam Browne, que había que pulir siguiendo la tradición de la Brigada de Guardias: se limpiaba el cuero con alcohol metílico y se cepillaba con cera de abejas y betún marrón hasta que brillaba como la caoba. Al ser delgada y de piernas largas, el uniforme le sentaba muy bien y le gustaba llevarlo.

A finales de septiembre, Florence fue destinada al cuartel de Shorncliffe, cerca de Folkestone, en Kent. El ejército había requisado una mansión de estilo español en Encombe para el FANY después de que sus dueños huyeran a Estados Unidos. Se habían llevado los muebles, pero habían dejado un baño de piel de zapa y una colección de plata, que cuidaba el portero, un anciano que se encariñó con Florence y le regaló una coctelera de plata. Consciente de la extravagancia innecesaria de poseer algo así, Florence la donó a la Fundación Spitfire.

Las primeras semanas solo tenían mantas para dormir porque aún no habían llegado los catres del ejército, pero Florence estaba tan ocupada entrenando y fregando suelos y paredes que no importaba; jamás en toda su vida había estado tan agotada. Ante la amenaza de una invasión en cualquier momento, la flota de ambulancias tenía que estar siempre preparada. Un sargento del Royal Army Service Corps les instruía en el mantenimiento y les gritaba con brusquedad si olvidaban quitar el brazo del rotor al bajarse del vehículo. Nadie le había hablado nunca así a Florence y estaba estupefacta. Le divertía pensar en lo que la señorita Ranny habría dicho al respecto; ella las había preparado para gestionar grandes casas, no vehículos del ejército.

Poco después de llegar a Encombe, enviaron a un joven subalterno desde el cuartel de Shorncliffe para supervisar las medidas de seguridad contra ataques aéreos. No había refugios en la finca, y en caso de ataque, las mujeres tenían que estar preparadas para conducir las ambulancias. Por lo tanto, al joven subalterno no le quedó más remedio que asignar refugios dentro de la casa; en el sótano, en el armario bajo la escalera, debajo de la mesa de la cocina, en cualquier sitio donde pudieran encontrar refugio. Cuando le llegó el turno a Florence, ya no tenía dónde esconderse, pues todos los espacios disponibles estaban ocupados. El subalterno pareció tenso de repente. Se frotó la barbilla, demasiado joven para que le hubiera salido un solo pelo, y la llevó a un grupo de frondosas plantas de ruibarbo.

—Esto servirá —dijo señalando—. Nada como un arbusto para protegerte del enemigo, ¿eh? —No se daba cuenta de que las hojas se marchitarían al llegar el invierno y Florence se quedaría sin protección.

A medida que el agradable clima otoñal daba paso al invierno, Florence y sus compañeras del FANY se transformaron en un cuerpo muy capacitado y eficiente. Uno de sus principales cometidos era llevar y traer al hospital al personal de servicio enfermo. También sustituían a los conductores masculinos de los coches del personal y a Florence le divertía hacer de chófer para hombres a los que conocía de su vida civil. Disfrutaba viendo sus caras de sorpresa cuando la veían de uniforme, saludando y abriéndoles la puerta del coche. A veces, si tenía ganas de ser un poco traviesa, no podía resistirse a guiñarles un ojo y sonreírles.

Sin embargo, los días de conductora de Florence no tardaron en llegar a su fin. Cuando la cocinera se marchó sin avisar, su oficial al mando recordó que Florence había hecho un curso de ciencias domésticas en la Escuela de Economía Doméstica de la señorita Randall y la relegó a la cocina para que preparara las comidas de todo el personal. Florence, a la que nunca había gustado demasiado esa parte del curso, ni le había prestado mucha atención, de repente tuvo que esforzarse por recordar incluso lo más básico. En aquel momento deseó haber atendido en clase y no haberse entretenido con

Cynthia, jugando a hacer figuras con una cuerda sin que la profesora las viera. Sin embargo, cuando no estaba de servicio en la casa, el FANY era un alegre regimiento con poca distinción entre rangos. Cuando el otoño por fin dio paso a un crudo y frío invierno, la cocina se convirtió en el centro neurálgico de la casa, donde todos se congregaban al amor del antiguo horno, que solo se cerraba si se ataba con una cuerda, y ayudaban a pelar las verduras y a fregar los platos al son de ruidosas charlas y canciones en el gramófono.

La nieve cubrió los jardines en diciembre. Florence ayudaba a allanar los caminos para las ambulancias y frotaba las ventanillas con cáscara de patata para evitar que se helaran. No envidiaba a las mujeres que tenían que levantarse a la gélida luz del amanecer y conducir un montón de kilómetros por peligrosas carreteras. Ella era feliz en su cálida cocina y ya se le daba bien su trabajo.

Florence echaba mucho de menos a Rupert. Le dolía el cuerpo por las noches y a veces se echaba a llorar, no solo por la nostalgia, sino también por el cansancio. No sabía cuándo tendrían ocasión de casarse. Después de desear una boda de cuento de hadas, lo único que ahora quería era casarse, aunque fuera en una ceremonia corta e impersonal en el Registro Civil de Chelsea.

Pasó las Navidades de permiso con su familia en Gulliver's Bay y se reencontró con Rupert en Pedrevan, pero apenas descansaron, pues la casa estaba repleta de evacuados y se esperaba que todos ayudaran. Sin embargo, los dos se las arreglaron para encontrar tiempo para estar solos. Pasearon por el lago y se besaron en los escalones de la casa, como hicieron la noche de su fiesta de compromiso el verano anterior. Ahora el agua estaba helada y las nubes de nieve ocultaban la luna, pero su belleza les conmovió con una sensación de transitoriedad aún mayor. No sabían cuándo volverían a verse, así que Rupert, desesperado por retenerla, capturó cada momento especial con su Leica.

En abril de 1940, los alemanes invadieron Dinamarca y Noruega. Florence sufrió su primera experiencia de pérdida. Entre los asesinados en Narvik, Noruega, había algunos de los guardias irlandeses destinados en Shorncliffe. Para una joven que había soñado con una vida de drama dentro y fuera del escenario, de repente se dio cuenta del coste de tal deseo. La guerra, que hasta entonces le había parecido emocionante e incluso glamurosa, mostraba ahora sus afilados y sangrientos dientes. Por primera vez desde que se unió al FANY, Florence fue consciente del peligro que corría ella y también Rupert. No se trataba de unas maniobras como las que había visto en Shorncliffe, esto era real. La imagen de la afligida ayudante, una guapa morena prometida a uno de aquellos valientes irlandeses, afectó profundamente a Florence. No pudo evitar pensar en Rupert. Rezó para que ambos sobrevivieran a la guerra y disfrutaran de sus años otoñales en Pedrevan rodeados de hijos y nietos, tal y como Rupert había soñado que harían.

Pronto surgió un conflicto de intereses entre el FANY y el Servicio Territorial Auxiliar que iba a cambiar el curso de la vida de Florence. Se le dieron varias opciones. Podía alistarse en el Servicio Territorial Auxiliar y convertirse en soldado no combatiente; unirse al FANY Libre, que era una unidad especial para agentes secretos lanzados en territorio enemigo, o marcharse. Tras muchas deliberaciones, Florence decidió marcharse o, como dijo Rupert, «¡Despedirse del FANY!». Su idea inicial era buscar un puesto en el que pudiera utilizar su cualificación como conductora. Pero cuando mencionó que estaría destinada en los muelles de las Indias Orientales, su abuelo casi derramó su *whisky*.

—¡Por los clavos de Cristo! —exclamó, con la cara roja como un tomate demasiado maduro—. En esos muelles hay todos los vicios conocidos. Ninguna nieta mía pondrá en peligro su reputación en ese antro de iniquidad. ¿Qué diablos dice Rupert al respecto?

Rupert estaba de acuerdo con Henry, pero no por la misma razón. Le preocupaba el peligro que supondría para Florence estar destinada en Londres en caso de una invasión alemana. Para apaciguar tanto a su padre como a su prometido, Florence decidió formarse como enfermera.

En las semanas previas a que Florence comenzara su nuevo trabajo en el Hospital de Kent y Sussex, en Tunbridge Wells, Rupert y ella se las arreglaron para pasar juntos unas maravillosas vacaciones, hicieron un pícnic en las colinas de Sussex y contemplaron el resplandeciente mar. Visitaron Glyndebourne, la casa de quinientos años de antigüedad donde el capitán John Christie había iniciado el Festival de Ópera anual en 1934, y encontraron el recinto cerrado y el teatro vacío. Saltaron al escenario, representaron escenas de sus obras favoritas y cantaron canciones a un público imaginario mientras se partían de risa y se besaban con una pasión que se estaba volviendo incontrolable.

—No sé cuánto tiempo más podré seguir sin hacer el amor contigo —dijo Rupert con seriedad, deslizando la mano por debajo de su camisa y recorriendo su piel con los dedos—. Si no nos casamos pronto, te convertiré en una mujer deshonesta.

—Pues casémonos, cariño. Ahora —repuso Florence—. Tampoco creo que pueda esperar mucho más. No necesito una gran ceremonia. Solo te necesito a ti.

Rupert y Florence se casaron por fin a principios de mayo en la iglesia de Gulliver's Bay. Pocos familiares pudieron asistir debido al racionamiento de gasolina y a sus obligaciones en tiempos de guerra. Henry y Joan estaban allí con Margaret, el tío Raymond y Winifred, que estaba prometida a un coronel mucho mayor que ella y viudo. Henry habría tenido mucho que decir al respecto de no ser porque había ido al colegio con el padre de aquel hombre. Por parte de Rupert, sus padres solo estaban acompañados por Cynthia, que había ahorrado sus vales de gasolina para venir en coche desde Brighton, donde trabajaba como enfermera del Destacamento de Ayuda Voluntaria. Aubrey, que estaba en inteligencia, no pudo escaparse.

Celia se había ocupado de los preparativos, ya que Margaret estaba demasiado nerviosa para ser de utilidad. Radio Sue había preparado a algunos de los niños para que cantasen en el coro y Celia había organizado a los mayores para que ayudaran a decorar la iglesia con perifollo verde de los setos y flores del jardín. Florence se puso el vestido de novia que se había hecho el verano anterior y tomó prestados un par de zapatos de raso de Cynthia. Invitaron a Radio Sue a tocar el órgano, cosa que hizo con gran entusiasmo. Estaba encantada de haber asistido a esta ceremonia tan privada, ya que más tarde podría contárselo a todo el mundo.

Henry llevó a Florence hasta el altar. Rupert se volvió para verla avanzar de forma majestuosa, con una tierna sonrisa en el rostro y lágrimas en los ojos. De niña, Florence había fantaseado con una gran boda blanca en una iglesia a rebosar de gente, pero aquello era más perfecto de lo que jamás hubiera soñado. La iglesia casi vacía desprendía intimidad; las voces temblorosas y agudas de los niños evacuados derrochaban encanto, y belleza las sencillas flores del jardín. Puso la mano en la de Rupert, le correspondió con una sonrisa temblorosa y le miró con ojos llorosos.

El reverendo Millar los casó y les brindó sabias palabras a las que Florence prestó toda su atención. Después de la misa lo celebraron con un almuerzo en Pedrevan y esa tarde Rupert y Florence condujeron hasta una pequeña posada, enclavada en el valle junto a un río, no lejos de Gulliver's Bay. La habían descubierto una tarde, tres años antes, durante una búsqueda del tesoro, y les había encantado. Parecía sacada de un cuento infantil: vieja y torcida, con vigas antiguas y el tejado hundido. Les dieron la mejor habitación en la parte superior del edificio, bajo el alero, con vistas al río y al valle cubierto de musgo que lo acunaba con suavidad. El paisaje se extendía en lo lejos en ondulantes colinas sobre cuyo lienzo jugaba la luz, como si fuera para su exclusivo entretenimiento. El sol tiñó el cielo de rosa y Venus brilló para que Florence pidiera su deseo; sin embargo, no estaba mirando por la ventana, sino al rostro de Rupert mientras le besaba el cuello y le deslizaba la bata por los hombros. Cayó en un reluciente montón a sus pies. Estaba desnuda ante él por primera vez. No sentía vergüenza ni miedo. Quería que la admirara. Rupert recorrió con la mirada su cuerpo pleno, sus pechos y sus caderas, y sonrió.

—Eres un festín —dijo, y ella se rio.

Florence empezó a desabrocharle la camisa, pero sus dedos eran lentos y torpes y Rupert, deseoso de librarse de la prenda, se la quitó por la cabeza y la dejó caer al suelo. Luego la besó de forma apasionada y a Florence la risa se le quedó atascada en la garganta mientras el doloroso deseo en sus entrañas volvía con más intensidad. Él se quitó los pantalones con impaciencia y la tendió en la espaciosa cama. Se perdieron el uno en el otro, piel con piel, corazón con corazón. Mientras hacían el amor en el ático de este valle secreto de Cornualles, olvidaron la guerra y sus obligaciones y solo fueron conscientes de la vertiginosa emoción de ser por fin marido y mujer.

Al final de su interludio, Rupert volvió a tomar el mando de su pelotón con el 2° Batallón del Regimiento Real de Sussex y Florence empezó a trabajar en el hospital de Tunbridge Wells. Detestaban estar separados, pero sus deberes en esta época de guerra así lo exigían. La guerra terminaría pronto, pensó Florence esperanzada, y entonces podrían retomar de verdad su vida marital.

Para consternación de Florence, el hospital estaba lleno de heridos de Dunkerque y las enfermeras no tenían tiempo para decirle lo que tenía que hacer; tuvo que aprender con la práctica. Las primeras semanas las pasó en el lavadero, lavando vendas manchadas de sangre y limpiando orinales y cuñas. Había una apremiante escasez de vendas y Florence se esforzaba por satisfacer la demanda. Las salas estaban abarrotadas con treinta o cuarenta hombres y las imágenes y los sonidos del sufrimiento resultaban horripilantes para una joven que apenas había pisado un hospital ni visto la sangre. La parte más espantosa era el último piso, donde los soldados eran tratados de quemaduras con ácido tánico. Florence estuvo a punto de desmayarse cuando vio por primera vez los miembros y los rostros ennegrecidos, supurando sobre las blancas sábanas y fundas de almohada. En aquella planta reinaba un silencio espeluznante. Parecía más una morgue que un pabellón y Florence se sintió aliviada cuando pudo volver abajo, aunque la vergüenza que le producía su propia repulsión la atormentó durante algún tiempo. ¿Cómo se atrevía a sentir repugnancia cuando aquellos pobres hombres sufrían tanto? Fue durante esos momentos tan difíciles cuando el corazón de Florence lloró por Rupert.

Tras un mes en Tunbridge Wells, Florence fue trasladada a un puesto más permanente en Canterbury, que estaba rodeado por los aeródromos de Biggin Hill, Detling, Hawkinge y Manston. La batalla en los cielos de Gran Bretaña comenzó con el bombardeo del aeródromo de Eastchurch el 13 de agosto y ella pudo estirar el cuello y observar los pequeños aviones plateados que se elevaban en lo alto y se entrelazaban con habilidad unos con otros en lo que desde tierra parecía una elegante danza. Pero las columnas de humo y los aviones que caían en picado le recordaban la mortífera guerra que se libraba en aquellos cielos en apariencia pacíficos y los paracaídas que descendían a tierra a menudo transportaban cuerpos rotos y en llamas.

De vez en cuando, iba en ambulancia a recoger a aviadores heridos. Nunca sabía si se encontrarían a amigos o enemigos en esas misiones de rescate. En una de esas ocasiones, la ambulancia se detuvo en el campo y Florence corrió por la hierba hasta el montón de seda arrugada. Un par de brillantes ojos azules la miraron con gratitud.

—¿He llegado al cielo? —preguntó el inglés con voz temblorosa de dolor—. ¿Me engañan mis ojos o es usted un ángel?

Florence atendía a cada hombre, aliado o enemigo, con el corazón lleno de compasión porque podía ser Rupert. Creía que si cuidaba de los heridos, cuando a Rupert le llegara el turno de luchar en Europa, una mujer bondadosa al otro lado del Canal podría cuidarlo de la misma manera si él caía en manos enemigas.

Florence era muy consciente del peligro que corría, pero procuraba no pensar en ello. En su lugar, se concentraba en un futuro con Rupert y se imaginaba tumbados sobre una manta en el césped de Pedrevan, viendo a sus hijos jugar en la hierba. Confiaba en que acabaría ocurriendo si pensaba en ello lo suficiente. Pero el peligro la encontró a pesar de todo. Bombardearon Canterbury y dos colegas del hospital murieron. Florence estaba desconsolada por los que habían perdido la vida y aterrorizada por su propia seguridad. Reprimió sus emociones durante el día, como correspondía, pero se dejó llevar por el dolor por la noche cuando, con la cara sepultada en la almohada, sollozó por Rupert.

Una mañana iba en bicicleta por una callejuela desierta, disfrutando de la exuberante campiña inglesa y del perifollo verde de los setos, cuando se dio cuenta de que unos aviones la sobrevolaban. Se puso el casco de hojalata, como le habían ordenado, y continuó con despreocupación. No imaginó que pudiera correr peligro. Al fin y al cabo, ya había recorrido esa angosta carretera muchas veces y los aviones estaban muy lejos. Su mente se desvió hacia Rupert y se detuvo en su rostro con afecto. De repente, oyó la ráfaga de ametralladoras acribillar el suelo detrás de ella. El sonido se hizo más fuerte a medida que las balas se acercaban. Con una punzada de pánico se percató de que esas balas iban dirigidas a ella. Giró su bicicleta hacia una zanja sin perder un instante y se estrelló contra la maleza. Las balas pasaron silbando a su lado y no la alcanzaron por muy poco. Aturdida y magullada, volvió a subirse a la bicicleta y pedaleó temblorosa hasta el hospital, sin apartar los ojos del cielo y rezando para que el avión no volviera a la carga. Solo cuando llegó a la seguridad del edificio con sus compañeros, que se reunieron a su alrededor con preocupación, empezó a temblar y a llorar de manera desconsolada.

Rupert y Florence aprovechaban cualquier oportunidad para estar juntos. Al estar destinados en distintas partes del país, decidieron que Londres era el mejor lugar para encontrarse. Florence tomó el tren desde Canterbury y pasó horas sentada en el vagón a oscuras, iluminado solo por una tenue bombilla azul. Rebosaba emoción e impaciencia ante la perspectiva de estar de nuevo en brazos de su marido y sollozó con amargura cuando tuvo que despedirse y volver a su puesto. Parecía que los viajes de ida y vuelta a Londres eran más largos que el tiempo que pasaban juntos. Florence quedó destrozada cuando se enteró de que pronto enviarían a ultramar al regimiento de Rupert. Pensó en aquellas pobres almas heridas en el hospital y el temor de que Rupert pudiera resultar herido o, peor aún, morir, surgió de lo más profundo de su ser, donde hasta ahora lo había mantenido bajo control, para apoderarse de su corazón con una fuerza heladora. Recurrió a la oración; ahora solo Dios podía protegerlo.

Rupert tenía prohibido decirle a Florence dónde estaba destinado por cuestiones de seguridad. En las vallas publicitarias de todo el país se pegaban carteles con la frase «Hablar más de la cuenta cuesta vidas», y se lo tomaban muy en serio, porque todo el mundo tenía un familiar o un amigo en las fuerzas armadas y cualquier violación de ese código de confidencialidad podía tener consecuencias devastadoras. Las cartas de Rupert a Florence eran censuradas. Suprimían las fechas y tachaban frases con tinta. Florence no tenía ni idea de dónde estaba Rupert, pero sus cartas estaban llenas de pistas.

Lo hemos pasado muy bien haciendo pruebas de resistencia, ya que el buque tiende a balancearse. He inventado uno o dos ejercicios singulares que parecen divertir a los operadores; se están convirtiendo rápidamente en una hermandad, lo que es bueno para ellos pero no para el resto de la gente. Me parece que hay que ser una madre para los hombres... Anoche tuve que quedarme tres horas vigilando a los hombres que dormían en cubierta para que no fumaran. Subí a la parte delantera del barco y me senté a pensar: era la primera vez que estaba solo.

Florence le compadecía por la tensión a la que debía de estar sometido. No le gustaba estar con gente; Rupert era un hombre solitario. Recordó que le había dicho que le gustaría vivir en una casita en algún lugar y pasar los días tumbado entre ranúnculos leyendo a F. Scott Fitzgerald. Esperaba que cuando la guerra terminara pudieran mudarse a una casita junto al mar y tumbarse juntos entre los ranúnculos a leer en voz alta citas de *El gran Gatsby*. Había leído la preciada edición que él le había regalado y ansiaba comentarla con él.

Más tarde, en 1942, recibió noticias del desierto:

Ayer entré en una de las tiendas de campaña y me encontré al sargento Harris preparando una taza de té. Por supuesto es ilegal en una tienda de campaña, así que en el futuro lo haremos fuera. En el desierto todo el mundo prepara té en cada parada. Te vas a horrorizar cuando te diga que en todos los batallones de infantería cada vehículo cocinaba por su cuenta cada día y nosotros también lo hacíamos con mucho éxito. Para hacer fuego utilizábamos una vieja lata de gasolina y en ella mezclábamos gasolina y arena; sí, gasolina.

Roberts solía garantizarme una taza de té en menos de diez minutos, algunos eran incluso más rápidos, pero al final solíamos tener té, salchichas, tomates y tocino en unos diez minutos y estar listos para partir de nuevo. ¡Alguien dijo que si le quitaban el té al 8º Ejército, perderíamos Egipto!

Rupert nunca la preocupaba con horrores. Si sentía miedo o dolor, se lo ocultaba. Sus cartas solo hablaban de comida y diversión y siempre al final un nostálgico deseo de reunirse con ella en Pedrevan.

En junio de 1943 Florence se enteró de que Rupert se había alistado en un batallón de paracaidistas. Escribió:

El paracaidismo NO es peligroso. No fingiré que me guste tirarme de un avión, porque no me gusta, pero no es tan aterrador como cabría pensar, ni es tan glamuroso o duro como la gente cree. No más que la infantería; de hecho, la única diferencia es que aterrizamos en paracaídas en lugar de en camiones. En cualquier caso, en cuanto a mis sentimientos y a lo que hacemos... Vamos al aeródromo, nos ponemos los paracaídas, subimos al avión y despegamos. Nos dicen «Zafarrancho de combate» y luego «Adelante», y salimos disparados como un corcho, porque el aire a toda velocidad nos lanza al vacío. De repente solo sé que me empuja el viento y luego siento un suave tirón en el hombro y me doy cuenta de que mi paracaídas se ha abierto y desciendo al suelo. Supongo que para algunas personas saltar es una droga, porque cuando un hombre aterriza se siente muy viril y capaz de hacer cosas que normalmente no puede hacer. ¡La gente aterriza en tierra muy excitada y hace todo tipo de preguntas locas! ¿Soy un criminal por haberme convertido en miembro de un batallón de paracaidistas?

Eso último lo añadió para diversión de Florence. Muchos consideraban que aquellos valientes hombres eran unos suicidas y no tenían la más mínima consideración por aquellos que los querían y estaban en casa. Pero Florence solo se alegraba por él. Recordó al joven atribulado e insatisfecho que le había abierto su corazón sentado en la cerca de Gulliver's Bay y se dio cuenta de que Rupert por fin tenía un propósito en la vida. Aunque temía por su seguridad, se alegraba de que por fin hubiera encontrado su lugar en el mundo.

En diciembre de 1943, Rupert llegó a casa. Florence trabajaba ahora como enfermera en Swanborough Manor, en Sussex, una casa de setecientos años de antigüedad que había sido requisada por el ejército como hospital. Inmediatamente pidió un permiso por motivos personales y viajó en tren a Oakham, en Rutland, en la región central, donde Rupert estaba destinado con el ilustre 10º Batallón del Regimiento de Paracaidistas, conocido simplemente como el Décimo, en un lugar secreto en el corazón de la campiña. Nada más bajar del tren vio de inmediato a su querido e inimitable Rupert, paseándose por el andén con su habitual impaciencia, con su gabán y su boina. Soltó la maleta y voló a sus brazos, con la vista empañada por las lágrimas que se derramaban por sus mejillas, mientras le azotaba una ligera ráfaga de nieve.

Florence lo había organizado todo para alojarse con unos amigos de sus abuelos que vivían en una casa solariega cercana, resguardada por olmos y vigilada por una familia de búhos que habían fijado su residencia en una elevada hondonada. Rupert tuvo que permanecer en su base, pues seguía en el servicio activo. Pero la pareja de ancianos comprendió su necesidad de estar solos y les asignó una serie de habitaciones en el piso superior donde no los molestaría nadie. Los meses de separación les proporcionaron el maravilloso placer de descubrirse de nuevo.

—No soporto estar lejos de ti, Ru —dijo Florence, tendida en sus brazos, con la cara apoyada en la curva de su cuello.

—Tienes que concentrarte en el horizonte, Flossie —repuso Rupert, posando los labios en su cabeza—. Imagina que eres un barco que navega hacia una tierra lejana. Puedes verla brillar en esa difusa línea azul donde el mar se encuentra con el cielo. Ese es tu hogar. Somos tú y yo. Tú llegarás allí desde el lugar en el que estés, yo lo haré desde el mío y nos reuniremos. No le quites el ojo de encima porque hacia allí te diriges.

Florence exhaló un suspiro.

—Pero parece muy lejano. Es una isla diminuta y el mar parece no tener fin.

—Todo pasa, querida —dijo de forma sabia—. Los buenos y los malos tiempos. Esta guerra sin duda terminará y, si Dios quiere, los dos sobreviviremos. Nos aguarda un futuro glorioso. Tendremos muchos hijos y seguro que serán espantosamente campechanos, como Aubrey, Cynthia y Julian. Puede que incluso tengamos pequeños réprobos que se nieguen a jugar al tenis y prefieran tumbarse a la sombra a leer un libro. —Se rio y a Florence se le llenaron los ojos de lágrimas—. Querrás invitar a gente a cenar y yo te rogaré que no lo hagas, e incluso puede que nos peleemos por ello. Pero la reconciliación será muy dulce. Al final siempre cederás, porque tú eres así. —Le pasó una mano por el pelo—. Eres amable.

—Oh, Ru. No invitaré a nadie a cenar si tú no quieres.

Rupert se rio.

—Puede que te obligue cumplirlo.

Florence levantó la cabeza de su cuello y lo miró con afecto.

—Qué criatura tan complicada eres —dijo, con una expresión llena de amor—. ¿Cuántos hijos quieres?

—Cinco. Cinco pequeños réprobos. —La tumbó boca arriba y sonrió. La lujuria se había apoderado ahora de sus ojos—. Veamos si podemos hacer uno ahora. No hay mejor momento que este.

Florence regresó de mala gana a su puesto, con el corazón lleno de pena una vez más por su despedida. Pero no fue por mucho tiempo pues, para su deleite, no tardó en descubrir que llevaba en su vientre a uno de los pequeños réprobos de Rupert. Preocupado por la posibilidad de que el estrés de su trabajo pusiera en peligro a su hijo, Rupert pidió que la relevaran de sus funciones. Tiró de todos los hilos a su alcance y, para su sorpresa y alivio, Florence obtuvo el permiso para marcharse.

Unos días antes de partir, Florence estaba en la cocina con otra enfermera, preparando las bandejas de los pacientes y charlando sobre Rupert y su embarazo. Ya sentía náuseas por las mañanas y un cansancio inusual al final del día.

—Deberías poner los pies en alto, Flo —dijo la enfermera.

La interrumpió el penetrante sonido de un grito. Florence se giró alarmada y vio que una de las enfermeras se le acercaba con un cuchillo de cortar pan. La mujer tenía la cara desencajada por el odio y había un aterrador fuego en sus ojos. Florence no tuvo tiempo de reaccionar, pero su compañera se abalanzó sobre el brazo de la mujer y consiguió desviar el cuchillo, de modo que solo rozó el estómago de Florence en lugar de clavarse en él. Con la ayuda de otra enfermera, derribaron a la agresora, que se hizo un ovillo en el suelo y sollozó histéricamente.

Florence estaba temblando. Se miró el uniforme roto, temiendo que la cuchilla la hubiera herido, pero solo había cortado la tela. Invadida por una oleada de náuseas, metió la cara en el fregadero y vomitó. Más tarde se enteró de que la mujer estaba desesperada porque se había quedado embarazada de un hombre casado que la había dejado plantada. La alegre charla de Florence le había hecho perder la cabeza.

Pocos días después, Rupert vino a llevarse a Florence. Mientras conducían por los South Downs de Sussex, sus almas se llenaron de júbilo. Aquella pequeña isla que titilaba en el horizonte azul albergaba todos sus sueños y mantuvieron la vista clavada en ella mientras se acercaban los tres: Rupert, Florence y su hijo nonato.

Esa noche se alojaron en el Hotel Metropole de Brighton antes de viajar a Rutland a la mañana siguiente, al campo de entrenamiento secreto del Décimo. Durante una breve y feliz temporada, Florence y Rupert llevaron algo más parecido a una vida normal. Se alojaron en una vieja y pintoresca taberna que solo tenía dos habitaciones: una para el dueño y su esposa, y la otra para Rupert y Florence. Rupert salía todas las mañanas a cumplir con sus obligaciones y todas las noches regresaba, como cualquier marido. Florence escuchaba el estruendo de su jeep y salía corriendo por la nieve a su encuentro. Eran buenos tiempos, pero no durarían. La guerra no había terminado y el Décimo aún tenía que grabar su nombre en la historia.

Cuando la primavera cubrió las colinas de ranúnculos y las golondrinas volvieron a anidar bajo los aleros, Rupert y el ilustre Décimo se trasladaron a un lugar cercano al aeródromo de Ringway, en Cheshire. Florence regresó a Kent para estar con su madre, que estaba encantada de pasar tiempo con ella. Desde que sus hijas se habían ido de casa para ayudar en la guerra, Margaret se había sentido muy sola. Estaba entusiasmada ante la perspectiva de ser abuela y cuidaba de Florence como si volviera a ser una niña, insistiendo en que descansara y prohibiéndole que ayudara en las tareas domésticas. Por mucho que disfrutara de la atención de su madre, a Florence nunca se le había dado bien estar quieta y en su lugar salía a dar solitarios paseos por el campo. Le dijo a su madre que Rupert querría que hiciera ejercicio, ya que sabía que Margaret sentía un respeto incondicional por los hombres y no trataría de impedírselo.

Antes de que el batallón partiera a ultramar, un rico magnate cuya hija estaba comprometida con uno de los oficiales organizó un baile en su honor. A esas alturas de la guerra y con la escasez de recursos, era una osadía organizar una fiesta fastuosa, pero invitó a todo el batallón y a sus parejas a su suntuosa casa para una cena con baile. Florence lució uno de los vestidos de su madre que ocultaba de forma discreta su creciente barriga y Rupert caminaba erguido con su uniforme. Una banda tocó durante la cena y después Rupert y Florence bailaron solo el uno con el otro.

—¿Disfruta de la música el joven Dash? —preguntó Rupert, mientras se movían despacio por la pista.

—Va a ser un maravilloso bailarín —respondió—. Estoy segura de que puedo sentir los piececitos dando patadas al compás.

Rupert le sonrió y la besó con cariño.

—Te quiero, mi golondrina del sol. Nunca lo olvidarás, ¿verdad, Flossie? Pase lo que pase, siempre serás parte de mí.

—Somos parte el uno del otro, mi águila volatinera —respondió, abrazándolo con fuerza—. Hemos llegado hasta aquí. Llegaremos hasta el final. —Entonces se le nubló la vista—. Tendrás cuidado, ¿verdad, Rupert? No podría soportar perderte.

—No vas a perderme, cariño. Tengo mucho por lo que vivir.

Florence le miró a los ojos y sintió que un escalofrío le recorría la piel. Cuando se miraban así, sentía que el tiempo no existía y la eterna vastedad de algo a lo que ambos pertenecían y que era mucho mayor que ellos: el interminable viaje del alma.

12

Florence apoyó la mano en la pared de la cueva y cerró los ojos. Las lágrimas resbalaban por sus mejillas y caían por su barbilla a su jersey de lana. Le costaba respirar, pero los sollozos se sucedían en una inmensa e incontrolable oleada. Había recibido un telegrama: «Desaparecido. Se le da por muerto».

«La hija de un oficial no llora.»

Las palabras de su padre surgieron y se esfumaron acto seguido; la esposa de un capitán no pudo evitar llorar a mares.

Era 29 de septiembre de 1944. El salobre y frío viento azotaba el mar. Un frente nuboso avanzaba por el cielo hacia Gulliver's Bay, como un ejército que se preparaba para la batalla. Florence miró desde la entrada de la cueva. Empezaba a llover y el mar se teñía de gris. Se miró los pies y vio que el agua se acumulaba. Estaba subiendo la marea.

No parecía haber pasado tanto tiempo desde que Rupert y ella bailaron en esa cueva. Fue aquel caluroso verano de 1937. Recordó la primera vez que la besó y los sentimientos que despertó en ella. Creía que amaba a Aubrey, pero su hermana Winifred estaba en lo cierto. Fue un encaprichamiento que el tornado Rupert arrolló como si fuera purpurina. Rupert era profundo y complejo, lo sentía todo con más intensidad que su despreocupado hermano. Su dolor era más profundo, su alegría más eufórica, su corazón menos fácil de conquistar. Aubrey era el primer romance de una chica; Rupert era el amor eterno de una mujer. Cuando Florence se refugió en la cueva para llorar porque Aubrey quería a Elise, no sabía que estaba a punto de producirse una conexión más significativa. Que el beso de Rupert lo cambiaría todo. Entró en la cueva como una niña y salió como una mujer. Y ahora, frente a la posible muerte de Rupert, estaba trastornada una vez más. Sin Rupert, estaría sola para siempre. Sería la mitad de un todo. La mitad menor.

No quería ser como su madre y llorar la pérdida del hombre que la había completado.

Florence volvió a sollozar. El débil rayo de esperanza que irradiaba la palabra «desaparecido» del telegrama era tan pequeño como el pinchazo de un alfiler. La palabra «muerto» tenía más fuerza, como la explosión de una bomba; lo aniquilaba todo.

Cuando el agua le llegó a los tobillos y se acercó al fondo de la cueva, Florence se llevó una mano al vientre. Llevaba dentro a su hijo. La parte de Rupert que aún vivía. Tal vez nunca conociera a ese ser que habían creado juntos y, lo que era peor, quizá ese ser nunca le conociera a él. Aturdida por este pensamiento, se aferró al rayo de esperanza y a la palabra «desaparecido». Quizá Rupert había tenido suerte. Quizá no estuviera muerto. Podría estar herido en algún lugar o inconsciente en un hospital de campaña. Rupert no querría que ella se preocupara. Querría que fuera fuerte, por su hijo. Se secó los ojos con los dedos fríos y se apresuró a atravesar el agua hasta la pendiente de rocas que conducía al túnel de los contrabandistas. Con cuidado de no resbalar y consciente de la preciosa carga que llevaba, Florence subió despacio hasta la casa.

Cuando salió del sótano, su abuela estaba en la salita con el reverendo Millar. Dejaron de hablar en cuanto ella entró. El reverendo Millar dejó su taza de té y se levantó. Florence empezó a llorar de nuevo al ver su rostro compasivo. Él le tendió las manos y ella las tomó, agradecida. Eran cálidas, fofas y tranquilizadoras.

—No pierdas la esperanza, Florence —dijo con dulzura—. Recemos para que te lo devuelvan.

Florence se sentó y los tres inclinaron la cabeza y cerraron los ojos.

—Bondadoso Señor, te pedimos que veles por el alma de nuestro amado Rupert. Si está herido, que encuentre ayuda. Si está perdido, que encuentre refugio. Si está acongojado, que encuentre la paz. Hasta el momento en que lo acojas en tu abrazo eterno, te rogamos que le consueles y le des fuerza. Consuela también a su familia, sobre todo a Florence. Rodéala de amor y de luz y dale valor para afrontar la incertidumbre de los próximos días. Señor, en tu misericordia, escucha nuestra oración.

Joan le sirvió una taza de té a Florence.

—Querida, hasta que no lo sepamos con certeza, no debemos perder la esperanza —dijo pasándole la taza.

—Los milagros ocurren —añadió el reverendo Millar—. Debemos mantener la esperanza y seguir rezando.

—No me rendiré —adujo Florence, encontrando fuerzas en su apoyo—. Sé que Rupert nunca me dejaría.

Al día siguiente, Florence fue a Pedrevan a ver a su suegra. Las nubes habían pasado durante la noche y la lluvia le había restado color al cielo. Celia estaba en el invernadero, plantando lechugas en cubetas de abono. Llevaba guantes y un delantal de jardinera y aun así conseguía parecer glamurosa. Cuando vio a Florence, se quitó los guantes y fue a abrazarla.

—Debemos ser fuertes —dijo con firmeza—. No vamos a romper a llorar. A Rupert le horrorizaría toda esa emoción innecesaria. Querría que tuviéramos esperanza y que no lo abandonáramos. Aún no está muerto. Solo está desaparecido. ¡Típico de Rupert! Siempre ha sido complicado.

Florence asintió y reprimió las lágrimas.

—¿Puedo ayudarte?

—¿De verdad quieres?

—Sí, necesito distraerme.

—Muy bien. Hay guantes en esa cesta de ahí. Puedes plantar espinacas. También tenemos que mantener fuertes a esos pobres niños —dijo, refiriéndose a los evacuados.

—¿Cómo están? Debe de ser difícil estar lejos de sus familias —dijo Florence, poniéndose unos guantes que le quedaban demasiado grandes.

—Están prosperando —dijo Celia con orgullo—. ¿Sabes que algunos no habían visto nunca animales de granja y muchos no habían comido nunca nada verde? —Se rio—. Fue todo un reto convencerles de que no les mataría. Espero que hayan disfrutado aquí, a pesar del evidente dolor de la separación y de la incertidumbre. A mí me ha encantado tenerlos aquí. Cuando acabe la guerra, que espero que sea pronto, todos volverán a casa y me sentiré desamparada. He disfrutado del propósito que me han proporcionado. He desempeñado un pequeño papel, todos lo hemos hecho, y estoy agradecida. Puedo mirar a los ojos de mis hijos y saber que yo también cumplí con mi parte mientras ellos cumplían con la suya. No me gustaría quedarme sentada de brazos cruzados. —Su sonrisa tembló y palmeó la tierra con rabia—. ¡Maldita guerra! ¡Espero que Hitler arda en el infierno por el sufrimiento que ha causado!

De repente, oyeron un cantarín «Adiós» que recorría el jardín. Florence miró a Celia y frunció el ceño.

—¡Qué mujer tan espantosa! —exclamó. Un momento después apareció la señora Warburton, alias Radio Sue, llevando una cesta.

—Aquí estás —dijo—. Y Florence también. —Su sonrisa se transformó en una expresión exageradamente ceñuda, una mirada de absoluta lástima y compasión—. Acabo de enterarme de lo del pobrecito Rupert. Tenía que venir enseguida. No puedo soportarlo. Es terrible. —Antes de que Celia y Florence pudieran responder a lo que a todas luces era una intromisión, Radio Sue había dejado su cesta y estaba abrazando a Florence con fuerza—. En momentos como este debemos dejar de lado cualquier formalidad y reunirnos como seres humanos necesitados de consuelo y apoyo. Te he traído un pastel —dijo—. ¡Celia! —exclamó, alargando la mano para abrazarla también—. Lo siento muchísimo.

Celia dio un paso atrás de modo que Radio Sue solo consiguió agarrar su delantal de jardinería.

—No estoy segura de lo que has oído, pero Rupert no está muerto, Sue.

Radio Sue se puso rígida y parpadeó sorprendida.

—¿No está muerto? Creía que estaba desaparecido, presuntamente muerto.

—Hasta que no nos informen de su muerte, no cederemos a la desesperanza.

—Entonces me he equivocado. Os pido disculpas. Me uno a vosotros en la oración.

—Gracias, Sue —repuso Celia, con voz más suave—. Qué amable eres por hacer una tarta. —Celia miró dentro de la cesta y luego levantó la muselina.

—Huevos de nuestras propias gallinas y miel de nuestras abejas —dijo Radio Sue con arrogancia—. Tenemos mucha suerte de que no nos afecte el racionamiento. Aparte de la gasolina, en The Grange tenemos nuestra propia fuente de energía. —Miró el reloj y resopló—. Bueno, he de irme. Otra vez al tajo. Tengo ensayo con el coro dentro de veinte minutos y esos niños tienen que dominar los salmos para el domingo.

Florence la vio marcharse a toda prisa.

—¿Siempre viene sin avisar? —preguntó a Celia.

—Por desgracia, se las ingenió para enseñar a cantar a los evacuados. Es la autoproclamada prefecta espiritual de la comunidad. El reverendo Millar le dio la mano y ella se ha tomado el brazo. No imaginas cuánto le pesa. —Se rio entre dientes—. Aun así, le hemos sacado una tarta. ¡Qué bien! Seguro que está deliciosa. A Sue se le dan bien las tartas.

Florence terminó de plantar las espinacas y luego ayudó a Celia a sacar unas patatas.

—Vamos, tranquila —dijo Celia, viendo a Florence trabajar de rodillas—. Llevas en tu vientre a mi precioso nieto. ¿Cómo te encuentras? Me imagino que empiezas a cansarte.

—El bebé es un pequeño peleón. Me mantiene despierta por la noche con sus patadas.

—¿Habéis pensado algunos nombres?

—Bueno, ese es el problema. No nos ponemos de acuerdo. A mí me gusta el nombre Mary y Rupert quiere Alice.

—Por su abuela.

—Exacto.

—Adoraba a su abuela. Era el único miembro de la familia que pensaba que sus rarezas eran rasgos de genialidad.

Florence se rio.

—¿No es solo una naturaleza taciturna?

—Oh, no. La naturaleza taciturna de Rupert era la prueba de su brillante y creativo carácter. ¿Y si es un niño?

—A los dos nos gusta Alexander.

—A mí también me gusta Alexander. Esperemos que sea un niño, así no habrá peleas por los nombres.

Pasaron las semanas y Florence no volvió a saber nada de Rupert. En octubre dio a luz a una niña. No fue un parto fácil, pero el dolor físico que padeció fue mucho más soportable que la angustia mental que había estado sufriendo. Cuando por fin tuvo a su hija en brazos, agotada y emocionada, las lágrimas que derramó fueron por Rupert, que no pudo conocer a su hija. En un momento de desesperación, se preguntó si alguna vez lo haría.

Henry, ahora orgulloso bisabuelo, inscribió el nacimiento. Como Florence no estaba segura de qué nombre elegir, Henry sugirió que pusieran los dos y que decidieran cuando Rupert llegara a casa. Eso complació a Florence. Le daba algo a lo que aferrarse; ya decidirían el nombre cuando Rupert volviera a casa. Por ahora, se llamaría Mary Alice.

Margaret llegó en tren y Henry utilizó sus preciados cupones de gasolina para recogerla en la estación. Estaba emocionada por conocer a su nieta, pero al mismo tiempo muy preocupada por Rupert. Sabía lo que era quedarse viuda.

Se hizo todo lo posible por averiguar la suerte de Rupert. Henry se puso en contacto con la Cruz Roja para tratar de averiguar noticias de los prisioneros de guerra, pero nada se supo. Florence pasaba la mayor parte de las noches en vela dando de comer a Mary Alice y porque la preocupación le impedía conciliar el sueño. Una noche bajó a la cocina, donde el viejo criado, Rowley, que había ascendido de limpiabotas en su juventud a mayordomo, también tenía dificultades para descansar. Los dos se sentaron a la mesa de la cocina, con la gran tetera humeante entre ellos, y hablaron. Rowley, que no estaba acostumbrado a charlar en la cocina con la nieta de sus señores, se habituó enseguida y disfrutaba mucho viendo a Mary Alice cuando Florence la bajaba cada mañana a las seis. A lo largo de las semanas siguientes, los dos se hicieron muy amigos.

La Navidad fue tranquila y triste. Lo único que Florence quería era recibir la noticia de que habían encontrado a Rupert con vida. Tal vez los habían capturado los alemanes. Tal vez estaba escondido en algún lugar. Esperaba de todo corazón que estuviera vivo y que los que estaban con él lo trataran bien. El día de Navidad, en la iglesia, el reverendo Millar pidió a los feligreses que rezaran por los que seguían desaparecidos y Florence lloró en silencio contra su pañuelo, porque la compasión la hacía llorar.

El 8 de mayo del año siguiente, el país celebró el final de la guerra en Europa. Como no quería parecer huraña, Florence fue al pub local para participar en los festejos, aunque sentía que su corazón era de piedra. Encontró consuelo en la botella y adormecía su dolor con todo el alcohol que podía consumir. Cuando, por obra de algún milagro, volvió a casa, fue Rowley quien la ayudó a subir, le quitó los zapatos y la cubrió con una manta.

—¿Soy tonta por tener esperanzas? —susurró, mirándole con ojos llorosos.

Él le puso la mano en el hombro con suavidad.

—Cuando se ama, se tiene esperanza. Así es la naturaleza humana. El corazón hace cualquier cosa para evitar sufrir el dolor de la pérdida. —Suspiró y sacudió la cabeza con tristeza—. Pero llega un momento en que la esperanza ya no te sostiene, sino que te consume poco a poco.

—¿Qué debo hacer, Rowley?

—Acepte que se ha ido, señora Dash.

Florence cerró los ojos con fuerza.

—No creo que pueda —dijo, y metió la cabeza bajo la manta.

13

Hampshire, 1988

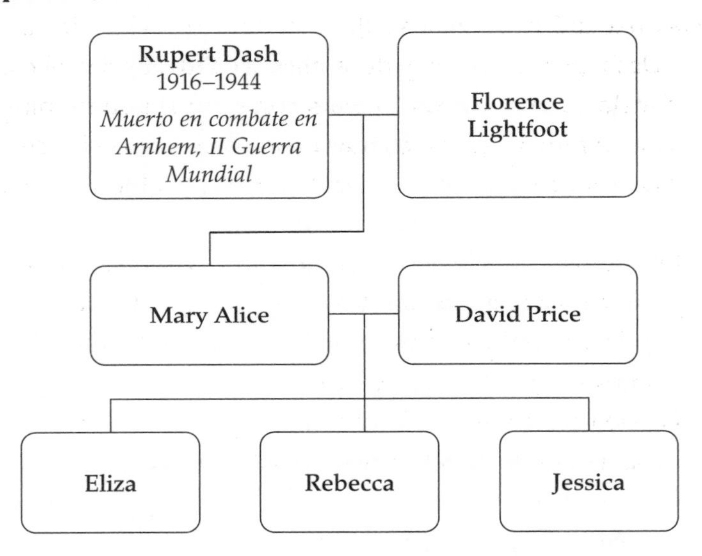

Una fría corriente recorrió la piel de Max. Se quedó mirando el nombre con asombro. Arnhem fue una batalla aérea con paracaídas y planeadores, lo que coincidía exactamente con su sueño. Sintió una repentina descarga de excitación. Una oleada de energía y entusiasmo. Por supuesto, podría tratarse de una enorme coincidencia, pensó, conteniendo su entusiasmo por miedo a llevarse una decepción más tarde. Si su sueño era en realidad un recuerdo de una vida pasada, ¿qué posibilidades había de que él hubiera sido Rupert Dash? Parecía demasiado fácil. Los sueños podían ser solo sueños, y si la reencarnación era una posibilidad, él podía haber sido cualquiera.

Había una posibilidad entre un millón de que hubiera sido Rupert Dash. Entonces pensó en Elizabeth y la vio riéndose a carcajadas. En ese momento se sintió inclinado a estar de acuerdo con ella; parecía absurdo. Sin embargo, su instinto le decía que las coincidencias no existían, que había una razón para que hubiera vuelto a tener aquel sueño, una razón para que conociera a Olga y una razón para que encontrara el nombre de Rupert Dash en el árbol genealógico. Para su sorpresa, la cara de Robyn ocupó el lugar de la de Elizabeth y su sonrisa le calentó por dentro. Qué raro que pensara en Robyn ahora. Ella le diría que confiara en su intuición e indagara un poco más. A fin de cuentas, ¿qué podía perder?

Max decidió hacer una visita a su abuelo. Debía de conocer a Rupert Dash, por ser primo y de la misma edad. Hartley Shelbourne era el abuelo paterno de Max y vivía con su mujer en un pintoresco pueblo de Oxfordshire, a poco más de una hora en coche de Hampshire. Max les llamó para avisarles de que iba. Habló con su abuela, Diana.

—Qué alegría —dijo—. Ven a comer. Se lo diré al abuelo. Está subido a una escalera, intentando encontrar una teja rota.

—No debería subirse a una escalera a su edad y con el temblor de las manos —dijo Max con firmeza.

—Díselo tú. A mí no me hace caso.

Max sabía que su abuelo tampoco se lo haría a él.

Cuando Max llegó a la bonita casa de piedra de sus abuelos, su abuelo aún estaba subido a la escalera. De hecho, había dos escaleras: una que le llevaba hasta el borde del tejado y otra, unida a la primera con una cuerda y apoyada sobre viejos cojines colocados sobre las tejas, que le llevaba hasta la cumbrera y la chimenea. Max se bajó del coche y miró hacia arriba horrorizado. Hartley llevaba un mono azul y una gorra, un bote de alquitrán sujeto entre los dientes y una gran brocha en la mano temblorosa. Su artilugio de la escalera no parecía muy seguro.

—¡Abuelo, ¿puedo ayudarte?! —gritó Max.

—Hola, Max. Dame un minuto. Creo que he encontrado la puñetera baldosa.

—¿Qué haces?

—Vencer —repuso Hartley con satisfacción.

Se abrió la puerta principal y salió su abuela con un delantal de cocina de flores. Era de baja estatura, pechugona, con el pelo canoso y unos ojos vivarachos, del color del alba.

—Max, querido, qué alegría verte. —Se puso de puntillas para darle un beso a su nieto y luego lo miró con preocupación—. Me alegra ver que estás de una pieza —añadió.

Max se rio entre dientes.

—Ha sido una montaña rusa.

—No me cabe duda. Pobrecito. Qué mala suerte. —Miró hacia el tejado—. Hartley, ¿por qué no terminas eso más tarde? Baja y habla con Max. Ha venido aposta a vernos.

—Ya casi he terminado. Bajo enseguida.

Diana chasqueó la lengua y entró. Max la siguió hasta la cocina, donde un viejo labrador amarillo yacía dormido en su cesta. Ni siquiera se molestó en abrir los ojos ante la llegada de Max. Max se agachó para acariciarlo.

—Tiene trece años —dijo su abuela en voz baja—. Ha sido un gran amigo todos estos años. Ahora duerme la mayor parte del tiempo. Ni siquiera se molesta en salir a pasear. —El perro suspiró con aire soñoliento y se removió, pero no se despertó—. ¿Qué quieres beber?

—Coca-Cola, por favor.

—No importa lo que todos pensáramos de Elizabeth —comenzó Diana, abriendo el frigorífico—, porque los dos lo habéis pasado fatal y lo sentimos de verdad por vosotros, por ambos. ¿Se encuentra bien?

Max se sentó en un taburete y se encogió de hombros.

—No lo sé. No he hablado con ella.

—Probablemente sea mejor que le des un poco de espacio.

—Todavía tengo que recoger mis cosas de su casa y el anillo.

—Esas cosas pueden esperar. Estoy segura de que no las tirará. No es una chica vengativa, ¿verdad?

—Espero que no.

Diana le dio a su nieto una lata de Coca-Cola y un vaso.

—¿Cómo dice el refrán? No hay nada tan peligroso como una mujer despechada...

—Eso es justo lo que temo.

—No era adecuada para ti, Max.

—Ojalá me hubiera dado cuenta antes.

—Tienes que besar unas cuantas ranas antes de encontrar a tu princesa.

—Ojalá hubiera sido solo un beso. Prácticamente me llevé a mi rana al altar.

—Pero no lo hiciste y eso es lo importante.

La puerta se abrió y Hartley apareció con el bote de pintura y la brocha en las manos.

—He ganado —anunció triunfante, sacando pecho.

Diana se echó a reír.

—Me reservo la opinión hasta que vuelva a llover.

—Hola, Max —repitió Hartley—. ¿Has venido solo?

—Cariño, cancelaron la boda, ¿recuerdas? —dijo Diana.

—Eso no significa que se haya retirado del mercado. —Hartley guiñó un ojo a su nieto—. Un hombre como Max no tardará en encontrar a otra.

—No hasta dentro de mucho tiempo, abuelo —repuso Max—. Gato escaldado del agua fría huye.

—Deja respirar al pobre chico. Después de haber saltado de la sartén, lo último que quiere hacer es volver a meterse en ella. —Diana se quitó el delantal—. ¿Vamos a sentarnos en el jardín? Hace un día precioso.

La terraza estaba rodeada de comederos para pájaros que Hartley mantenía llenos de semillas y cacahuetes, incluso durante los meses de verano, cuando había mucho en el jardín para que comieran. Se sentaron en unos bancos de teca con cómodos cojines y contemplaron el césped recién cortado y el arriate herbáceo.

—El abuelo ha estado muy ocupado en el jardín —le dijo Diana a Max.

—Si no te mantienes ocupado, estiras la pata —dijo Hartley sin más.

—Tiene razón, claro. ¿Te acuerdas de Ian Holmes? Se jubiló y la vida fuera de la oficina le resultaba bastante aburrida, así que se pasaba las horas muertas en el campo de golf. Falleció hace poco, en el cuarto hoyo.

Max no se acordaba de Ian Holmes.

—Es una pena —dijo.

—Tienes que mantenerte ocupado —insistió Hartley. Se volvió hacia Max—. ¿Qué tal Sudáfrica?

—Ha sido justo lo que necesitaba.

—¿Has visto licaones? Son mis favoritos.

—Vi licaones y un guepardo, pero ningún rinoceronte, por desgracia.

—Imagino que también muchos elefantes —intervino Diana—. Les tengo especial cariño a los elefantes. Antes de casarme trabajé en el zoo de Londres y alimentaba a las crías de elefante a biberón. Era maravilloso. —Max pensó en Robyn; a ella también le encantaban los elefantes—. Seguro que hiciste muchas fotos —añadió Diana—. Tienes buen ojo.

—Debería haberlas traído para enseñároslas.

—La próxima vez —dijo Hartley—. ¿Les hiciste alguna a los licaones?

Almorzaron en la cocina. Diana era una buena cocinera y se había tomado la molestia de prepararle a Max una tarta de melaza como postre, pues sabía lo mucho que le gustaba.

—Max, ¿qué vas a hacer ahora que has dejado el trabajo? —preguntó Hartley cuando Diana se levantó a recoger los platos.

Max suspiró con pesadez.

—La verdad es que no lo sé.

—Es un buen punto de partida —afirmó Hartley.

Max se rio.

—Supongo que solo puedo ir a mejor —bromeó—. Dime, ¿conocías a tus primos Dash?

—Por supuesto. Los conocía bien.

—Me suscita cierto interés nuestra historia familiar.

Hartley entrecerró sus pequeños ojos hasta que casi desaparecieron.

—William Dash y mi padre eran primos hermanos. Estaba forrado. Era un brillante jugador de raqueta y con una personalidad arrolladora. Me quedaba con ellos de vez en cuando en Pedrevan.

—¿Eso está en Cornualles? —preguntó Max.

—Sí, al noreste de Cornualles, a las afueras de Gulliver's Bay, cerca de Wadebridge. Una casa grande. Hermosa. Aubrey la heredó. Su hermano mayor murió en la guerra.

—¿Rupert?

—Sí, Rupert. Fue muy triste. Era un poco mayor que yo y bastante distante, pero tenía un sentido del humor mordaz maravilloso y solía hacer todo tipo de travesuras. Mi madre era la que más quería a Rupert porque era complejo e interesante. Aubrey era el niño bonito, pero Rupert era más enigmático. También resultó ser valiente. Murió en Arnhem. Estaba en un regimiento de paracaidistas. Recuerdo que después de la guerra la familia celebró un funeral en Gulliver's Bay. La iglesia estaba llena. No se veía ni un solo ojo seco. Aubrey nunca fue el mismo después de eso. Si no me equivoco, creo que todavía vive en Pedrevan. Debe de estar dando vueltas en ese lugar grande y viejo.

Diana volvió a la mesa con la tarta de melaza.

—Yo conocí a Florence Lightfoot bastante bien —dijo, dándole a Max un cuchillo para que la cortara—. Fuimos juntas a la escuela de danza y teatro de Londres.

—¿La esposa de Rupert? —preguntó Max.

—Sí, se casaron durante la guerra. No estábamos muy unidas y perdimos el contacto. La verdad es que perdí el contacto con todas esas chicas. Llegó la guerra, cerraron la escuela y se acabó. No llegué a ser la actriz que anhelaba ser, pero hice una representación de *El sueño de una noche de verano*. Yo era Puck. —Se rio al recordarlo.

—¿Conociste a Rupert? —preguntó Max.

—Oh, sí, estaba muy presente en la escena londinense por entonces. Florence y él. Hacían una gran pareja. —Sonrió al recordar.

—¿Cómo era?

—Alto y guapo como tú —repuso con una sonrisa—. Era un poco intimidante, la verdad. No iba por ahí complaciendo a todo el mundo. Decía lo que pensaba y no siempre era lo que la gente quería oír. Pero los que le entendían, como yo, le adoraban. Recuerdo que quería caerle bien. No era fácil ganarse su afecto, pero una vez lo conseguías, te sentías en la cima del mundo.

Max comió un bocado de tarta.

—Está deliciosa, abuela. Gracias.

—¿A qué viene este repentino interés por los Dash? —Quiso saber.

—Mamá me regaló un árbol genealógico y ha despertado mi interés.

—Ya veo. Bueno, me gustaría saber qué fue de Florence. Si lo averiguas, ¿me lo harás saber? Era un diablillo.

Max habría ido directamente a Gulliver's Bay si no hubiera sido porque un conocido le telefoneó de improviso para ofrecerle trabajo. Trabajar para un fabricante de muebles no era la ocupación de sus sueños, pero necesitaba ganar dinero y la empresa estaba ubicada en Wiltshire, lo que resultaba atractivo. Quizá Max no supiera lo que quería hacer, pero sabía sin lugar a dudas dónde *no* quería estar: en Londres. Alquiló una casa de campo en Wylye, un pueblecito junto a la A303, la carretera que conducía directamente a Cornualles.

Tuvo que esperar a julio para ir por fin a Gulliver's Bay. Caroline, la secretaria de la oficina, le había recomendado un hotel *boutique* llamado The Mariners que tenía unas bonitas vistas al mar. Le dijo que había estado allí un fin de semana de despedida de soltera y se lo había pasado muy bien emborrachándose en la playa. A Max le daba igual dónde alojarse siempre que fuera en Gulliver's Bay, así que hizo una reserva, preparó el equipaje para un fin de semana y se puso en marcha.

Fue un viaje largo, pero condujo con la capota bajada, protegiéndose los ojos con unas gafas de sol modelo aviador y escuchando a Dire Straits y The Police en el radiocasete. No podía dejar de pensar en Rupert Dash. Su cabeza le decía que era una posibilidad remota y que no se hiciera ilusiones, pero su corazón le decía lo contrario. Tenía la sensación de que hacía lo correcto.

En cuanto pasó Okehampton, la campiña empezó a llamarle más la atención. El paisaje de Devon era salvaje, escarpado y muy hermoso. Las carreteras eran estrechas y sinuosas, los setos lanosos y cubiertos de perifollo verde, dientes de león y collejas. Los aterciopelados pastos verdes se extendían a lo largo de kilómetros bajo un cielo inmenso y el rosado brezo florecía entre las grises y dentadas rocas que surgían de la tierra, erosionadas a lo largo de los siglos por los vendavales marítimos, la lluvia y el abrasador sol del verano. Poco después de entrar en Cornualles, Max vio el nombre de Gulliver's Bay en la señal de tráfico y se animó. Era como si aquellas palabras fueran algo más que letras blancas en una gran señal verde; le hablaban. Se rio de sí mismo. Seguro que estaba exagerando; había metido una idea en su mente y ahora esta se dejaba llevar por ella.

Gulliver's Bay era tal y como lo había imaginado. Un encantador pueblo pesquero típico de Cornualles construido al abrigo de un enclave en forma de herradura. Había un puerto repleto de barcos pesqueros con el casco azul, casas blancas apiñadas en las laderas, colinas rocosas y suaves pendientes verdes como telón de fondo. Buscó The Mariners en un mapa y atravesó el pueblo, pasó por delante de la antigua iglesia y del pub local y siguió por el camino bajo un frondoso dosel de árboles. También había buscado Pedrevan Park e incluso había escrito a Aubrey Dash, con el pretexto de investigar la historia de su familia. No había recibido respuesta.

Por fin llegó a la entrada de The Mariners y giró para tomarla. Aparcó delante de la casa, una típica mansión blanca de Cornualles con tejado de tejas grises, y se guardó las gafas de sol en el bolsillo de la chaqueta. Caroline no se había equivocado con lo de las vistas, pues eran espectaculares. Sacó la bolsa del maletero y empujó la puerta principal. No estaba cerrada. Entró en el vestíbulo, donde había una mesa redonda adornada con un gran jarrón de cristal con lirios blancos y rosas. No había mostrador de recepción. Parecía más una casa particular que un hotel. De repente se preguntó si había venido al lugar adecuado.

—Hola. —Al volverse vio a una mujer que entraba en el vestíbulo. Era delgada, llevaba unos pantalones de montar y un polo blanco y el pelo rubio recogido en una coleta. Era inconfundible—. ¿Robyn?

Robyn frunció el ceño y acto seguido lo reconoció.

—¡Max! —Se rio y lo saludó con un beso amistoso—. ¿Qué haces tú aquí?

—Esto es un hotel, ¿no?

—Sí. ¿Tienes reserva?

—Por supuesto.

—Entonces estás en el lugar correcto. Es el negocio de mis padres. Hoy solo les estoy echando una mano porque no tienen mucho personal. —Se acercó a un cajón y sacó un libro. Lo abrió y hojeó la lista de nombres—. ¿Eres el señor Trent?

—No.

—No eres el señor y la señora Bridge y tampoco lady Elmsworth. Entonces debes de ser el señor Shelbourne.

—Ese soy yo.

—Permítame que le lleve a su habitación, señor Shelbourne. —Ella sonrió y Max se sintió feliz al ver aquella contagiosa sonrisa. No había olvidado lo bien que le hacía sentir—. Te voy a subir de categoría —le dijo, bajando la voz—. A fin de cuentas, eres un amigo de la familia.

—No puedo creer la coincidencia —comentó, siguiéndola escaleras arriba.

—Sabes que no existe tal cosa.

—Por supuesto. Pero sigue siendo extraordinario.

—¿No te dije que vivía en Gulliver's Bay?

—Si lo hiciste, lo había olvidado.

—¿Qué te trae por aquí?

—Estoy investigando un poco.

—Me encanta investigar. ¿Qué estás investigando?

—Es una historia complicada. ¿Tal vez tomando una copa?

—Lo estoy deseando. —Le condujo por un pasillo hasta una puerta blanca al fondo. Giró la llave—. Aquí tienes. Una gran *suite* solo para ti.

Max entró.

—Esto es imponente —dijo, dejando la bolsa en la gran cama y mirando a su alrededor. Estaba decorada de forma ostentosa con papel pintado de flores y cortinas a juego. Se acercó a la ventana y miró al mar—. ¿Estás segura de que no te vas a meter en ningún lío por darme esta habitación?

—Lady Elmsworth puede alojarse en una habitación al fondo —respondió con una sonrisa maliciosa—. Se quejará dondequiera que esté.

—Bueno, es una habitación preciosa. Eres muy amable, Robyn.

—Gracias.

—No hay de qué. Me alegro de volver a verte. —Había olvidado lo guapa que era—. ¿Cómo está Daniel? —preguntó, esperando que pusiera cara de haber roto.

—Muy bien, gracias. Estoy deseando decirle que estás aquí. Le hará mucha ilusión. Tal vez podamos salir a cenar una noche o tomar una copa en el pub.

—Me encantaría. Pero el tema de mi investigación solo quiero comentarlo contigo.

Ella asintió.

—Puede que por eso nos hayamos encontrado, porque puedo ayudarte. He vivido aquí toda mi vida. No hay un centímetro de Gulliver's Bay que no conozca.

—Entonces me vas a ser de mucha ayuda.

Robyn se dirigió a la puerta.

—Te dejo solo. ¿Qué tal una copa a las seis, abajo? Entonces podrás contarme lo que estás tramando. Estoy intrigada.

Max asintió con la cabeza.

—Quedamos a las seis.

Cerró la puerta al salir. Max contempló de nuevo las vistas. Se preguntó qué estaría tramando el universo. Si realmente quería ayudarle, podría empezar por deshacerse de Daniel.

Max decidió entrar en Gulliver's Bay para echar un vistazo y empaparse del lugar. Hacía un día estupendo. El sol jugaba al escondite con las nubes, pero hacía calor, incluso cuando se ocultaba, y corría una vigorizante brisa marina. Paseó por el pueblo, que no podía albergar a más de mil personas, y pensó que probablemente el lugar no había cambiado mucho desde los tiempos de Rupert Dash. Los edificios eran viejos y desiguales y se apilaban en la ladera sin orden ni concierto. Sus pequeñas ventanas miraban al mar como ojos que habían sido testigos de siglos de actividad, de contrabandistas y pescadores y quizá de algún que otro naufragio. Ojalá pudieran hablar, pensó Max mientras se dirigía a la iglesia.

Ahí fue donde los Dash celebraron el funeral de Rupert, se recordó mientras contemplaba los antiguos muros y la torre y recorría con la mirada el cementerio, tranquilo bajo el sol del verano. Se preguntó dónde estaría enterrado Rupert y se sorprendió paseando entre las lápidas y leyendo las inscripciones grabadas en la piedra. Max siempre había sentido una inusual fascinación por los cementerios, sobre todo los militares. Mientras un escalofrío recorría su cuerpo se preguntó si estaba buscando de forma inconsciente su propia tumba, la tumba de su *antiguo yo*. Una vez más, el sueño tomó forma en su mente como un reflejo en el agua, un recuerdo a la vez indeleble y vívido, y sintió una extraña sensación de *déjà vu*, como si ya hubiera estado allí antes. Era una vaga sensación de la que no se fiaba porque sabía lo hábil que era la mente para jugar malas pasadas. Y tal vez Gulliver's Bay le resultaba familiar porque respondía a un profundo anhelo, a un deseo que siempre había tenido de vivir en un lugar así, junto al mar.

La puerta estaba abierta y Max entró. Podía estar seguro de que ese lugar no había cambiado desde los tiempos de Rupert Dash. Max imaginaba que Rupert se habría sentado ahí los domingos con su familia, igual que él había asistido a la misa dominical de niño con la suya. El lugar estaba vacío. Estaba completamente solo. Caminó por el pasillo. Los siglos de pisadas habían desgastado las losas hasta dejarlas lisas. Los bancos de oscura madera parecían casi petrificados por el paso del tiempo y el techo abovedado y las paredes se habían teñido del color del pergamino. Desprendía una energía suave y acogedora, una atmósfera que los himnos, las súplicas y las oraciones habían pulido a lo largo de los años. Max se sentó en uno de los bancos y respiró hondo. Sentaba bien estar solo.

Salió de la iglesia pensativo. Era el primer lugar donde había conectado de verdad con Rupert. Había comprendido que era una persona y no solo un nombre en un árbol genealógico. Sin embargo, era reacio a aceptar por completo la idea. ¿Y si no fue Rupert Dash? ¿Y si todo era una fantasía? Entonces, esa sensación de *déjà vu* y los indicios de conexión entre Max y el primo de su abuelo habrían sido imaginarios. Hasta que no tuviera pruebas, no podía sucumbir a sus emociones, por profundas que fueran.

Max salió de la iglesia y se dirigió a una cafetería del paseo marítimo para tomar un café y un tentempié. Luego paseó por las tiendas. Estaba sumido en sus pensamientos, cuando tropezó con el modesto cenotafio de piedra erigido en la plaza del pueblo. Como antiguo miembro de las fuerzas armadas, Max siempre pasaba un momento frente a este tipo de monumentos, pensando en los que habían luchado y muerto por su país. Pero ese monumento tenía una relevancia especial. Conmemoraba a los caídos en la Primera y la Segunda Guerra Mundial. No había lista de nombres, pero Rupert Dash estaba presente en el sombrío dolor que desprendía la Cruz de San Jorge y en la mente de Max, que se sentía cada vez más vinculado al primo de su abuelo.

Cuando regresó al hotel, Max fue a su habitación para bañarse y cambiarse de ropa. Era la hora del té y el lugar estaba más concurrido que cuando llegó. Desde la ventana de su habitación podía ver la terraza de abajo, en la que los huéspedes estaban sentados en mesas, disfrutando de unos bollitos, nata de Cornualles y mermelada, y el camino de grava que conducía a la playa. Se quedó un rato contemplando la luz danzar sobre el agua. Le gustaría bajar y nadar en el mar. Quizá Robyn le acompañara. Animado por la idea de verla, se desabrochó la camisa y entró en el cuarto de baño para ducharse.

14

Max se puso unos vaqueros y una camisa azul y bajó a reunirse con Robyn. Al entrar en el vestíbulo le detuvo una mujer que en un primer momento supuso que era la jardinera, porque vestía un peto vaquero y una camiseta blanca y estaba recogiendo hojas muertas del expositor de flores. En los pies llevaba un par de zapatillas Green Flash y su rizado pelo castaño formaba un halo alrededor de su cabeza, solo ligeramente domado por un pañuelo de seda enrollado a modo de coletero.

—Tú debes de ser Max Shelbourne —dijo con una sonrisa. Le tendió la mano y Max se la estrechó—. Soy Edwina, la madre de Robyn. Encantada de conocerte. Robyn me ha hablado mucho de ti. —Bajó la voz—. Me alegro de que te haya dado una de nuestras mejores habitaciones. Al fin y al cabo, eres un amigo de la familia.

—Ha sido una feliz coincidencia —dijo.

Edwina agitó la mano como si espantara una mosca.

—Tonterías. Las coincidencias no existen. Bueno, Robyn te está esperando en el salón. Ven, te enseño dónde está.

—El hotel es precioso —comentó Max, siguiéndola por la casa.

—Antes era una casa particular.

—Sí, me doy cuenta. Todavía lo parece.

Edwina se rio.

—Esa es la idea. Quiero que mis invitados se sientan como en una fiesta en casa en la que no tienes que hablar con los demás invitados si no quieres.

—Parece ideal.

Edwina le hizo pasar a una estancia grande y cuadrada que parecía más una sala que el salón de un hotel. Robyn estaba de pie junto a una mesa de cartas, viendo jugar al *bridge* a cuatro ancianas. Levantó la vista, vio a Max y sonrió.

—Max —dijo, acercándose con brío. Llevaba un vestido blanco con fresas estampadas y un par de chanclas plateadas. Max sintió el cosquilleo de la atracción, algo que no había sentido en mucho tiempo, desde que conoció a Elizabeth hacía tres años—. ¿Has pasado una buena tarde?

—Fui a dar una vuelta por el pueblo.

—Es pintoresco, ¿verdad?

—Mucho, y también bonito —respondió Max. Contempló las mejillas rosadas de Robyn, sus ojos brillantes y la suave curva de sus labios, y sintió que la atracción aumentaba.

—Bueno, yo os dejo —dijo Edwina—. Si necesitas algo, no dudes en pedírmelo. Hace unas semanas tuve un huésped que me pidió una almohada corporal. ¿Las conoces? No, creo que no. De todos modos, se la conseguí. ¡Fue un milagro! Pero claro, si te piden algo, por lo general estás obligado a conseguírselo.

—Es todo un personaje —le dijo Max a Robyn cuando Edwina salió de la habitación.

—Eso no es nada. Espera a que limpie el lugar con salvia y saque sus cartas del tarot. Hay que tener un poco de cuidado, porque algunos de los invitados lo encuentran espeluznante. Siempre le digo que controle sus temas de brujería.

—No tiene que contenerse por mí.

—Lo sé. Se lo he dicho. Vamos a sentarnos fuera —sugirió Robyn—. ¿Qué vas a beber?

—¿Un negroni? —preguntó, seguro de que en un hotel tan pequeño ni siquiera sabrían lo que era.

Pero Robyn asintió.

—Genial, yo tomaré un margarita. Vamos, se está muy bien en la terraza.

Se sentaron en cómodos sillones en un extremo, lejos de los demás comensales que bebían, fumaban y comían cacahuetes en cuencos de cristal. Un camarero les tomó nota y les dejó solos. Una ráfaga de viento llevó hasta Max el aroma a pachulí y ámbar de Robyn. Lo recordaba de Sudáfrica.

—Esta es la mejor vista de Gulliver's Bay —dijo. Contemplaron el mar en calma a la luz del atardecer.

—Y tenéis una playa ahí abajo —dijo Max.

—Técnicamente no es *nuestra* playa, pero es difícil llegar a ella desde cualquier otro sitio, así que poca gente que no se aloje en el hotel va allí. Por la noche, mi madre la ilumina con farolillos y los huéspedes se sientan bajo las estrellas. Es romántico. Nos visitan muchos recién casados.

—Y muchos domingueros —apostilló Max, pensando en Caroline de la oficina.

—Un montón de domingueros —confirmó Robyn, riendo—. Se emborrachan en la playa y luego se meten en el agua en plena noche. ¡Qué locura!

—A mí me gustaría darme un chapuzón en plena noche.

—Hace frío —dijo Robyn.

—Es divertido —replicó Max, mirándola fijamente.

Robyn se echó a reír.

—Qué travieso —añadió. Otra vez aquella sonrisa coqueta. Max también la recordaba de Sudáfrica.

—¿Cómo va tu libro? —preguntó.

—Despacio —respondió—. Lady Castlemaine es un personaje fabuloso. Me encanta todo el proceso. Pero tengo mucha más curiosidad por saber qué estás investigando tú. —El camarero volvió con sus bebidas—. Salud —dijo Robyn, alzando su copa.

—Por nuestro encuentro fortuito —dijo Max.

—Brindo por ello. —Se rio y bebió un sorbo de su margarita—. Delicioso. Malcolm los prepara fuertes.

Max bebió un sorbo de su Negroni.

—Está mejor que el de Duke's —dijo, sorprendido.

Robyn se encogió de hombros.

—No sé qué es Duke's, pero me lo tomaré como un cumplido.

—Es uno de los mejores bares de Londres —le informó Max—. Pero, ¿quién necesita Londres?

—Vamos, estoy en ascuas. ¿Qué te ha traído a Gulliver's Bay?

—Está bien —dijo, dejando el vaso en la mesa—. Eres una de las pocas personas con las que puedo compartir esto. —Se inclinó hacia delante y apoyó los codos en las rodillas.

La sonrisa de Robyn se ensanchó.

—Sabía que era algo inusual.

—Es muy inusual y no me atrevo a contártelo ni siquiera a ti, que tienes una mente extraordinariamente abierta cuando se trata de temas espirituales. Estoy investigando una vida pasada.

A Robyn se le iluminaron los ojos.

—¿Una vida pasada tuya? ¡Dios mío, qué interesante! Cuéntamelo desde el principio. ¿Cómo descubriste que habías vivido antes? ¿Tuviste una regresión?

—No, empezó con sueños recurrentes... —Max le contó toda la historia. Le habló de los sueños, de su encuentro con Olga Groot, del árbol genealógico y, por último, del descubrimiento de que Rupert Dash había vivido allí, en Gulliver's Bay.

Robyn escuchó con gran interés, olvidándose por completo de su copa, que se calentaba sobre la mesa. No le interrumpió, sino que dejó que Max contara su historia con todo detalle. Elizabeth nunca había dejado que le contara nada sin interrumpirle o desviar el tema hacia ella. La expresión absorta de Robyn le aseguró que no la estaba aburriendo. Cuando terminó, sacudió la cabeza con asombro.

—¡Es increíble!

Max levantó su vaso.

—No lo sé. Podría estar muy equivocado. A ver, ¿no es demasiado fácil que el primer nombre que encuentro en el árbol genealógico de mi padre pueda ser la persona que fui en mi vida pasada? ¿Por qué no alguien del árbol genealógico de mi madre? ¿O alguien totalmente ajeno? Quizá no sea un recuerdo de una vida pasada, sino un sueño sin más.

Robyn frunció el ceño como si pensara que estaba diciendo tonterías.

—Max, esto es emocionante. Por supuesto que fuiste Rupert Dash, ¿por qué si no el viento iba a hinchar tus velas, enviándote a

Olga Groot, a tu madre por el árbol genealógico, a tu abuelo por información sobre Gulliver's Bay y ahora a este lugar? ¿Por qué crees que nos conocimos en Sudáfrica? Nada ocurre porque sí, créeme. En cualquier momento podrías haber recogido las velas y echado el ancla, pero no lo has hecho. Te has dejado guiar.

—Si es así, mis guías han estado muy ocupados.

—Porque quieren que hagas este descubrimiento.

—¿Por qué?

—Para tu propia evolución. Esto es parte del plan. *Tu plan*. Planearon tu vida antes incluso de que tus pies tocaran la tierra. Aceptaste un plano, por así decirlo, antes de encarnarte. No es que hagamos lo que estamos destinados a hacer cuando llegamos aquí abajo. Lo olvidamos todo, nos distraemos con el mundo material que nos rodea. Las cosas no siempre salen según lo planeado. Pero sospecho que ahora vas por buen camino.

—Espero que tengas razón, Robyn. Espero no ser un fantasioso.

Ella le sonrió de forma compasiva.

—Esa exnovia tuya causó algunos estragos, ¿no?

—¿Elizabeth?

—Hizo que dudaras de ti mismo. Pero es probable que eso también formara parte del plan, porque te ha impulsado a buscar pruebas de tus creencias. No vas a aceptar nada por las buenas o solo porque una bruja te diga que es así. Había una razón para que Elizabeth y tú pasarais tres años juntos. Quizá era esa.

—Necesito encontrar pruebas, pero no sé cómo hacerlo.

—Lo primero que haría en tu lugar es una regresión a vidas pasadas.

Max soltó una risita y recorrió la terraza con la mirada.

—Me alegro de que nadie esté oyendo esta conversación. Pensarían que estamos chiflados.

Robyn levantó su copa.

—Te sorprendería saber cuántos no lo harían. Te han lavado el cerebro haciéndote creer que el mundo está lleno de Elizabeths. Pues no es así. Yo soy bruja, mi madre también, pero no una bruja de verdad con un gato y un caldero, sino una médium, una sensitiva, alguien capaz de percibir las vibraciones más sutiles que la mayoría de la gente no puede ver. Lo que quiero decir es que no paro de toparme con gente a la que le fascina lo oculto, lo que está escondido. Todos quieren creer que cuando mueran seguirán viviendo de alguna forma. Nadie quiere creer que pasamos la eternidad a dos metros bajo tierra. A menudo, un duelo motiva a las personas a buscar la verdad porque no pueden soportar pensar que nunca se reunirán con la persona que aman. Tú y yo sabemos que esta vida no es más que un breve paso y que, cuando regresemos al espíritu tras haber completado nuestra vida terrenal, nos reuniremos con aquellos a quienes conocimos no solo en esta vida, sino también en muchas otras. Pero volviendo a las regresiones a vidas pasadas, pueden ser útiles para las personas que han arrastrado a esta vida traumas de una vida pasada, pero también para personas como tú, que simplemente sienten curiosidad por saber quiénes fueron.

—Espero no descubrir que fui Enrique VIII.

—Eso viene directamente de Elizabeth —dijo Robyn, vaciando su copa—. Nunca la he visto, pero siento que la conozco. No vas a descubrir que fuiste Enrique VIII, aunque alguien debió de ser él. Imagino que después del sufrimiento que causó, su alma habrá tenido que viajar por muchas vidas para aprender a ser bueno. Es muy probable que entres en tu sueño. Eso es lo que tus guías de ahí arriba quieren que veas. Conozco a la persona adecuada.

—¿En serio?

—Sí. Yo misma he experimentado la regresión.

—¿Quién fuiste?

—Fui una pobre ama de casa en Yorkshire a principios del siglo XVIII, casada con un granjero, y una desdichada mujer rica casada con un mujeriego de corazón frío en la España del siglo XIX. Lo interesante de ambas vidas es que yo estaba con mi padre. Él era mi marido en Yorkshire y mi hermano en España. Verás, viajamos a través de encarnaciones con las mismas almas, aprendiendo de esas relaciones. También cambiamos de sexo. Como sabes, el género solo pertenece al mundo físico. De niña tenía un sueño recurrente en el que era un niño que cazaba búfalos en

América. No sé si todo el mundo se reencarna. Intuyo que la mayoría elegimos hacerlo porque es el mejor lugar para aprender. Debemos tener muchas ganas de aprender para volver una y otra vez.

—¿Siempre has creído que has vivido antes?

—Si no, la vida sería muy solitaria conociendo a todo el mundo por primera vez. Conectamos con la gente porque ya la conocemos. —Le miró con afecto—. Creo que tú y yo hemos compartido una vida pasada, Max. No sé cuál era nuestra relación y no importa. Pero cuando nos conocimos, sentí que ya te conocía.

Max bebió la última gota de Negroni.

—Si ese es el caso, entonces me alegro de verte de nuevo, Robyn.

Ella se rio.

—¿Te apetece otro?

—Me encantaría.

—A mí también.

El camarero trajo una segunda ronda y Robyn le dijo que conocía Pedrevan Park.

—No conozco a los Dash, pero sé dónde está la casa —dijo—. He pasado por delante muchas veces.

—Escribí a Aubrey, el hermano menor de Rupert, presentándome como un primo que investigaba a la familia, en particular a Rupert. Pero no recibí contestación.

—No querrás dejarte caer por allí sin más, ¿verdad? —Había un brillo travieso en sus ojos.

—Quizá después de otro Negroni me parezca una buena idea —respondió Max, preguntándose si un baño a medianoche también le parecería una buena idea—. Pero creo que cambiaré de opinión por la mañana. Hay muchas razones por las que no querría hablar conmigo y no me gustaría entrometerme. Rupert murió en la guerra. Tuvo que ser devastador para toda la familia. Lo más seguro es que no quiera desenterrar recuerdos dolorosos.

—No, tienes razón, por supuesto. Es el margarita el que habla.

—¿Cuándo crees que podrá verme esa terapeuta de regresión?

—Vive en Bath. Te daré su número de teléfono. Dile que eres amigo mío y te pondrá en la cola. Está muy solicitada. Te quedarás mañana por la noche, ¿no?

—Sí, me voy el domingo.

—Bien. Mañana te enseñaré esto. Daniel tiene que ayudar a su madre a mudarse, así que no podrá acompañarnos. ¿Montas?

—Sí. Me he criado a lomos de un caballo.

—Podemos prestarte unas botas y un sombrero y mañana por la noche cenaremos los tres en la taberna. La comida es deliciosa.

—Me parece un buen plan —dijo, aunque preferiría cenar a solas con Robyn.

—Quizá no puedas llegar a Pedrevan —repuso—. Pero hay un camino de herradura alrededor de la finca. Podemos ver la casa a través de los árboles. Es magnífica.

Aquella noche Max yacía en la cama pensando en Robyn. Le había parecido atractiva en Sudáfrica, pero entonces estaba superando el trauma de haber herido a Elizabeth y no estaba preparado para fijarse en otra mujer. Ahora no cabía ninguna duda de que estaba preparado; su cuerpo ardía de deseo por ella. No solo era atractiva, sino también hermosa y deseable, inteligente y sabia. Una mujer perfecta. Perfecta en todos los sentidos, pensó. Aún podía captar su perfume en la mejilla, de cuando se despidió de él con un beso. Habría querido llevársela a la cama, pero no había ninguna posibilidad. Robyn era una fruta prohibida en la copa del árbol, vigilada por Daniel, fuera de su alcance y no disponible. Max exhaló un suspiro de frustración. Los Negronis le habían vuelto impulsivo y le había preguntado si quería darse un chapuzón a medianoche. Ella pensó que estaba bromeando y se rio. Pero él hablaba en serio. Si hubiera dicho que sí, la habría besado en el mar.

A la mañana siguiente Max se levantó temprano. Robyn le había llenado de una explosión de energía nerviosa; estaba excitado, nervioso, y era incapaz de descansar. La idea de volver a verla más tarde hacía que estuviera aún más inquieto. El alba apenas despuntaba en el horizonte con su pálida y líquida luz. El mar estaba en calma, el suave vaivén de las olas resplandecía de forma tentadora. Decidió darse un baño. Habría pedido prestada una tabla de surf si hubiera olas grandes. Había practicado surf en el norte de Devon siendo adolescente y descubrió que poseía una habilidad natural. Era igual que el esquí; ambos requerían un buen equilibrio. En lugar de eso, agarró una de las toallas del cuarto de baño y se dirigió a la playa en bañador y albornoz. Hacía fresco, pues aún no había salido el sol y soplaba una brisa fresca del agua. Dejó la toalla y el albornoz en la arena y se metió corriendo. Tomó aire mientras el frío le helaba las piernas y se sumergió bajo la superficie. Profirió un grito de júbilo cuando salió a respirar. Sentaba bien estar en Gulliver's Bay, con Robyn.

Después del desayuno, Edwina sacó unas botas de montar y un sombrero y llevó a Max a los establos, donde dos jóvenes y eficientes mujeres estaban preparando los caballos.

—Yo no monto —dijo Edwina—. Me aterrorizan esas criaturas. Pero a mi marido Gryffyn siempre le han gustado los caballos y a Robyn también. A Gryff le gusta llevar a sus invitados a las colinas para hacer un pícnic. Es un maravilloso entretenimiento. La próxima vez que vengas debes quedarte más tiempo. Si te quedas solo dos noches, no podrás disfrutar a tope de Cornualles.

—Lo haré. Ahora que te conozco, me quedaré una semana. ¿Dónde está Gryffyn?

—Ha salido en su barco con algunos huéspedes esta mañana. Te reunirás con él más tarde. Ah, Robyn. —Max se dio la vuelta y vio a Robyn, que se encaminaba hacia ellos con una sonrisa de oreja a oreja. Estaba muy elegante, con unos pantalones de montar ajustados, botas de cuero y sombrero, y llevaba el pelo largo recogido en una trenza que descansaba en su espalda.

—Buenos días, Max —exclamó con animación.

Max no podía imaginarla de otra forma que no fuera alegre y rebosante de entusiasmo. Era contagioso.

—Buenos días, Robyn —respondió, con el ánimo por las nubes al verla.

—Hace un día precioso. Vamos a divertirnos.

Max se subió con gran destreza a la silla de montar. Edwina dio un paso atrás cuando su caballo resopló y levantó la cabeza.

Robyn puso el pie en el estribo y se subió a su yegua.

—Daniel se disculpa por no poder acompañarnos. Pero sale corriendo cuando su madre chasquea los dedos.

Max no esperaba que Daniel los acompañara, pero al enterarse de que la posibilidad de hacerlo había existido, se sintió aliviado. Daniel habría cambiado de forma radical los temas de conversación y se habría interpuesto entre ellos como un guardaespaldas inoportuno. Max daba gracias por tener a Robyn para él solo.

—Volveremos para comer —le dijo Robyn a su madre mientras apretaba los flancos de su caballo.

—Estupendo. Max puede unirse a nosotros en la parte privada —dijo Edwina—. Pasadlo bien. —Se despidió de ellos agitando la mano.

Robyn guio a Max por un sendero que se adentraba en las colinas. Desde allí arriba tenían vistas tanto del agua como de la tierra. Las sombras perseguían la luz entre los prados mientras el sol jugaba al escondite con las nubes y el viento acariciaba los altos pastos, despertando los aromáticos olores de las hierbas silvestres que crecían entre ellos. Era hermoso. Max sintió que su pecho se henchía y hacía que la tensión se disipara. Inspiró hondo y saboreó el espectáculo de la naturaleza en todo su esplendor.

—No hay suficientes superlativos —comentó.

Robyn volvió la cara hacia el viento y cerró los ojos.

—Sienta bien, ¿verdad? Cuando estoy aquí arriba, no tengo preocupaciones.

—Parece que no tengas nunca ninguna preocupación.

Ella se rio.

—Todo el mundo tiene preocupaciones, Max. Todas son relativas. Incluso los que parecen tenerlo todo, dinero, éxito, salud y amigos, tienen preocupaciones. Puede que para ti y para mí no sean preocupaciones, pero para ellos son grandes dramas. La vida consiste en resolver problemas, así que todo el mundo tiene problemas. Así son las cosas. Bueno, vamos a Pedrevan.

—Eres un alma vieja y sabia, ¿verdad? —bromeó.

Ella sonrió con coquetería.

—Llámame Búho Sabio.

Atravesaron los prados hasta llegar a un camino agrícola. Las ovejas pastaban en prados cuajados de campanillas y ranúnculos y los campos de cebada se mecían al viento. Al final llegaron a una cerca de postes de madera y a un alto seto de hayas.

—Esto es Pedrevan —anunció Robyn—. Si seguimos este camino llegaremos a un lugar desde el que podremos ver la casa a través de los árboles.

Max sintió que su entusiasmo aumentaba, pero se contuvo. Por mucho que Robyn creyera que había sido Rupert Dash en una vida pasada, seguía siendo reacio a aceptar por completo su intuición por si descubría que estaba equivocado. De todos modos, le intrigaba ver la casa. Siempre le habían gustado las casas antiguas y su abuelo le había dicho que Pedrevan Park era excepcional.

Siguieron el camino hasta que llegaron a la parte de la linde donde los árboles y el seto raleaban lo suficiente como para permitirles echar un vistazo. Max tuvo una imagen clara del lateral de la casa. Pudo ver la piedra de Cornualles que los elementos habían descolorido hasta adquirir un suave color gris claro, las altas y delgadas chimeneas y los elaborados frontones. Era una gran mansión isabelina, rebosante de encanto. Se preguntó si Aubrey estaría allí. Se sintió tentado de entrar a caballo y llamar a la puerta, pero sabía que sería una estupidez. No era un pariente tan cercano como para presentarse sin avisar. A nadie le gustaba recibir visitas sin previo aviso, mucho menos en fin de semana.

—Es preciosa, ¿verdad? —dijo Robyn.

—Es increíble que siga siendo una casa particular. Muchas de estas mansiones han pasado a manos del Fondo Nacional para la Preservación Histórica o se han convertido en hoteles.

—Los Dash deben de ser muy ricos.

—No tengo ni idea —dijo Max—. El abuelo no me dio más detalles. Solo dijo que William Dash, el padre de Rupert y de Aubrey, estaba forrado.

—Tal vez cuando hayas investigado más, puedas escribirle a Aubrey de nuevo. Una vez que estés absolutamente seguro de tu conexión con Rupert, puede que descubras que se le ha despertado la curiosidad.

—O pensará que soy un fantasioso, como Elizabeth.

—Siempre cabe esa posibilidad. De todas formas me gustaría ver el interior de la casa. Apuesto a que es suntuosa.

Regresaron a The Mariners para almorzar. Gryffyn había regresado de su excursión en barco y saludó a Max con un firme apretón de manos y una sonrisa torcida. Era alto y delgado y tenía el pelo canoso y desgreñado, la cara sin afeitar y los mismos ojos grises y amables de su hija.

—¿Has pasado una buena mañana? —le preguntó a Max mientras se sentaban alrededor de la mesa de la cocina, en la zona del hotel reservada a la familia.

—He llevado a Max a Pedrevan —dijo Robyn—. Hemos visto la casa desde el seto.

—Mi padre es primo lejano de los Dash —explicó Max.

Gryffyn enarcó las cejas.

—Es un bonito lugar —dijo.

—Y este también —añadió Max. Edwina parecía contenta.

—Era una residencia particular cuando la compramos en los años sesenta. ¿Sabes qué me animó a comprarla?

—Oh, sí —intervino Edwina—. ¡Nunca lo adivinarías!

Max negó con la cabeza.

—Tiene un pasadizo secreto que va desde el sótano hasta una cueva en la playa. En el pasado lo utilizaban los contrabandistas. En cuanto lo vi, supe que tenía que quedármela. —Gryffyn sonrió—. ¿Cuántas casas pueden presumir de tener un túnel secreto como ese?

El interés de Max se despertó.

—Imagino que no muchas. Me encantaría verlo.

—Por supuesto. Robyn te lo enseñará después del almuerzo. La marea todavía estará baja. Te llevaría yo mismo si no fuera porque tengo una reunión a las dos.

—Cuando tenemos recién casados, ilumino la cueva con velas —dijo Edwina—. Es muy romántico. Tiene que ver con la energía. Hay cristales en la roca y minerales que la tiñen de colores mágicos.

Gryffyn no puso los ojos en blanco, como Max esperaba. En cambio, asintió.

—Sí, esa cueva tiene algo especial —convino.

—Hemos celebrado alguna que otra boda pagana, ¿verdad, Gryff? —repuso Edwina.

—Hemos tenido de todo. Pero no lo ponemos en el folleto porque si no vendrían a verlo todos los viajeros de la Nueva Era en kilómetros a la redonda. La playa ya no pertenece a la casa, así que es accesible a cualquiera que quiera venir. —Sonrió con sorna—. La playa también es solo para nosotros.

Después de comer, Robyn llevó a Max al sótano del hotel, donde tenían una bodega y almacenes. Al fondo, junto a un montón de troncos apilados con esmero contra la pared, había una trampilla de madera en el suelo como las de los bares antiguos.

Robyn se agachó para levantarla, pero Max insistió y la levantó por ella. Debajo había una escalera que descendía hacia la oscuridad. Robyn alcanzó una linterna de un gancho de la pared.

—¿Listo? —preguntó, encendiéndola e iluminando el agujero que se abría ante ellos como una gran garganta.

—Después de ti —respondió Max con una reverencia.

—Gracias. —Se rio.

—No sé por qué no escribes un libro sobre este lugar.

—No se me había ocurrido. Pero ahora que lo mencionas, quizá lo haga.

Robyn descendió con cuidado. Max la siguió. El túnel tenía altura suficiente para que Robyn pudiera caminar sin agacharse, pero Max era tan alto que tuvo que encorvarse. El suelo estaba formado por escalones y tramos llanos y parecía adentrarse en la tierra sin fin. Olía a tierra húmeda y resultaba bastante sofocante.

—Ya casi hemos llegado —dijo Robyn—. Divertido, ¿verdad?

—¡Alucinante! —exclamó Max—. Parece sacado de una novela de Daphne du Maurier.

—Es una de mis autoras favoritas —adujo Robyn—. Pero no es de extrañar que lo diga al ser de Cornualles, ¿no? Bien, ya estamos.

Habían llegado al otro extremo. Max salió a la cueva y respiró hondo el aire limpio del mar. Saltó a la arena y recorrió las paredes con la mirada, maravillado. Edwina y Gryffyn tenían razón, había una energía muy especial. Vetas de colores recorrían las rocas, como si alguien hubiera vertido sobre ellas botes de pintura desde lo alto. Había recovecos y grietas, bordes afilados, superficies lisas y charcos de agua que había quedado atrapada, en los que erizos y gambas esperaban el regreso de la marea para volver al mar.

—Es mágico —dijo.

—Lo sé —convino Robyn. Sonrió con nostalgia—. Es muy romántico. Si Daniel y yo nos casamos, quizá hagamos algo aquí.

Max se sorprendió por la intensidad de sus celos. Le pilló por sorpresa. ¿Qué derecho tenía a estar celoso cuando apenas la conocía? Apoyó la mano en la húmeda pared.

—¿Crees que te casarás? —La idea resultaba desoladora.

—Eso espero —respondió—. Pero a algunos hombres les cuesta comprometerse. Creo que Daniel es así. Tiene que hacerse a la idea poco a poco.

—¿Cuánto tiempo lleváis juntos?

—Dos años.

—Supongo que es de por aquí, ¿no?

—Sí, éramos amigos antes de empezar a salir. —Miró a Max con timidez—. Llevaba años enamorada de él. No se fijó en mí hasta que prácticamente me lancé sobre él.

Max no daba crédito.

—No puedo creer que haya algún hombre que no se fije en *ti*.

Robyn se rio, avergonzada.

—Tal vez soy una flor tardía.

Max estaba a punto de decirle lo que pensaba de ella, pero se contuvo. No quería crear un ambiente incómodo. Además, estaba enamorada de Daniel; unos cuantos cumplidos suyos no iban a cambiar sus sentimientos.

—Espero que no le cueste tanto comprometerse que te pierda —dijo Max, esperando lo contrario.

—No será así—respondió Robyn con confianza—. Me tiene muy en el bote.

Regresaron al hotel por la playa. Los huéspedes tomaban el sol en las tumbonas, había esterillas sobre la arena y algunos niños pequeños con redes buscaban peces entre las rocas. Era una escena muy inglesa, pensó Max mientras Robyn y él paseaban uno al lado del otro. Su buen humor se había desinflado a pesar del encanto y el entusiasmo de Robyn. Si ella no hubiera estado saliendo con Daniel, podría haberla besado en la cueva.

Esa noche, los tres cenaron en el pub local. Daniel era simpático. No parecía disgustarle en absoluto que su novia hubiera pasado tanto tiempo con Max, llevándole a cabalgar por las colinas y a la cueva. Los dos eran una pareja en toda regla. Terminaban las frases del otro, se robaban la comida del plato y compartían la bebida. Seguro que habían hecho lo mismo en Sudáfrica, pero Max no se había dado cuenta entonces. Se percató de ello ahora porque quería tener ese tipo de relación. Por fin había encontrado una mujer que era adecuada para él y no podía tenerla.

Después de cenar, Max se montó en su coche y vio a Daniel y a Robyn alejarse por la carretera, tomados de la mano. Aquella imagen hizo que se le revolvieran las entrañas a causa del resentimiento. No le gustaba sentir eso. Robyn nunca le había dado señales de que pudiera tener una oportunidad. Había mencionado a Daniel en sus conversaciones y cualquier flirteo había sido leve. Con toda seguridad era así con todo el mundo. Sin embargo, Max sentía una conexión con ella, además de una fuerte atracción física. Sin duda, era una suerte que volviera a Wiltshire mañana. Si se quedaba más tiempo, se sentiría desdichado o cometería alguna estupidez después de un par de Negronis.

A la mañana siguiente, mientras guardaba el equipaje en el maletero del coche, llegó Robyn en bicicleta. Le saludó con la mano y apoyó la bicicleta contra la pared.

—¿Te vas? —preguntó—. Suerte que te he pillado.

—Gracias por cuidarme este fin de semana. Ha sido estupendo estar contigo y también me ha gustado ver a Daniel —dijo apretando los dientes.

—A Dan le encantó verte. Debes volver.

—Lo haré.

—Y tenme al tanto de cómo va la regresión. —Le dio un sobre—. Aquí tienes el número de Daphne y el nuestro para que puedas llamarme. Espero que vaya bien. —Le dio un abrazo.

Max la retuvo un momento y la besó en la mejilla. Olía a pachulí. No quería soltarla.

—Te mantendré informado —respondió él mientras ella se alejaba.

—Espero que descubras que sí que era Rupert Dash, así tendrás que volver. —Se rio—. ¡A ver, puedes volver de todos modos!

Edwina salió a la puerta para despedirle. Madre e hija le vieron dar la vuelta al coche y le saludaron mientras salía por la verja. Max miró por el retrovisor a Robyn, ataviada con unos pantalones cortos y una camiseta, con el pelo suelto sobre los hombros, y se aferró a esa imagen durante todo el camino de vuelta a casa. Deseó haberle hecho una foto.

15

Max decidió que llevaría un diario de sus investigaciones sobre su vida pasada. Empezaba a ponerse interesante y quería registrar todas las sincronicidades y extrañas coincidencias. Tenía la sensación de que iba a parecer una novela de misterio.

Nada más volver a Wiltshire, telefoneó a Daphne, la terapeuta de regresión que Robyn le había recomendado. Fue muy amable y, como Robyn había predicho, le dio una cita especial. Pero no era hasta octubre y para eso faltaban tres meses. Max estaba ocupado en el trabajo. Le caía bien la gente de la oficina y, aunque no se veía trabajando en eso a largo plazo, agradecía estar en el campo y ocupado. Los fines de semana salía a volar en ultraligero, jugaba al tenis con los amigos o volvía a casa para ver a sus padres. Pensaba a menudo en Robyn. Si no fuera por Daniel, la habría llamado.

En septiembre no pudo seguir posponiendo por más tiempo la recogida de sus pertenencias en Battersea. Llamó a Elizabeth. Cuando oyó su voz, se quedó callada un momento, como si se hubiera quedado sin palabras, y luego dijo bruscamente:

—¿Sabes? Romper contigo ha sido lo mejor que he hecho. He conocido a un hombre maravilloso.

Apenas había saludado.

—Eso es genial —respondió Max—. Me alegro por ti.

—Al final ha sido para bien. Bueno, el momento no fue el mejor, claro, pero si aún estuviera contigo no habría conocido a Peregrine. Trabaja en la City. Tiene muchísimo éxito. Mis padres le tienen en un pedestal.

—Me alegro.

—¿Y tú? ¿Has conocido a alguien?

—No —dijo Max. Solo habían pasado seis meses.

Elizabeth tomó aire. Su voz perdió el tonillo brusco y adquirió un tono condescendiente.

—Estoy segura de que lo harás, Max. Aunque no creo que conozcas a muchas chicas en Wiltshire. No es exactamente el condado de las fiestas, ¿verdad? —se rio, pero sin alegría.

Max no había mencionado nada sobre que vivía en Wiltshire.

—Soy feliz aquí. Va conmigo. Estoy ocupado con el trabajo y...

—Sí, ahora eres comerciante, según he oído. No deberías haber dejado tu trabajo en la City. Creo que te arrepentirás.

—Oye, tengo que ir a recoger el resto de mis cosas. ¿Cuándo sería un buen momento?

—Imaginaba que llamabas por eso. No creía que llamaras para saber cómo estoy. Peregrine me lleva a Capri este fin de semana, así que ven el sábado siguiente, sobre las cinco.

—Genial. Gracias. —Se hizo un silencio incómodo que Max sintió la necesidad de llenar—. Me temo que también necesito que me devuelvas el anillo.

Elizabeth se rio.

—Oh, eso. Sí, claro. Está en su estuche. Peregrine me ha comprado uno mucho más grande. Es que Peregrine es así, generoso hasta la exageración. No es que me importe, ya que es la intención lo que cuenta, pero es un anillo espectacular.

—Pásalo bien en Capri —dijo Max, deseando colgar.

—Oh, lo haré. Siempre me lo paso muy bien con Peregrine.

Max colgó el teléfono y sintió que la vieja sensación de infelicidad lo envolvía como la niebla tóxica; la energía debilitadora de Elizabeth había logrado llegar hasta él a través de la línea telefónica. Decidió salir a dar un paseo para librarse de ella. Cuanto antes recogiera sus pertenencias de la casa y pusiera punto final a aquella relación, mejor que mejor.

Para su alivio, cuando fue a casa de Elizabeth dos semanas después, le dejó entrar la joven que la limpiaba. Elizabeth había empaquetado sus libros, su ropa y sus artículos de aseo y los había colocado en el recibidor, pero se había asegurado de no estar. Max cargó las cajas en la parte trasera del coche, dio las gracias a la chica de la limpieza y se puso en marcha. No esperaba volver a saber nada de Elizabeth.

En octubre sopló un viento frío procedente del norte. Densas nubes grises se cernían sobre el campo y la lluvia cayó en una llovizna ligera y persistente. La hierba estaba sembrada de hojas naranjas y marrones y el suelo empapado de barro. Max no había hablado con Robyn desde que se marchó de Cornualles. Muchas veces había estado a punto de llamar por teléfono, pero lo había colgado antes de que sonara. No tenía excusa para llamarla y no podía decirle la verdad, que solo quería oír su voz. Sin embargo, cuando llegó el día de su cita con Daphne supo que podría llamar a Robyn en cuanto terminara. Incluso ella se lo había pedido. La idea de volver a hablar con ella le llenaba de entusiasmo.

Daphne vivía en una casa adosada a las afueras de Bath. A Max siempre le había gustado Bath: el atractivo color gris de la piedra; la armonía de la arquitectura que le daba a uno la sensación de retroceder en el tiempo; las famosas calles curvas, los baños romanos y la abadía. Era una ciudad con un aire refinado y respetable, como debió de ser Londres antes de que la guerra destruyera gran parte de su belleza.

Encontró la casa, aparcó el coche y llamó al timbre. Daphne abrió la puerta de par en par y le brindó una cálida sonrisa.

—Entra, Max —dijo, mirándole con sus ojos azul grisáceos. Eran los ojos afables y sinceros de un alma vieja y sabia, pensó Max mientras la seguía por un estrecho pasillo hasta la pequeña sala de estar. Estaba decorada en tonos rosas y grises apagados y desprendía una energía suave, no muy diferente de la que reinaba en la cueva de Gulliver's Bay. Max echó un vistazo a la habitación y vio algunas bolas de cristal sobre la repisa de la chimenea y una gran geoda de amatista en una esquina. Pensó entonces en Edwina; ella lo aprobaría.

Hablaron de Robyn mientras Max se quitaba el abrigo y Daphne le servía un vaso de agua. Empezó a relajarse. Era evidente que Daphne sabía tranquilizar a la gente, lo cual era esencial antes de embarcarse en un viaje al subconsciente.

—¿Estás listo? —preguntó al cabo de un rato—. Es hora de entrar. Veamos qué surge.

Llevó a Max a una habitación más pequeña en la parte trasera de la casa, donde la iluminación era tenue y había una vela encendida y una camilla de masaje portátil colocada en el centro. Max se quitó los zapatos, se tumbó bocarriba sobre la mesa y cerró los ojos. Daphne le pidió que respirara hondo tres veces, tomando el aire por la nariz y soltándolo por la boca. Luego procedió a guiarle en una visualización que le llevaría a lo más profundo de su subconsciente, donde se almacenaban los recuerdos de vidas pasadas.

Max se dejó guiar por un campo de hierba en un día claro y soleado. En lo alto de la ladera había una torre de piedra. Daphne le dijo que se acercara a la torre y abriera la recia puerta de madera. Dentro había una escalera subterránea. Le pidió que bajara, sintiendo cada escalón en la planta de los pies como si realmente estuviera allí. A medida que lo hacía, ella contaba hacia atrás desde veinte, llevándole cada vez más adentro por los túneles ocultos de su mente. Cuando por fin llegó al fondo se encontró con otra puerta. La abrió de un empujón.

Mientras respondía a las preguntas de Daphne, habló del sentimiento de frustración y tedio de la vida en Inglaterra en tiempos de guerra. Las innumerables operaciones aerotransportadas canceladas habían dejado a los hombres desanimados y molestos. Mientras ellos permanecían en tierra, otras divisiones entraban en acción. Estaban deseando que los aviones despegaran y entraran en combate. Max le contó que debido a la bruma y la niebla se retrasaron unas cuatro o cinco horas, mientras aumentaba su impaciencia. Entonces estuvo por fin en el aire y las sensaciones se fueron acompañando poco a poco de imágenes. Lo que veía no era como un rollo de película, visto desde una posición de desapego, sino un recuerdo, y lo estaba reviviendo.

El ruido del avión era ensordecedor. La sensación de excitación y miedo lo dominaba todo. Acompañado por los hombres de su batallón,

Max se preparó para saltar. Los soldados se miraron unos a otros, con los ojos llenos de emoción, compartiendo este momento íntimo de camaradería antes del salto a lo desconocido en medio de la batalla. Max sintió terror, pero también euforia. Para esto se había entrenado. Estaba preparado y orgulloso de servir a su país.

En la puerta abierta del avión no tuvo tiempo de mirar hacia abajo. De repente estaba de pie en el borde y antes de darse cuenta descendía en el aire. Su paracaídas se abrió de golpe y tiró de él hacia arriba con una sacudida. Mientras flotaba, era consciente de los cientos de hombres que como él colgaban de sus cúpulas de seda y nublaban el cielo igual que una nube de mosquitos. Planeadores y aviones sobrevolaban la zona. El humo salía de los restos de los aviones en tierra y el sonido de las ametralladoras y de la artillería le rodeaba por todas partes. Los alemanes sabían que venían.

Después se encontró en el fragor de la batalla, rodeado de bosques y páramos, fuego y humo, en medio de un paisaje sumido en el caos y en el conflicto. Max corrió entre los árboles, esquivando el cortante silbido de las balas, presa de un arranque de valor ciego y furia demencial, llevado por el instinto de supervivencia. Poco después, él y otro soldado de su batallón se toparon con un soldado herido que yacía en el suelo entre gritos de agonía. Max se arrodilló e intentó prestarle los primeros auxilios. En ese momento, sus miradas se cruzaron y Max logró esbozar una sonrisa. En medio de aquel infierno, infundió al hombre destrozado un poco de su valor.

Max y su compañero discutieron la posibilidad de dejar allí al soldado herido, pero decidieron que no podían abandonarlo en manos de los alemanes. En lugar de eso, lo levantaron del suelo y se dispusieron a cruzar el páramo para ponerlo a salvo. Entonces todo quedó en blanco. Max no vio nada, solo oscuridad.

—¿Dónde estás, Max? —preguntó Daphne.

—En un lugar de paz increíble —respondió con voz tranquila y lejana—. Es precioso. Lleno de amor…

Max quería quedarse allí, flotando en la nada, envuelto en un sentimiento que no se podía describir con palabras, pero Daphne le hizo volver a través de la puerta, subir los escalones y entrar en la torre. Poco a poco se alejó de su recuerdo y se encontró tumbado en la camilla de masajes. El sabor de la batalla se fue desvaneciendo a medida que recuperaba la consciencia. Respiró hondo varias veces. Ya no le cabía duda de que había vivido otra vida en la que había luchado en la Segunda Guerra Mundial, posiblemente en Arnhem. Pero requeriría más investigación para verificarlo. Seguía sin saber si él era Rupert Dash. Esperaba que los guías de los que hablaba Robyn hincharan sus velas de viento y le enviaran en la dirección correcta.

Daphne estaba entusiasmada con la regresión y después pasaron largo rato hablando de ello. Max todavía estaba temblando. Seguía teniendo muy presente toda la experiencia, como un recuerdo reavivado, vívido y real.

Cuando se marchó de casa de Daphne, condujo hasta el centro de la ciudad y mientras se tomaba un café en una cafetería escribió un relato de la regresión, aprovechando que aún estaba fresca en su memoria. En su recuerdo había visto lo mismo que en su sueño, solo que más extenso. Ahora sabía cómo había muerto. Si lograba averiguar cómo había muerto Rupert Dash, tendría una idea más clara de si iba por buen camino.

Más tarde, cuando llegó a casa esa noche, llamó a Robyn. Daniel contestó al teléfono.

—Hola, Daniel. Soy Max, Max Shelbourne.

Hubo un momento en que Daniel buscó en su sistema interno de archivos. Max estaba a punto de mencionar Sudáfrica y Gulliver's Bay para refrescarle la memoria, pero entonces Daniel recordó.

—Max, hola, colega. ¿Cómo estás?

—Bien, gracias —respondió Max—. ¿Cómo va todo por ahí?

—Lo mismo de siempre —repuso Daniel. Estaba claro que no tenían nada que decirse.

Max decidió ir al grano.

—¿Está Robyn? —preguntó.

—Claro, espera un segundo. Voy a buscarla.

Max se quedó esperando durante un rato. Oyó a Daniel llamar a Robyn. Por fin Robyn se puso al teléfono.

—Lo siento, estaba en el baño, Max.

Max miró su reloj. Eran las ocho.

—No, soy yo quien lo siente. No debería llamarte tan tarde. —Le gustaba imaginarla en el baño—. ¿Te llamo luego?

—No, está bien. ¿Qué pasa?

—Acabo de ir a ver a Daphne.

—Estoy sentada, Max. Cuéntamelo todo desde el principio. Y no te dejes ningún detalle. Puede que ahora no te parezcan importantes, pero cuando empieces tu investigación, cada elemento será importante.

Max le contó su regresión de principio a fin. Cuando terminó, ella se quedó boquiabierta.

—Es una historia increíble.

—Lo sé. Estoy entusiasmado. Necesito averiguar más sobre Rupert Dash.

—¡Qué emocionante! Ojalá pudiera ayudarte con tu investigación. Me encanta un buen misterio y me encanta excavar.

Max también deseó que pudiera hacerlo.

—¿Cómo te va con lady Castlemaine?

—Casi he terminado el primer borrador —dijo alegremente.

—Eso es genial.

—Cuando sepas más cosas de Rupert, ¿me llamarás? Me muero por saberlo.

—Eres muy amable por interesarte tanto.

—De eso nada. Es que estoy fascinada de verdad. Es alucinante que hayas tenido un sueño y una regresión a vidas pasadas que podrías demostrar que es un recuerdo de una vida pasada. El sueño recurrente que tuve de niña era tan vago que no podría decirte mucho sobre él. Desde luego, no podría verificar si ocurrió de verdad. Esta historia tuya es asombrosa. Espero que consigas alguna prueba concreta. Si lo haces, ¿piensas abordar a Aubrey Dash de nuevo? Así puedes volver a Gulliver's Bay. No es que necesites una excusa, claro. Eres bienvenido en cualquier momento. Sería estupendo verte.

Siguieron charlando durante un rato. Era fácil hablar con Robyn. Max podría haber hablado con ella toda la noche. Pero

Daniel quería cenar, así que se despidió y colgó. Max sabía que no tenía ninguna posibilidad con ella. Robyn tenía una relación y no había indicios de que no fuera a casarse, tener hijos y envejecer juntos en Gulliver's Bay. Si Daniel hubiera sido antipático o desagradable, Max podría haber intentado apartarla con tacto de la relación, pero Daniel era una buena persona. Max no podía criticar nada de él, salvo que tenía el corazón de la mujer que quería para sí.

Max regresó a Wiltshire y a su trabajo. Pasó las Navidades con su familia en Hampshire y asistió a una fiesta de Nochevieja en Londres. Elizabeth estaba allí con Peregrine, lo cual le horrorizó. En cuanto vio a Max, arrastró a su nuevo pretendiente por la estancia para reunirse con él.

—¡Max! —gritó para que se la oyera en medio de la algarabía y la música—. ¡Tienes que conocer a Peregrine, mi prometido!

A Max le sorprendió no haberse enterado de que se iba a casar. Peregrine era alto y refinado, de cara rubicunda y lustroso pelo castaño. Esbozó una alegre sonrisa y estrechó la mano de Max como si fuera un viejo amigo.

—Encantado de conocerte —dijo, y luego soltó una risotada—. Debería darte las gracias. Si no hubieras cancelado tu boda, jamás habría podido pedirle matrimonio a Bunny.

—Qué suerte, ¿verdad? —repuso Max, reflexionando sobre su propia suerte al haberse librado de aquello.

—Siento no haberte invitado a nuestra fiesta de compromiso en noviembre —intervino Elizabeth, arrugando su bonita nariz—. No me pareció bien.

—Lo comprendo perfectamente —adujo Max, tratando de que su tono condescendiente no le molestara—. ¿Dónde os casáis?

—En la casa de mis padres, en Suffolk —contestó Peregrine—. Tienen mucho espacio.

A Elizabeth le brillaron los ojos.

—Vamos a dar una gran fiesta. Quinientos invitados. Una gran carpa. Cena y baile. Durará toda la noche. Será muy divertido.

—Estupendo —dijo Max, preguntándose cómo salir del paso.

Elizabeth le puso una mano en la manga y arrugó la cara en señal de compasión.

—Me siento fatal por no haberte incluido en la lista de invitados. Espero que lo entiendas. Es que no quiero ninguna incomodidad.

—Bunny y yo tenemos la norma de nada de exparejas —apostilló Peregrine, rodeándola con el brazo.

—Sí, así es. Peregrine tiene una o dos que lamentarán mucho no haber sido invitadas. —Elizabeth suspiró y dio un pequeño respingo—. Pero las normas son las normas y debemos atenernos a ellas. No te importará, ¿verdad? Me siento fatal por ello.

—Espero que vaya bien —repuso Max, apartándose.

Peregrine soltó una carcajada.

—Mejor que la última —dijo.

—Espero que encuentres a alguien especial —le deseó Elizabeth—. Te mereces lo mejor.

—Gracias, Elizabeth. —Max se sintió aliviado de escapar. Fue derecho a la mesa de bebidas y se sirvió una copa de champán. Pasó el resto de la fiesta evitándoles.

Max no se puso a investigar el papel que Rupert Dash desempeñó en Arnhem hasta la primavera. Como le gustaba tanto volar en ultraligero, Max supuso que Rupert Dash había sido piloto de planeador. El lugar obvio para empezar era el Museo del Ejército del Aire en Middle Wallop, Hampshire, a media hora en coche de la casa de sus padres. A Max le parecía obvio que si Rupert había pilotado planeadores, hubiera estado en un regimiento de planeadores. Max decidió aprovechar la oportunidad para quedarse con sus padres e ir en coche desde allí hasta Middle Wallop. Cuando les dijo adónde iba, no parecieron sorprenderse lo más mínimo. Era un exmilitar, así que era natural que se interesara por la historia militar.

Se puso en camino la bonita mañana de un lunes. El cielo estaba despejado, salvo por alguna esponjosa nube que lo cruzaba de forma indolente. Los setos de endrinos y saúcos estaban en flor y los briosos pajarillos iban y venían, afanados en construir sus nidos. Max se sentía optimista. Hacía mucho tiempo que no se sentía tan feliz. Era como si se hubiera desviado de su camino y ahora que lo había encontrado de nuevo, se sentía lleno de determinación y optimismo. No tenía ni idea de lo que le depararía el futuro. Vivía de alquiler en una casa de campo y tenía un empleo que no iba a durar. Pero ahora nada le importaba. Embarcarse en esta aventura pareció lo correcto.

Al llegar al museo fue derecho a la recepción y preguntó a la joven de gafas que estaba detrás del mostrador si alguien podía ayudarle con la investigación que estaba realizando sobre un familiar muerto en Arnhem. La mujer se mostró dispuesta a ayudarle y fue a buscar a alguien que pudiera echarle una mano. Unos minutos más tarde regresó acompañada de un hombre mayor vestido con uniforme militar. Max le explicó lo que buscaba. El hombre frunció el ceño y se frotó la barbilla con aire pensativo.

—Aquí no encontrará lo que busca —dijo—. Le sugiero que vaya al museo de Aldershot.

Aldershot estaba a poco más de setenta y dos kilómetros. Max volvió a su coche y se puso en marcha. El Museo de las Fuerzas Aerotransportadas le fue de mucha más utilidad. Pudieron decirle que Rupert Dash había servido en el 10º Batallón del Regimiento de Paracaidistas. Que fue capitán y estaba enterrado en el cementerio de Oosterbeek, en Holanda. Sin embargo, no pudieron decirle dónde y cómo lo habían matado. Le sugirieron que se pusiera en contacto con el Museo Imperial de la Guerra de Londres, que dispondría de un diario de guerra detallado del 10º Batallón del Regimiento de Paracaidistas. Le dijeron que le proporcionaría un relato muy claro de sus acciones durante la batalla de Arnhem. Max estaba eufórico. Esto era alentador. Regresó a Londres de inmediato y les prometió a sus padres que volvería pronto.

Como era de esperar, el Museo Imperial de la Guerra, situado en Lambeth Road, era intimidante. Con dos enormes cañones navales montados delante del majestuoso pórtico y un vasto frontón triangular sostenido por seis enormes pilares, poseía el aire formal y sobrio que cabría esperar de un museo dedicado a ilustrar el coste humano de la guerra. En sus orígenes, que databan del siglo XVIII, era un manicomio, pero alquilaron el edificio al museo cuando el hospital se trasladó a Kent. Max se dio cuenta nada más llegar de que lo prudente habría sido telefonear primero. No parecía el tipo de lugar en el que uno pudiera presentarse sin más y ponerse a buscar en los archivos.

No se equivocaba. Efectivamente, tenía que concertar una cita. Sin embargo, Max tenía una misión. No iba a permitir que una mera formalidad le disuadiera. Sacó su tarjeta de identificación militar que aún conservaba, esbozó su sonrisa más encantadora y explicó lo que había ido a hacer. En cuestión de minutos lo llevaron a la biblioteca y le presentaron la información que buscaba: un diario de guerra del Décimo. Una vez solo, la habitación se desvaneció y Max se sumergió en su investigación. No se dio cuenta de que se le aceleró el corazón cuando enseguida encontró la primera referencia a Rupert Dash. No era consciente de nada en absoluto, excepto del recuerdo de su regresión mientras leía las páginas del diario de guerra.

Rupert Dash estaba en el Regimiento Real de Sussex cuando formaron el nuevo batallón de paracaidistas llamado «el Décimo» en 1943. En septiembre de 1944 le ascendieron a capitán y era el oficial de inteligencia del regimiento. El relato de la batalla era muy detallado, pero Max estaba impaciente por saber la forma exacta en que murió Rupert. Sus ojos escudriñaron las páginas con avidez.

16

«Operación Market Garden» fue el nombre que le dieron al plan ideado por el mariscal de campo Montgomery en septiembre de 1944 y respaldado por Churchill y Roosevelt, para tomar una serie de nueve puentes clave sobre los grandes ríos de Holanda. Los puentes, que iban de la frontera holandesa al Bajo Rin, serían capturados en un principio por el Primer Ejército Aerotransportado Aliado, formado por la 1ª División Aerotransportada británica y las Divisiones Aerotransportadas estadounidenses 101 y 82, lo que permitiría a las fuerzas terrestres, lideradas por el XXX cuerpo británico, avanzar por una única carretera a través de la Holanda ocupada por los alemanes. Era un plan ambicioso, pero si tenía éxito, cortarían de manera eficaz el paso a las fuerzas alemanas, flanquearían la Línea Sigfrido e irrumpirían en campo abierto en la llanura del norte de Alemania, con el objetivo concreto de poner fin a la guerra antes de Navidad y, lo que era más importante para Montgomery y Churchill, derrotar a los soviéticos en Berlín.

Por supuesto fue un desastre.

Max se sentó ante el escritorio y hojeó las páginas hasta que llegó a la parte relevante para su investigación sobre Rupert Dash y el 10º Batallón.

En Inglaterra, la frustración consumía a los hombres del Décimo y a las tropas de las otras divisiones, que esperaban en los aeródromos de Salby, Spanhoe y Cottesmore mientras las nubes bajas y la espesa niebla se cernían sobre el país.

Max recordó que durante la regresión se sentía frustrado porque la niebla retrasaba su despegue. Entusiasmado, siguió leyendo. La niebla se disipó a mediodía y por fin pudieron surcar los cielos. Como no habían entrado en acción desde Italia el año anterior, estaban ansiosos por aportar su granito de arena. En un vuelo de reconocimiento realizado cuarenta y ocho horas antes de la batalla habían fotografiado Panzers alemanes y otros vehículos blindados bajo redes de camuflaje estacionados en la linde de un bosque al norte de Arnhem. Pero debido a las numerosas operaciones canceladas y al deseo de los altos mandos de ver a las tropas británicas y estadounidenses en Berlín para Navidad, se tomó la decisión de dar luz verde a la Operación Market Garden, el mayor asalto aerotransportado de la historia.

Se mencionaba que Rupert Dash voló a Arnhem con su batallón el segundo día de la batalla, el 18 de septiembre de 1944. Descendieron en paracaídas, bajo el fuego de las fuerzas alemanas de la 9ª y 10ª Divisiones Panzer, bajo el mando del comandante Sepp Krafft. Hacía poco que había retirado ambas divisiones de Francia y las estaba reequipando y adiestrando de nuevo para preparar la defensa del Reich. La inteligencia británica decidió ignorar las pruebas fotográficas y los batallones de paracaidistas británicos, escasamente armados, se encontraron con tropas Panzer de las SS. Perdido el elemento sorpresa, los británicos quedaron muy comprometidos.

Tras el desembarco, Rupert y los hombres del 10º Batallón recibieron la orden de proporcionar protección y cobertura a los médicos que atendían a los heridos. A las cinco de la tarde, habían evacuado al grueso de los heridos y habían atravesado los bosques rumbo este hasta una zona alrededor del Hotel Buunderkamp, donde se había establecido el cuartel general de la 4ª Brigada. Tras una noche bastante tranquila, el 10º Batallón se puso en marcha a las cuatro y media de la madrugada, en dirección a un cruce en el Amsterdamseweg, con órdenes de proteger el flanco izquierdo de la brigada. Avanzaron con paso firme por la carretera principal como su línea de avance y a las diez de la mañana ya habían recorrido casi cinco kilómetros. Alentados por el comandante de la brigada, siguieron avanzando y a poco más de un kilómetro se toparon con la línea de bloqueo alemana a lo largo de Dreijenseweg.

Se entabló una lucha encarnizada. Al cabo de cinco horas quedó claro que el avance del Décimo se había frenado y estaban acorralados por los alemanes, que iban mejor armados y disponían de cañones autopropulsados, morteros y carros blindados. Recibieron la orden de retirada alrededor de las tres de la tarde y los hombres del Décimo emprendieron el camino de regreso hacia el suroeste, en dirección a la alcantarilla debajo de las vías del tren y del pueblo de Wolfheze. Mientras tanto, los planeadores polacos de la tercera oleada realizaban sus aproximaciones finales al camino del 10º Batallón en retirada, que se enfrentaba a una presión cada vez mayor por parte de los alemanes.

Fue durante esa desastrosa retirada cuando Rupert perdió la vida.

Max leyó un relato personal de un miembro del 10º Batallón, el sargento mayor de compañía Hartwich.

El soldado de primera Radcliffe había recibido un disparo en la rótula. Me lo encontré con el capitán Dash e inmediatamente le apliqué el primer vendaje de campaña. El pobre diablo se retorcía de dolor. Estaba claro que no podíamos quedarnos allí. Pensamos en dejarlo, pero cambiamos de opinión. No estaba bien dejarlo a merced de los alemanes. El capitán Dash y yo lo llevamos por el páramo, hacia el planeador. Avanzamos despacio, y no habíamos recorrido más de cuarenta y cinco metros, cuando nos dispararon a los tres. El capitán Dash salió despedido a unos dieciocho metros. Radcliffe cayó donde estaba. Yo fui derribado a unos nueve metros. Cuando descubrí que no estaba muerto, fui tambaleándome hacia el capitán Dash, que había muerto en el acto. Radcliffe apenas seguía con vida. Me dirigí al batallón en busca de ayuda.

Max se quedó helado. Volvió a leer el párrafo. Los hechos eran los mismos que los recuerdos revividos en su regresión y en su sueño. No podía creerlo. Tan asombrosa era su exactitud, demostrando de manera irrefutable su teoría de que había vivido antes, que se quedó paralizado, mirando boquiabierto la página hasta que los ojos empezaron a escocerle. Sin embargo, fue un momento aleccionador a la vez que triunfal, pues por muy emocionante que fuera descubrir que había vivido antes como Rupert Dash, al mismo tiempo estaba leyendo el relato de su propia muerte. Le costó asimilarlo y se quedó un rato solo en el silencio de la biblioteca, pensando en ello.

Max se moría de ganas de contarle a Robyn lo que había descubierto y la llamó por teléfono desde una cabina de la calle.

—¿Cómo te has sentido al leer sobre tu propia muerte? —le preguntó, centrándose de inmediato en la parte que a Max le había resultado más difícil de digerir—. Seguro que ha sido desconcertante.

—Todavía no me hago a la idea —repuso Max, aliviado de poder compartir sus descubrimientos con alguien que lo entendía—. Ha sido muy extraño. Ver mi sueño y mi regresión impresos ha sido extraordinario. No sabía nada de la batalla de Arnhem, solo que fue una operación aerotransportada. No se me ocurre otra explicación que la reencarnación.

Robyn se echó a reír.

—¿Todavía lo dudas, Max?

—En el fondo de mi corazón no, pero mi cabeza no deja de intentar encontrar agujeros en el argumento.

—Nunca hay que hacerle caso a lo que te dice la cabeza —adujo Robyn—. Tu corazón siempre te dirá la verdad.

Al mencionar su corazón, Max sintió una oleada de afecto por Robyn, junto con otra de tristeza. Ella tenía razón, su corazón siempre le diría la verdad, pero la verdad de sus sentimientos por ella era algo que nunca podría compartir. Robyn le entendía. Tenían una conexión. Dudaba que ella tuviera una conexión así con Daniel.

—Hablando del corazón, ¿cómo está Daniel? —preguntó, de pronto desanimado.

—Está bien. Le diré que has llamado.

—No le molesta, ¿verdad?

—Claro que no.

Max estaba un poco molesto por que Daniel no lo considerara una amenaza. Ni siquiera una pequeña.

—Me alegro —dijo—. Dale recuerdos. Quizá vaya a visitarte este verano.

—¡Nos encantaría! —exclamó Robyn con su entusiasmo habitual. A Max le erizó la piel el pronombre que había elegido—. A mis padres también les encantaría verte.

—¿Alguna novedad sobre tu libro? —preguntó, con la esperanza de mantenerla al teléfono más tiempo.

—Me lo van a publicar —respondió.

—¡Eso es genial! ¿Quién?

Robyn le contó que había conseguido encontrar un agente que había subastado su libro al mejor postor.

—Estoy entusiasmada. Pronto podré decir que soy escritora.

—Es fantástico —repuso Max—. La próxima vez que nos veamos, podemos celebrarlo con una cena.

—Me encantaría —respondió.

Max no mencionó a Daniel. No tenía intención de incluirlo.

Max no había planeado compartir su historia con sus padres. Marcado por las constantes dudas de Elizabeth, era reacio a hablar de ello con alguien que no estuviera abierto de forma clara a lo esotérico, como lo estaban Olga, Robyn y Daphne. Sin embargo, algo le instó a confiar en ellos. Quizá ese viento en sus velas de nuevo, que hacía que mantuviera el curso y avanzara. Decidió parar en su casa de regreso a Wiltshire. Con las revelaciones aún frescas en su mente, parecía el momento adecuado.

Estaban tomándose una copa de vino en la cocina antes de cenar. Su madre estaba cocinando y su padre en la mesa con una gran copa de Merlot. Max no estaba seguro de cómo empezar, pero su padre le dio pie sin pretenderlo al preguntarle qué había descubierto en el Museo Imperial de la Guerra. Max respiró hondo y les contó toda la historia, empezando por su pesadilla recurrente y terminando con el relato de la muerte de Rupert Dash.

Catherine se quitó el delantal y se sentó sin interrumpirle. George escuchaba, con el ceño cada vez más marcado mientras intentaba emplear la lógica para dar sentido a lo que les estaba contando. Max se sintió animado por su silencio y por sus expresiones de interés. Sabía que no pensarían que era un fantasioso o un mentiroso, pero la reencarnación era ir demasiado lejos para mucha gente.

—Es probable que penséis que estoy loco —dijo cuando terminó. Pensó entonces en Robyn. Ella le acusaría de dudar de sí mismo y culparía a Elizabeth—. Pero la reencarnación es la única explicación que encuentro —añadió. Sabía que Robyn aprobaría aquella afirmación que denotaba una mayor seguridad.

Catherine enarcó las cejas y sacudió la cabeza.

—No sé qué pensar. Es una historia increíble, Max. No creo en la reencarnación, pero estoy de acuerdo en que no parece haber otra explicación. Desde luego es toda una coincidencia encontrar un relato de tu sueño en un libro.

—Es demasiada coincidencia para ser otra cosa que una vida pasada —dijo George con firmeza. Max se sorprendió. No creía que su padre suscribiera la idea de que la gente viviera vidas anteriores. George llenó su copa y luego vertió las gotas restantes en la de Max—. Cuanto mayor me hago, más abierto estoy a ideas como la reencarnación —continuó—. Francamente, preferiría no volver. Ya sabes, dejarlo mientras pueda; esta vez me ha ido bien. Pero estoy dispuesto a que me convenzan. Desde luego, creo en una especie de vida después de la muerte. La reencarnación es un poco más que eso, pero tu historia es extraordinaria, Max.

—Me encantaría encontrar una foto de Rupert —dijo Max—. No creo que necesariamente me parezca a él. Pero tengo curiosidad por ver su cara.

—Resulta extraño pensar que podrías haber sido otra persona —repuso Catherine con aire pensativo—. Alguien con otra madre.

Max asintió; comprendía su confusión.

—Lo sé. Es difícil de comprender. Pero hay que recordar a Shakespeare: «El mundo entero es un teatro y todos los hombres y mujeres, meros actores». Mientras estamos en el escenario solo somos conscientes de los otros actores que lo comparten con nosotros mientras representamos esta obra, esta vida. Cuando abandonamos el escenario, nos reencontramos con quienes conocimos en otras obras, en otros escenarios, en otros tiempos. Esta vida es un mero instante en el tiempo.

—Shakespeare tenía una mente muy abierta, ¿verdad? —dijo Catherine—. Si quieres ver una fotografía de Rupert, te sugiero que te pongas en contacto con Bertha.

—¿La mujer que investigó el árbol genealógico?

—Sí, esa. Seguro que tiene fotos. Está preparando un libro sobre nuestra historia familiar. Lleva años haciéndolo. No sé yo quién se va a molestar en leerlo.

—Si incluye a Rupert Dash, yo lo leeré —replicó Max.

—Llámala. Es una vieja chiflada. Un poco excéntrica. Pero es una buena persona. Yo también tendría curiosidad por ver una foto de Rupert.

—¿Qué vas a hacer con toda esta información? —preguntó George.

Max se encogió de hombros.

—No lo sé. Supongo que solo satisface mi curiosidad.

—¿En qué momento quedará satisfecha? —continuó.

—Eso tampoco lo sé. Escribí a Aubrey Dash, el hermano de Rupert, pero no recibí respuesta.

—Es una lástima —repuso Catherine—. Eres un primo lejano, me sorprende que ni siquiera se molestara en contestar.

—¿Qué le decías en tu carta?

—Que estoy investigando la historia de la familia, sobre todo a Rupert...

—A lo mejor ya tuvo que lidiar con Bertha. Basta para desanimar a cualquiera. —Catherine se rio—. Yo que tú le dejaría en paz.

—Lo haré, aunque es una pena. Me hubiera gustado echar un vistazo a Pedrevan Park. Lo vi entre los árboles cuando fui a Cornualles. Es una casa impresionante. De estilo isabelino.

—¿Tuviste una sensación de *déjà vu* cuando estuviste allí? —preguntó Catherine.

—No.

—Tal vez deberías visitar Arnhem —sugirió George—. Puede que allí tengas una sensación de *déjà vu*.

—Una sensación desagradable —añadió Catherine con una mueca.

Max exhaló un suspiro.

—Me siento obligado a averiguar más sobre Rupert Dash, pero no estoy seguro de por qué. ¿Debería el pasado tener alguna relación con nuestras vidas actuales? Ya sea nuestra infancia o nuestras vidas anteriores, ¿nos sirve de algo aferrarnos a las cosas? He saciado mi curiosidad. Creo que fui Rupert Dash y morí en la batalla de Arnhem. Eso debería ser suficiente, ¿no? Pero no lo es. Quiero saber más. Pero no sé con qué fin.

Catherine le dedicó una sonrisa que Max reconoció y supo lo que se le venía encima.

—Tienes que encontrar a una buena chica y sentar la cabeza —sentenció.

—¿Como Elizabeth y Peregrine? —dijo Max.

George soltó una carcajada.

—No cabe duda de que ha encontrado a su igual en ese cateto. Y no se quedó esperando, ¿verdad? Le doy a ese matrimonio cinco años.

—No seamos groseros con Elizabeth —dijo Catherine con seriedad—. Estoy segura de que Peregrine y ella serán muy felices juntos. Ahora tenemos que encontrar a alguien para ti, Max.

Max sonrió para ocultar su desolación; había encontrado a alguien, alguien perfecto, pero no podía tenerla.

Max volvió al trabajo. Bertha Clairmont quedó relegada a un segundo plano mientras se dedicaba a las tareas cotidianas de su empleo. Pensaba a menudo en Robyn y muchas veces descolgaba el teléfono solo para cambiar de idea y colgarlo; no tenía nada concreto que contarle y temía que Daniel respondiera. Sospechaba que la paciencia de Daniel se agotaría si llamaba con demasiada frecuencia. Aguantar que tu novia hable con otro hombre sin ponerte celoso tenía un límite. Entonces, un día de junio, Robyn le llamó.

Max estaba encantado con la sorpresa, pero su alegría no tardó en convertirse en desesperación cuando ella le dijo que estaba prometida.

—Quería decírtelo yo —explicó—. Y no que lo leyeras en el periódico.

—Es una gran noticia —dijo Max con un hilo de voz. Sentía como si una mano invisible lo ahogara.

—Nos casamos el último fin de semana de agosto. El fin de semana festivo. Espero que puedas venir.

—Seguro que puedo —dijo Max. Deseó tener una razón válida para decir que no podía.

—Nos casaremos en la iglesia de Gulliver's Bay y celebraremos una fiesta en la playa.

Max pensó en la cueva y algo se desgarró en su corazón.

—Vaya, eso suena genial —dijo sin convicción. Se dio cuenta de que su voz carecía de entusiasmo y se preguntó si ella se había dado cuenta. Si acaso le importaba.

—Lo vas a apuntar en tu agenda, ¿verdad? No aceptaré una negativa. —Robyn se rio como si no tuviera la más mínima preocupación. Esa risa, que solía ser tan contagiosa, ahora le causaba dolor.

—Dale la enhorabuena a Daniel de mi parte —dijo.

—Lo haré. No puedo creer que por fin se haya decidido. Te juro que creía que íbamos a estar así toda la vida.

—Algunos hombres son así.

—¿Tú eres así, Max?

—No. Si encontrara a la mujer adecuada, le pediría matrimonio en el acto.

Robyn volvió a reír, esta vez con suavidad.

—Sea quien sea, será una chica con suerte.

Cuando Max colgó el teléfono, apoyó la cabeza en las manos.

Después de su conversación con Robyn le invadió una terrible sensación de vacío; sentía que no tenía un propósito. Pasaba por la vida como si llevara puesto el piloto automático; desempeñaba un trabajo que no le entusiasmaba, vivía en una casa alquilada que solo era temporal y amaba a una mujer que estaba prometida a otro. Lo único que le impulsaba era ese persistente viento en sus velas que parecía no rendirse nunca, por desanimado que estuviera su corazón. No había nada más que diera sentido a su vida en ese momento, ni siquiera la fotografía, así que se rindió a ese viento y dejó que le llevara hasta la puerta de Bertha Clairmont.

Bertha tenía setenta y tres años y vivía en un pequeño piso en Fulham con su terrier de Norfolk llamado Toby. El lugar estaba desordenado, había papeles y revistas esparcidos por todas las superficies junto con una gruesa capa de polvo y pelos de perro. Estaba claro que no le interesaba la decoración ni la higiene, decidió Max. Todo en ella era gris. Parecía un trapo blanco que habían metido en la lavadora con un calcetín negro y había salido gris. Tenía el cabello gris y tieso, la piel cenicienta y surcada de arrugas, los ojos grises inyectados en sangre y las manos llenas de manchas hepáticas. Solo sus dedos eran de otro color, pues los tenía amarillos de sujetar un cigarrillo encendido sin parar. El humo que inhalaba a cada bocanada viciaba el ambiente. Max tuvo ganas de marcharse nada más llegar.

—Entra, Max —dijo con voz grave—. Te ofrecería una taza de té, pero no me quedan bolsitas. ¿Te apetece un vodka? ¿O ginebra? Seguro que encuentro agua tónica por ahí.

—No, estoy bien, gracias —repuso, apartando un viejo abrigo y un periódico y sentándose en el sofá. Toby le olisqueó los zapatos y luego le rascó los pantalones con la esperanza de que le subiera a sus rodillas.

—Ignora a Toby —le indicó Bertha—. Si dejas que se te suba encima, no hará más que molestar. Abajo, Toby. Buen chico. —Se rio entre dientes—. No le mires a los ojos o te montará la pierna. Así, ya está, tumbado. Muy bien. —Bertha se hundió rígidamente en un sillón. Era bajita y regordeta, con un vestido suelto gris que le llegaba a los tobillos.

—¿Cómo está tu madre? —preguntó.

—Está bien, gracias.

—¿Tu padre sigue plantando árboles? —Bertha sonrió, mostrando unos dientes torcidos y amarillentos—. Recuerdo que fui a visitarlos a Hampshire hace unos años y estaba plantando una hilera de tilos.

—Sí, le encantan sus árboles. —A Max empezaban a escocerle los ojos por el humo. Se preguntaba cómo lo soportaba el pobre perro—. ¿Te importa si abro una ventana? —preguntó.

—No, en absoluto. Me gusta el aire fresco. —Soltó una risita y luego tosió con dificultad—. Hace días que no salgo. He estado trabajando mucho en mi libro.

Max se levantó y abrió una ventana. Respiró el aire londinense con avidez.

—¿Tu historia familiar?

—Eso es. También es tu familia, Max.

—Supongo que sí.

Ella lo miró con sus ojos encapotados.

—Dijiste que estabas interesado en Rupert Dash.

—Sí, estoy...

Bertha soltó el humo por un lado de la boca.

—Conocí a Rupert. Era un diablo muy guapo. Murió en la guerra. Fue una tragedia. Su familia nunca lo superó. Los Dash brillaban con luz propia. Eran el lado bueno de la familia. Ninguno de nosotros podía competir. Todos parecíamos muy aburridos en comparación. Aubrey Dash, su hermano menor, era un verdadero encanto. Se casó con Ellen Chadwick. No fue un matrimonio feliz. Tuvieron tres hijos, se divorciaron y él volvió a casarse. Con una mujercilla que era como un ratoncillo y llamada Minnie... ¡Minnie! —Soltó una carcajada—. Perdí el contacto. Así es la vida, ¿no? Todavía vive en Pedrevan. Solíamos pasar los veranos allí cuando éramos jóvenes. Era fabuloso. Había mucho que hacer. Ahora es bastante triste. ¿Has estado allí?

—No, no he estado.

—Es mejor no verlo en su estado actual. No es lo mismo. Escribí a Aubrey para solicitarle una visita. Quería encontrar algunas piezas perdidas del rompecabezas familiar. Me contestó muy secamente. Dijo que no le interesaba la historia familiar. En mi opinión, parecía muy amargado. Infeliz, si lo prefieres. Es extraño, ya que solía ser un chico muy despreocupado.

—¿Por casualidad no tendrás una fotografía de Rupert?

—Sí que tengo. ¿Ves esa caja de ahí? —Bertha señaló con un dedo torcido una mesa pegada a la pared—. Acércamela y te buscaré una. Ahí guardo todas las fotos de la familia. Las he estado recopilando para el libro.

El perro también se levantó a la vez que Max y le observó con desconfianza. Max acercó la caja y la depositó en el regazo de Bertha. Ella dejó el cigarrillo en el cenicero y se puso unas gafas que colgaban de una cadena de cuentas y descansaban sobre su pecho. Empezó a hojear las fotografías. Max volvió a sentarse y atrajo la atención del perro.

—Te he dicho que no hagas eso —dijo Bertha cuando Toby saltó y se aferró a su espinilla—. ¡Abajo, Toby! —gruñó Bertha. Max meneó la pierna con cuidado y empujó al perro con la mano—. ¡Túmbate, Toby! Buen chico. —Toby apoyó la cabeza en las patas y suspiró—. Ah, este es Aubrey —dijo Bertha, sacando una fotografía. Se la dio a Max—. ¿Verdad que era guapo? —Max echó un buen vistazo a la fotografía en blanco y negro, impaciente por ver cómo los personajes de su investigación cobraban vida en imágenes—. Y esta es su madre, Celia. Era toda una belleza.

En efecto, Celia era hermosa, con el pelo corto y negro, los ojos rasgados y una sonrisa seductora. Era una fotografía formal de ella en traje de noche, presumiblemente tomada por un profesional, tal vez con motivo de un aniversario o alguna fecha significativa.

—Aquí está Rupert. —Bertha miró a Max—. Es curioso, se parece bastante a ti.

A Max le dio un vuelco el corazón. Tomó la fotografía con nerviosa expectación. Era una foto de perfil en blanco y negro de Rupert vestido de uniforme. Llevaba una boina y lucía una gran sonrisa. Bertha tenía razón; los ojos y la frente guardaban cierta semejanza. No era como verse uno mismo, sino más bien como ver a un hermano o a un primo cercano.

—Y esta es Florence.

Bertha le pasó otra fotografía. Max la tomó. Florence tenía un rostro encantador y una expresión dulce y soñadora, tal vez realzada por la suave y antigua iluminación de la fotografía. Llevaba el pelo largo y ondulado, retirado de la cara y sujeto con horquillas, como se estilaba en los años treinta. La picardía que se apreciaba en su sonrisa le llamó la atención.

Bertha dio una larga calada a su cigarrillo.

—Después de que Rupert muriera, Florence emigró a Australia con su hija Mary Alice. Nunca supe por qué se marchó. Teniendo en cuenta que tanto la familia de Rupert como la suya vivían en Gulliver's Bay, cabría pensar que querría estar cerca de ellos para contar con su apoyo. Pero no, viajó hasta el otro lado del mundo. Es muy extraño.

—¿Has dicho que la familia de Florence vivía en Gulliver's Bay? —preguntó Max.

—Sí, sus abuelos, los Pinfold. Tenían una casa preciosa con un túnel secreto que bajaba hasta la playa. El túnel de los contrabandistas. Bastante romántico. —Max se quedó helado. La miró atónito. Bertha lo miró y entrecerró sus encapotados ojos—. ¿Lo conoces?

—Sí, me alojé allí cuando fui a Cornualles. The Mariners.

—Sí, así se llamaba. The Mariners. Ahora lo recuerdo. Florence celebró una fiesta maravillosa en la playa. Fue el último año que todos fuimos allí. Luego estalló la guerra y las cosas nunca volvieron a ser iguales. Recuerdo aquella fiesta. Hizo banderines con heno. Muy inusual y bastante logrado. Florence era todo un personaje. Y también traviesa. Me pregunto qué habrá sido de ella.

Un repentino estallido de energía y entusiasmo inundó de nuevo a Max. Sabía que tenía que ir a Gulliver's Bay. No solo para enseñarle a Robyn la fotografía de Rupert que le había prestado Bertha y decirle que Florence vivió en The Mariners, sino también para impedir que se casara. ¿Por qué no se le había ocurrido antes?

17

Max se encontraba de nuevo en The Mariners. Esta vez lo miró con otros ojos. Contempló el jardín y el mar desde la ventana de su habitación. Esa era la vista que habría visto Florence y quizá también Rupert. Tal vez se habían situado en esta misma ventana y habían contemplado el agua como hacía él en esos momentos. Volvió a sentir aquel extraño escalofrío que le erizaba la piel y se cruzó de brazos. Cuánto deseaba compartir aquellas vistas con Robyn.

Max había quedado en ir a Cornualles a verla. Le dijo que tenía algo emocionante que enseñarle, pero sin darle ninguna pista sobre lo que era. Estaba nervioso. Robyn estaba prometida a Daniel. Su boda estaba prevista para finales de agosto. Estaban a principios de julio. Max ya había arruinado una boda y ahora planeaba arruinar otra. Las consecuencias podrían ser terribles. Y Robyn no le había dado ningún indicio de que le gustara más que como amigo. Claro que hubo un leve coqueteo, pero ella era el tipo de chica que no podía evitar coquetear. Era vivaz y alegre, y hacía que cada persona que conocía se sintiera especial. Hacía que Max se sintiera especial, pero quizá no más que el cartero, el carnicero y el cajero del supermercado. Max no podía estar seguro de que en realidad fuera especial para ella.

Sin embargo, tenía que intentarlo. Si Robyn se casaba con Daniel, quería estar seguro de que se había dado una oportunidad. No quería pasar el resto de su vida preguntándose lo que podría haber sido. Era un riesgo, pero estaba dispuesto a correrlo. Era consciente de que era una apuesta a todo o nada. Al declararse a Robyn se arriesgaba a perderla si sus sentimientos no eran recíprocos. Por supuesto, si ella sentía lo mismo, entonces él lo ganaría todo.

Robyn llegó a The Mariners a las seis para tomar una copa esa noche. Había quedado con sus padres y con Daniel para cenar después en la zona privada. La cena que Max había prometido para ellos dos solos a fin de celebrar su contrato editorial ya no iba a tener lugar. Al día siguiente navegarían en el barco de Gryffyn y harían un pícnic en alguna playa. Robyn quería que Max viera dónde vivían Daniel y ella y le había invitado a cenar allí el sábado por la noche. Se iría el domingo por la mañana igual que hizo la última vez. Max era consciente de que esa noche sería la única oportunidad que tendría de verla a solas. No era lo ideal, puesto que acababa de llegar, pero era todo el tiempo que tenía.

Robyn se presentó en la terraza con unos vaqueros blancos y una camisa rosa. Llevaba el pelo suelto sobre los hombros, la piel bronceada y derrochaba salud y felicidad. Max se alegró mucho de verla. Se dieron un abrazo.

—Estás radiante —dijo, contemplándola de arriba abajo; los ojos brillantes, la sonrisa irresistible, su dulce naturaleza expresada en cada rasgo de su hermoso rostro.

—Soy feliz —respondió—. Tú también tienes buen aspecto. La vida también debe de tratarte bien.

Se sentaron y Max pidió un negroni y un margarita. Robyn se fijó en que había traído su cámara.

—Es una Leica —dijo con admiración—. Una cámara preciosa.

—Es muy especial —respondió, mirándola con afecto—. Mi abuela me dio dinero cuando cumplí dieciocho años y me la compré. Siempre había querido tener una cámara de verdad, pero no podía permitírmela. No pensaba comprarme una Leica. Pero cuando la vi en la tienda tuve que comprarla. Ha sido una amiga fiel durante todos estos años.

—¿Qué vas a fotografiar?

Max sonrió.

—A ti. —Estaba seguro de que se había sonrojado.

—No soy muy fotogénica —repuso, riendo.

—La cámara nunca miente, así que saldrás muy bien.

Ella apartó la mirada.

—Seguro que se lo dices a todas.

—No, solo a ti.

El camarero les trajo las bebidas e hicieron un brindis.

—Por nosotros y por nuestra amistad —dijo Robyn.

Max se animó.

—Por nuestra amistad especial —enfatizó y bebió un sorbo.

—Bueno, ¿qué querías decirme? —preguntó—. Me muero por saberlo.

Max metió la mano en el bolsillo de la chaqueta y sacó un sobre. Se lo entregó. Ella frunció el ceño.

—Ábrelo.

—Vale. —Sacó la fotografía y su expresión pasó a ser de asombro—. ¡Dios mío! —exclamó, mirándola fijamente—. Es Rupert Dash, ¿verdad? Se parece a ti.

—Estoy de acuerdo en que hay un parecido. Somos primos. Lejanos, pero primos al fin y al cabo.

—¿De dónde la has sacado?

Max le habló de Bertha Clairmont.

—También me dijo otra cosa.

—Continúa.

—Florence, la esposa de Rupert, creció aquí.

—¿En Gulliver's Bay?

—Aquí. En esta misma casa.

—¿En serio?

—Sus abuelos vivían aquí y se quedaba muchas veces con ellos.

—Eso es extraño.

—No lo es. Otra coincidencia. Aunque, como bien dices, no existen.

Robyn clavó la mirada en él.

—Max, esto tiene que ser un libro.

—¿Tú crees?

—Sí, es una historia extraordinaria.

—Pero no sé escribir, ni aunque me fuese la vida en ello. Apenas soy capaz de redactar una carta de agradecimiento.

—Yo lo escribiré. Podríamos hacerlo juntos.

—¿Hay suficiente para un libro?

—Por supuesto. Envuelves la verdad en una obra de ficción. ¿Cuántas novelas sobre la reencarnación has leído?

—¿Novelas? Ninguna. Libros de no ficción, muchos.

—Exacto. Sería inusual y llegaríamos a un público más amplio. Piénsatelo.

—Muy bien, lo haré.

Max comenzó a sentirse más seguro. Robyn quería escribir un libro con él. Sin duda, eso debía de ser una buena señal.

—¿Crees que Florence sigue viva? —preguntó Robyn, devolviéndole la fotografía.

—No lo sé. Bertha tampoco lo sabía.

—Tienes que averiguarlo de alguna manera. A ver, ¿tan extraño sería que tu mujer de una vida pasada siguiera viva? Podrías conocerla.

—Eso sería raro.

—En realidad no. Lo único raro es que tú lo sepas. Debemos de estar rodeados de gente con la que compartimos vidas pasadas. —Se rio—. Dan podría haber sido mi padre en una vida pasada o mi hija. ¡Me alegro de no saber eso!

—Ahora entiendo por qué es mejor que no lo sepamos —repuso Max, con el ánimo por los suelos al oír hablar de Daniel.

—Entonces, ¿por qué estás descubriendo tu vida pasada? Porque debes hacerlo. ¿Por qué? Para escribir un libro sobre ello a fin de que la gente se dé cuenta de que la vida continúa. Que no existe la muerte. Que la existencia es una serie interminable de ciclos. Vivimos, pasamos al espíritu y luego volvemos. Una y otra vez hasta que hemos aprendido todas las lecciones que nuestra alma necesita saber para pasar a la siguiente etapa, sea cual sea. Creemos que el cielo es el destino, pero yo apuesto a que no es más que otra etapa de nuestro viaje y que tal vez haya muchos cielos después. ¿Quién sabe?

Max apuró su vaso.

—¿Quieres dar un paseo conmigo por la playa?

—Claro —respondió, levantándose de la silla—. Hace una tarde preciosa.

Max contempló el extenso mar y el sol anaranjado que se hundía despacio en él.

—Es extraño pensar que seguramente Florence y Rupert contemplaron juntos estas vistas.

—Estoy segura de que lo hicieron. —Robyn se puso a su lado, absorta en su esplendor—. Tienes que averiguar qué le pasó a Florence —repitió.

—Lo sé. Bertha me dijo que emigró a Australia con su hija unos años después de la muerte de Rupert. Es extraño si lo piensas. La familia de Florence estaba aquí, la de Rupert también. Cabría pensar que quisiera quedarse y criar a su hija rodeada de primos.

—Algo debió de pasar.

—Sí, supongo que sí.

Robyn le sonrió.

—Más material para el libro.

Se dirigieron a la playa. Max no pudo evitar imaginarse a Rupert y a Florence paseando por el mismo sendero, sus pies pisando el mismo suelo, sus ojos contemplando la misma vista. Imaginaba que había cambiado mucho desde los años treinta. Y aquí estaba con Robyn, a punto de confesarle que la amaba. Estaba lleno de miedo, pero también de esperanza.

El sol estaba próximo al horizonte y teñía el cielo de un rosa empolvado. La marea había bajado, dejando la húmeda arena repleta de pequeños crustáceos que los pájaros encontraban y por los que se peleaban. A lo lejos, las olas lamían la playa con su ritmo perezoso. Una ligera brisa salada acariciaba sus rostros mientras paseaban por la arena. Era tan romántico como hermoso y Max sintió que el anhelo le inundaba el pecho. Sabía que Robyn era la mujer adecuada para él. Sabía que podía hacerla feliz. De alguna forma tenía que evitar que se casara con Daniel. Mientras contemplaba el horizonte, estaba seguro de que si se casaba con Daniel, no acabaría bien.

Hizo algunas fotografías. Del mar, de los pájaros, de la puesta de sol, pero solo para poder captar a Robyn sin que pareciera demasiado obvio. Ella se rio con timidez, se sujetó el cabello detrás de la oreja y sonrió. Sabía que la avergonzaría si hacía más de un par. Esperaba haber conseguido que la cámara no le temblara.

Siguieron caminando mientras hablaban de forma relajada y fluida, como hacían dos personas que se conocían desde hacía mucho tiempo. Sin embargo, bajo la afable superficie de su amistad palpitaba una innegable atracción. Max la sentía. Estaba seguro de que Robyn también la sentía. ¿Cómo no iba a sentirla? Por alguna razón, su conversación parecía una farsa, como si ambos se esforzaran por evitar lo que era evidente, pero no se podía nombrar.

Max sintió que su corazón se llenaba de un anhelo insoportable, tal vez intensificado por la delicada luz rosada del atardecer, el melancólico grito de las gaviotas y la certeza de que estaba a punto de perderla. Se encontraban en la entrada de la cueva. Aquel lugar encantado donde aún perduraba el eco de las citas románticas de otros tiempos, atrapadas en la atmósfera como susurrantes fantasmas. Max entró y Robyn le siguió. Tuvo la sensación de que estaba entrando en su destino, que este era inevitable y que Robyn también lo sabía. ¿Por qué si no iba a seguirle? ¿Por qué si no se dejaría arrastrar a aquel lugar tan íntimo y romántico en el que estaban los dos solos?

—Robyn, tengo que decirte una cosa —comenzó, volviéndose hacia ella.

Ella lo miró con una expresión de incertidumbre en los ojos.

—Suena siniestro —dijo riendo, pero la risa se le atascó en la garganta.

Él se acercó, inseguro de repente de cómo expresar sus sentimientos con palabras. Después de pensar en lo que iba a decir durante todo el trayecto en coche, era incapaz de encontrar las palabras. Robyn no se apartó cuando le pasó la mano por la nuca, por debajo del pelo. Lo miró sin pestañear, con el rostro serio, pensativo e inquieto. Sin embargo, no retrocedió ni intentó quitársela. No le dijo que parara.

Max la besó entonces. La besó con pasión, acercándola a él, rodeándola con los brazos y estrechándola con fuerza. Ella respondió. Separó los labios y le devolvió el beso. Un profundo gemido escapó de su garganta y Max sintió que se relajaba. Le puso una mano en la mejilla, cerró los ojos y se abandonó al momento.

El silencio reinaba en la cueva. Lejos quedaba el rugido del mar y el viento era un murmullo distante. Solo el suave sonido de sus respiraciones interrumpía el silencio y se fundía con la energía atrapada de miles de besos compartidos mucho tiempo atrás. Max la besó con toda su alma. Sentía que era lo correcto, como si todos los besos anteriores no hubieran sido más que un vano intento de encontrar lo auténtico. Y ahora lo había encontrado. Sabía que no quería volver a besar a nadie nunca más.

Entonces Robyn se apartó.

Apoyó la frente en su hombro y suspiró.

—Oh, Max...

—Te quiero, Robyn. Te he amado desde el primer momento en que te vi. Creo que te he amado toda mi vida, solo que no lo sabía.

Ella le miró con tristeza.

—Esto está mal —dijo—. Estoy prometida a Dan.

Él enmarcó su rostro con las manos y le sostuvo la mirada.

—Puedes romper con él. Puedes ponerle fin, Robyn.

—Amo a Dan y voy a casarme con él.

—Pero me has devuelto el beso —alegó, buscando en su expresión una señal alentadora—. Si de verdad quisieras a Dan, no me habrías devuelto el beso.

Robyn le quitó las manos de la cara y sacudió la cabeza, claramente confusa.

—No puedo decir que no me atraigas, Max. Me atraes. Y te he devuelto el beso. No sé por qué. No debería haberlo hecho. —Se rio sin humor—. Tal vez sea la belleza de la noche, el encanto de esta cueva, el margarita. No lo sé. Me atraes, pero quiero a Dan.

—Apenas me conoces, Robyn. Dame una oportunidad. La química que hay entre nosotros no se puede ignorar.

—Tengo que ignorarla, Max. Lo siento. —Le soltó las manos y se alejó—. Deberíamos volver.

Max sintió que el suelo se alejaba de él, llevándose consigo a Robyn. Se apartó el pelo de la frente y exhaló un sonoro suspiro.

—Ahora va a ser incómodo, ¿no?

Robyn sonrió con afecto y lo abrazó. Apoyó la cabeza en su hombro. Max tenía ganas de llorar; era un hombre de veintiséis años y tenía ganas de llorar. Cerró los ojos.

—Solo será incómodo si permitimos que lo sea —replicó—. Nuestra amistad es demasiado valiosa para perderla solo porque me hayas dicho que me quieres. Tengo suerte de tener tu amor, Max. No voy a desecharlo. Lo guardaré como un tesoro. —Le soltó y sus ojos rebosaron compasión.

—Eres una entre un millón, Robyn —dijo, acariciándole la cara con el pulgar—. Eres sabia y amable. Estoy seguro de que no soy el único hombre que se sentirá triste por tu boda. Espero que Daniel sepa lo única que eres.

—Creo que lo sabe. Es un buen hombre, Max.

Robyn se agarró a su brazo y salieron de la cueva. El rugido del mar cobró fuerza de repente, el viento que soplaba del mar era frío y la realidad se impuso con las primeras gotas de lluvia.

—Hablemos de nuestro libro —propuso Robyn, cambiando de tema. Pero en el fondo Max sabía que la había perdido.

Se fue de Gulliver's Bay a primera hora de la mañana siguiente. Se inventó una excusa que satisfizo a Edwina y a Gryffyn, pero sabía que Robyn no se había tragado su mentira. Sin embargo, no podía pasar el fin de semana con Daniel, no después de haber confesado sus sentimientos por Robyn y haber sido rechazado. No podría soportarlo.

Tan pronto como regresó a la cabaña, reveló el carrete. La fotografía de Robyn era perfecta. Había capturado su naturaleza amable, su sabiduría y su belleza; la forma en que la veía cada vez que cerraba los ojos.

Max no quería asistir a la boda de Robyn. Pensó un sinfín de excusas: una enfermedad, la enfermedad de uno de sus padres, un funeral, un viaje de negocios, una rueda pinchada, pero al final hizo la maleta y condujo hasta Cornualles. Robyn sabría que era mentira y Max no quería defraudarla en un día tan importante, aunque le resultara insoportable. Tendría que hacer de tripas corazón y pasar el trago.

Dado que las familias de Daniel y de Robyn llenaban el hotel, Max reservó en otro, al otro lado de Gulliver's Bay. Su habitación no tenía vistas al mar, pero no le importaba. Solo quería que el fin de semana pasara lo antes posible.

Hacía buen tiempo. Cielo azul, nubes blancas, una ligera brisa. Max no veía nada hermoso en ello porque su corazón estaba cargado de pesar y tristeza. De una pena profunda y desconcertante. ¿Cómo era posible que Robyn fuera a casarse con Daniel? El universo se había equivocado. Esto no estaba destinado a suceder.

En el mismo hotel se alojaba una chica que conoció en su infancia. Mandy Franklin. Siempre fue alocada, el tipo de chica fiestera con la que Max había salido cuando estaba en el ejército. De las que su madre describía como una chica «con mucho recorrido». Se encontraron en el desayuno el día de la boda y compartieron mesa. Resultó que Mandy era una vieja amiga de Daniel. Habían ido juntos a la universidad. Encontrarse con Mandy resultó ser un giro afortunado en lo que prometía ser un espantoso fin de semana. Conducía un Golf Cabriolet blanco y se ofreció a llevar a Max. Parecía una tontería que cada uno fuera en un coche cuando iban y venían del mismo sitio. Mandy tampoco carecía de atractivo. Con gruesos rizos castaños, vivaces ojos color avellana y la risa más pícara que Max había oído nunca, era muy divertida. Max estaba agradecido de tener una amiga porque, aparte de Mandy, resultaba que no conocía a nadie en la boda.

Llegó a la iglesia donde había tenido lugar el funeral de Rupert Dash hacía más de cuarenta años. Mandy se sentó a su lado en el banco, saludó a sus amigos con la mano y se volvió para hablar con la gente que había detrás de ellos. Max no quería hablar con nadie. Quería contemplar el edificio e imaginar cómo debió de ser antes de la guerra, cuando Rupert y Florence se sentaban allí. Sin embargo, su deseo de tranquilidad se vio frustrado por el deseo de Mandy de hablar con él y presentarle a sus amigos.

—¡Anímate! —dijo entre dientes con una sonrisa—. Cualquiera diría que estás en un funeral y no en una boda.

Max se disculpó.

—Acabo de asistir a un funeral —mintió—. Y al estar aquí, sentado en la iglesia, lo estoy recordando todo.

Mandy le puso una mano en la rodilla y le dio un apretón.

—Lo siento mucho, cielo. Qué horror. Pronto saldremos e iremos a celebrarlo, así podrás olvidarte de todo.

El sonido del coro la hizo callar y la congregación se puso en pie y se volvió hacia la puerta presa de la expectación. Hubo movimiento en el arco. Max se asomó entre la gente que estaba de pie detrás de él y vio a Gryffyn, casi irreconocible con un traje de mañana, bien afeitado y con el pelo desgreñado peinado hacia atrás. A su lado estaba la novia. Iba preciosa con su vestido blanco, pensó Max con un nudo en el estómago. Llevaba el pelo recogido y el velo que le cubría la cara estaba bordado con pequeñas lentejuelas que lo hacían brillar. Recorrieron el pasillo despacio. Max no podía apartar los ojos de ella, pero al mismo tiempo quería apartar la mirada; la imagen era demasiado dolorosa. Robyn debería haber caminado hacia él, no hacia Daniel, que la esperaba ante el altar, sonriendo orgulloso a su radiante futura esposa. Era como una pesadilla. Max deseó con todas sus fuerzas despertarse y descubrir que aquello no estaba sucediendo, que en realidad Robyn estaba prometida a él y que todo había sido un mal sueño.

La misa continuó a pesar de la agitación en el corazón de Max. Entonces, el vicario preguntó: «Si alguien tiene alguna razón por la que esta pareja no pueda unirse en santo matrimonio, que hable ahora o calle para siempre». Max tuvo ganas de levantarse de un salto y gritar: «¡Yo!». Si hubiera sido una película, habría interrumpido la ceremonia, le habría dicho de nuevo a Robyn que la amaba y ella se habría quitado el velo, le habría tomado de la mano, habrían huido por el pasillo y salido por aquella gran puerta para vivir felices para siempre. Pero esto no era una película. Era la vida real y Max había apostado y perdido. La ceremonia continuó y el vicario los declaró marido y mujer. Max tenía ganas de vomitar.

En la recepción del hotel consiguió mantener la compostura para felicitar a los novios, luego se sirvió una copa de champán y se la bebió de un trago. Se sirvió otra. Poco después, el mejor amigo de Daniel pronunció un discurso. Max se situó al fondo de la sala y escuchó a medias. Deseaba que la velada hubiera terminado para poder irse a la cama, pero aún tenía una fiesta por delante. Ese día estaba resultando ser el más largo de su vida.

Cuando la gente empezó a abandonar la recepción para tomarse un breve respiro antes de volver para la cena y el baile, apareció Mandy.

—¿Volvemos al hotel? —preguntó. Max se marchó encantado.

Cuando por fin estuvo en la habitación del hotel, se duchó, encendió la televisión y se tumbó en la cama en albornoz, preguntándose cómo escapar de la velada. Tal vez los asientos no estuvieran asignados y nadie, aparte de Mandy y de Robyn, se diera cuenta de que no había asistido. Su desdicha aumentó a medida que se le pasaba la borrachera. Robyn había dicho que su declaración no cambiaría su amistad. Tal vez fuera así, pensó, pero ahora sabía que su infelicidad sí lo haría; si le iba a doler tanto cada vez que la viera, ¿cómo narices iban a seguir teniendo una relación?

Max llevaba un rato tumbado en la cama, cuando llamaron a la puerta. Era Mandy. Llevaba puesto el albornoz blanco del hotel.

—Cielo, algo le pasa a mi bañera. ¿Me prestas la tuya? —Entró directamente sin esperar una respuesta—. Tienes una habitación mucho más grande que la mía. ¿Por qué eres tan especial? —Se rio y se acercó a la ventana—. Pero no tienes vistas al mar. —Esbozó una sonrisa y se mordió el labio—. Me alegro de encontrarme contigo, Max. Has mejorado con la edad.

Él no pudo evitar devolverle la sonrisa.

—Gracias.

—Bueno, me voy a bañar. Puedes entrar si necesitas algo, ¿vale? Llenaré la bañera de burbujas. —Soltó una carcajada y se metió en el baño, dejando la puerta abierta de par en par. Poco después, Max la oyó cerrar los grifos y meterse en el agua. Para su sorpresa, empezó a sentirse excitado. Estaba sumido en la desesperación y le excitaba la idea de ver a Mandy Franklin desnuda en la bañera. Era evidente que su corazón y su cuerpo no estaban sincronizados.

Mandy no tardó en aparecer envuelta en una toalla, con la piel húmeda y brillante por la espuma. Llevaba el pelo recogido, pero los mechones que descendían por su cuello estaban mojados. Max sintió que su excitación aumentaba. Una amplia sonrisa se dibujó en sus labios.

—¿Quieres ver la tele conmigo? —preguntó, dando una palmadita al espacio a su lado.

Ella le devolvió la sonrisa.

—¿Qué estás viendo?

—A ti.

—Mmm. ¿Y qué tal estoy?

—Bastante bien, la verdad —respondió mientras la contemplaba—. Estarías mejor sin la toalla.

Mandy no necesitó que la animaran. La dejó caer al suelo.

—¿Así mejor? —preguntó, desnuda ante él.

—Mucho mejor.

Se subió a la cama como una pantera y se sentó a horcajadas sobre él.

—Max Shelbourne, ¿quién iba a imaginar que llegarías a ser tan guapo? —Le pasó la lengua por los labios—. O tan delicioso.

Entonces Max se olvidó por completo de Robyn con la única cosa lo bastante poderosa como para distraerle.

Más tarde, cuando Max llegó a la fiesta con Mandy, se sentía un poco menos apenado. Decidió que no tenía sentido lamentarse. Tenía que

hacer lo que podía con lo que tenía. Robyn no era la única mujer hermosa en el mundo. Había muchas y una de ellas estaba destinada a él. Agarró una copa de vino de la bandeja y se abrió paso entre la multitud de invitados.

El banquete nupcial se celebraba en una gran carpa blanca en el jardín. Los invitados se sentaron en mesas redondas decoradas con altos adornos florales y velas y después se dirigieron a la playa por el sendero iluminado para bailar en la arena bajo la luna. Max ya estaba bastante borracho. Mandy le ayudó a quitarse la chaqueta y le llevó de la mano a la pista de baile. Había un grupo tocando en un escenario situado al fondo de la playa y alrededor había guirnaldas de luces y bengalas. Max tenía la vista nublada por la embriaguez. Lo único que veía eran cuerpos que se agitaban y luces parpadeantes. Agradeció la oscuridad porque no podía distinguir las caras, ni siquiera la de Mandy, así que no podía ver a Robyn; lo último que quería era ver a Robyn y a Daniel bailar pegados.

Max bailó para olvidar su pena. Bailó con desenfreno hasta que empezaron las canciones lentas y entonces atrajo a Mandy y la besó con toda la pasión que pudo. Ella sabía a chicle y a tabaco. Con el corazón desbordado por la nostalgia, la estrechó contra sí por el simple hecho de tener a alguien a quien abrazar.

El rosáceo resplandor del alba teñía el horizonte cuando Max condujo a Mandy hasta el final de la playa y entró en la cueva. Robyn la había iluminado con un centenar de velas que ya se habían consumido hasta la mecha. Algunas se habían apagado, pero el efecto seguía siendo mágico. Estaban solos, con el agua hasta los tobillos. Los embriagadores efectos del alcohol estaban desapareciendo. Max contempló la belleza del lugar en el que aún reverberaba el recuerdo de aquel beso y volvió a sentir el familiar dolor en el pecho. Robyn se había casado; había perdido a Robyn; tal vez nunca volviera a verla.

Mandy bailaba en estado de embriaguez, cantaba de manera desafinada y su voz resonaba de forma inquietante en la roca. Max reprimió un sollozo. Sintió el temblor de algo muy dentro de él, el eco de un viejo recuerdo enterrado hacía mucho tiempo. Apoyó la mano contra la pared y cerró los ojos.

18

Gulliver's Bay, 1945

Florence apoyó la mano en la pared de la cueva y cerró los ojos. Tras meses de dudas, gracias al sargento mayor Greene del 10º Batallón por fin había descubierto que Rupert había sido herido de muerte en el campo de batalla mientras intentaba poner a salvo a un soldado herido. Ni a su familia ni a ella les habían informado de manera oficial de su muerte. A pesar de esta nueva información, Florence seguía aferrándose a un pequeño resquicio de esperanza. Aunque no había notificación oficial, aún había una pequeña posibilidad de que, por obra de algún milagro, Rupert hubiera sobrevivido.

Se quedó en The Mariners con su madre y sus abuelos durante un año. Winifred vino con el coronel con el que se había casado en Londres durante la guerra. Era quince años mayor que ella, llevaba un poblado bigote pelirrojo, tenía el pelo ralo y era aficionado a fumar puros y beber oporto. Podría tener sesenta años, pensó Florence, preguntándose qué veía su hermana en él. Pero Winifred parecía bastante feliz. Fumaba, jugaba al *bridge* y de vez en cuando dejaba que Mary Alice le agarrara el dedo meñique. A Winifred no le interesaban mucho los niños.

—Cumpliré con mi deber si Gerald quiere tenerlos —le dijo a Florence—. Pero preferiría que no. Los niños te atan.

Apareció el tío Raymond, que parecía mayor, aunque seguía siendo tan jovial como siempre. Había pasado la guerra aportando su granito de arena a la defensa nacional. Si bien Winifred apenas había mencionado a Rupert, salvo para decir cuánto lo sentía, el tío Raymond tomó a Florence de la mano y la llevó a la playa. Allí se sentaron en las dunas y hablaron.

—Sé cuánto lo querías, Flo —dijo. Y con esa pequeña y sentida frase, ella lloró en sus brazos.

Tal vez la guerra hubiera terminado, pero el país estaba asolado por la escasez. Había un edicto que ordenaba a la gente llenar las bañeras no más arriba de los tobillos, la carne se compraba por puntos y solo se permitía comprar algo menos de treinta gramos de mantequilla o margarina y queso a la semana. A Mary Alice, al igual que al resto de bebés, se le permitía doscientos ochenta y cinco mililitros extra de leche al día y le daban una botella de escaramujo o de zumo de naranja al mes. Cuando Winifred se quedaba, esa preciada botella acababa de forma misteriosa en su ginebra.

William y Celia Dash no se aferraron a la esperanza como Florence. Aceptaron la muerte de Rupert con estoicismo y dignidad. Aubrey regresó a casa desde Grecia, donde había estado destinado en los servicios de inteligencia, Julian desde Italia y Cynthia desde Brighton. No fue la jubilosa vuelta a casa que todos esperaban. Devastados por la pérdida de su hermano, estaban desesperados por conocer a Mary Alice, de ocho meses, la única parte de Rupert a la que podían aferrarse.

Florence estaba nerviosa por reunirse con los hermanos de Rupert. Había mantenido una relación cercana con William y Celia, pero hacía años que no veía a Aubrey y a Julian, y la última vez que había visto a Cynthia fue en su boda. Sería un encuentro triste. No estaba segura de poder soportarlo.

Nerviosa por ir sola, le pidió al tío Raymond que la acompañara y las llevara ella y a Mary Alice a Pedrevan en su Rover. La familia estaba en la terraza cuando llegaron. Dejaron de hablar en cuanto apareció Florence, con Mary Alice en brazos. La emoción les impedía hablar. Uno a uno, los hermanos y la hermana de Rupert se acercaron y buscaron a Rupert en el rostro de su hija.

Cynthia ahogó un sollozo.

—Es igualita a su padre —dijo, acercándose para besar a su amiga—. Querida Flo, lo siento muchísimo.

Julian contempló el pelo oscuro y los ojos azul acero de la niña y asintió.

—Es preciosa, Flo. Rupert estaría orgulloso.

Aubrey miró a Florence. Ya no era el niño inquieto de su juventud, sino un hombre curtido por la experiencia de la guerra. Le puso una mano en el brazo y le besó la mejilla.

—Lo siento, Florence.

Después de eso, se sentaron a su alrededor y recordaron los buenos tiempos mientras Mary Alice los encandilaba a todos con su jovialidad.

A finales de junio, William organizó un funeral para Rupert. Celia llenó la iglesia de flores e imprimió una fotografía suya de uniforme en la tapa de la orden del servicio. El número de asistentes era tan grande que no había espacio para todos y tuvieron que montar una carpa en el exterior para acomodar a los que no cabían. Florence se sentó delante con los Dash. Siempre había querido ser una Dash, pensó mientras recordaba aquellos oficios del verano anterior a la guerra, cuando Rupert y ella eran despreocupados y optimistas sobre su futuro. Jamás habría podido prever esto. Que estaría sentada en la misma iglesia, llorando su muerte, pero esperando que hubiera algún error.

La noche después del funeral, Margaret entró en la habitación de Florence. Habían acostado a Mary Alice en el dormitorio al fondo del pasillo y las dos mujeres estaban solas.

—Me alegro de que haya terminado este día —dijo Florence, con el rostro pálido y delgado reflejado en el espejo de su tocador, donde estaba sentada cepillándose el pelo—. No puedo aceptar que se haya ido. Me parece una farsa celebrar su vida cuando ni siquiera hemos enterrado su cuerpo.

Margaret se sentó en la cama y puso las manos sobre el regazo.

—Cariño, tienes que aceptar que Rupert se ha ido —dijo.

Florence dejó de cepillarse y se dio la vuelta.

—Nunca perderé la esperanza de que esté vivo.

—La esperanza no te lo devolverá, cariño.

—¿Qué le diré a nuestra hija? —preguntó Florence—. ¿Qué le diré a Rupert cuando regrese y lo haya dado por muerto? ¿Dónde está la lealtad?

Margaret suspiró. Miró a su hija con temor, como si se hubiera vuelto un poco loca.

—¿No te dijo el sargento mayor que estaba herido de muerte? Eso significa que ha muerto, Florence.

Florence apretó los dientes.

—Hasta que no vea su cuerpo, no le dejaré marchar. No voy a renunciar a él. Soy su esposa hasta que la muerte nos separe y la muerte aún no nos ha separado.

—Creo que tienes que empezar a pensar en tu hija. Necesitas tener un lugar propio, un hogar para Mary Alice y un trabajo. No puedes desperdiciar tu vida esperando. Por tu cordura, Florence.

—Tú no lo entiendes… —adujo Florence de forma acalorada.

Esta vez fue Margaret quien apretó los dientes.

—Perdí a mi marido cuando tenía treinta y siete años. Lo amaba tanto como tú amas a Rupert. Tenía dos niñas que criar sola. Me habría gustado esconder la cabeza en la arena y engañarme a mí misma creyendo que él iba a volver. Pero por tu bien y por el de Winifred sabía que tenía que rehacer mi vida. No quería volver a casarme. Nadie podría compararse a tu padre. Pero tenía que daros un buen hogar a las dos y necesitaba estar ahí para vosotras. No en las nubes, soñando con lo imposible. No recuperarás a Rupert, Florence. Lo siento, pero murió en ese campo de batalla. Se ha ido. Tienes que dejarlo marchar. —Florence volvió a cepillarse el pelo. Miró sin pestañear a la testaruda muchacha que le devolvía la mirada. Margaret sabía que había dicho verdades hirientes y decidió salir de la habitación para que Florence pudiera digerirlas—. Nos tienes aquí, cariño —apostilló con suavidad mientras giraba el pomo de la puerta—. Para apoyarte en todo lo que podamos. Pero alguien tiene que decirte la verdad.

En cuanto se marchó, Florence dejó el cepillo. Hundió la cabeza entre las manos y lloró.

Florence no siguió el consejo de su madre. Siguió viviendo con sus abuelos, ayudando a Joan en la casa y haciéndole compañía cuando Margaret regresó a Kent. Los meses de verano dieron paso al otoño y a la lluvia. El 2 de septiembre, Japón se rindió y la guerra terminó por fin. Pasó otra Navidad. Para Florence, los días se confundían en un largo limbo. Tenía la sensación de que estaba suspendida en el tiempo, esperando. Sabía que no resultaba muy divertida. No había mantenido el contacto con sus amigas de la escuela de arte dramático ni de los diversos empleos que había realizado durante la guerra y Cynthia vivía ahora en Londres. Florence estaba sola en The Mariners, recordando a Rupert, dando largos paseos por la playa, sentada en la cueva o mirando al mar, como si esperara ver un barco en el horizonte que le trajera a casa con ella.

Entonces Aubrey apareció en casa. Era una atípica mañana soleada de febrero. Las gaviotas graznaban de manera ruidosa, un fuerte viento azotaba la costa y el sol luchaba con valentía por calentar el suelo helado. Rowley hizo pasar a Aubrey a una de las salas de estar más pequeñas, convertida en guardería para Mary Alice. Florence estaba en el suelo, jugando con los animales de granja de madera que Joan le había regalado a Mary Alice por Navidad. Cuando vio a Aubrey, se levantó sorprendida para saludarlo.

—Tengo noticias —dijo. Se sentaron juntos en el sofá. La esperanza se encendió en el corazón de Florence, pero se desvaneció con la misma rapidez—. Rupert está enterrado en Oosterbeek, Holanda.

Florence palideció. Aubrey le tomó la mano y la puso entre las suyas.

—Quiero ir a presentar mis respetos y quiero que vengas conmigo. —Sonrió con tristeza—. Creo que es hora de que nos despidamos.

19

La esperanza de Florence murió con esas palabras de Aubrey. La tumba de Rupert estaba en Holanda. Rupert estaba muerto.

Por fin tuvo que aceptar la verdad. En efecto, era hora de decir adiós.

Dejó a Mary Alice, que ya tenía diecinueve meses, con sus abuelos y con la joven niñera que había contratado hacía poco. Partió con Aubrey en una brumosa mañana de primavera y llegó a Francia bajo un despejado cielo azul y un sol radiante. Desde allí tomaron el tren a París. William estaba preocupado por unos amigos suyos judíos que se habían visto obligados a esconderse durante la guerra y le había pedido a Aubrey que comprobara cómo estaban. Aubrey no había estado en París desde antes de la guerra y estaba entusiasmado por volver a ver la ciudad. Pero Florence no compartía su entusiasmo. Al perder a Rupert, había perdido una parte de sí misma. Se preguntaba si la parte que le quedaba volvería a sentir alegría.

La ciudad aún no se había recuperado de la ocupación alemana. Los parisinos seguían sufriendo terribles privaciones. La poca comida que había estaba racionada y no había cigarrillos, combustible ni jabón; Florence descubrió con desagrado que la mayor parte del café que se ofrecía estaba hecho de bellotas. Sin embargo, los restaurantes del mercado negro habían surgido como setas en rincones oscuros. Aubrey llevó a Florence a cenar a uno de estos locales clandestinos. Los camareros les contaron lo encantados que estaban de servir a un oficial aliado porque ninguno de los rangos inferiores podía permitirse los precios inflados y detestaban a los soldados alemanes.

—Siento no ser muy buena compañía —dijo Florence mientras Aubrey encendía un cigarrillo de la cajetilla que se había traído de Londres.

—Lo comprendo —respondió—. Quizá cuando te despidas de él en su tumba puedas seguir adelante.

Florence no tenía intención de seguir adelante. ¿Seguir adelante hacia dónde? ¿Qué había en su futuro aparte de un gran agujero negro donde solía estar Rupert?

—Eres muy amable al invitarme —repuso.

—Es importante presentar tus respetos —adujo—. Espero que mamá, papá y los gemelos puedan ir a Arnhem algún día. Es imposible entender la muerte a menos que uno se enfrente a ella en la tumba.

—Estoy nerviosa —confesó Florence.

—No estás sola. Yo cuidaré de ti. —Aubrey le tomó la mano por encima de la mesa—. ¿Sabes, Florence? Siempre he sentido un gran aprecio por ti. Nos conocemos desde hace mucho tiempo y, cuando uno ha sobrevivido a una guerra, se aferra a los viejos amigos. Se han ido tantos que quiero tener más cerca a los que quedan.

Florence sonrió con agradecimiento, aunque no se sentía cómoda con que le tuviera la mano agarrada.

—Sé lo que quieres decir —respondió—. Yo también quiero sentirme arropada por lo que me es familiar. Supongo que pasará algún tiempo antes de que el mundo aprenda a vivir de nuevo.

—Todos tendremos que aprender a vivir de nuevo. A olvidar nuestras pérdidas y empezar de nuevo. No solo soy tu cuñado, soy tu amigo. Rupert querría que cuidara de ti, pero yo también quiero cuidar de ti. Lo que intento decir con suma torpeza es que me tienes aquí, Florence, siempre.

Florence quiso apartar la mano, pero, después de sus dulces palabras, pensó que sería descortés. Así que dejó que él asiera su mano laxa.

—Gracias, Aubrey. Eres muy especial. Tengo suerte de ser parte de tu familia por matrimonio. Sé que Mary Alice y yo siempre seremos bienvenidas en Pedrevan.

En ese momento una imagen apareció en su mente. Estaba en el césped del campo de cróquet. Rupert estaba en la ventana de la casa, mirándola con una sonrisa llena de orgullo. «Yo seré el gruñón cascarrabias en el desván que ve jugar al cróquet y al tenis en el césped mientras espera a que todo termine para poder tomarme una copa de jerez con mi amada esposa y ver ponerse el sol los dos solos.» A Florence se le empañaron los ojos de lágrimas. Apretó los dientes para contenerlas. Rupert nunca volvería a ser el cascarrabias del desván y nunca volverían a ver juntos una puesta de sol. Se había ido y se había llevado sus sueños con él.

Aubrey lo organizó todo para que pasaran la noche en una pequeña pensión. Pasearon por las calles empedradas de París y, si bien la ciudad no se había recuperado aún de la guerra, había belleza en los elegantes edificios de Haussmann y en las farolas que con su dorada luz bañaban las arboladas avenidas y plazas. Recordaron los tiempos anteriores a la guerra. Aquellos largos y lánguidos veranos en los que iban a fiestas, de pícnic y jugaban a todo tipo de juegos en los terrenos de Pedrevan, sin la más mínima preocupación.

—Recuerdo que estabas enamorado de Elise —dijo Florence, sintiéndose de mejor ánimo ahora que estaban fuera, al aire fresco de la noche.

Aubrey se rio.

—Estaba loco por ella. Una tontería, la verdad.

—Nada de eso. Era muy dulce. Era más de lo que parecía a simple vista.

—Tenía algo. Me gustaba su acento francés.

—Pensé que te casarías con ella.

Miró a Florence con incredulidad.

—Eso era imposible.

—Pensándolo bien, supongo que eras demasiado joven.

—Fue un flechazo, nada más.

—Todos los hemos tenido —dijo Florence con cierto énfasis.

Aubrey soltó una amarga risita.

—Me cegó e impidió que viera a la persona en la que debería haberme fijado y que tenía delante de mis narices. Luego fue demasiado tarde. Se había enamorado de otro. —Florence se sintió nerviosa de repente. Se cruzó de brazos—. ¿Tienes frío?

—Un poco —mintió. Él se quitó la chaqueta y se la puso sobre los hombros—. ¿Qué fue de Elise?

—No tengo ni idea. Volvió a París. Perdimos el contacto. Espero que su familia y ella sobrevivieran a la guerra. Debería intentar averiguarlo, ¿no?

—Nunca se sabe. Puede que Elise no esté casada...

Aubrey sacudió la cabeza.

—El rescoldo de ese romance se apagó hace mucho tiempo. —La miró con una expresión extraña. Florence intuyó que estaba a punto de decirle algo. Apartó los ojos, deseando que él se reprimiera. Pasó un prolongado momento, que a Florence le pareció una eternidad, antes de que él enderezara los hombros y suspirara—. Es agradable pasear por París contigo —dijo finalmente—. Ojalá las circunstancias de nuestra visita fueran otras.

A la mañana siguiente, llegaron a una estrecha callejuela de Montmartre donde vivían los amigos de William, los Chabat. Llamaron al timbre. Respondió una anciana con zapatos de suela de madera y ropa raída. A pesar de su muy usado atuendo, parecía elegante, como ocurría siempre con los parisinos. Llevaba el pelo gris recogido en un moño y sus ojos color avellana eran cálidos e inquisitivos. Aubrey le explicó quiénes eran y en el rostro de la anciana se dibujó de inmediato una hermosa sonrisa. Lo abrazó con entusiasmo y luego, dando por hecho que Florence era su esposa, también la abrazó a ella. El francés de Florence no era lo bastante bueno como para corregir su error.

La mujer se llamaba Sylvia. Les recibió en su casa, donde vivía con su hija Esther y su nieta Nicole. Esther era tan agraciada como su madre, con una larga melena negra y unos ojos grandes y cautivadores. Nicole tenía unos diez años y Florence se preguntó qué había visto la pobre niña, pues su mirada era cautelosa y no decía una sola palabra.

No tenían nada, pero se las arreglaron para preparar una comida con pequeños mariscos parecidos a los cangrejos en una deliciosa salsa, regada con un vino añejo que subieron de la bodega para celebrar aquel feliz encuentro. La botella aún estaba cubierta de polvo. Sylvia explicó que habían pasado la guerra escondidos en un desván de Normandía. Los hombres de su familia habían perecido, pero Sylvia, Esther y Nicole habían sobrevivido de forma milagrosa. A pesar del trauma de su experiencia y de su indescriptible pérdida, estaban llenas de optimismo y agradecidas de estar vivas. Florence se asombró de su capacidad para reír y se dio cuenta de que tal vez era posible encontrar la alegría tras el dolor, si uno se lo permitía. Sylvia y Esther eran un magnífico ejemplo de la fortaleza del espíritu humano y del anhelo de expresarse de la vida. Como pequeños brotes verdes que emergen de la tierra calcinada, el poder regenerador de la vida era imparable en estas dos mujeres decididas a no quedarse ancladas en el pasado, sino a encontrar la luz en el momento presente.

Cuando se despidieron, Sylvia tomó a Florence de las manos.

—Me alegra mucho haberte conocido —le dijo en un inglés forzado—. Tienes suerte de tener a tu marido. Cuida de él. —Sylvia la miraba con tanta ternura que Florence no tuvo valor para decirle que no estaban casados y que iban a visitar la tumba de su verdadero marido. Se limitó a darle las gracias por su amabilidad.

Aubrey y Florence salieron de París y viajaron en tren a Arnhem vía Bruselas. Luego tomaron un taxi hasta Oosterbeek, un pueblecito a un par de kilómetros de Arnhem donde tuvieron lugar gran parte de los combates. Florence compró un ramillete de lirios del valle en una tienda de comestibles. No quería llegar con las manos vacías.

Su conversación se fue apagando a medida que el paisaje daba testimonio de la batalla que se había cobrado tantas vidas solo un año y medio antes. Los edificios seguían en ruinas, el suelo estaba lleno de cráteres y unas sencillas cruces señalaban los lugares donde habían caído los soldados. Desde la comodidad del taxi era difícil imaginar lo que había ocurrido allí. Florence trató de imaginar lo que Rupert había visto. Intentó imaginarse un cielo lleno de aviones y paracaídas, los bosques y los prados en los que aún resonaba el ruido de los disparos. Pero lo único que veía era a Rupert corriendo entre la niebla.

Su muerte golpeó a Florence con toda su fuerza cuando vio por primera vez el cementerio. Se quedó sin aliento y la conmoción la dejó paralizada durante un momento. Un campo con casi dos mil pequeñas cruces metálicas se extendía ante ella como una lúgubre cosecha congelada en un eterno monumento a los caídos. Un velo de silencio se cernía sobre el lugar. Los árboles rodeaban el campo como meditabundos guardianes que velaban los cuerpos de los soldados que habían dado su vida en una batalla tan encarnizada como inútil. Mientras recorría con Aubrey las hileras en busca del nombre de Rupert, Florence se sintió abrumada por el sinsentido de la guerra y la incomprensible magnitud de la pérdida. En algunas de las cruces había fotografías de los fallecidos, muchos de ellos simples niños. En algunas había flores o piedras amontonadas. A Florence se le hizo un nudo en la garganta. Cada uno de esos hombres tenía a alguien que lo amaba, que ahora tenía que vivir sin él. Cada uno era una tragedia personal insoportable.

Entonces se encontraron con la tragedia más insoportable de todas.

La tumba de Rupert era como todas las demás. Una cruz de metal con su nombre, su regimiento y la fecha de su muerte. Aubrey tomó la mano de Florence.

—No debería haber acabado así —dijo, y se le quebró la voz.

Florence estaba demasiado conmovida para hablar. Demasiado llena de tristeza y vacío para encontrar palabras que llenaran el hueco. Parecía que hubiera topado con un muro de ladrillos hecho de soledad y lo único que podía hacer era volver la vista atrás y lamentar lo que había perdido. El pequeño reducto de esperanza desapareció poco a poco en el horizonte y se hundió en el mar. Qué desperdicio de vida, pensó. Una de tantas. ¿Por qué Dios les daría tanta felicidad para luego arrebatársela? ¿Cuál era su propósito? Sabía que Rupert tendría una respuesta. Parecía saber mucho de estas cosas. Si pudiera hablar con ella ahora, le diría que él había completado su vida y que, con su muerte, Florence y los que lo amaban crecerían. Pero Florence no quería crecer, si ese era el precio que tenía que pagar por ello. No valía la pena el dolor. Levantó la vista al cielo y supo que Rupert no estaba en la tierra a sus pies, en este país desconocido, sino en un lugar de amor y de luz. Cerró los ojos y le pidió que se acercara. «Si eres espíritu, envíame una señal, mi amado Rupert. Cualquier cosa. Algo que me asegure que sigues vivo. En este momento de duda, dame la certeza de que volveremos a encontrarnos.»

Luego depositó las flores al pie de la cruz.

Cuando Florence regresó a Gulliver's Bay, William le ofreció el uso de una de las casas de su granja, que acababa de desocupar una anciana que había ingresado en un asilo. Era una bonita casa blanca con tejado de paja y un jardín en el que Florence podía cultivar sus propias verduras y flores. Puso un anuncio en el Ayuntamiento buscando un manitas que la ayudara. Le sorprendió la respuesta de un joven expiloto del ejército de tierra. Joe Brown acababa de montar su propia empresa de jardinería y quería trabajar a tiempo parcial. Por fortuna, Florence le contrató. Con su apoyo, Florence montó un pequeño negocio propio, aprovechando las clases de arreglo floral de la señorita Ranny, de las que Cynthia y ella se habían burlado de forma tan grosera. Ahora valoraba lo que le habían enseñado y hacía arreglos florales para clubes de campo, hoteles y hostales. Eso la mantenía ocupada. Mantenía su mente en el presente y la mantenía cuerda.

Los jarrones y las macetas escaseaban porque en cuanto se fabricaba, algo se exportaba directamente a Estados Unidos a cambio del preciado dólar. Joe le sugirió que utilizara canastos. Eran cestos de mimbre para transportar verduras. Todos los hogares tenían uno, y si no lo tenían, eran baratos y fáciles de conseguir. Encantada con la idea, Florence los forró de cinc para que no se filtrara el agua y les dio un aspecto rústico y sencillo. Se hicieron muy populares y su industria artesanal prosperó poco a poco.

Cuando no había suficientes flores locales, Florence tenía que ir al mercado de flores de Wadebridge. Se despertaba al amanecer y conducía por las somnolientas callejuelas, disfrutando de los setos rebosantes de flores blancas y de los pajarillos que revoloteaban alegremente a su alrededor. Empezaba a sentirse más optimista. Visitar la tumba de Rupert había sido duro, pero la había ayudado a superar su muerte y a llegar a un lugar más tranquilo. No pasaba un momento del día sin que pensara en él y, sin embargo, poco a poco empezó a encontrar grietas en la oscuridad que dejaban entrar resquicios de luz. Ya fuera la hermosa sonrisa de su hija, el esplendor de las flores o el edificante trinar de los pájaros, su corazón empezaba a descongelarse. No podía afirmar que sintiera alegría, pero poco a poco iba recordando lo que era.

Durante uno de esos viajes matutinos a Wadebridge sintió un extraño tirón bajo las costillas. Sentía una compulsión, sentía que tenía que hacer algo, pero ignoraba el qué. Le invadía una sensación de urgencia, de que tenía una finalidad, y los nervios se le estaban acumulando en el estómago. Se preguntó si sería una premonición. Quizá iba a ocurrir algo malo y su intuición intentaba advertirla. Sin embargo, no sintió que tuviera que dar media vuelta y volver a casa. En realidad se sintió obligada a continuar en la dirección que llevaba.

Con esta sensación cobrando intensidad en su vientre, condujo hasta Wadebridge y aparcó el coche frente al mercado de flores. Como de costumbre, paseó por los puestos, comprando lo que necesitaba para los contratos que se había comprometido a cumplir. Resultaba reconfortante ver tanto color. Florence revoloteó entre las flores, oliendo su suave perfume y deleitándose con sus intrincados dibujos, creados sin duda por un dios ingenioso.

Se topó con un puesto en el que no había reparado antes. Estaba a la vuelta de una esquina, un poco escondido y lleno de curiosidades de segunda mano. Entre los lirios y claveles había adornos de Navidad (¡en julio!), regaderas antiguas, material de jardinería y libros. Florence no necesitaba nada de aquel puesto y, sin embargo, se sintió atraída por él, como si hubiera algo entre los trastos que tenía que encontrar.

El hombre que atendía el puesto levantó la vista de su periódico y sonrió. Llevaba un parche negro en el ojo y tenía el pelo castaño, espeso y rizado.

—Buenos días —dijo, poniéndose en pie.

—Buenos días —respondió Florence de manera educada—. No había visto antes su puesto.

Él sonrió.

—Llevo aquí un año. Estoy un poco apartado, escondido en esta esquina. No encajo con los puestos de flores, pero le sorprendería lo mucho que la gente quiere mi mercancía.

—No hay por qué hacer ascos a los objetos de segunda mano —repuso Florence, agarrando una pala de jardinería.

—Lo que para uno es basura para otro es un tesoro —repuso.

—¿De dónde lo saca?

—Se corre la voz y la gente me trae cosas. Si tiene algo que quiera vender, sobre todo cosas de jardinería, seguro que puedo darle un buen precio. Vendo por todo el país.

Florence dejó la pala.

—¿De dónde es usted?

—De Norfolk. Después de la guerra me instalé aquí. Mi mujer es de por aquí.

Florence sintió de nuevo los nervios en el estómago. No sabía por qué estaba entablando conversación con aquel hombre, pero sabía instintivamente que había algo interesante en él.

—¿Dónde sirvió en la guerra, si no le importa que le pregunte?

—Fui copiloto en un regimiento de planeadores.

Florence lo miró con asombro.

—Mi marido murió en Arnhem —susurró.

—Lamento oír eso —dijo—. ¿En qué regimiento estaba?

—En el Décimo.

El hombre asintió en señal de reconocimiento.

—Hombres valientes los del Décimo.

—¿Usted también luchó en Arnhem?

—Sí, así es.

—Entonces usted también debió de ser valiente.

El hombre se llevó los dedos al parche del ojo.

—Me dispararon en el ojo. Pero aquí sigo. —Sonrió—. ¿Cómo se llamaba su marido?

—Rupert Dash.

Él sacudió la cabeza.

—No le conocía. Pero los hombres del Décimo fueron unos héroes.

—Sí que lo fueron —convino Florence.

Miró a su alrededor, deseosa de repente de comprarle algo. Sus ojos se posaron en una cesta de libros raídos. Se agachó y empezó a hojearlos. No había nada que realmente quisiera leer. Entonces le llamó la atención un libro de bolsillo con las páginas muy gastadas. La portada mostraba la imagen de un faro y el autor se llamaba Rupert Clinch. Le dio la vuelta para leer la contraportada y vio un trozo de papel metido entre las páginas. Lo sacó y lo desplegó. Era un poema. Al leerlo, su corazón empezó a latir más deprisa. Los nervios se convirtieron en excitación. Una voz de ultratumba le hablaba a través de las palabras:

Espérame y volveré.
Espérame sin desesperar.
Espera cuando los negros nubarrones
de tristeza te hayan de llenar.
Espera cuando la nieve caiga.
Espera en el calor del verano.
Espera cuando todos dejen de esperar
y se olvide el pasado.
Espera aunque del frente
las cartas dejen de llegar.
Espera aun cuando todos
se cansen de esperar.

Espérame y volveré.
No prestes oídos a quienes
prestos a decirte estén

que la espera en vano es.
Aunque mi familia
por muerto me dé.
Aunque mis amigos a toda esperanza renuncien
y de nuevo en el hogar
alcen sus copas y en mi memoria brinden,
sumidos en el silencio y el dolor, has de esperar.
Y cuando beban de sus copas,
la tuya no has de vaciar.

Espérame y volveré
de las fauces de la misma muerte.
Que los amigos que no esperaron
piensen que solo fue suerte.
Aquellos que no esperaron
jamás entenderán que fue tu espera
la que me salvó en la guerra.
Mas solo tú y yo sabremos
la razón de que sobreviviera:
que tú supiste esperar
cuando nadie más lo hizo.

Konstantin Simonov

20

Inglaterra, 1993

Pasaron cuatro años y Max no supo nada de Robyn. Por mucho que le afectara, en realidad no le sorprendía; él se había declarado y ella le había rechazado. Era casi imposible mantener su amistad después de aquello. Le producía una profunda tristeza. Durante esos años, Max se mudó a una casa alquilada en Somerset y volvió a cambiar de trabajo, convirtiéndose en agente de compras de un viejo amigo del ejército que había montado un negocio en el que ayudaba a sus clientes a encontrar lo que la madre de Max llamaría casas «decentes» y que no era otra cosa que grandes y antiguas mansiones. Por lo general de estilo reina Ana y georgiano. Al parecer, eso era lo que querían los ricos de verdad. A Max siempre le había fascinado la arquitectura, sobre todo los castillos y las casas señoriales. De niño le encantaba ir de castillo en castillo con su padre. Una vez fueron a Irlanda los dos solos y visitaron las ruinas de las famosas grandes casas del condado de Cork que habían sido incendiadas durante la Guerra Civil irlandesa. Max se sintió inspirado por aquellas reliquias cargadas de historia y por el aire de transitoriedad y mortalidad que flotaba como fantasmas sobre los desmoronados y abandonados muros. Se había imaginado a las personas que una vez vivieron allí. Sus vidas habían sido tan importantes como la suya y, sin embargo, habían desaparecido. Esa fue probablemente la primera vez que pensó en la muerte y en lo que significaba. Nada material perduraba, los muros de piedra y los huesos perecían con el tiempo, pero incluso entonces sabía que había una parte de él que no pertenecía al mundo material, sino que seguiría viviendo de otra manera. Una parte que procedía de otro lugar y que solo estaba destinada a permanecer aquí durante un breve periodo de tiempo. Resultaba incomprensible por qué esa parte eterna necesitaba experimentar una vida, una vida que por fuerza estaba llena de sufrimiento y alegría. Pero Max era solo un niño y su corazón no era consciente de lo que era el amor porque aún no había sufrido la pérdida; solo mediante la pérdida se apreciaba de veras, o incluso se daba uno cuenta, de lo que se tenía.

Este nuevo trabajo fue la excusa perfecta para echar un vistazo a hermosas propiedades. Descubrió que se le daba muy bien negociar para sus adinerados clientes, algo que le sorprendió y le encantó. Disfrutaba conociendo gente y su viejo amigo era un hombre de trato fácil y resultaba divertido trabajar con él. Max rebosaba entusiasmo y con este nuevo entusiasmo empezó a deshacerse de la sensación de que le faltaba un objetivo y a sentir que de nuevo tenía una razón de ser. Ocupado con su nuevo trabajo, no tuvo tiempo de indagar en su vida pasada. La vida social en Somerset era muy animada y no tardó en iniciar una relación con una chica local. Max fue abandonando las diversas pistas que había estado siguiendo y centró su atención en el presente. Hasta que una llamada telefónica le animó a volver de nuevo la vista al pasado.

Era Daphne. Estaba escribiendo un libro sobre sus clientes más interesantes y sus vidas pasadas y llamaba para pedirle permiso para incluir su historia. Max recordó que Olga le había dicho que algún día escribiría un libro importante y se preguntó si sería ese. Por desgracia, el libro que Robyn había querido escribir con él nunca llegaría a ver la luz. Así que le dio su permiso con la condición de que pudiera leerlo antes de su publicación, y la puso al corriente de sus descubrimientos. Daphne le sugirió que intentara ponerse en contacto con algunos de los hombres que habían servido con Rupert en el Décimo; sería interesante oír lo que le contaban.

Max sintió un renovado entusiasmo. El viento, que se había calmado en los últimos años, volvía a hinchar sus velas.

Su investigación le había animado a comprar un libro de Martin Middlebrook titulado *Arnhem 1944: The Airborne Battle*. Decidió escribir a Nick Hanmer, del que en el libro se mencionaba que había sido ayudante del 10º Batallón y amigo de Rupert. El Museo de las Fuerzas Aerotransportadas de Aldershot puso a Max en contacto con el secretario de la Asociación de Antiguos Camaradas. Sin embargo, el secretario no tenía constancia de la dirección de Hanmer, si bien pudo darle a Max los nombres y direcciones de otros dos hombres que podrían serle de ayuda. Habían estado en la sección de inteligencia a las órdenes de Rupert Dash, que había sido oficial de inteligencia del regimiento. Charlie Shaw vivía en Kent y el otro era Oliver Giles, que vivía en la Isla de Man. A ambos hombres se les mencionaba en el libro de Middlebrook. Max sabía que seguían vivos. Esperaba que estuvieran en plenas facultades y dispuestos a hablar.

Max escribió a ambos explicándoles que era primo de Rupert Dash y que estaba interesado en saber cómo había muerto Rupert en Arnhem. Se sorprendió cuando le contestaron casi de inmediato.

Isla de Man, 3/6/93

Estimado capitán Shelbourne:

Gracias por su carta preguntando por la muerte de su primo Rupert Dash, que era mi oficial superior.

No presencié su muerte, pero como formaba parte de su sección, hice muchas averiguaciones después de la batalla y mientras estaba en el hospital como prisionero de guerra.

En cuanto al diario de guerra, conservé el original, que enterré para evitar que cayera en manos alemanas.

El que usted menciona se «improvisó» después de la guerra. Lo que yo considero la secuencia correcta de los acontecimientos figura en The Tenth, *publicado en 1965 por R. Brammall. En él, el comandante Hartwich relata que el capitán Dash estaba con Hartwich cuando se encontraron con el soldado de primera Radcliffe, que había recibido un disparo en la rodilla. Lo llevaron a través del páramo, pero no habían avanzado más de cuarenta y cinco metros antes de que los tirotearan a los tres. Los alemanes habrían enterrado al capitán Dash donde lo encontraron.*

Lamento no poder darle más detalles, pero espero que esta carta le sirva de consuelo.

Me llevaba bien con Rupert Dash. Era un oficial muy querido y capaz. No era pedante y tenía la rara habilidad de saber cuándo dar marcha atrás.

Atentamente,

Oliver Giles

El cabo Giles había incluido una fotocopia de la zona de aterrizaje y de los bosques tomada desde el aire en septiembre de 1944. Daba una posición estimada del enterramiento en el campo de batalla de Rupert Dash al norte de la granja Johannahoeve. Decía que estaría entre el bosque que estaban abandonando y la granja que estaba ocupada por el cuartel general del regimiento del 6º Batallón del King's Own Scottish Borderers. Ese habría sido el lugar indicado para buscar ayuda para el soldado de primera herido Radcliffe. Durante la guerra era costumbre que los soldados enterraran a los muertos del enemigo marcando la tumba poco profunda con el fusil, el casco y las placas de identificación para que al final de la guerra se pudieran encontrar e identificar sus cuerpos y se les diera un entierro apropiado.

Una semana después llegó la carta de Charlie Shaw:

Kent, 10/6/93

Estimado capitán Shelbourne:

Lamento no haber podido responder antes a su carta del 22 de mayo, pero lo hago ahora con mucho gusto si algo de lo que le diga puede ayudarle.

Respecto a las circunstancias de su muerte no puedo decir nada, ya que me hirieron y me trasladaron a un puesto de primeros auxilios al día siguiente de desembarcar. Sin embargo, Rupert fue el último camarada con el que recuerdo haber hablado. De hecho, me pasó su petaca de coñac unos minutos antes de que me desmayara en una camilla.

Ahora no recuerdo cuándo se unió al 10º Batallón ni cuándo se hizo cargo exactamente de la sección de inteligencia, pero sin duda tuvimos mucha relación, sobre todo en las últimas 48 horas antes de la batalla, cuando preparamos un modelo de mesa de arena de la zona de lanzamiento. Me caía bien.

Por último, he recordado que tengo una fotografía de Rupert tomada con Peter Kildare durante un vuelo de entrenamiento; yo estaba más atrás. Quizá quiera verla y tal vez hacer una copia antes de devolvérmela.

Atentamente,

Charlie Shaw

El primer impulso de Max fue telefonear a Robyn para contarle lo de las cartas y la fotografía. Sabía que a ella le encantaría saberlo. Pero al descolgar el auricular se le pasó el entusiasmo. Ahora estaba casada y no creía que a Daniel le hiciera mucha gracia recibir noticias suyas. El pecho se le llenó de un familiar abatimiento. Ya estaba acostumbrado a esa sensación de añoranza, pena y dolor. Se preguntaba si alguna vez superaría lo de Robyn o si se pasaría toda la vida lamentando la distancia que había crecido entre ellos. Sin embargo, sabía que nunca se arrepentiría de aquel beso.

Decidió llamar a Charlie Shaw en su lugar.

Charlie Shaw parecía encantado de tener noticias suyas y le propuso quedar en su casa, cerca de Sevenoaks, en Kent, para hablar cara a cara de su carta. Cuando Max llegó en su coche, Charlie salió a recibirle apoyándose en un bastón. Una gran sonrisa iluminaba su curtido rostro. Charlie tenía ahora setenta y nueve años. Tenía el pelo y el bigote blancos y el cuerpo frágil y encorvado, pero los ojos lúcidos, como los de un águila vieja que aún era capaz de divisar la presa más diminuta entre la hierba.

—Hola, joven —dijo, y a Max le sorprendió de inmediato lo familiar que le resultaba. Era como si Max se encontrara con un viejo amigo; como si ya se conocieran.

Max recordó las palabras de Robyn sobre la reencarnación: «La vida sería muy solitaria si conociéramos a todo el mundo por primera vez», y se preguntó si estaba recordando a Charlie a un nivel profundo y subconsciente. Al nivel de su alma. El mero hecho de tener que cuestionárselo le hizo pensar una vez más en Robyn y sonrió para sus adentros. Ella culparía a Elizabeth de haber sembrado aquellas semillas de duda y le animaría a confiar en su instinto y en las pruebas, que se confirmaban y se volvían a confirmar en cada etapa de su investigación.

Max y Charlie se estrecharon la mano. La mano de Charlie era huesuda y áspera como papel de lija.

—Me alegro mucho de conocerte —dijo, estudiando la cara de Max con interés—. Vaya, te pareces mucho a tu primo —añadió—. Haces que vuelva al pasado. —Max le siguió al interior y cerró la puerta tras de sí. Una mujer mayor salió de la cocina—. Ella es Willa, mi esposa.

—Encantada de conocerte —dijo—. Charlie me ha hablado mucho de ti. —Max las siguió por la casa hasta el jardín, donde se sentaron en una mesa redonda al sol. Charlie estaba delicado. Willa le ayudó a sentarse y apoyó su bastón en la mesa—. ¿Qué quieres tomar, Max? ¿Un cordial? Hago mi propio licor de flor de saúco y he comprado algo para picar.

—Sería estupendo, gracias —aceptó Max.

Willa puso una mano en el hombro de su marido.

—Es bueno que Charlie hable del pasado. Muchos de sus viejos amigos ya no están. Me alegro de que hayas venido.

Max miró a Charlie. Su rostro estaba expectante y Max se dio cuenta de que ansiaba recordar.

—Arnhem fue un maldito desastre —dijo—. Caótico y confuso. Los alemanes sabían que íbamos. Pero yo era un joven cabo y no sabía nada de lo que pasaba en el comedor de oficiales. —Miró a Max—. Tienes algo de Rupert Dash —repuso—. La frente y los ojos. Creo que dijiste que era primo de tu abuelo.

—Sí, era primo segundo de mi abuelo.

Charlie asintió.

—Un parentesco bastante lejano. Aun así, te pareces a él. Era un hombre tranquilo y despreocupado; eso no quiere decir que no cumpliera con su deber y lo hiciera bien. Lo hacía. Nos dejaba hacer y así sacaba lo mejor de todos los que trabajaban con él. ¿Sabes? Cuando estábamos destinados en Somerby Hall, allá por 1944, acabábamos de volver de Italia, algunos de los chicos asaltaron la bodega haciendo que los bomberos derribaran una pared. Todos nos emborrachamos como cubas, incluido Rupert. Lo recuerdo porque era el que cantaba más alto.

—¿Hubo problemas?

—Aquello se silenció y no se acusó a nadie. —Charlie esbozó una sonrisa pícara—. La resaca a la mañana siguiente tendría que haber sido terrible, pero no fue así. El vino era de muy buena calidad. Todavía me siento un poco mal por aquello.

Hablaron de Arnhem y a Charlie se le iluminaron los ojos al revivir aquel dramático episodio. A pesar de lo terrible que fue aquella batalla, estaba sin duda orgulloso del papel que había desempeñado en ella. Willa regresó por fin con el cordial y los aperitivos; era evidente que se había quedado en la cocina para que los dos hombres tuvieran tiempo de charlar.

—Charlie me ha dicho que tu primo luchó con él en Arnhem —dijo al tiempo que se sentaba.

Max se animó a contarles la verdad al ver la ternura en su expresión y el interés que mostraba la de Charlie.

—Esto puede parecer extraño, pero mi deseo de conocer la vida del primo de mi abuelo se debe a algo más —comenzó—. Creo que he vivido antes. Creo que pude haber sido Rupert Dash.

Max les agradeció que no se rieran de él ni pusieran cara de incredulidad. Ambos asimilaron sus palabras con la mente abierta y le pidieron que se explayara. Así que Max compartió su historia con ellos. Al igual que sus padres, no interrumpieron ni discutieron, y al final estuvieron de acuerdo en que la reencarnación era la única explicación. Max empezó a preguntarse si Robyn tenía razón. Pensaba que el mundo estaba lleno de Elizabeths, pero empezaba a darse cuenta de que había más curiosidad y aceptación de lo que había imaginado.

Mientras bebían y comían cacahuetes y pasas, Charlie le contó a Max cómo era la vida en Rutland y en Leicestershire hasta septiembre de 1944. No pudo contarle nada sobre Florence ni sobre Rupert que Max no supiera ya. Entonces recordó una pequeña pero conmovedora historia sobre Rupert y una petaca.

—¿Sabes, querido muchacho? Rupert tenía esa petaca de plata como si fuera un tesoro. Estaba curvada para amoldarse a su cuerpo y tenía grabadas sus iniciales, R. J. D. La llenaba de coñac y la pasaba de mano en mano. Nunca olvidaré el momento en que me dio un trago, segundos antes de desmayarme. Me reconfortó. Es un recuerdo que se ha quedado conmigo.

—Es un bonito recuerdo —repuso Max.

Charlie asintió.

—Era típico de Rupert. Esa petaca iba con él a todas partes y la compartía siempre que creía que alguien necesitaba algo que le infundiera fuerza. Era así de amable y considerado. Supongo que la enterraron con él.

—Es curioso que digas eso, porque era algo que me preguntaba.

—Era un tesoro y deberían habérselo dado a su mujer, pero sospecho que se lo robaron. Solía pasar con cualquier cosa de valor. —Sonrió—. Tu historia es alentadora, Max. Gracias por contárnosla.

—He dudado de mí mismo muchas veces. La reencarnación parece algo inconcebible.

Willa sonrió.

—No creo que sea tan inconcebible. —Se agachó y arrancó una brizna de hierba—. Si trataras de explicarle a una hormiga sentada en este trozo de hierba que hay un gran mundo ahí fuera, lleno de ciudades, pueblos, montañas y lagos, ¿crees que lo entendería? Por supuesto que no. Entonces, ¿qué diferencia hay en que nos digas que existe una realidad mayor que la que vivimos ahora?

—Dicho así no parece tan extraño, ¿verdad? —adujo Max.

—Solo se nos da la información que necesitamos para vivir esta vida. Si fuéramos conscientes de todas nuestras vidas pasadas, nunca nos concentraríamos en la que estamos viviendo ahora.

—Sin embargo, al llegar a nuestra edad, uno tiene la esperanza de que no todo se acabe —dijo Charlie con aire pensativo. Miró a su mujer con afecto y le dio una palmadita en la mano—. Puede que nos volvamos a encontrar en otra encarnación.

Willa se rio.

—Puede que ya hayamos vivido juntos otras vidas antes.

—Qué pensamiento tan hermoso —dijo Charlie—. Quizá siempre hayas sido mi chica. —Antes de que Max se marchara, Charlie abrió un mapa que había sobre la mesa y le explicó la batalla—. El Décimo se abrió paso entre Amsterdamseweg y la línea de ferrocarril. Pero aquí se encontraron con una línea de defensa alemana. Los alemanes tenían tanques, carros blindados y artillería, mientras que los británicos solo contaban con fusiles, pistolas automáticas y granadas de mano. Era una trampa. No tenían ninguna posibilidad. Era pleno día y estaban tratando de cruzar por campo abierto. No tenían dónde esconderse. Inmediatamente recibieron órdenes de retirarse, lo que en realidad era un suicidio. Mientras se retiraban, los polacos aterrizaron en sus planeadores para brindar apoyo. Formaban parte de la tercera oleada que debía llegar esa tarde. Pero, en medio del caos, no distinguían quiénes eran aliados y quiénes alemanes, y dispararon a ambos. Fue un caos. Planeadores en llamas, humo por todas partes, disparos. Como en tu sueño. —Luego golpeó el papel con el índice—. Aquí es donde cayó Rupert. Los alemanes le darían sepultura aquí y luego lo habrían vuelto a enterrar en el cementerio de Oosterbeek. Quédate con el mapa. Quién sabe, quizá visites la tumba de Rupert algún día. Puede que incluso reconozcas el paisaje. Eso sí que sería interesante.

De camino a casa en el coche, Max pensó en Robyn. Deseaba más que nada llamarla, oír su voz. Se preguntaba si ya tendría hijos. Si sería feliz. Últimamente pensaba mucho en ella.

Cuando llegó a casa, llamó a Daphne para ponerla al corriente. Luego marcó el número de Robyn. Sonó varias veces. El corazón le latía tan fuerte que apenas podía oír el tono. Estaba a punto de colgar cuando contestó Daniel.

—¿Hola?

Max tomó aire. Estaba a punto de hablar, pero decidió no hacerlo. No quería hablar con Daniel. Colgó el teléfono con rapidez. En lugar de eso, se llevó su diario al jardín y anotó una entrada sobre las cartas de Charlie Shaw y Oliver Giles y sobre su encuentro con Charlie y Willa.

¿No había dicho Olga que las personas adecuadas llegarían a su vida en el momento oportuno para ayudarle en su camino? Hasta ahora, los encuentros fortuitos habían sido extraordinarios, pero seguía sin conocer la respuesta a la pregunta más importante: ¿por qué se le había permitido recordar su vida pasada? Si las vidas pasadas debían olvidarse para que la gente se centrara en la vida que estaba viviendo, ¿por qué él podía recordar la suya? ¿Con qué propósito? Sabía que Robyn tendría una respuesta, pero aun así evitó llamarla. Echaba mucho de menos su amistad.

Decidió volver a escribir a Aubrey. No reveló la verdadera razón por la que quería visitar Pedrevan, sino que le dijo que estaba investigando la historia familiar de su abuelo. Una vez más, no obtuvo respuesta.

Entonces le llamó Bertha Clairmont.

—Pensé que podría interesarte una prima mía que me telefoneó el otro día en relación con mi libro. Me ha ayudado mucho.

—Me interesa —repuso Max, preguntándose de quién estaría hablando.

—Cynthia Dash. La hermana de Aubrey y de Rupert.

Max no había pensado en ella.

—Me encantaría hablar con ella —dijo con entusiasmo.

—Eso pensaba. Era una gran amiga de Florence, así que estoy segura de que sabrá qué fue de ella. Y habla por los codos. Me tuvo una hora al teléfono. No podía cortarla. Su marido la dejó por una mujer más joven, así que volvió a Cornualles. Creo que está deseosa de compañía.

—¿Dónde vive?

—En Gulliver's Bay. —Robyn acudió en el acto a la mente de Max.

Dudó mientras las palabras calaban en él. ¿Significaba eso que las veces que había estado allí, la hermana de Rupert también estaba?

—¿Dónde? —preguntó.

—En una casa de campo en Pedrevan. El gruñón de su hermano debe de haberle prestado una casa.

—¿Crees que estará dispuesta a hablar conmigo?

—¡Por Dios, Max, estará encantada! Yo en tu lugar la llamaría e iría a verla. Te dirá todo lo que quieras saber sobre Rupert y podrás echar un vistazo a esa hermosa casa. De hecho, si vas, yo también iré. ¡Que se fastidie Aubrey! —Se echó a reír—. El muy tonto lamentará no haber sido un poco más cordial; a fin de cuentas, cabría pensar que la sangre tira mucho. Aquí tienes su número.

Max no tardó en llamar a Cynthia. Preso del entusiasmo, marcó el número. Unos pocos tonos y su voz sonó al otro lado.

—¿Hola?

—Hola, me llamo Max Shelbourne. Mi abuelo, Hartley Shelbourne, es primo suyo...

—¿Hartley? —Levantó la voz—. ¿Todavía vive?

—Sí, está vivito y coleando.

—¡Qué maravilla! ¡Era tan divertido! Un excéntrico. Y tú eres su nieto, ¿verdad?

—Estoy investigando la historia de su familia, en concreto de Rupert Dash.

Hubo una pausa.

—Ah, Rupert. El pobre Rupert.

—Bertha Clairmont me dio su número.

—Bertha, sí. Tuve una encantadora charla con ella el otro día. No pude colgarle el teléfono. Creo que le falta compañía.

Max sonrió.

—Me preguntaba si podría ir a Cornualles a verla. He estado en Gulliver's Bay varias veces…

—¡Qué gran idea! Me encantaría conocerte. Trae a Hartley contigo. Me encantaría volver a verle. —Max no creía que fuera una buena idea. Tampoco quería llevar a Bertha y esperaba que Cynthia no lo mencionara—. ¿Por qué no traes a Bertha? —añadió Cynthia, para consternación de Max—. Me estuvo contando lo grosero que fue Aubrey.

—Yo también intenté contactar con Aubrey.

Cynthia suspiró.

—Me temo que es bastante huraño.

—¿Podría saber qué pasó con la viuda de Rupert, Florence?

—Por supuesto. ¿Por qué no vienes a Pedrevan y te cuento todo lo que necesites saber? Sería un placer conocerte. Y trae a Bertha. Le vendría bien salir. Creo que lleva tanto tiempo encerrada en ese piso que se ha convertido en un mueble.

Max se rio.

—La llamaré —dijo.

21

Gulliver's Bay, 1946

Florence apretó el poema contra su pecho y cerró los ojos. «Espérame y volveré.» No le cabía la menor duda de que era un mensaje de Rupert. Él quería que encontrara el libro y la había llevado hasta el puesto de flores para que eso ocurriera. No existían las casualidades. ¿No había dicho aquella noche en la playa de Gulliver's Bay que «A las almas gemelas no les une solo una atracción física, sino también una conexión profunda y espiritual fruto de haberse conocido a través de muchas encarnaciones»? Rupert iba a volver; solo tenía que esperar.

El reverendo Millar era la única persona con la que podía hablar de esto. Su madre y Winifred cuestionarían su cordura y a sus abuelos les preocuparía que la pena estuviera haciendo que depositara sus esperanzas en sueños imposibles. El tío Raymond estaría dispuesto a escucharla con compasión, pero con sensatez le diría que los muertos no volvían, y Cynthia la animaría a dejar marchar a Rupert y a buscarse otro hombre que cuidara de ella y de Mary Alice. Pero Rupert le decía que esperara y que él volvería.

El reverendo Millar vivía en la rectoría junto a la iglesia. Era una casa georgiana de proporciones armoniosas, apartada de la calle y cubierta de rosas de color rosa pálido. Florence nunca había estado en su interior, aunque había pasado por delante en muchas ocasiones y admirado las flores. El reverendo Millar tenía buena mano con la flora y la fauna.

Florence había llamado y concertado una cita. En esta época del año había muchas bodas y bautizos y el vicario estaba muy ocupado. Habría sido una grosería presentarse en su puerta sin previo aviso. Florence salió en bicicleta de Pedrevan con el libro y el poema en la cesta, junto con un manojo de guisantes de su propio huerto. Saboreó el olor salobre del viento que soplaba del mar, pero hasta el viento le traía recuerdos de Rupert que atenuaban su placer con la nostalgia. Había recuerdos por doquier; en el susurro de los árboles y el canto de los pájaros, en el sol que le calentaba la cara y en las amargas y dulces sombras que perduraban en cada rincón de Gulliver's Bay. Su amor estaba diseminado por todos los lugares que Rupert y ella habían frecuentado; perdido, incompleto y lleno de nostalgia.

Llegó a la rectoría y apoyó la bicicleta en el porche. Luego llamó al timbre. Un momento después apareció una diminuta anciana. Era la señora Marley, el ama de llaves del reverendo Millar, que cuidaba de él. Llevaba un gran crucifijo colgado del cuello, como si quisiera subrayar su elevada posición, y una expresión piadosa en su arrugado rostro. Un rostro que a menudo se sumía en una ferviente oración y adulación, pues adoraba a Dios y a su patrón con igual devoción.

—Señora Dash, el vicario la espera. Pase, por favor.

La señora Marley abrió la puerta al oscuro interior de la casa. El sol brillaba tanto que los ojos de Florence tardaron un rato en adaptarse y distinguir los pesados muebles de madera y las paredes revestidas. El olor a col y a brócoli al vapor que salía de la cocina la asaltó en el acto y se alegró de no quedarse a comer.

El vicario estaba en su huerto con un sombrero panamá y una camisa azul con el cuello abierto. Florence nunca lo había visto sin la sotana y se sorprendió. Estaba en el parterre, echando ortigas y acianos en una carretilla. Cuando vio a Florence, se quitó los guantes de jardinería y cruzó el césped para ir a su encuentro.

—Hola, querida Florence. ¿Verdad que hace un día glorioso? —Su sonrisa era amplia y contagiosa.

—Es precioso —respondió Florence—. He venido en bicicleta desde Pedrevan.

—Entonces seguro que te vendrá bien un vaso de algo fresco. Sospecho que la señora Marley nos traerá té. ¿Prefieres un vaso de agua?

—No, un té estaría bien. Gracias. —Le tendió las flores—. Son para usted.

—Oh, qué amable. Son preciosas. —Se las acercó a la nariz—. Además huelen bien. Se las daré a la señora Marley para que las ponga en un jarrón. Irán a mi dormitorio. Muy amable por recogerlas. Ven y siéntate.

La señora Marley llevó las flores a la casa y el reverendo Millar y Florence se sentaron juntos en un banco de madera bajo un arco cubierto de espeso y fragante jazmín, rebosante de vida gracias al zumbido de las abejas.

—¿Cómo estás, Florence? —preguntó, y Florence comprendió por su tono de voz que ya no estaba conversando, sino que iba directamente al meollo de su visita.

—Cada vez es más llevadero —dijo—. Al principio pensé que no lo superaría. Si no hubiera sido por Mary Alice, no lo habría logrado. Pero es la hija de Rupert y cada día se parece más a él.

—Eso está bien —repuso el vicario con una sonrisa—. No hay nada como la inocencia de un niño para sanar el corazón.

—Visitar la tumba de Rupert en Arnhem fue duro, pero me ayudó a aceptar que se ha ido. Verá, cuesta creer que no volverá sin ver el cuerpo.

—Hay una muy buena razón por la que hacemos funerales por nuestros muertos. No es por ellos, ya que están en paz. Es por nosotros, para que podamos despedirnos y seguir adelante con nuestras vidas.

—¿Cree que volvemos? —preguntó Florence.

El vicario frunció el ceño.

—¿Quieres decir en espíritu, como fantasmas?

Florence no había considerado esa posibilidad.

—¿Lo hacemos?

La señora Marley salió de la casa con una bandeja con tazas de té, una jarra de leche y una tetera. La dejó sobre la mesa de madera plegable que había junto al banco.

—Gracias, señora Marley —dijo, viéndola servir el té. Y continuó después de que ella volviera a entrar—: Lo importante es reconocer que nuestros cuerpos pertenecen a este mundo material y que cuando morimos los dejamos atrás, como quien deja un viejo abrigo que ya no le sirve. Nuestra alma vuelve a Dios. Imagínatelo como una luz que nunca muere, sino que es eterna, Florence. Esa luz vuelve a casa por donde vino. Ahora bien, hay muchas personas religiosas que no estarían de acuerdo conmigo, pero yo sí creo que aquellos a quienes amamos regresan para estar cerca de nosotros. Por supuesto, la mayoría no podemos verlos, pero hay muchos que sí pueden. Estoy segura de que Rupert está contigo en espíritu, Florence. El amor nos une a los demás y es ese amor el que le permite volver.

Florence dio un sorbo a su té.

—¿Cree en la reencarnación? —preguntó.

El reverendo Millar guardó silencio durante un instante mientras meditaba su pregunta. Luego respondió despacio y con cuidado.

—Las creencias cristianas no respaldan esa idea, Florence. Es una herejía. Pero la idea de la reencarnación es tan antigua como el tiempo. Los budistas, los cabalistas judíos y los hindúes creen que el alma se encarna una y otra vez en su camino hacia la iluminación. Los esenios y los fariseos también creían que el alma renace una y otra vez. De hecho, en la época de Jesús, el concepto de reencarnación estaba muy aceptado. —Hizo una pausa y se miró las manos—. Necio aquel que cree saberlo todo.

Florence dejó la taza de té y le mostró el libro de Rupert Clinch. Sacó el poema que había guardado entre las páginas, tal como lo había encontrado.

—Cuando estuve junto a la tumba de Rupert, le pedí una señal para asegurarme de que seguía vivo. Entonces me guio hasta esto, que encontré en una cesta de libros de segunda mano en el mercado de flores de Wadebridge.

El reverendo Millar desdobló el papel y lo leyó. Florence se permitió recorrer el jardín con la mirada. Imaginó que el vicario había colocado ese banco ahí a propósito para que, cuando hablara con sus feligreses, estos pudieran mirar los arbustos y las flores y no a él, y que eso les ayudara a aliviar con más facilidad sus conciencias.

Cuando terminó, le devolvió el papel.

—Es un poema precioso —dijo.

—El libro lo escribió un hombre llamado Rupert, por eso me fijé en él, y el faro me llamó de alguna manera. Me pareció una coincidencia extraordinaria encontrar ese mensaje en el poema. «Volveré.»

El reverendo Millar frunció el ceño.

—Florence, cuando perdemos a alguien a quien queremos, a veces nuestro deseo es tan fuerte que nos lleva a buscarle sentido a todo. A veces, esas cosas pueden ser reconfortantes. Pero otras, pueden inducirnos a error. No estoy diciendo que esto no sea un mensaje de Rupert. Conociendo a Rupert como lo conocí, no sería nada extraño por su parte establecer contacto contigo de esta manera, con un poema. Pero al aferrarte a la esperanza, cuando eres joven y tienes toda la vida por delante y muchas posibilidades de ser feliz, te estás negando la oportunidad de avanzar. —Tomó su mano entre las suyas y la apretó—. Rupert está contigo en espíritu. De eso no me cabe la menor duda. Jesús se reveló a María Magdalena y a los discípulos para mostrar al mundo que no existe la muerte. Solo existe la muerte del cuerpo mortal, pero el alma, el verdadero ser, es eterna y no muere. Consuélate con eso. Rupert siempre estará contigo. Pero él querría que vivieras tu vida y no te aferraras a falsas esperanzas. No se gana nada esperando. Estás aquí para vivir. Eso es lo que Dios te ha dado, una vida preciosa y valiosa. Rupert querría que la vivieras.

Florence sonrió y lo miró fijamente.

—Ahora dígame lo que usted, Tobías Millar, piensa de la reencarnación.

El reverendo Millar se rio entre dientes.

—Siempre has sido una chica inteligente, Florence Dash. —Inspiró hondo—. Yo no lo descartaría. Solo se nos da una pequeña parte del panorama general. ¿Quién soy yo para presumir que conozco la mente de Dios?

—Gracias. Me ha ayudado mucho hablar con usted —repuso, guardando el poema en el libro.

—Siempre es un placer hablar contigo. Eres fuerte, Florence. Resurgirás de tus cenizas como el ave fénix. La vida es larga y tienes un gran potencial. Dios está contigo en cada paso del camino. No lo olvides.

Aquel verano Gulliver's Bay volvió a llenarse de gente en busca de diversión. Pedrevan rebosaba de primos Dash y Clairmont y la misa de los domingos estaba abarrotada. Los sermones del reverendo Millar estaban tan llenos de vitalidad como siempre y después había mucho de qué hablar en el césped fuera de la iglesia, bajo la atenta mirada de las gaviotas posadas en el tejado. Sin embargo, bajo la alegría subyacía una gran melancolía. La nostalgia por el pasado anterior a la guerra, cuando las familias estaban completas y carecían de preocupaciones; la añoranza por aquellos días alegres y soleados, llenos de fiestas, yincanas, tenis y cróquet. Por aquellos besos inocentes detrás de los arbustos y los coqueteos en la playa. La vida se había vuelto más seria, los tonos que la definían más pronunciados; la oscuridad era ahora un poco más oscura y la luz más brillante. Con la guerra y las pérdidas como telón de fondo, los habitantes de Gulliver's Bay vivían con otra actitud. Dando gracias por lo que tenían y valorando las pequeñas cosas.

William Dash estaba decidido a reanudar el torneo de tenis. Se había suspendido durante la guerra, pero ahora que los combates habían terminado no veía razón alguna para no restablecerlo. Comenzó a formar parejas con su entusiasmo habitual. Luego las expuso en un tablón junto al templete, como era tradición. Florence descubrió que iba a formar pareja con Aubrey. Lo que habría dado por ser su pareja aquel verano del 37, pensó al ver el orden de juego. Luego recordó a Rupert en la red, regañando a John Clairmont por ser poco galante, y se le encogió el corazón por él. Sería difícil acometer el torneo con el aplomo que la caracterizaba cuando los recuerdos de Rupert rondaban la pista.

Cynthia estaba prometida a un apuesto capitán. Tarquin Smith-Teddington era amigo de la familia y una pareja ideal para Cynthia. A

Florence le parecía que estaba demasiado pagado de sí mismo. Saltaba a la vista que era guapo, con una gran sonrisa blanca y ojos castaños, como un ídolo de matiné. Sabía qué decir a todo el mundo, sobre todo a las abuelas, y a todas las mujeres cautivaba, excepto a Florence, que lo encontraba superficial. Incluso Aubrey, que tenía los mismos modales encantadores y buena presencia, era más profundo. Tarquin era muy rico y solo parecía interesado en otras personas ricas. Vestía de forma impecable, conducía el último modelo de Alvis y se aseguraba de estar en todas las fiestas de moda. Florence se preguntaba si Cynthia no sería solo otro hermoso accesorio. Pero su amiga estaba enamorada. Florence sabía lo que era y no pensaba empañar su alegría.

Margaret, la madre de Florence, vino a pasar el verano en The Mariners con Winifred y su marido Gerald. El tío Raymond invitó a un amigo de Londres a quedarse un par de semanas. Su apodo era Monty y Florence nunca descubrió cómo se llamaba en realidad. Los dos hombres pasaban mucho tiempo jugando al backgammon, fumando en la terraza con Henry e inventándose un juego de *bridge* para cuatro con Winifred y Joan. Monty era fotógrafo, lo que podría haber sido interesante si el objeto de su arte no hubiera sido exclusivamente el tío Raymond. Florence, que era feliz en su casa de Pedrevan, venía de vez en cuando en bicicleta a pasar un rato con ellos.

—¿Sabes que mamá tiene un pretendiente? —comentó Winifred una tarde que paseaban solas por la playa.

—¿De veras? —dijo Florence, sorprendida—. Creía que había dicho que nadie podía compararse a papá.

—Ha cambiado de opinión. Lo cual es bueno. Es hora de que pase página.

Florence sintió que el comentario de Winifred iba dirigido a ella. Florence no estaba lista para pasar página. No hacía ni dos años que Rupert se había ido.

—¿Quién es? —preguntó.

—Un viudo, mucho mayor que ella.

—Cuando dices mucho, ¿a qué te refieres?

—Bueno, debe de tener unos sesenta y tantos años.

—¿Es simpático?

Winifred se sentó en una duna y encendió un cigarrillo.

—Lo suficiente.

—No pareces muy entusiasmada —dijo Florence, uniéndose a ella en la arena.

Winifred suspiró.

—Nunca será papá. Tengo que aceptarlo. Es amable, eso es lo más importante.

—¿Está enamorada de él?

—Creo que le tiene mucho cariño. —Winifred exhaló una bocanada de humo que se llevó una ráfaga de viento—. ¿Sabes? No todo el mundo tiene la suerte de vivir una pasión como la que tuviste con Rupert, Flo. De hecho, yo diría que eso es muy poco frecuente. La mayoría de la gente siente un profundo afecto por la persona con la que se casa. Yo le tengo cariño a Gerald, pero no estoy locamente enamorada de él. Mamá está encariñada con Oliver y creo que él está encariñado con ella, pero yo no usaría la palabra «amor». No de la forma en que tú la usas. La vida es más complicada que en los cuentos de hadas.

Florence sonrió con ternura.

—Yo tuve un cuento de hadas. Ese tipo de cosas solo ocurren una vez en la vida. Lo más probable es que pase el resto de mi vida sola.

—Lo dudo. Eres joven. Mamá también pensó que pasaría su vida sola, pero mírala. Es feliz. ¿No te has dado cuenta? Está radiante. La están mimando mucho y está disfrutando cada minuto.

—¿Crees que se casarán?

—Sí, lo creo. Con el tiempo. No creo que se precipite. Pero creo que ya está cansada de estar sola. Un matrimonio es algo más que pasión entre las sábanas. —Winifred se rio con cinismo y bajó la mirada a la arena—. No puedo decir que yo haya tenido eso nunca. —Dio otra calada, con el rostro serio de repente—. Supongo que fue así con Rupert, ¿verdad?

—¿Me estás preguntando si era un buen amante? —preguntó Florence con una sonrisa.

—Solo tengo curiosidad. No tienes por qué responder. Es una pregunta personal y no es asunto mío.

—Era maravilloso, Winifred. —Florence se rodeó las rodillas con los brazos y suspiró con fuerza—. Echo mucho de menos que me abrace. Es extraño, pero anhelo su sensación de solidez. Si lo pienso demasiado, me duele. No solo le echo de menos con el corazón, también con el cuerpo.

—No puedo imaginarme lo que es eso, Flo. Preferiría que Gerald no me abrazara. Sabe a puro.

—Pero eres feliz, ¿verdad?

—Sí, tenemos una buena amistad. Somos una buena pareja. Un buen equipo. Ese es el secreto de un matrimonio feliz: ser un buen equipo. Nos gustan las mismas cosas. Yo soporto la parte del dormitorio.

Florence miró a su hermana con compasión.

—Oh, Winifred, no debería ser así. No deberías tener que soportarlo. Debería ser una experiencia hermosa.

Winifred frunció el ceño.

—¿Hermosa? ¿De verdad puede ser así?

—Sí.

—Bueno, no podemos tenerlo todo en la vida, ¿verdad? No todos vivimos el cuento de hadas. Debe de ser terrible tener que vivir sin Rupert, pero al menos has conocido lo que es un amor profundo y apasionado. Es probable que yo nunca lo conozca. Solo te diré eso a ti, Flo. Siento que Rupert muriera, pero qué maravilloso es haber amado y haber sido amada de un modo tan profundo.

—Si lo dices así, supongo que soy afortunada. Condensamos toda una vida de amor en seis años. A decir verdad, una vida no habría bastado. Pero nos volveremos a ver. Eso creo. Nos volveremos a encontrar algún día. En la vida tras la muerte o en otra encarnación aquí abajo. Solo tengo que esperar. —Se volvió hacia su hermana y vio que la miraba perpleja. Florence soltó una risita—. ¿Me das una calada —dijo, tomando el cigarrillo de Winifred—. Rupert y yo solíamos sentarnos aquí y compartir un cigarrillo. —Suspiró—. Otro verano sin él. Serán muchos. Tengo que aprender a vivir de otra manera.

—El tiempo lo cura todo —aseveró Winifred, mirando al mar—. Y este lugar es un verdadero bálsamo.

La mirada de Florence se encontró con la de Winifred en el lejano horizonte.

—Lo es —murmuró en voz baja.

Florence no quería participar en el torneo de tenis. No le apetecía mucho jugar al tenis. Pero Aubrey estaba tan entusiasmado que pensó que no sería justo decepcionarle. A Cynthia la habían emparejado con John Clairmont, que fue pareja de Florence aquel verano del 37, y Bertha Clairmont, hermana de John, era la pareja de Tarquin. Tarquin resultó ser muy bueno. Era un serio rival para Aubrey y para John, lo cual alegró a Cynthia. Florence no jugaba desde antes de la guerra y estaba oxidada. A pesar de esconderse en la red y dejar que Aubrey golpeara la mayoría de las pelotas por ella, consiguieron perder en la segunda ronda contra Tarquin y Cynthia, que vencieron a John y Bertha en la final. Cuando levantaron el trofeo, Florence se inclinó y le susurró a Aubrey al oído:

—Creo que ese será su aspecto cuando el reverendo Millar los declare marido y mujer.

Aubrey se echó a reír.

—Creo que tienes razón, Flo. Cynthia será su mayor trofeo.

Aubrey había empezado a llamar a Florence por el nombre que utilizaban sus amigos más íntimos. Rupert la llamaba Flossie, algo que acabó por gustarle, ya que era su apodo especial para ella. No se dio cuenta cuando Aubrey dejó de llamarla Florence. En cualquier caso, era natural que lo hiciera y a ella le gustaba. Aubrey y ella se estaban convirtiendo en muy buenos amigos.

Su relación se había vuelto más estrecha desde su viaje a Holanda. Aubrey se había quedado en el ejército y ahora estaba destinado en Tidworth, Wiltshire. Siempre que podía se subía el tren a Gulliver's Bay para pasar tiempo con ella y con la pequeña Mary Alice, y disfrutaban juntos de largos paseos y tranquilas veladas jugando a las cartas con William y Celia.

Cynthia se casó en la primavera del año siguiente. A diferencia de la boda de Florence con Rupert, la iglesia estaba llena y los invitados tuvieron que colocarse al fondo y apretujarse en los bancos para presenciar la ceremonia. Después se celebró un baile en Pedrevan, como en los viejos tiempos, con el salón iluminado por magníficas arañas de cristal y cientos de velas. Florence bailó con Aubrey. Esta vez Rupert no estaba presente para interponerse y robársela. Pero mientras Aubrey la guiaba por la pista de baile en un vals, Rupert seguía ocupando el espacio que los separaba.

Por mucho que Florence se sintiera cómoda viviendo en Pedrevan, los recuerdos de Rupert la abrumaban. No era que no pudiera disfrutar de las reuniones en el pub con sus amigos o encontrar satisfacción en su trabajo, pero la felicidad que sentía era una frágil capa que cubría la infelicidad que había debajo. Su sonrisa rara vez se reflejaba en sus ojos y su corazón solo se henchía de gozo cuando miraba a su hija. Mary Alice, que ahora tenía dos años y medio, era su alegría en estado puro. Pero incluso esa alegría se veía atenuada por la certeza de que Mary Alice jamás conocería a su padre. Nunca sentiría sus brazos protectores a su alrededor, sus labios apretados contra su sien, sus manos alborotándole el pelo. Nunca conocería el amor de un padre. La niña no estaba hambrienta de afecto. Todos los miembros de la familia de Rupert y de Florence la adoraban y se esforzaban por compensar la ausencia, pero los brazos cariñosos de los tíos, de los abuelos e incluso de los bisabuelos no podían compensar la pérdida de su padre.

A veces Florence sentía que se ahogaba. Entonces su madre le lanzó un salvavidas.

22

En el verano de 1947 hubo una ola de calor. Tras un febrero frío y nevado y unas inundaciones en marzo, las temperaturas se dispararon en mayo, culminando en un junio sofocante y hermoso. Margaret invitó a Oliver a Gulliver's Bay. A pesar de llevar un año de noviazgo, aún no había ido a Cornualles a conocer a Henry y a Joan. Florence había conocido a Oliver en Kent, cuando fue a casa de su madre con Mary Alice el otoño anterior, y le había caído muy bien. Era el corresponsal cultural de *The Times*, creativo y profundo, con un sentido del humor seco y paciencia, lo cual era esencial porque Margaret era muy nerviosa e inquieta. Florence pensaba que tenían un equilibrio perfecto, pues cada uno sacaba lo mejor del otro. Margaret tenía menos miedo a la vida y Oliver estaba encantado de tener una mujer a la que mimar. Dos personas que durante tanto tiempo habían estado solas disfrutaban siendo pareja.

Winifred vino con Gerald a mediados de junio y se retomó el programa estival habitual: pícnics en la playa, bebidas en la terraza, golf, *bridge*, backgammon y comidas interminables. Días ociosos sin nada más que hacer que buscar entretenimiento. Por mucho que Florence disfrutara de la rutina habitual, la chispa había desaparecido. No podía evitar sentirse un poco cansada de estar siempre alegre, cuando no tenía ningunas ganas. Cuando todo el mundo tenía una pareja excepto ella.

Entonces, una noche antes de cenar, mientras la familia disfrutaba de una copa de vino en el jardín, Oliver, un poco achispado, golpeó su copa con un cuchillo e hizo un anuncio improvisado.

—Me gustaría anunciar nuestra feliz noticia.

—Cariño, ¿vamos a hacerlo ahora? —preguntó Margaret, sorprendida.

—No hay mejor momento. No puedo callármelo ni un minuto más. —La miró con cariño. Margaret miró ansiosa a sus hijas antes de darle la mano—. Margaret ha aceptado casarse conmigo —declaró.

Hubo gritos de alegría y alzaron las copas para brindar por la pareja. Joan se secó los ojos aliviada al ver que su hija había encontrado por fin a alguien con quien compartir su vida. El tío Raymond miró a Monty y aquella mirada compartida estuvo cargada de algo subliminal y secreto. Henry palmeó la espalda de Oliver con tanta fuerza que este casi escupió el vino y Gerald encendió un puro y ensalzó las virtudes del matrimonio en un largo y aburrido soliloquio que indujo a Winifred a huir con Mary Alice al otro extremo del jardín, con el pretexto de perseguir una mariposa. Trajeron champán de la bodega y copas de la despensa. Henry abrió la primera botella y el corcho voló por los aires junto con un chorro de champán. Luego fue al salón y puso a Jack Buchanan a todo volumen en el gramófono.

Oliver dio otro golpecito en su vaso, pues tenía otra cosa más que anunciar.

—Sé que esto puede resultar un poco chocante, pero Margaret y yo nos vamos a vivir a Australia. —La risa se apagó en las gargantas de todos—. Nos casaremos aquí y luego nos mudaremos a Melbourne. —Nadie levantó la copa.

La sorpresa sumió la fiesta en el silencio. Solo Jack Buchanan cantó alegremente:

—Pájaros del mismo plumaje vuelan juntos.

Joan miró a su hija, horrorizada. Henry se puso rojo y Winifred se apresuró a cruzar el césped, arrastrando a Mary Alice de la mano.

—¿Qué has dicho? —preguntó a su madre, presa del pánico—. ¿Te vas a Australia?

Margaret parecía nerviosa por primera vez en meses.

—Empezaremos de nuevo en Melbourne. La hermana de Oliver vive allí. Pensamos que estaría bien probar algo diferente. No vamos a estar allí para siempre, ¿verdad, Oliver? Quiero decir que vamos a probar y a ver qué tal. Oliver cree que me gustará. Será una luna de miel prolongada. Piénsalo así. No es un adiós, sino un hasta pronto. —Se rio con nerviosismo. Oliver le rodeó la cintura con el brazo y soltó una risita torpe.

Florence observó a su madre. El anuncio no la sorprendió tanto como pareció sorprender a los demás. A fin de cuentas, Margaret había vivido en Egipto y en la India con su primer marido, ¿por qué no en Australia con el segundo? Aparte de su familia, Margaret nunca había tenido mucha vida en Inglaterra. Tal vez aquellos cálidos y amistosos habitantes de las Antípodas la harían sentirse como en casa.

Entonces a Florence se le ocurrió una idea. Fue como un relámpago y tan sorprendente que casi hizo que se tambaleara. ¿Y si se iba con ellos? ¿Mary Alice y ella? Tal vez la única manera de avanzar en su vida era salir de Gulliver's Bay y empezar de nuevo en otro país, lejos de las sombras que le recordaban la muerte de Rupert en todo momento.

Era una idea descabellada que no se le había ocurrido antes. Sencillamente nunca se le había pasado por la cabeza abandonar Inglaterra. Desde la muerte de Rupert, Florence se había imaginado envejeciendo sola en Pedrevan. Nunca se le había ocurrido que podría irse. No estaría huyendo de Rupert. Tan solo estaría huyendo de su muerte.

No pudo hablar a solas con su madre hasta después de la cena.

Margaret estaba sentada en su tocador, desmaquillándose con crema facial. Esbozó una sonrisa en el espejo al ver a su hija en la puerta.

—Entra, cariño. Espero que no te moleste nuestra decisión de irnos de Inglaterra. Os lo habría dicho antes a Winnie y a ti, pero no sabía que Oliver iba a hacer el anuncio hoy. Creo que hemos causado un buen alboroto. Mis padres ponen buena cara, pero sé cómo se sienten. Me siento fatal por eso. Pero no nos iremos para siempre. Solo un tiempo. Está muy lejos, pero volveremos. —Sus ojos escrutaron el rostro de Florence en busca de su reacción.

Florence se sentó a los pies de la cama y cruzó las piernas.

—Me gustaría ir con vosotros —dijo.

Margaret giró sobre su taburete.

—¿Quieres irte de Pedrevan?

—Quiero irme de Inglaterra.

Margaret parecía insegura.

—Oh, Flo.

A Florence se le llenaron los ojos de lágrimas.

—Necesito empezar de nuevo en algún lugar lejos de todo lo que me recuerda a Rupert. Creo que es la única manera de encontrar una vida para mí. Estoy cansada de echarle de menos.

—Oh, cariño. —Margaret se limpió la crema de la cara con un pañuelo, se levantó y fue a sentarse junto a su hija. La rodeó con un brazo maternal y la atrajo hacia sí—. Sé lo que es el dolor —dijo en voz baja—. Mi corazón está contigo.

—Eres la única persona que entiende lo que es ser viuda.

—El dolor nunca desaparece, pero se vuelve menos intenso. Se convierte en un dolor sordo en un segundo plano de tu vida. Te prometo que mejora.

—Ahora entiendo por qué no querías volver a casarte.

—Me ha llevado mucho tiempo, Florence, pero he encontrado un tipo diferente de amor con Oliver. Un respeto mutuo, compañerismo y afecto. No es lo mismo que tuve con tu padre. Es diferente. Pero no es menos importante. Puede que algún día encuentres a alguien que llene el hueco que dejó Rupert. No reemplazará a Rupert, eso por supuesto, y puede que no lo ames tanto como amabas a Rupert. Pero encontrarás un amigo con quien reír y la risa es muy importante. No me había dado cuenta de cuánto la había echado de menos hasta que Oliver me hizo reír.

—Mamá, me alegro mucho por ti. Oliver es un hombre muy agradable. Me cae muy bien. Es bueno para ti y, por la forma en que te mira, sé que también te quiere mucho. —Florence levantó la cabeza del hombro de su madre—. Quiero ir contigo. Mary Alice y yo. Sé que los abuelos estarán tristes y Winifred y el tío Raymond también, pero no podemos vivir para los demás. Tenemos que encontrar la felicidad donde podamos. Y no será para siempre. Volveré.

—¿No quieres intentar establecerte en otra parte de Inglaterra?

—No, mamá. Quiero ir contigo a Australia. Será una aventura. —Sonrió al pensar en ello—. Necesito una aventura.

Margaret suspiró.

—Con mucho gusto os llevaré a las dos conmigo, pero William y Celia se sentirán decepcionados, y esos niños... Bueno, ya no son niños. Os echarán muchísimo de menos a Mary Alice y a ti.

—Lo aceptarán si les digo que no es para siempre.

—No es para siempre —convino Margaret con firmeza—. Estoy segura de que volveremos en algún momento. No puedo dejar a mis padres, al tío Raymond y a Winnie mucho tiempo, ¿verdad?

Florence sintió crecer su entusiasmo.

—Entonces, ¿nosotras también podemos ir?

—Tendré que preguntarle a Oliver, claro, pero no creo que le importe. De hecho, creo que estará encantado. Sabe lo difícil que va a ser para mí dejar a mi familia. Si Mary Alice y tú venís también, solo dejaré a una parte.

Margaret se rio. Florence nunca la había visto reír así, sin que se le frunciera el entrecejo.

La decisión de Florence fue difícil de entender para William y Celia. Mary Alice era la única parte de Rupert que les quedaba a la que podían aferrarse. La idea de que Florence se la llevara al otro extremo del mundo era inconcebible. Al principio intentaron convencerla de que se quedara. Pero cuando vieron lo decidida que estaba, le aconsejaron que le diera un año. Si no se adaptaba, podía volver. La casa la estaría esperando.

—El fuego estará encendido, la cama hecha y habrá una patata asada en el horno —dijo Celia con sequedad, ocultando su emoción tras un barniz de estoico humor inglés.

Cynthia estaba destrozada. Estaba embarazada de su primer hijo y tenía las emociones a flor de piel. Rodeó a su amiga con los brazos y sollozó sobre su hombro.

—Lo siento —dijo—. No puedo aceptar que mi mejor amiga y cuñada, porque sigues siendo mi cuñada, se vaya a vivir al otro lado del mundo. ¿Y si nunca vuelves? ¿Y si no te vuelvo a ver? Mary Alice crecerá sin conocer Pedrevan ni a sus tíos, tías y abuelos. No conocerá a su primito. —Se tocó la barriga—. Imagínatelo. ¡No conocerá a su primo!

Florence la tranquilizó. Le dijo que volverían. Que quería que Mary Alice conociera a su primo. Que serían las mejores amigas, igual que sus madres. Que solo sería un año, hasta que se recuperara. Que había sido muy duro vivir allí sin Rupert.

Cynthia no alcanzaba a entender lo que era perder a un marido amado, pero sabía lo que era perder a un hermano. Ella también extrañaba a Rupert.

—Pero encuentro consuelo en mis recuerdos, Flo. Veo a Rupert por todo Pedrevan y eso me hace sentir cerca de él.

—Yo me siento cerca de él dondequiera que esté —repuso Florence—. Cuando aterrice en Australia, él estará aquí. —Se llevó una mano al corazón—. Pero mientras esté en Pedrevan, solo recordaré mi pérdida.

Aubrey fue derecho a casa de Florence cuando se enteró de la noticia. Al ver que no estaba allí, condujo hasta The Mariners. Florence estaba en el jardín con el tío Raymond y con Monty, jugando a la petanca. Dejó el juego cuando vio el rostro afligido de Aubrey y se apresuró a averiguar qué había ocurrido. Supuso lo peor.

—Tenemos que hablar —dijo Aubrey, mirándola con una expresión turbada. Por la urgencia con que la miraba, supo que a William y a Celia no les había pasado nada malo. El motivo de la angustia de Aubrey era ella—. ¿Me acompañas a la playa? —le preguntó. Florence lo acompañó por el sendero. Ninguno de los dos habló.

Aubrey no la tomó de la mano hasta que no llegaron a la arena—. ¿Te vas a Australia? —preguntó, y a Florence se le paró el corazón porque Aubrey apenas pudo pronunciar las palabras antes de que la emoción le quebrara la voz.

—Sí —respondió—. En otoño.

—¿Por qué no me lo has dicho?

—Iba a decírtelo la próxima vez que te viera.

Miró hacia el mar y luego de nuevo a ella. Su mandíbula se tensó.

—No puedes irte —dijo con determinación.

—Oh, Aubrey...

—¿Es que no lo ves? Te quiero. Debería habértelo dicho hace meses, pero habría estado mal no darte tiempo para llorar la muerte de mi hermano.

—No lo entiendo. Pensaba...

—¿Que éramos amigos? —la interrumpió—. Somos amigos. Muy buenos amigos. —Le agarró las dos manos y la miró con nostalgia—. Pero siento algo más que amistad, Flo. Te quiero. —Florence no sabía qué decir—. Esto no debería sorprenderte. —Aubrey sonrió a pesar de su angustia—. ¿Por qué crees que he pasado tanto tiempo contigo?

—Porque te caigo bien. Porque sentías lástima por mí.

—Sí, me gustabas y me compadecía de ti porque tenías el corazón roto. Pero pensé que si pasábamos suficiente tiempo juntos te haría olvidar a Rupert. Que sentirías ternura por mí. —Su sonrisa se volvió tímida—. Una vez me quisiste.

—Así es, Aubrey. Te adoré durante años. Todos los veranos deseaba que te fijaras en mí. Una mirada tuya y me convertía en gelatina. Una sonrisa y me sonrojaba. Cuánto anhelaba ser tu pareja de tenis y cuánto me dolía que solo tuvieras ojos para Elise. Te amaba. Al menos, eso creía. Pero entonces Rupert apareció en Pedrevan aquel verano del 37 y...

—Ojalá pudiera hacer retroceder el tiempo, Florence —gruñó.

—Pero no puedes. Ojalá yo también pudiera. Entonces Rupert seguiría vivo. —Le apretó las manos—. Desearía amarte como tú quieres que te ame. Entonces podría olvidarme de tu hermano y podría ser feliz en Pedrevan. Mary Alice podría crecer en el hogar que en algún momento fue su destino. Y tú y yo podríamos envejecer juntos, como Rupert y yo soñamos que haríamos, rodeados de hijos y nietos, al amor de la chimenea del salón. Pero, aunque te amara, no me permitiría ese lujo. No podría traicionar a Rupert.

—Rupert no está vivo para que puedas traicionarle —replicó Aubrey con firmeza.

—No quisiera traicionar su memoria, Aubrey. Creo que aceptaría que me enamorara de cualquiera menos de ti. —Sacudió la cabeza con tristeza—. Lo siento.

Aubrey hizo una mueca, como si se esforzara por controlar sus emociones y no lo consiguiera.

—¿No hay nada que pueda hacer para convencerte de que te quedes?

—Nada —respondió Florence.

—No soporto perderte. —Se frotó el puente de la nariz—. No puedo soportarlo.

—Oh, Aubrey. —Florence le abrazó. Deseaba más que nada poder aliviar su sufrimiento, pero no podía. Lo único que él quería era lo único que no podía darle—. Te tengo mucho afecto. De verdad. Me llevaste a Oosterbeek y me consolaste cuando lloré. Además has sido paciente, amable y generoso. Te debo mucho. Pero no puedo ser la mujer que quieres que sea. Soy la mujer de tu hermano y siempre lo seré.

—Él no va a volver, Flo —aseveró Aubrey, pero no de manera cruel—. Tienes que dejarle marchar.

Florence no respondió. Apoyó la cabeza en su pecho, cerró los ojos y pensó en Rupert. Espérame y volveré.

Mas solo tú y yo sabremos
la razón de que sobreviviera:
que tú supiste esperar
cuando nadie más lo hizo.

En los días previos a la partida de Florence, Aubrey fue a visitarla tanto como pudo. No mencionó su conversación en la playa, pero sabía que Aubrey tenía la esperanza de que, al estar presente, acabara dependiendo de él. Que se diera cuenta de cuánto lo necesitaba y cambiara de opinión.

No puso muchas cosas en la maleta. Solo se llevó lo imprescindible y los objetos de Rupert que guardaba por razones sentimentales, como sus placas de identificación, su Leica, sus libros, cartas y gemelos, y fotografías, en particular las de su boda y la que él hizo en la cerca aquel verano, cuando se hicieron amigos. El resto lo metió en cajas que guardó en el sótano de Pedrevan para recogerlo a su regreso. En aquel momento, nunca imaginó que no regresaría.

Aubrey hizo un último intento el día antes de su marcha.

—Cásate conmigo —le propuso—. No me importa si no me amas como amaste a Rupert. Solo quiero estar contigo. Cuidaré de ti y de Mary Alice y os querré a las dos.

Pero fue imposible persuadir a Florence.

Echó un último vistazo a la casa, donde por un tiempo había encontrado cierto grado de paz, y cerró la puerta tras de sí.

23

Gulliver's Bay, 1993

Bertha se acomodó en el asiento del pasajero del coche de Max y se abrochó el cinturón de seguridad. Llevaba un vestido de flores y una rebeca que apestaba a una nauseabunda combinación de humo de tabaco y perfume de lilas. Se puso el bolso sobre el regazo, un bolso de tela de tapicería adornado con lentejuelas plateadas, y hurgó en busca de su paquete de Marlboro. Max cargó su bolso de viaje en el maletero y tomó la última bocanada de aire fresco antes de pasar las siguientes seis horas envuelto en humo.

Cuando se sentó en el asiento del conductor, Toby ladró desde la cesta que tenía detrás.

—Le caes bien —comentó Bertha, dándose la vuelta para sonreír al perro—. Eres un buen chico —dijo, y luego lanzó una nube de humo en el habitáculo. Max había ido a Londres a propósito para recoger a Bertha y llevarla a Cornualles. Había aprovechado la oportunidad para quedarse con su hermana y encontrarse con un par de viejos amigos en el pub la noche anterior, lo cual había sido divertido. Pero no le disgustaba dejar atrás Londres.

Bertha no paró de hablar durante todo el trayecto. Un monólogo salpicado de tragos de una petaca de cuero y peltre, que decía que estaba llena de agua pero que Max sabía que era algo mucho más fuerte. Bajó la ventanilla, agradecido de que fuera un cálido día de agosto y no lloviera, pues Bertha podría haberse quejado del frío y haberle pedido que la cerrara. Incluso con la ventanilla abierta, el que fumara todo el rato le resecaba la garganta, de modo que al tragar la sentía como si fuera papel de lija.

—Tenemos un montón de personajes interesantes en nuestra familia —dijo cuando salieron de Londres y circulaban por la autopista.

Max escuchó a medias mientras Bertha le hablaba de personas de su familia que no interesaban a nadie más que a ella. Las únicas personas que le interesaban eran Rupert y Florence Dash. Hubiera preferido poner la radio o escuchar una cinta, pero Bertha no iba a perder la oportunidad de hablar. Pasaba demasiado tiempo sola y estaba deseosa de compañía. Tener a Max para ella sola durante seis horas, sin poder escapar salvo alguna que otra parada en una gasolinera, era una oportunidad irresistible para una mujer que normalmente solo hablaba con su perro. Toby se había quedado dormido en cuanto se pusieron en marcha y Max le envidió cuando Bertha le dijo, con una expresión resuelta en los ojos: «Voy a empezar por el principio, con Herbert Clarence Vincent Clairmont en 1845». E hizo un recorrido por todos los nombres del árbol genealógico, sin dejarse uno solo.

Cuando Max llegó a Gulliver's Bay no solo empezaba a sentirse cansado, sino también irritado. Bertha apenas había parado para tomar aire y solo habían llegado hasta principios del siglo XX.

—Qué suerte que tengamos todo el viaje de vuelta a Londres para terminar de repasar el árbol genealógico —dijo mientras cruzaban las puertas de Pedrevan Park—. No subas hasta la casa, gira a la izquierda cuando el camino se bifurque.

Max estaba alerta, con todos sus sentidos atentos y presa de la excitación. Deseaba entrar en la propiedad y recordaba haberla visto a través de los arbustos con Robyn. Se preguntó si debía llamar a Robyn y decirle que estaba aquí. La idea de verla le levantó el ánimo por un segundo antes de que se desinflara ante el humillante recuerdo de declararle su amor. No, probablemente era mejor dejarla tranquila. Si hubiera querido ponerse en contacto con él, podría haberlo hecho en cualquier momento de los últimos cuatro años.

Cynthia vivía en una casa de campo en la finca de Pedrevan. Era una casa blanca con tejado de paja, rodeada de un gran jardín y un alto seto de hayas. Llegaron a media tarde. Toby saltó de la parte trasera y apoyó la pata en el volante. Max se bajó y aspiró el aire fresco del mar y el aroma a pino y a hierba recién cortada que perduraba en el cálido ambiente. Toby ladró y la puerta principal se abrió. Una anciana de pelo blanco hasta los hombros y vivos ojos azules salió a recibirlos.

—Encantada de conocerte —dijo Cynthia, estrechando la mano de Max—. Eres un cielo por traer a Bertha desde Londres. Es un viaje tan largo... —Hablaba de la misma forma que Bertha, enfatizando alguna que otra palabra aquí y allá, lo que le daba cierto aire regio.

—Bertha, ¿cuánto tiempo ha pasado?

Las dos mujeres se besaron.

—No has cambiado nada —dijo Bertha, mirando a su prima de arriba abajo con admiración.

—Estoy más gorda que antes, eso está claro.

—No me hables de gordura. Dejé de preocuparme hace medio siglo —replicó Bertha con una risita jadeante.

—Entrad —dijo Cynthia—. Seguro que tenéis hambre. ¿Qué hago con el perro?

—Déjalo que investigue. Es una novedad para él tener tanto espacio.

—¿No se escapará?

—Por supuesto que no. Es demasiado nervioso para alejarse mucho de mí. Sabe muy bien quién le da de comer.

—Vale. —Cynthia cerró la puerta.

Max dejó la bolsa de Bertha y su bolso de viaje en el vestíbulo y siguió a Cynthia al jardín, donde había una mesa preparada para un almuerzo tardío bajo un enrejado de glicinas moradas. Había grandes cuencos con pasta y ensalada y una jarra de agua. En el centro de la mesa había un jarrón con rosas. Cynthia les ofreció vino, que Bertha aceptó de buen grado. Max se conformó con el agua. Hacía calor y tenía sed. Tras los saludos de rigor, Cynthia y Bertha empezaron a recordar cosas.

—Todo me viene a la memoria gracias a mi libro —le dijo Bertha a su prima—. Y tengo curiosidad por saber qué fue de todos. He perdido el contacto con muchos parientes.

—Es triste, la verdad —dijo Cynthia—. Antes estábamos muy unidos. Pedrevan estaba lleno de tíos, tías y primos. Ahora está vacío. Aubrey anda por ahí solo. Sus hijos vienen a visitarlo de vez en cuando y traen a los nietos, pero ya no es el lugar repleto de diversión que era.

Max escuchó mientras comía la pasta. No se había dado cuenta de lo hambriento que estaba.

—Qué egoísta —repuso Bertha—. Lo menos que podría hacer es conseguir que les resulte divertido a los nietos.

—¿Cuántos hijos tiene? —preguntó Max.

—Tres hijos con Ellen y uno con Minnie —respondió Cynthia.

—¿Qué pasó con Minnie? —inquirió Max.

—Murió de cáncer hace unos cinco años. Una mujer extraña y callada. Nunca entendí por qué se casó con ella. Creo que se sentía solo. No encajaban bien. Era más un ama de llaves que una esposa. —Cynthia suspiró—. Los hijos tienen ahora sus propias vidas y ninguno de ellos vive aquí. En nuestra época, nos divertíamos mucho aquí jugando al tenis, al cróquet y a un montón de juegos tontos. ¿Recuerdas las búsquedas del tesoro, Bertha?

—Sí, no podría olvidarlo.

—Recuerdo a Rupert llevándonos en coche por el campo. Teníamos que encontrar los objetos más extraños. Una pluma de pato…, bueno, eso no fue tan difícil. Una mazorca de maíz. Lana de oveja. Flo y yo corriendo por el campo persiguiendo ovejas y blandiendo unas tijeras mientras Rupert y Elise nos miraban desde el coche… ¡Fue divertidísimo! Elise era demasiado seria para hacer el ridículo como Flo y yo. Ese fue el año en que Rupert se enamoró de Florence. Aunque ninguno se lo imaginó en ese momento.

—Hábleme de Rupert y de Florence —le pidió Max—. Es Rupert quien más me interesa.

—Tienes que entender que mi hermano Rupert no era como el resto de nosotros. Odiaba los deportes y era malísimo jugando al tenis —comenzó Cynthia—. Cuando éramos pequeños, teníamos un profesor de tenis todos los veranos y él se negaba a recibir clases. Se quedaba ahí, cruzado de brazos con su ropa de tenis y una expresión furiosa, y nuestro padre era incapaz de convencerle de que lo intentara. Rupert sabía que era malo y no se molestaba en esforzarse. Aubrey tenía talento natural, lo que molestaba a Rupert, porque Aubrey era su hermano pequeño. Pero Rupert era muy listo, si bien tampoco es que se esforzara en el colegio. Odiaba la autoridad. Odiaba que le dijeran lo que tenía que hacer. Pero tenía un sentido del humor maravilloso. Era ingenioso y agudo. Tenía ojo para el absurdo y nadie podía contar una anécdota como Rupert. Calculaba el momento perfecto. Debería haber sido actor o escritor. De haber vivido, habría hecho algo muy interesante con su vida. Por desgracia, lo mataron en Arnhem. Florence estaba devastada. Tenían una hija, una niña llamada Mary Alice, que nunca conoció a su padre. Fue horrible.

—Estás divagando, Cynthia —dijo Bertha, bebiendo un trago de su vino—. Ibas a contarle a Max que Rupert y Florence se enamoraron.

Cynthia sonrió.

—Flo era mi mejor amiga, pero no me contó nada de Rupert. Todos suponíamos que le gustaba Aubrey. —Puso los ojos en blanco—. Todo el mundo sentía debilidad por Aubrey. Era muy guapo en aquella época y no estaba nada pagado de sí mismo. Era simplemente divino. La pobre Flo se sonrojaba cada vez que le hablaba. Bromeábamos con eso en la familia. Yo solía leer sus cartas en voz alta. Me escribía desde su internado. No creo que su familia supiera qué hacer con ella. Era muy traviesa. No para los estándares de hoy. Todos éramos bastante inocentes por entonces. Pero para su época, era lo que se llamaría «una rebelde». Yo leía sus cartas y a Rupert y Aubrey les parecía muy graciosa. Aubrey no estaba nada interesado en ella. Era mi amiga traviesa. Pero estoy segura de que él sabía que estaba colada por él. No es que le dijera nada y desde luego no la habría desengañado burlándose de ella. Era un caballero.

»Aquel verano del 37, un par de años antes de la guerra, Rupert vino a pasar el verano y se quedó. No solía quedarse. Se iba a la Riviera, a Biarritz o Antibes y se paseaba por allí haciendo las cosas que le gustaban, como sentarse en una cafetería a fumar y a leer los periódicos o tumbarse a la sombra a leer un libro. En realidad, no era sociable. Era un intelectual. Pero a pesar de no gustarle la gente en general, la gente se sentía atraída por él. Era misterioso, un enigma, y a la gente le parecía fascinante. Rupert no revelaba mucho.»

—Estás a punto de divagar de nuevo, Cynthia —intervino Bertha, dirigiéndole a su prima una mirada severa.

—¿De veras? ¡Vaya, debe de ser la edad! —Cynthia sonrió a modo de disculpa—. El caso es que el año que Rupert se quedó, se fijó en Flo. Pasaron mucho tiempo juntos. Todo encajó cuando más tarde hicieron pública su relación. Recuerdo que volví la vista atrás y me di cuenta de las señales, que podría haber notado en ese momento si hubiera estado más alerta. Pero estaba demasiado ocupada con la vorágine social como para darme cuenta de la química que había entre ellos. ¡Y vaya química! Tenían una conversación maravillosa. Eran ingeniosos y agudos. Nadie más conversaba así con Rupert. Era muy distante. Florence y él tenían mentes afines. Ambos eran traviesos, lo que sin duda tuvo algo que ver con que se sintieran atraídos. Pero también eran almas gemelas. Nunca olvidaré el momento en que me di cuenta. Estábamos en un baile en Eastbourne. Rupert y Aubrey eran nuestras parejas. Era la fiesta de fin de curso de la directora de nuestra escuela. Supuse que Florence sentía algo por Aubrey. Los dos estaban bailando. Entonces Rupert entró en la pista de baile y se la arrebató a su hermano. Me quedé sin aliento al ver la forma en que se miraban mientras la paseaba por la sala. Jamás había visto una intensidad así ni tampoco la he visto después. Fue entonces cuando me di cuenta de que había estado equivocada todo el tiempo. Flo no estaba enamorada de Aubrey. Solo tenía ojos para Rupert.

—¡Qué romántico! —exclamó Bertha, alcanzando la botella de vino y volviendo a llenarse el vaso—. Era muy guapo.

—Creo que Aubrey estaba un poco disgustado. Estaba acostumbrado a que todo el mundo se fijara en él. Daba por sentado que podía tener a la chica que quisiera. Entonces la chica en la que apenas se había fijado se enamoró de su hermano y de repente decidió que la quería para él. Rupert y Florence se casaron al comienzo de la guerra. Es muy triste que en realidad pasaran tan poco tiempo juntos.

—¿Qué fue de Florence después de la muerte de Rupert? —preguntó Max.

—No lo llevó muy bien. A pesar de haber encontrado y enterrado el cuerpo de Rupert, seguía aferrada a la esperanza de que apareciera de repente, de que hubiera habido un error. Pobrecita, no podía aceptar que se había ido. Entonces Aubrey le propuso llevarla a Holanda a visitar la tumba de Rupert. Creo que ayudó mucho. Mis padres fueron después, al igual que mi hermano gemelo Julian y yo. Era importante que Florence fuera. Aubrey la acompañó, lo que fue muy amable. Él era así de bueno. Pero tenía debilidad por ella. Lo notaba en la forma en que la miraba y en cómo hablaba de ella. Había ternura. En realidad era triste porque ella nunca superó lo de Rupert. De todos modos, cuando volvió se mudó aquí. —Cynthia recorrió la casa con la mirada—. Era el lugar perfecto para ella. Podía estar cerca de la familia de Rupert y de sus propios abuelos, que vivían en The Mariners. Ahora es un hotel.

—Sí, me he alojado allí —dijo Max.

—¿Sabías que había una conexión entre ese lugar y Rupert?

—No hasta que Bertha me lo contó.

Cynthia miró a Bertha.

—No veo la hora de leer tu libro —dijo.

—Y yo no veo la hora de terminar de escribirlo. Ha sido un trabajo duro. —Bertha arrastraba las palabras. Tosió y bebió un sorbo de vino.

—Entonces Flo anunció un buen día que se iba a vivir a Australia —prosiguió Cynthia—. Fue un golpe terrible. Se llevó a Mary Alice y eso fue todo. Se fue. Nunca regresó.

Max frunció el ceño.

—¿Crees que le resultaba demasiado duro vivir sin Rupert?

Cynthia suspiró.

—Recuerdo que me dijo que dondequiera que mirara le recordaba su muerte.

—¿Te mantuviste en contacto con ella?

—Al principio sí. Luego nos distanciamos. Su madre regresó con su marido…, ¿cómo se llamaba?

—Oliver —dijo Bertha—. Estuvieron solo unos años en Australia.

—¿Y Florence se quedó? —preguntó Max.

—Se casó de nuevo. Me escribió y me envió una fotografía de su nuevo marido y de ella. Él era australiano, así que ella hizo su vida allí. Fue muy triste para nosotros porque no conocimos a la hija de Rupert. Intercambiamos tarjetas de Navidad, claro, y cuando murieron mis padres, recuperamos el contacto durante un tiempo. Ella me enviaba su nueva dirección cada vez que se mudaba. Creo que ahora vive con su hija y su yerno. El segundo marido de Florence murió hace Dios sabe cuánto tiempo. Pero ella nunca volvió y yo nunca fui allí. Está demasiado lejos y odio volar.

—Yo también —dijo Bertha—. Creo que voy a acostarme. Tengo un poco de sueño.

—Te acompañaré a tu habitación —dijo Cynthia, levantándose—. ¿Dónde está el perro?

—¿Toby? ¿Lo he traído?

—Sí.

—Iré a buscarle —dijo Max. Empezó a dar vueltas por el jardín, silbando.

—No le mires a los ojos —le recordó Bertha mientras cruzaba el césped y entraba en la casa.

No había ni rastro de Toby en el jardín. Max siguió silbando, pero estaba claro que el perro había decidido investigar la propiedad por su cuenta. Max decidió dar una vuelta por la finca para ver si lo encontraba, antes de conducir hasta Gulliver's Bay con la esperanza de toparse con Robyn. No tenía sentido fingir que había alguna otra razón por la que quisiera ir allí. Si la suerte estaba de su lado, había posibilidades de que se encontraran en el pub.

Max se puso en camino. Cuando llegó a la bifurcación, eligió el camino que llevaba a la casa. Si Aubrey lo encontraba invadiendo su propiedad, simplemente le explicaría que se alojaba en casa de Cynthia y que estaba buscando a Toby.

Mientras deambulaba por el camino, pensó en Florence. Era asombroso que la esposa de Rupert siguiera viva. Tampoco era tan vieja, era solo que podría haber sido su esposa en otra vida. Era extraordinario imaginar que tal vez la había amado una vez y, sin embargo, no lo recordaba. Sabía lo que Robyn, Olga o Daphne dirían, que no debía recordar porque ahora estaba aquí para centrarse en su vida presente, no para distraerse con las pasadas. Pero su alma amaba a Florence a un nivel profundo y subconsciente. Era posible que hubieran estado juntos en otras vidas y que volvieran a estarlo en el futuro. ¿Cuántas personas más había en el mundo que alguna vez, en otra encarnación, hubieran significado algo para él? Para empezar, Cynthia habría sido su hermana y, sin embargo, no tuvo ninguna sensación de *déjà vu*. Si de verdad hubiera sido Rupert, ¿no sentiría algo?

Max siguió caminando, olvidándose de silbar a Toby. Cuando vio la casa, se detuvo y la contempló con asombro. Le resultaba familiar, pensó con creciente excitación. Pero no estaba seguro de que su sensación de familiaridad no se debiera a que quería reconocerla. Claro que ya la había visto, pero solo de lado y no de cerca. La casa era como otras casas isabelinas que había visto. El estilo en sí le resultaba familiar y, sin embargo, tenía la extraña sensación de haberla visto antes, pero no podía retener esa sensación el tiempo suficiente para explorarla. Era algo intangible e inexplicable. Un olorcillo, nada más, de un recuerdo enterrado en lo más profundo. Un aroma que se captaba y enseguida se perdía en el viento.

Max no se sentía cómodo vagando por la propiedad de otra persona. Se acordó de Toby y silbó, pero el perro no salió de un salto de un arbusto. El jardín estaba tranquilo salvo por el canto de los pájaros, que resonaba de manera indolente entre los árboles. Max esperaba que el perro no se hubiera perdido. Volvió a la casa.

Teniendo en cuenta que Daphne estaba escribiendo un libro sobre la reencarnación que incluiría la historia de Max, decidió compartir sus experiencias con Cynthia. Aprovechó la oportunidad mientras Bertha dormía en el piso de arriba. Cynthia preparó una taza de café para ambos y se sentaron fuera a tomárselo mientras el sol empezaba a ocultarse tras los árboles. Ella escuchó con interés. Cuando Max terminó, sacudió la cabeza con incredulidad.

—Es una historia extraordinaria, Max. No sé qué decir. No creo en la reencarnación, pero el vicario me dijo algo curioso cuando Florence se fue. Dijo que probablemente fue bueno para ella dejar Pedrevan y empezar de cero en un lugar nuevo. Verás, ella había ido a verlo después de encontrar un poema en un libro en el mercado de flores. No sé muy bien cómo lo encontró, pero le pareció que era una señal de Rupert. Se llamaba *Espérame*. Creo que decía algo así como: «Espérame y volveré». Florence creía que Rupert volvería. No sé muy bien si creía que volvería en espíritu o en persona. El reverendo Millar pensó que debía ser en espíritu, porque en ese momento ella había aceptado que Rupert estaba muerto. Pero ahora que mencionas la reencarnación, tengo la sensación de que tal vez se refería a eso. —La bondad brillaba en sus ojos—. Me gustaría que tu historia fuera cierta porque me gustaría pensar que Rupert sigue vivo, Max. Pero cuesta hacerse a la idea, ¿no? Es decir, la idea de regresar en otro cuerpo es peculiar. Sé que no es una idea novedosa, pero no me resulta muy familiar. —Sonrió con suavidad—. No soy una cristiana devota, así que no es que vaya en contra de mis creencias. Es más bien que me parece extraño y..., bueno..., increíble. Como de ciencia ficción. Pero me alegro de que me lo hayas explicado. Ahora entiendo por qué querías que te hablara de Rupert en concreto. Reconozco que te pareces a él, pero estamos emparentados, ¿no? Así que no es tan extraño. No creo que Aubrey se lo trague. Si le conoces, yo no se lo mencionaría. No querrá hablar de Florence ni del pasado. Le afectó mucho que ella se fuera. Eran muy amigos. —Entrecerró los ojos mientras pensaba durante un instante—. Veré si consigo que Aubrey me permita enseñarte Pedrevan mañana. No querrá ver a Bertha. No querrá que le interroguen sobre la familia. Así que puede que se esfume. Pero no hay razón por la que yo no pueda enseñarte la casa. Ahora que has venido hasta aquí, sería una pena que te fueras sin haberla visto.

—Me encantaría, Cynthia —dijo Max.

—Veré lo que puedo hacer. Ahora tenemos que encontrar a ese maldito perro. —Se rio mientras se levantaba—. Te enseñaré dónde vas a dormir.

—Luego podría ir al pub. Me gustaría ver a un viejo amigo.

—Buena idea. La cena será a las ocho. Nada especial.

—Eres muy amable al invitarnos —repuso Max, siguiéndola al interior de la casa y subiendo la estrecha escalera.

—En realidad, me habéis hecho un favor. Una se siente sola. Soy viuda. No hace mucho, solo cinco años. Todavía me estoy acostumbrando. Es agradable tener compañía y, a fin de cuentas, tú eres de la familia.

La habitación de Max era acogedora, con una gran cama de matrimonio. Cynthia había puesto unos guisantes de olor en un jarrón sobre la cómoda. Max dejó su bolsa de viaje sobre la cama. Al hacerlo, Toby salió de debajo.

—¡Qué alivio! —exclamó Cynthia—. Ya nos imaginaba dando vueltas por la finca, buscándolo.

—No le mires a los ojos —advirtió Max. En cuanto esas palabras salieron de sus labios, el perro saltó y empezó a montarle la pierna—. Demasiado tarde —dijo, y los dos se echaron a reír.

Max se dirigió al pueblo en su coche y aparcó delante del pub. Estaba anocheciendo. Un cálido y cobrizo resplandor bañaba el pueblo. La suave luz del final del verano. Entró en el pub. Esperaba ver a

Robyn. Sabía que era una posibilidad remota, pero hasta el momento la serendipia había hecho de las suyas en todo momento, así que ¿por qué no ahora?

Fue a la barra a pedir una copa. Entonces vio a Daniel levantarse de una mesa ocupada por hombres. Entusiasmado por su suerte, se acercó a él.

—Hola, Daniel.

Daniel le miró, sorprendido.

—Max, ¿qué haces aquí?

—Visitando a una pariente mayor —dijo. Daniel no parecía tan feliz de ver a Max como Max lo estaba de verlo a él—. ¿Cómo está Robyn?

—Muy bien. Robyn está genial. Ha pasado mucho tiempo.

—Cuatro años —dijo Max—. Desde vuestra boda.

—Por supuesto.

—Qué lástima que hayamos perdido el contacto.

—¿Cuánto tiempo te quedas?

—Solo el fin de semana. Me iré pasado mañana.

Daniel asintió.

—Le diré a Robyn que estás aquí.

—Te daré mi número. —Max fue a la barra y pidió papel y bolígrafo al camarero. Anotó el número de teléfono de la casa de Cynthia—. Me quedo en casa de mi pariente. Me encantaría veros a los dos. ¿Quizá podamos venir a cenar aquí mañana por la noche?

—Sí, sería estupendo. Le diré que te llame y quedaremos.

Max sonrió.

—Bien. Entonces nos vemos mañana. —Vio marchar a Daniel y se sentó en un taburete de la barra—. Una cerveza, por favor —dijo. Suspiró de felicidad. Iba a ver a Robyn.

24

Max esperaba que Robyn llamara esa noche, pero el teléfono no sonó. Pasó la hora de la cena y a las diez y media se fue a acostar lleno de decepción. Robyn no iba a llamar a esa hora. Tal vez llamara por la mañana.

Pasó una noche agitada. La cama era grande y cómoda. El susurro de las hojas y el ulular de un búho que se colaban por la ventana abierta resultaban sedantes, pero tenía un nudo en el estómago. La sensación de que algo no iba bien. ¿Por qué no había llamado Robyn? Hacía cuatro años que no la veía, así que al enterarse por Daniel de que estaba aquí, en Gulliver's Bay, sin duda habría agarrado de inmediato el teléfono y le habría llamado. ¿Por qué no lo había hecho?

El amanecer se coló entre los huecos de las cortinas con el tímido sonido del canto de los pájaros. Max miró el reloj. Eran las cinco y media. Debía de haberse quedado dormido, pero se sentía alerta y el revoloteo nervioso de su estómago no había hecho más que intensificarse. Esperaba que Robyn llamara durante el desayuno.

Era inútil intentar quedarse dormido otra vez, así que se vistió, agarró la cámara y bajó las escaleras de puntillas, con cuidado de no despertar al perro dormido por si ladraba y despertaba a Cynthia. Imaginaba que nada podía perturbar el sueño de Bertha después de la cantidad de vino que había bebido en la cena. Se respiraba paz en el jardín. Una sensación de sosiego antes de que empezara el ajetreo del día. Hizo unas cuantas fotos de la casa y luego se paseó por los parterres, intentando disfrutar de las flores y de los arbustos que se agitaban bajo el velo del amanecer. Sin embargo, su placer se veía empañado. Quizá Robyn no quería verle. Al fin y al cabo, hacía cuatro años que no se ponía en contacto con ella. Tal vez la había perdido de verdad.

Con una punzada de nostalgia, recordó cuando la besó en la cueva; un recuerdo que no se había apagado ni perdido su brillo. Aún podía sentirla contra él, su mano en la cara, sus labios contra los suyos. Aún podía saborearla. Había resultado tan natural... El tópico era cierto: parecía que estuvieran hechos el uno para el otro. Paseó inquieto por el jardín pensando en lo mucho que la amaba. No era solo algo físico; si bien su atracción por ella era innegable, también era algo espiritual. Nunca había sentido una conexión así con nadie, ya fuera hombre o mujer. Robyn era la primera persona con la que podía hablar de verdad. La primera persona que le escuchaba y le comprendía. Cuando estaba con ella ya no sentía ese anhelo insaciable e indefinible, esa sensación de estar solo, de ir a la deriva; se sentía completo. Ya no importaba que estuviera casada con Daniel. Solo la quería en su vida, de la forma que fuera. Quería poder descolgar el teléfono de vez en cuando y oír su voz. Saber que tenía una amiga en ella. No era propio de Robyn darle la espalda. El hecho de que no hubiera llamado anoche debía de ser deliberado. Si no llamaba hoy, tenía que aceptar que ya no le quería en su vida.

Cynthia bajó a las ocho para desayunar y encontró a Max ya en la mesa de la cocina, hojeando un libro sobre las playas de Cornualles que había encontrado en el salón. Su Leica estaba sobre la mesa a su lado.

—Rupert tenía una cámara así —dijo, agarrándola y echándole un buen vistazo—. Le encantaba hacer fotos. Creo que si hubiera sobrevivido a la guerra, habría sido un buen fotógrafo. Era muy creativo. Por desgracia, no vivió lo suficiente como para explorar esa faceta suya.

Esta revelación significaba más para Max de lo que Cynthia podía imaginar.

—¿En serio? —preguntó con asombro.

A Cynthia le sorprendió su reacción. Sonrió y bajó la cámara.

—Sí, estaba muy orgulloso de su Leica. Le acompañaba a todas partes. ¿Qué te apetece desayunar? —Cynthia preparó café y tostadas a Max y se sentaron juntos a charlar mientras Bertha seguía durmiendo en el piso de arriba—. Hablando de cámaras, se me ocurrió algo en mitad de la noche —dijo, levantándose de la silla—. Tengo una fotografía que quizá te interese ver. —Desapareció un momento y volvió con un marco plateado—. Son Rupert y Florence el día de su boda. Es la única foto que tengo de ellos dos juntos. He pensado que te gustaría verla. —Se la dio a Max.

Max buscó en su interior una sensación de *déjà vu*, pero solo sentía curiosidad y una intensa fascinación. Rupert y Florence estaban sonriendo. La foto irradiaba felicidad, como si fueran rayos de sol. Rupert era muy guapo. Tenía un aspecto muy atractivo, con el pelo oscuro retirado de la frente, que dejaba ver un pico de viuda digno de una estrella de cine, y unos profundos ojos oscuros. Formaban una pareja muy glamurosa: él era alto y elegante; Florence era al menos treinta centímetros más baja que él, delgada y femenina con su vestido cortado al bies. Dejando a un lado la reencarnación, el hecho de que estas dos personas, que tan enamoradas se veían, estuvieran solo unos pocos años más juntos antes de que la muerte los separara entristeció mucho a Max. Contempló el rostro de Rupert, tratando de reconciliar al hombre que era ahora con el que una vez fue, y sintió que su tristeza aumentaba, porque no podía compartir esta fotografía con Robyn.

Bertha bajó a desayunar a las nueve con Toby, que corrió al jardín y le montó la pierna a Max a la primera oportunidad. Una hora más tarde, Cynthia sugirió que visitaran la casa. Esa mañana había intentado llamar a Aubrey, pero no le había contestado.

—Creo que deberíamos ir y probar suerte.

El teléfono no había sonado. Max aún albergaba la esperanza de que Robyn llamara, pero cuando salieron de la casa, esa esperanza se desvaneció. Tuvo que aceptar que no iba a hacerlo.

Los tres atravesaron los jardines para llegar a la casa principal. Fue más rápido que la ruta que Max había tomado el día anterior, incluso a su ritmo pausado. Toby trotaba y olisqueaba el suelo con entusiasmo. Bertha se había fumado dos cigarrillos durante el desayuno, pero se las arregló para contenerse durante el paseo. El aire olía a pino, a hierba cortada y al fresco aroma salobre que el viento había recogido al cruzar el mar.

—Freddie Laycock me besó bajo ese árbol —comentó Bertha, señalando con un dedo nudoso y amarillento un majestuoso cedro que dominaba el césped.

Cynthia se rio.

—¿Dejaste que Freddie Laycock te besara?

—Fue un reto. John le tendió una trampa. Yo debía de tener unos quince años. Al pobre Freddie lo mataron en Normandía.

—Sí, eso fue muy triste —convino Cynthia—. Muchos de esos chicos jamás volvieron a casa. Cuando miro a mi alrededor, me acuerdo de todos ellos. Eran tiempos felices antes de la guerra, ¿no? Todo era tan inocente... No creímos que habría otra guerra, no después de la anterior. Los adultos eran más sabios y sabían lo tonta que puede llegar a ser la gente, pero nosotros seguíamos con nuestras vidas en una feliz ignorancia. Hasta que ocurrió. Entonces las cosas se pusieron serias. Y desde entonces todo ha sido así.

La casa apareció a la vista y se detuvieron un momento para contemplarla. Max se acercó la cámara al ojo y sacó algunas fotos.

—Imagina a Aubrey, deambulando él solo por ahí. Qué triste. Solía ser muy divertido. No sé qué le pasó —reflexionó Cynthia.

—Yo sí —adujo Bertha—. La guerra fue lo que pasó.

—Tal vez sea tan simple como eso. Qué sé yo. Simplemente no fue el mismo después de la muerte de Rupert.

—Puede que Pedrevan sea una carga —sugirió Bertha—. A fin de cuentas, le estaba destinada a Rupert. Quizá Aubrey no la quería en realidad. Es toda una responsabilidad. En su historia había tanta diversión, que imagino que le resultó imposible mantenerla. Esta casa debería estar llena de gente y no dejarla languidecer en la sombra. —Exhaló un suspiro—. Pero es preciosa, ¿verdad?

—Muy bonita —asintió Cynthia.

—Debe de ser cara de mantener —dijo Max, preguntándose si el dinero habría influido en el declive de Aubrey.

—Imagino que es un gran agujero negro que se traga el dinero como si fuera agua. Pobre Aubrey. Vamos, entremos.

Se acercaron a la puerta y llamaron al timbre. Hubo una larga espera antes de que descorrieran los cerrojos de forma ruidosa y apareciera un rostro, pálido y anguloso, en la rendija.

—Señora Smith-Teddington —dijo una voz grave al reconocer a Cynthia.

—Hola, Bracks. ¿Está Aubrey?

—No, ha salido.

—Bien. Me gustaría enseñarle la casa a mi primo. —Bracks abrió la puerta de par en par. Era un hombre mayor y encorvado y parecía que llevara siglos atendiendo la puerta—. He intentado hablar con él —repuso Cynthia, cruzando el umbral—. ¿Es que aquí nadie contesta al teléfono?

—Es una casa grande. A veces nadie lo oye.

—Sí, bueno, puedes decirle que debería instalar más teléfonos. Es muy incómodo no poder contactar con él.

—¿Les apetece un té o un café? —preguntó Bracks, cerrando la puerta y echando el cerrojo de nuevo.

—No, gracias. Acabamos de desayunar.

—¿Le importa si fumo? —preguntó Bertha.

—Puede fumar en la salita —dijo Bracks.

—Ah —dijo Bertha, decepcionada. Pero su deseo de fumar superaba su interés por la visita—. Vamos, Toby, vamos a sentarnos allí. A fin de cuentas ya conozco la casa y según parece no ha cambiado en cincuenta años.

Cynthia le enseñó la casa a Max. Dejó de intentar encontrar su antiguo yo en las habitaciones revestidas de madera y empezó a apreciarla como lo que era: una impresionante mansión isabelina. Entre la colección de cuadros había retratos de los antepasados de los Dash. Cynthia le contó algo de la historia, pero a él le interesaban más las historias de su infancia allí. Cada habitación tenía una historia y ella disfrutó retrocediendo en el tiempo y reviviéndolas. Cuando por fin llegaron al salón, a Max le llamó inmediatamente la atención un retrato de los cuatro hijos de los Dash, Cynthia,

Julian, Aubrey y Rupert, que colgaba de dos cadenas de latón en la pared del fondo. Se distinguía de los demás porque era más moderno, pues se había pintado cuando eran adolescentes, con colores vivos, casi chillones. Cynthia y Julian estaban sentados juntos en el tronco de un árbol talado, mirando un libro abierto sobre las rodillas de Cynthia mientras que Aubrey estaba de pie a su derecha, con unos pantalones de tenis color crema y un polo a juego y una raqueta de tenis en la mano. Sonreía con esa despreocupación de la que tanto había oído hablar Max. A la izquierda estaba Rupert. Llevaba unos pantalones de vestir y un chaleco de pico sin mangas, pero no sonreía. Su boca era un mohín petulante y había una expresión taciturna en sus oscuros ojos. En sus manos sujetaba una pitillera de plata abierta, como si estuviera a punto de sacar uno y colocarlo entre aquellos malhumorados labios. Estaba claro que no quería que le hicieran un retrato. Cuando Max lo comentó, Cynthia se echó a reír.

—No, no quería. No posamos juntos. Solo para la composición original. Luego el artista nos llevó a cada uno a su estudio por separado. Rupert se quejó. No le gustaban las fotografías ni los retratos de sí mismo. No tenía paciencia. Nuestro padre insistió y no hubo manera de que se librara. A Rupert no le interesaba la alegría de Pedrevan. Papá era un consumado hombre de mundo. Adoraba a la gente y quería crear aquí un patio de recreo para disfrute de todos. Rupert no quería ser parte de eso. Aubrey dominaba porque era muy simpático y los juegos se le daban de fábula. Cuanto más brillaba, más se retraía Rupert.

En ese momento entraron tres perros Weimaraner en la habitación, seguidos por Aubrey. Bracks debía de haberle contado lo de Cynthia y sus invitados deambulando por la casa, porque no pareció sorprenderse lo más mínimo al verlos.

—Hola, Cynthia —dijo.

Max contempló al anciano que había ignorado su carta y no vio a un cascarrabias gruñón, sino a un hombre asolado por la tristeza. Estaba un tanto encorvado, como si se disculpara por existir. Max extendió la mano y se presentó como el nieto de Hartley Shelbourne.

Aubrey sonrió al oír hablar de Hartley. No era la atractiva sonrisa del joven del retrato, pero había rastros de ella.

—¿Cómo está Hartley? No le he visto desde antes de la guerra.

—Tan excéntrico como siempre —respondió Max.

—Siempre fue todo un personaje —adujo Aubrey—. Dale recuerdos de mi parte.

—Claro, lo haré.

—Le estoy enseñando la casa a Max —intervino Cynthia.

—Está investigando sobre la familia. Pensé que tenía que visitar Pedrevan.

—Sí, me escribiste, ¿verdad? —dijo Aubrey, con ojos cansados que parecían avergonzados—. Lo siento, creo que no te contesté. La correspondencia no es lo mío.

—No te preocupes —dijo Max—. Me alegro de verla ahora. Es una casa magnífica.

—Sí, lo es —convino Aubrey, pero su tono delataba cierta desilusión, como si la carga de la responsabilidad pesara sobre sus hombros.

Max se limitó a hablar del presente y le preguntó a Aubrey por los jardines. Bertha entró con Toby justo cuando la cosa empezaba a ponerse un poco embarazosa. Los tres Weimaraners se acercaron a olisquear al perrito y Toby, alarmado por el tamaño de los tres enormes animales, rodó sobre su lomo en señal de sumisión.

—Hola, Aubrey —saludó Bertha—. Has aparecido de la nada, ¿verdad?

Aubrey la saludó con frialdad.

—Hola, Bertha.

—No te preocupes, no voy a interrogarte sobre la familia. Ya tengo toda la información que necesito. Todos los demás han sido muy comunicativos.

—Bien —repuso, y Max se dio cuenta de que estaba aliviado de dar el tema por zanjado.

—Dios mío, mira ese retrato —dijo Bertha—. ¿No eras tú el apuesto Dash? —adujo con una risa ronca—. Y mira a Rupert. Él también era apuesto, solo que de un modo más melancólico. —Max miró a

Aubrey. Su lenguaje corporal decía que no quería verse arrastrado al pasado. Era evidente que le resultaba doloroso aun después de tantos años. Pero Bertha tenía la sensibilidad de un toro y continuó como si tal cosa—: Qué triste que Rupert muriera. Me pregunto qué le habría parecido Pedrevan. De los dos, habría dicho que tú continuarías con la diversión y Rupert cerraría las puertas a cal y canto. Sin duda Florence habría continuado con la fiesta. Le gustaban las fiestas más que a nadie.

A Cynthia se le iluminó la cara.

—¿Recuerdas aquella fiesta en la playa? La última fiesta del verano. Florence se tomó muchas molestias. Fue preciosa. —Suspiró con nostalgia—. Ah, la hoguera, las luces parpadeantes y esa cueva mágica, iluminada como la gruta de un hada. Era tan maravillosa y creativa, ¿verdad?

Max miró de nuevo a Aubrey. Su rostro estaba impasible, salvo por una leve mueca en la comisura de los labios.

Bertha estaba en racha.

—Es extraño que se fuera y nunca regresara. Siempre me he preguntado por qué. —Se volvió hacia Aubrey—. Florence se llevó a Mary Alice a Australia y nunca regresó. Eso no solo es triste, sino también egoísta. Mary Alice no conoce a su familia. ¿Por qué crees que lo hizo?

—Creía que habías dicho que no ibas a interrogarme sobre la familia —dijo Aubrey con frialdad.

Cynthia frunció el ceño.

—Flo dijo que nuestros hijos serían tan buenos amigos como lo fuimos nosotras. Pero supongo que las personas nos hacemos adultas y ya está. Debería ponerme en contacto con ella. No sé por qué lo dejé pasar.

Max se preguntó por qué las dos mujeres no captaban la incómoda energía que se acumulaba en torno a Aubrey. Cuanto más hablaban de Florence, más se le ponían los pelos de punta. Max suponía que Florence había querido dejar atrás su dolor en Inglaterra, pero no iba a aportar su opinión, ya que no había conocido a ninguno de ellos, al menos en esta vida.

—Es extraño que le negara a su hija una relación con la familia de su padre. Piensa en lo que se ha perdido —continuó Bertha.

—Bueno, se casó de nuevo, ¿no? En cuanto lo hizo, se comprometió totalmente con su nuevo hogar —dijo Cynthia.

Entonces, al ver que la mueca que se dibujaba en los labios de Aubrey se marcaba más, Max se preguntó si había estado enamorado de Florence. Tal vez por eso le había perseguido la infelicidad. Reconocía aquella expresión de dolor en el rostro de Aubrey porque la había visto a menudo en el espejo: la expresión del amor no correspondido.

—¿Te gustaría ver el jardín? —le preguntó Aubrey a Max, y este sintió que intentaba agarrarse a un salvavidas. No creía que a Aubrey le interesara enseñarle el jardín o pasar tiempo con él, tan solo quería dejar la conversación sin ser maleducado.

—Me encantaría —respondió Max.

—Bien —repuso Aubrey con decisión y un destello de gratitud iluminó su rostro. Llamó a los perros y salió del salón tan rápido como pudo, dejando a Cynthia y Bertha bajo el retrato mientras hablaban de Florence y su segundo marido.

Una vez fuera, Aubrey respiró hondo, como si se sintiera aliviado por haberse liberado de su hermana y de su prima. Atravesaron el césped y los perros saltaron con entusiasmo entre los arbustos.

—¿Es tu primera vez en Gulliver's Bay? —preguntó Aubrey.

—No, he estado varias veces. Me alojé en The Mariners. ¿Lo conoces?

Aubrey asintió.

—Era un domicilio particular. Creo que Edwina y Gryff han hecho un buen trabajo. Lo han conservado tal y como era.

—Sí, no parece en absoluto un hotel.

Entonces Max se sorprendió hablándole a Aubrey sobre Robyn. Salió de golpe, como el agua hirviendo en una olla al fuego cuya tapa ya no puede contenerla. No tenía intención de abrir su corazón; de hecho, su lamentable historia sobre Robyn no era algo que quisiera comentar con nadie. Sin embargo, algo en Aubrey le decía que le escucharía con comprensión. Que encontraría un alma afín, un hombre que entendía lo que era amar a alguien que uno no podía tener.

—Me siento como un idiota —confesó Max después de compartir toda la historia—. Nunca debí decirle lo que sentía. Lo estropeé todo.

Aubrey frunció el ceño con aire pensativo.

—No estoy de acuerdo —repuso—. Si no le hubieras dicho lo que sentías, te habrías pasado el resto de tu vida preguntándote si las cosas habrían sido diferentes de haberlo hecho. Unas veces se gana y otras se pierde. —Se encogió de hombros—. La vida es muy larga, Max. Dale espacio y puede que venga a ti.

—Lo dudo. Ahora está casada con Daniel. Tendrán muchos hijos y su vida la absorberá. Si hubiera querido verme, me habría llamado de inmediato. La conozco. Es entusiasta y proactiva. No quiere verme. Creo que la avergoncé. —Sonrió—. Pero no me arrepiento del beso.

—Claro que no —repuso Aubrey, devolviéndole la sonrisa—. Uno nunca se arrepiente de un beso. —Caminaron entre los árboles hasta la pista de tenis. La alambrada verde se había oxidado en algunas partes hasta adquirir un color marrón y había hojas y ramitas esparcidas por la hierba, que habían dejado crecer sin control—. Es difícil imaginar que esto fuera antes una pista de tenis impoluta —comentó Aubrey, como si la viera por primera vez—. No debería haber dejado que se deteriorara.

—Cynthia dice que eras muy buen jugador.

—Lo fui en mi juventud. Hace años que no agarro una raqueta. —Aubrey introdujo los dedos en el alambrado. Pareció transcurrir una eternidad antes de que hablara de nuevo y, cuando lo hizo, su voz sonaba tranquila y melancólica—. Es curioso cómo surgen los recuerdos cuando uno se hace mayor. —Se volvió hacia Max—. No estarás escribiendo un libro tú también, ¿verdad?

—No, me interesé por la historia de mi familia cuando supe que Rupert murió en Arnhem. Yo también estuve en el ejército.

—No la des por perdida, Max —dijo Aubrey de repente, cambiando de tema—. La vida es corta y solo tenemos una. Yo renuncié a alguien a quien amaba hace mucho tiempo y he dejado que esa amargura me corroa. Odio mirar ese retrato porque me recuerda lo que he perdido. Me recuerda el potencial que nunca alcancé. Si tienes que dejarla marchar, hazlo sin remordimientos y sigue adelante, sin permitir que el pasado amargue tu presente.

Max miró a Aubrey, asombrado por el nivel de intimidad que habían alcanzado en tan poco tiempo. Entonces recordó lo que había dicho Robyn: que la vida sería muy solitaria conociendo a todo el mundo por primera vez. Se preguntó si Aubrey y él estaban conectando a nivel del alma.

—Me recuerdas un poco a Rupert, Max —continuó Aubrey, y una pequeña sonrisa ocupó el lugar de la anterior mueca en sus labios—. Incluso tienes la misma cámara que él. Es curioso que los genes se salten generaciones y aparezcan al azar. Oye, ¿quieres dar una vuelta por la propiedad? No tengo prisa por volver con Bertha. Siempre ha sido muy tediosa.

Max sonrió.

—Tengo que llevarla de vuelta a Londres —dijo, mientras atravesaba lo que antes era un campo de cróquet.

—¡Dios mío! Debes de tener la paciencia de Job.

—Lo que peor llevo es que fume.

—Ah, sí, en nuestra época nos decían que era bueno para la salud. ¿No puedes subirla a un tren?

—Por desgracia, soy el tipo de hombre que cumple con su palabra.

—Un oficial y un caballero. —Aubrey se rio entre dientes—. Entonces solo tienes que sonreír y soportarlo.

—Y escucharla parlotear de la familia. Por cierto, no estoy seguro de que vaya a terminar nunca ese libro —repuso Max, y Aubrey enarcó las cejas—. Creo que es solo una excusa para seguir en contacto con la familia.

—Es probable que tengas razón. Todos tenemos nuestras formas de combatir la soledad.

—¿Cuál es la tuya, Aubrey?

—Creo que empezaré por cortar el césped de la pista de tenis. —Sonrió—. Puede que le saque brillo al viejo trofeo. ¿Te gustaría verlo también?

25

Robyn no llamó ese fin de semana. Max se sintió muy dolido. Pero después de su conversación con Aubrey, se esforzó por ser más tolerante. De hecho, sería una tontería dejar que el rencor le amargara el presente, como sin duda había hecho con el de Aubrey. Haría un esfuerzo por cortar por lo sano y pasar página. Quitó la fotografía de Robyn, que había colocado en un marco de plata sobre la cómoda de su dormitorio, y la guardó en un armario donde dejaría de recordarle su amor no correspondido.

Pasaron los meses y Max disfrutaba más que nunca de su trabajo. Su relación se acabó y volvió a estar soltero. Eso no quería decir que no se permitiera alguna que otra aventura. No le faltaban chicas que quisieran acostarse con él, pero ninguna era lo bastante especial como para conservar su atención una vez que la había captado. Le gustaba vivir en Somerset y había hecho un estupendo grupo de amigos. Había vivido de alquiler bastante tiempo y pensó que tal vez fuera el momento de comprar una casa propia y echar raíces. Pensaba menos en Robyn y en Rupert Dash. Tal vez su historia hubiera terminado ahí si Daphne no se hubiera puesto en contacto con él para recordarle su propósito y ponerle de nuevo en el buen camino.

Había terminado su libro y quería que él leyera la sección dedicada a su historia antes de que se imprimiera. Max esperó con impaciencia a que llegara, se sentó a la mesa de la cocina y leyó el manuscrito sin prisa. Las palabras de Daphne le trajeron todo a la memoria en un torrente de emoción: los sueños, la lectura psíquica de Olga Groot, la regresión, la investigación, Gulliver's Bay, Charlie Shaw, Bertha Clairmont, Cynthia y Aubrey Dash. El viento hinchó sus velas, inyectándole entusiasmo y esa familiar inquietud que le había acompañado a lo largo de su viaje de autodescubrimiento. Volvió a sentirse impulsado hacia delante, conducido a toda velocidad hacia un destino desconocido. En su carta, Daphne mencionaba una posible entrevista en televisión y le preguntaba si estaría dispuesto a hablar de ello en directo. Max no estaba seguro. Las repentinas imágenes de la cara burlona de Elizabeth llenaron su mente de dudas. Robyn había dicho que el mundo no estaba lleno de Elizabeths, pero él seguía pensando que era un lugar hostil a sus creencias y no estaba dispuesto a asomar la cabeza por encima del parapeto. No estaba dispuesto a que dudaran de él. Sin embargo, ese viento era implacable. Si la suya era una historia que había que contar, la televisión era un medio perfecto para hacerlo.

Max llamó a Daphne y le dijo que se lo pensaría.

—Has de tener el valor de tus convicciones, Max —le dijo al percibir sus reservas—. Claro que habrá gente que pensará que dices tonterías, pero también habrá quienes busquen un sentido a sus vidas y tu relato podría ayudarles a comprender para qué están aquí. Existe una razón para que se te haya concedido la capacidad de ser consciente de tu vida pasada. Es un regalo que debes compartir. No escuches la voz de la duda, que es tu ego. Escucha a tu yo superior y confía en él.

Max lo comentó con sus padres y sus abuelos. Ninguno tenía experiencia con los medios de comunicación y desconfiaban. Pero si era lo que quería hacer, no se interpondrían en su camino. Max se lo pensó mucho. Decidió que no iba a dejar que Elizabeth lo controlara. Si ella representaba su miedo, tal vez salir en la televisión nacional y anunciar al mundo que creía haber vivido antes fuera una buena forma de superarlo. No pudo evitar divertirse un poco al pensar en la reacción de Elizabeth si lo viera.

En diciembre, Max se encontraba en una sala verde muy iluminada y funcional de un estudio de televisión de Londres, con la cara maquillada con polvos y el pelo peinado frente a un gran espejo enmarcado por potentes bombillas redondas. Daphne estaba rebosante de entusiasmo. Promocionar su libro en un programa matinal sin duda movería muchos ejemplares. Max, sin embargo, estaba tenso. Estaba nervioso por lo que pensaría la gente. Sabía que no debería importarle. Pero le importaba. Una parte de él ya se estaba arrepintiendo. Desde luego, no estaba de acuerdo con que le empolvaran la nariz con una gran y esponjosa borla de polvos.

Miró su reflejo en el espejo mientras una joven con un piercing en la nariz y un grueso delineado negro en los ojos le untaba el pelo con una gomina de olor dulce. Pensó en Robyn. Si no la hubiera besado en la cueva, tal vez hoy le habría acompañado y le habría dado su apoyo. A fin de cuentas, era amiga de Daphne. Se preguntó, como había hecho muchas veces desde aquel desafortunado día, si seguirían siendo amigos de no haber confesado sus sentimientos. Tal vez su matrimonio con Daniel habría hecho que se distanciaran de todos modos. Maldijo a Daniel por despertarse cada mañana con la mujer que amaba.

—¿Estás bien, Max? —preguntó la chica al notar que su rostro se tensaba a causa del resentimiento.

Max expulsó a Daniel de su mente.

—Claro, estoy bien. ¿Qué me estás poniendo en el pelo?

La joven sonrió.

—Algo para que brilles en la tele.

Una vez en antena, Max se olvidó de las luces y de las cámaras y se concentró en contar su experiencia a los presentadores, de la forma más elocuente y breve posible. Era consciente de que disponía de poco tiempo y de que tenía mucho que contar. Sabía que era probable que Robyn lo estuviera viendo, por lo que se animó y actuó para ella como un actor profesional.

—¿Ha ocurrido de verdad? —le preguntó a Daphne cuando terminó y salieron del edificio.

—Ha sido muy rápido, ¿no? —convino—. Pero ha durado lo suficiente. Hemos contado tu historia. —Le dio un abrazo—. Gracias, Max. Has estado increíble. Si el libro se vende bien, será en gran parte gracias a ti. Tu historia es apasionante.

Max se sentía eufórico tras su experiencia ante las cámaras. Su corazón seguía acelerado.

—Ha sido un placer —adujo y, al volver la vista atrás, en verdad lo había sido. Se sintió bien contando su historia a un público más amplio y sus dudas parecían estar muy lejos por primera vez en su vida.

—¿Sabes? Deberías visitar la tumba de Rupert en Arnhem —sugirió Daphne mientras paraba un taxi—. Es lo único que aún no has hecho. Creo que tienes que hacerlo. Es solo una corazonada.

—Tus corazonadas suelen ser acertadas —Max se rio.

—Avísame. Puede que te acompañe.

—Me encantaría —respondió Max—. No estoy seguro de poder ver mi propia lápida yo solo. —Al pensar en contemplar su propia tumba, deseó que Robyn le acompañara.

Max tenía muchos mensajes en el contestador cuando llegó a Somerset esa tarde. Luego sonó el teléfono. Esperaba oír la voz de Robyn. Pero se llevó una decepción.

—Max, soy Elizabeth. —Max se sorprendió. Elizabeth era la última persona de la que esperaba, o quería, tener noticias. Se le encogió el corazón. Deseó no haber contestado. Ella continuó con un tono de voz indiscreto—. Te he visto en la televisión. Me ha sorprendido tanto que casi se me cae la tisana.

—Qué amable de tu parte llamarme para felicitarme —dijo de forma mordaz.

Elizabeth no captó su sarcasmo.

—Bueno, yo no usaría la palabra «felicitar» —replicó con brusquedad.

Max se la imaginó frunciendo los labios. Suspiró con fuerza.

—Ya me parecía a mí.

—Ha sido…, bueno, muy extraño. Muy extraño, sí.

—Siento haberte decepcionado. Busqué la corte de Enrique VIII en mi regresión, pero en su lugar encontré un campo de batalla de la Segunda Guerra Mundial.

Hubo un prolongado silencio. Luego Elizabeth continuó, ahora con la voz un poco chillona.

—Sabe Dios qué pensarán mis amigos. No puedo creer que hayas salido en la televisión nacional y le hayas dicho a todo el mundo que crees que has vivido antes. Es una locura. ¿Reencarnación? ¿En qué estabas pensando?

—¿Y me llamas para decirme eso? —Max sacó una taza del armario y puso en ella una bolsita de té.

—Alguien tiene que hacerlo, Max. Alguien a quien le importes. Alguien lo bastante valiente como para salvarte de ti mismo. Tengo que ser yo. No creo que nadie más se atreva a ser tan franco, pero te aseguro que todos piensan lo mismo que yo. Están horrorizados. Sé que lo nuestro no funcionó, pero aún te tengo mucho cariño. Peregrine y yo, los dos, te lo tenemos.

—En ese caso, hazme el favor de darle recuerdos a Peregrine de mi parte, y a ti te doy las gracias por llamar, Elizabeth. —Una oleada de felicidad inundó su corazón. Se dio cuenta entonces de la razón de ser de su exprometida—. Debería agradecerte tu escepticismo, Elizabeth —continuó—. Has sido la clave de mi desarrollo espiritual, porque sin ti nunca me habría visto empujado a escarbar en busca de la verdad y nunca habría aprendido a creer en mí mismo. Tú, Bunny, has sido crucial. Ahora, vuelve corriendo a tu madriguera y no vuelvas a llamarme. —Colgó.

Max estaba harto de ser educado.

Los mensajes de su contestador estaban llenos de apoyo. Había escuchado la mitad, cuando volvió a sonar el teléfono. Lo descolgó, furioso.

—Creí haberte dicho que no me llamaras.

Hubo un prolongado silencio. Luego se oyó una voz suave.

—¿Max? Soy Robyn.

Max se sentó, impactado por la sorpresa.

—Robyn. Hola. Perdona, creía que eras Elizabeth.

Ella se rio. Esa vieja risa familiar que tanto le gustaba.

—Supongo que ha sido la primera persona que te ha llamado.

—Por supuesto.

—Y te llamaba para decirte lo bien que has salido en la televisión.

—Piensa que he estado sensacional.

Robyn volvió a reír. Cuatro años se disolvieron como columnas de sal.

—Bueno, a mí sí me parece que has estado sensacional. De verdad, Max. Has estado elocuente, inteligente, honesto y creíble.

—Gracias.

—Me he sentido muy orgullosa de ti. Tanto de ti como de Daphne. Me alegro mucho de que le permitieras incluir tu historia en su libro. La gente necesita oír esto. Tiene que saber que la vida no es solo lo que experimentan con los cinco sentidos. —Hizo una larga pausa que Max no creyó necesario llenar. Luego dijo con tono melancólico—: ¿Qué pasó con nuestro libro?

—La vida se interpuso —se apresuró a responder Max.

—Así fue. Pero no debemos dejar que se interponga de nuevo. Somos viejos amigos. —Max sabía que Robyn no entendía la palabra «viejos» del mismo modo que los demás.

—Lo sé. Es una pena que no nos encontráramos en Gulliver's Bay el año pasado. Debería haber hecho un mayor esfuerzo para ponerme en contacto contigo.

—¿Cómo dices, Max? —Parecía desconcertada—. ¿Tenías la intención de venir?

Ahora era él quien estaba desconcertado.

—Estuve allí —dijo—. Me encontré a Daniel en el pub y le di mi número para que te lo diera. Esperaba que pudiéramos cenar los tres.

Max pudo percibir su sorpresa al otro lado del teléfono; era la primera noticia que tenía al respecto. Max supo entonces que Daniel no le había dado su mensaje.

—Oh, Max —suspiró, con la voz cargada de pesar—. Debes de haber pensado lo peor de mí.

—No tanto. —Se le levantó el ánimo al darse cuenta de que al final no la había perdido.

—Me habría encantado verte —declaró.

—A mí también. No te preocupes. Volveré a ir por allí.

—Lo siento mucho.

—No te disculpes.

—Me mortifica que pensaras que no quería verte. Supongo que eso es lo que Dan quería que pensaras. —Volvió a suspirar, esta vez con abatimiento—. Para serte sincera, las cosas no van muy bien entre nosotros.

Max no quiso que pareciera que se alegraba demasiado al oír eso. Así que reprimió su alegría.

—Razón de más para que nos veamos y pueda animarte.

Ella se rio con suavidad.

—Eres un buen amigo, Max. ¿Por qué no nos hemos visto en tanto tiempo? ¿Qué ha pasado?

—Nada, Robyn. Te casaste. Eso es lo que pasa cuando la gente se casa. Es difícil mantener una relación cercana con una persona del sexo opuesto. Está claro que a Daniel no le gustaba.

—No era posesivo antes de casarnos.

—Algunas personas cambian.

—Y otras no. —Max sabía que se refería a él—. ¿Has encontrado a alguien bueno con quien compartir tu vida?

«Solo quiero compartirla contigo», era lo que Max quería decir. Pero ya lo había dicho antes y habían pasado cuatro años de silencio. No iba a cometer el mismo error otra vez.

—Oh, alguna que otra novia, pero nada serio —respondió con indiferencia—. No creo que sea de los que se comprometen.

—Lo serás cuando encuentres a la persona adecuada.

Max quería gritar que ya la había encontrado. Hizo uso de todas sus reservas de autocontrol para contener la lengua.

—Quiero oír lo que has descubierto en los últimos cuatro años. ¿Tienes tiempo para contármelo todo ahora?

—No tengo otra cosa que hacer que hablar contigo —repuso Max. Podría haber hablado con ella todo el día y toda la noche con mucho gusto. Toda la vida.

—Estupendo. Entonces, ¿por qué viniste a Gulliver's Bay?

—Fui para quedarme en casa de Cynthia Dash...

—¡No! —exclamó Robyn con entusiasmo.

—Vive en una casa en la finca. Y también conocí a Aubrey...

Max le contó todas las cosas que había querido compartir con ella, pero que no había podido. El tiempo pasó y bien podrían haber retrocedido cuatro años en el tiempo, a antes de que Max le hubiera confesado lo que sentía, antes de que ella se hubiera casado, antes de que la incomodidad hubiera surgido entre ellos como si fuera una cortina de niebla. Eran dos viejos amigos, planeando su libro.

A Max le habría gustado subirse a su coche de inmediato y conducir hasta Gulliver's Bay, pero estaba el problema de Daniel. Robyn le había dicho que las cosas no iban bien entre ellos, pero no había dado más detalles. ¿Cómo de mal estaban? ¿Tanto como para divorciarse? ¿O se trataba solo de una mala racha? Los matrimonios sobrevivían a las malas rachas. No significaba necesariamente que su matrimonio hubiera terminado. Max sabía que mientras Daniel fuera su marido, no podría verla. No creía que ella fuera de las que se escabullen, aunque Max habría ido con gusto a espaldas de Daniel. Tenía que esperar a que ella le propusiera quedar. Mientras tanto, solo podían hablar por teléfono. También tenía que esperar a que ella le llamara. No podía confiar en que Daniel le transmitiera ningún mensaje o le pasara el teléfono.

Robyn estaba deseando escribir el libro. Según le explicó, sería una novela que discurriría en torno a la verdad, que era el viaje espiritual de Max. El núcleo del libro (los sueños de Max, las lecturas psíquicas, la regresión y la investigación) sería real en tanto que todo lo demás se inventaría para crear una historia convincente. Max sabía que Robyn le haría justicia. Le entusiasmaba la idea de trabajar juntos por fin. Después del aluvión de apoyo que había recibido por parte de amigos y familiares tras su aparición en televisión, sabía que había mucha gente ahí fuera que quería que se les diera una prueba de que había vida después de la muerte. Max confiaba en que su historia se la daría.

En lo más recóndito de su mente tenía la tumba de Rupert en Oosterbeek. Sentía curiosidad por verla, pero también le producía cierta inseguridad, ya que sería muy extraño ver su propia tumba y saber que su cuerpo yacía enterrado bajo ella. Max estaba seguro de que la única parte de una persona que descansaba bajo tierra era la parte mortal y material, pero aun así no sabía cómo reaccionaría. Relegó la idea al fondo de su mente. El Año Nuevo llegó y pasó y los meses transcurrieron sin problemas.

Entonces el destino intercedió de una manera que Max jamás hubiera podido predecir. En ese momento supo sin la más mínima duda que estaba destinado a visitar la tumba de Rupert. Era 1994, justo cincuenta años después de la batalla de Arnhem; demasiada coincidencia para ignorarla. El viento en sus velas era constante e incensate; no dejaría de soplar hasta que hubiera completado su viaje.

Desde que abandonó el ejército, Max había servido en el cuerpo de caballería voluntaria Royal Wessex Yeomanry y participado durante su tiempo libre y los fines de semana. Como jinete consumado, le habían seleccionado para competir contra Bélgica, Francia y Holanda en la Copa Saumur, que se celebraba de forma anual desde 1970. Ese año, el país anfitrión sería Holanda y tendría lugar en Rotterdam (a poca distancia de Arnhem), durante el puente de mayo. La idea de las pruebas era que los Aliados se divirtieran juntos. Un divertido fin de semana de carrera campo a través, salto de obstáculos y una gran cena el sábado por la noche. Max tenía la posibilidad de llevar a un invitado, pero este año no tenía a nadie. Se lo pidió a Daphne, pero ella estaba de gira por Canadá, así que decidió que ese año iría solo.

Max cruzó el Canal de la Mancha en ferry hasta Calais y atravesó Francia y Bélgica en coche. Pensaba ir a Arnhem y Oosterbeek el domingo, después de la competición. Hubiera preferido no ir solo, pero ¿qué otra opción tenía? No podía desaprovechar la oportunidad.

Max se alojó en un hotel de Rotterdam, donde conoció a los demás competidores de su equipo, que habían sido seleccionados en las fuerzas de reserva del ejército y de la armada, lo mismo que él. Dos de ellos habían formado parte del equipo el año anterior y el cuarto era nuevo. Se quedaron hasta tarde en el bar del hotel con algunos de los competidores de los otros equipos, bebiendo cerveza y conociéndose unos a otros. El ambiente era festivo. Estaban encantados de estar allí.

Al día siguiente comenzó el evento. Hacía buen tiempo y un ambiente magnífico. Max se vistió con su uniforme y fue al encuentro de su caballo. Le dieron solo veinte minutos para conocer a la bonita yegua castaña antes del comienzo de la fase de campo a través. Disfrutaba del subidón de adrenalina y confiaba en su capacidad. Montaba a caballo desde niño y tenía un talento innato. No tendría ninguna dificultad para manejar esa montura. Emprendió la competición con garra y entusiasmo, decidido a dar lo mejor de sí mismo por su equipo y por su país. Se olvidó de Robyn mientras galopaba por el bosque y saltaba los obstáculos, pero no tardó en retornar a su mente cuando esa tarde se abrió paso por el comedor con sus utensilios para comer. Parecía que todo el mundo tuviera una mujer a su lado excepto él. Max estaba solo.

Nunca le había molestado estar solo, pero ahora sí. Por mucho que tratara de aceptar la vida sin Robyn, le estaba resultando inaceptable. ¿Su vida iba a estar plagada de remordimientos y añoranzas, como suponía que había sido la de Aubrey? ¿Cuál era la lección? ¿Era tal vez parte de su propósito recorrer este camino en solitario? Y, de ser así, ¿cómo iba a sobrellevarlo?

26

El equipo ganador se anunció al final de la cena. Los británicos habían quedado segundos, superados por muy poco por el equipo local. Pero la mente de Max ya se había apartado de la competición y se enfocaba en Arnhem y Oosterbeek. Tenía una extraña sensación en las entrañas, una mezcla de excitación y nerviosismo. Una sensación de culminación inminente, como si su vida se hubiera estado dirigiendo hacia ese momento. Sabía que este viaje al lugar de la batalla y a la tumba de Rupert Dash iba a ser muy significativo, pero no sabía por qué. Supuso que sabría la razón una vez estuviera allí. A fin y al cabo, ¿cuántas veces en su vida había aparecido la persona adecuada en el momento oportuno? ¿Cuántas veces le habían indicado que fuera a un lugar determinado para luego descubrir que era importante? ¿Cuántas veces se había topado, al parecer por accidente, con algún descubrimiento importante, como si ese poder superior en el que creía lo hubiera puesto en su camino? No era casualidad que estuviera en Rotterdam, a solo hora y media en coche de Arnhem.

A la mañana siguiente, Max condujo en silencio. No puso una cinta ni escuchó la radio. Quería estar tranquilo para poder escuchar sus pensamientos. Llegó a Oosterbeek a última hora de la mañana y fue derecho al Museo de las Fuerzas Aerotransportadas de Hartenstein, que había sido el cuartel general de la 1ª División Aerotransportada durante la batalla de Arnhem. Los conservadores habían hecho un excelente trabajo para dar vida a la batalla en las exposiciones. Max buscó en su interior una sensación de *déjà vu*, pero solo sintió la misma fascinación que cuando visitó Pedrevan. Paseó por la Sala del Recuerdo y contempló las fotografías en blanco y negro de jóvenes, muchos de ellos solo unos niños, muertos en combate. Soldados británicos y polacos miraban con seriedad desde los marcos colgados junto a sus medallas. Fue una experiencia aleccionadora y Max se tomó su tiempo. Quería honrar el sacrificio que habían realizado prestando toda su atención a la exposición. Se propuso recordar, pero se mantuvo tan desconectado como cualquier espectador que mira al pasado.

Al final se encontró con los caídos del 10° Batallón y no pudo evitar preguntarse si Rupert conoció alguno de aquellos hombres. Una vez más, le impresionó hasta qué punto se borraba la memoria cuando un alma se encarnaba en una nueva vida. Las personas que conoció cuando era Rupert Dash ahora eran anónimas para él. Mientras se concentraba en su vida como Max Shelbourne, las personas a las que había amado antes, como Florence, quedaban en el olvido. Sabía que cuando por fin bajara del escenario se reuniría con esas almas y sería consciente de sus conexiones, pero que mientras estuviera en el escenario, esos apegos solo le distraerían de su propósito aquí en caso de que fuera consciente de ellos. Y aquellas almas que habían viajado con él de encarnaciones pasadas a esta, como miembros de la familia y tal vez Robyn, solo se recordaban de forma inconsciente, en el calor de la familiaridad y en el vínculo que se forja con facilidad, como si se renovara una vieja amistad más que si se creara una nueva.

Max se quedó pensativo después de visitar el museo. Paseó por el pueblo que tanto protagonismo tuvo en la batalla, aunque Rupert nunca llegó tan lejos, pues pasó las últimas veinticuatro horas de su vida luchando en el bosque y en el páramo. Nunca antes se había sentido tan solo, tan perdido.

Su primera escala después de abandonar Oosterbeek tenía que ser Ginkel Heath. Había estudiado el mapa que le dio Charlie Shaw y había calculado que tendría que volver a Amsterdamseweg y buscar un sitio donde aparcar. La cafetería que había al otro lado de la carretera desde el páramo parecía un buen sitio y consiguió meter el pequeño Alfa en el aparcamiento. Se apeó y caminó hasta el lugar del páramo en el que Rupert había aterrizado a media tarde del 18 de septiembre de 1944. Max sintió de nuevo ese extraño cosquilleo recorrer su cuerpo y la fuerte sensación de haber estado allí antes. Aquel lugar apenas había cambiado en cincuenta años. Era como si volviera a visitarlo, no como si lo viera por primera vez. Estaba solo, contemplándolo igual que las réplicas de un terremoto, que subían por sus pies hasta la parte superior de su cabeza. Se tambaleó, recuperó el equilibrio y permitió que las visiones de su sueño, de su regresión, de su profunda memoria subconsciente, afloraran con los fantasmas de aquellos que habían muerto hacía mucho tiempo.

Pidió un café en la cafetería y regresó al coche. Siguió el mapa al pie de la letra y condujo con cautela por el camino de tierra, en dirección suroeste hacia la vía férrea, dejando Ginkel Heath a su derecha. Rupert bien podría haber tomado esta ruta a pie mientras se dirigía a las tierras altas y boscosas al norte de Arnhem. El coche de Max no estaba hecho para este terreno y tuvo que contener su impaciencia si quería que continuara de una pieza. Tras unos cientos de metros, llegó a una alambrada. Más allá estaba la línea de ferrocarril de Ámsterdam a Arnhem. El camino giraba a la izquierda y Max también lo hizo, maldiciendo mientras los bajos del coche rozaban la tierra. Pasó por delante de la zona de desembarco en que aterrizó la 1ª Brigada Aérea el 17 de septiembre, el primer día de la batalla. Parecía que poco había cambiado en cinco décadas. Solo había bosques y páramos. Esto era lo único que Rupert habría visto durante las últimas veinticuatro horas de su vida. El terraplén del ferrocarril se estaba convirtiendo en una significativa característica y, cuando Max vio la alcantarilla que pasaba por debajo, se apartó de la vía y aparcó.

El resto del trayecto lo hizo a pie, dirigiéndose hacia el noroeste por el páramo para intentar seguir los pasos del Décimo durante la desastrosa retirada. No era difícil imaginar el caos del aterrizaje de los planeadores de la brigada polaca al mismo tiempo que los batallones 10º y 156º se retiraban mientras los alemanes les presionaban con fuerza. Era el escenario de sus sueños y de su regresión y ahora ahí estaba él, en el lugar donde todo había ocurrido cinco décadas atrás. Max encontró Johannahoeve, la granja a la que se dirigía Rupert aquella fatídica tarde. Todavía estaba allí, casi con toda seguridad igual que en 1944. Ojalá esas paredes pudieran hablar, pensó mientras miraba a través de los ojos de Rupert, reviviendo sus últimos momentos e intentando ver lo que él había visto; fugaces recuerdos que iban y venían como jirones de nubes a los que era difícil aferrarse.

Era última hora de la tarde cuando Max se dirigió al cementerio de la Commonwealth, ubicado a las afueras de Oosterbeek. El sol era del color de las naranjas sanguinas en un desvaído cielo azul, el aire era más frío de repente y las sombras se alargaban, arrastrándose por la hierba como espectros. Sabía bien dónde encontrar la tumba de Rupert porque Charlie le había dado indicaciones concretas. Estaba a cuatro metros del capitán Lionel Queripel, que había sido condecorado con la Cruz Victoria, la más alta y prestigiosa condecoración al valor frente al enemigo, por haber sacrificado su vida durante la retirada para cubrir a sus hombres mientras los obligaban a retroceder de manera inexorable desde su posición, que se había vuelto imposible de mantener.

El cementerio estaba muy bien cuidado, con ordenadas hileras de lápidas de piedra de Portland, colocadas con esmero sobre el césped bien cortado. Se respiraba paz.

Max caminó con solemnidad entre las lápidas hasta que encontró la que buscaba. Se detuvo ante ella. Conmovido más allá de lo imaginable, leyó las palabras:

CAPITÁN
R. J. DASH
REGIMIENTO DE PARACAIDISTAS
EJÉRCITO DEL AIRE
19 DE SEPTIEMBRE DE 1944, 28 AÑOS

BIENAVENTURADOS
LOS PUROS DE CORAZÓN
PORQUE ELLOS VERÁN A DIOS
SAN MATEO 5:8

Max se quedó mirando la lápida. Contempló la tierra e intentó hacerse a la idea de que los restos mortales de su anterior encarnación yacían bajo sus pies. Intentó imaginar que había sido otra persona. Asaltado por una oleada de emociones, se sintió frágil de repente, como una hoja al viento, llevada de una vida a otra, de una muerte a otra. Pero entonces, esa sensación de fragilidad se dispersó con la misma rapidez, como la niebla bajo la luz del sol, y entendió por qué había ido allí. Comprendió lo que significaba todo aquello y la oleada de emoción se transformó en gratitud y en un sentimiento de seguridad y de paz. La vida, la muerte y el renacimiento no es más que un ciclo que se repite una y otra vez. Solo existe la muerte del cuerpo, una tras otra, mientras el alma sigue su camino hacia la luz mayor a través de muchas encarnaciones.

Qué afortunado era de saber quién había sido antes. Qué regalo era saber con certeza que el verdadero «yo» no se desintegra con el cuerpo, sino que se eleva por encima del mundo material en el que solo ha residido de manera temporal. El libro que iba a escribir con Robyn era su propósito en esta vida, por eso se le había permitido ver su encarnación pasada y por eso se le había guiado en cada paso del camino hasta este punto de conocimiento. Este era su propósito: compartir su experiencia con otros para que pudieran saber, lo mismo que él, que no existía la muerte, solo la vida eterna.

Entonces levantó la vista y tomó aire. Una profunda y satisfecha bocanada. Sintió la energía de aquel espíritu eterno en su interior y por un momento casi se sintió flotar; uno con todos y con todo al mismo tiempo. Un ser más allá de los límites del tiempo y el espacio.

Una pequeña figura a lo lejos le llamó la atención. Caminaba con paso decidido por la hierba al otro extremo del cementerio. La observó durante un momento sin darse cuenta de quién era. A medida que se acercaba, se fijó en sus andares familiares, su larga melena rubia, la mirada seria y preocupada de su hermoso rostro. Era Robyn.

Parpadeó. ¿Podría ser ella? Parecía imposible. ¿Cómo era posible que lo supiera? Entonces recordó que le había pedido a Daphne que viniera con él. Daphne debía de haber hablado con Robyn y habérselo contado.

Robyn apretó el paso cuando le vio. Su expresión estaba llena de afecto y empatía; su sonrisa era cálida, familiar e íntima. Cuando llegó hasta él, no dijo nada, sino que se limitó a tomarle la mano y mirar la lápida. Leyó las palabras y asintió despacio. Max sabía lo que estaba pensando. No necesitaba decir nada. Le apretó la mano. Ella le devolvió el apretón. Permanecieron juntos, sabiendo que esto era solo el principio, pues tenían un importante trabajo que hacer.

—¿Y Daniel? —preguntó cuando por fin habló.

Robyn no apartó los ojos de la lápida.

—Se acabó, Max —dijo.

—Entiendo.

—No funcionó. Nunca debí casarme con él.

—Estoy de acuerdo —convino Max.

Robyn se giró y le rodeó la cintura con los brazos, apoyando la cabeza en su pecho.

—Ahora estoy aquí —dijo con un profundo suspiro de satisfacción—. Y no voy a ir a ninguna parte.

Max la abrazó y la estrechó contra sí.

—Bien, porque no dejaré que te escapes por segunda vez.

Ella levantó la cabeza y sonrió.

—He sido una tonta —repuso—. Pero ya no lo soy. —Ahuecó una mano en su mejilla y su tierna mirada hizo que a Max le ardiera el cuerpo de deseo—. ¿Recuerdas cuando me besaste en la cueva?

—¿Cómo podría olvidarlo?

—¿Me besarás así otra vez?

Max sonrió. Enmarcó su rostro con las manos, la miró fijamente a los ojos y acercó los labios. Esta vez Robyn no se apartó.

Había una persona a quien Max necesitaba escribir: Florence. Durante el año y medio transcurrido desde su visita a Arnhem había pensado mucho en escribirle y cada vez que tomaba papel y bolígrafo cambiaba de opinión. ¿Qué pensaría ella? Su afirmación era estrafalaria. También podría ser una falta de tacto y de sensibilidad; al fin y al cabo, afirmaba ser la reencarnación de su marido. ¿Y si ella era como Elizabeth? ¿Y si le parecía una tontería? ¿De verdad era sensato molestar a una mujer que ahora tendría más de setenta años? ¿Era necesario?

Por otro lado, ¿y si no era como Elizabeth? ¿Y si eso le daba paz? Max decidió dar el paso. Escribiría a su hija, Mary Alice, y dejaría la decisión a su criterio; a fin de cuentas, Max no tenía ni idea de cuál era el estado de salud de Florence. Cynthia le había dado su dirección en Australia. Si Mary Alice decidía no darle la carta, que así fuera. Esa sería la forma que tendría el universo de decirle que Florence no estaba destinada a leerla.

Max sacó un papel y una pluma y comenzó a escribir.

Querida señora Leveson: Permita que me presente…

27

Sur de Australia, diciembre de 1995

Florence dejó la copa de vino. Salió de la bañera, se secó con una toalla y se puso una bata. Luego se acercó a la mesilla de noche y abrió el cajón. Dentro había una caja de cartón. Se sentó en la cama, apoyó la caja en sus rodillas y levantó la tapa. Dentro estaban los pocos recuerdos que había guardado de Rupert. Entre otras cosas, había cartas atadas con una cinta, sus placas de identificación del ejército, su preciada Leica, un pañuelo de seda que aún olía a él, sus gemelos favoritos, el libro de bolsillo de *El gran Gatsby* de F. Scott Fitzgerald y un poema. Sacó el poema. Con el corazón acelerado, leyó las palabras que había leído mil veces. Las palabras que había envuelto en mil deseos. Las palabras que tanto habían significado.

Espérame y volveré.
Espérame sin desesperar.
Espera cuando los negros nubarrones
de tristeza te hayan de llenar.
Espera cuando la nieve caiga.
Espera en el calor del verano.
Espera cuando todos dejen de esperar
y se olvide el pasado.
Espera aunque del frente
las cartas dejen de llegar.

Espera aun cuando todos
se cansen de esperar.

Ella había esperado esto durante cincuenta y un años.

Max estaba dormido en la cama cuando sonó el teléfono. Tardó un momento en darse cuenta de que no era un sueño, que el teléfono estaba sonando de verdad. Alargó la mano y encendió la luz. Buscó a tientas el auricular, ya que tenía los ojos medio cerrados por el resplandor, y descolgó.

—¿Hola? —murmuró.

Hubo una larga pausa. Luego, el sonido lejano de una voz que no reconocía, crepitando en la línea. El presentimiento de que la persona que llamaba era importante lo puso en estado de alerta.

—Hola, Max. Soy Florence Leveson desde Australia.

Max se incorporó. El corazón le dio un enorme vuelco en el pecho.

—Hola, señora Leveson. Me alegro de oírla —dijo.

—Estoy segura de que es una sorpresa. —Se rio entre dientes.

—Sí, sí, lo es. Es una gran sorpresa.

Otra pausa. El corazón de Max latía ahora con más fuerza.

—¿Haría algo por mí, Max? —dijo por fin con voz suave.

—Por supuesto —respondió—. Lo que quiera.

—Hábleme de cualquier cosa. Me gustaría mucho oír su voz.

Epílogo

Era una fría mañana de enero. La nieve cubría el suelo del jardín de la nueva casa de Max. La que había terminado justo antes de Navidad. Era una vieja casa de campo no lejos de The Mariners en Gulliver's Bay, con vigas de madera en los techos y una escalera ladeada. Necesitaba una mano de pintura y un cambio de alfombra. Parecía que no habían tocado el lugar desde los años sesenta, pero ya parecía un hogar. Tenía grandes chimeneas, robustas librerías y mucho encanto. En las paredes había colgadas muchas de las fotografías enmarcadas de Max, porque ahora ya no compraba casas, sino que hacía fotografías. ¿Quién dijo que los fotógrafos no ganaban dinero?

Lo más importante era que en su casa estaba Robyn.

Cuando Max bajó a desayunar, ella estaba en la mesa de la cocina en pijama, con el pelo despeinado cayéndole sobre los hombros de cualquier manera. Tenía una taza de té y una tostada con mermelada delante.

—Acaba de llegar esto para ti —dijo tendiéndole un paquete—. ¿Quieres mi especial de huevos revueltos y salmón ahumado?

—No tienes ni que preguntarlo —repuso Max, abrazándola por detrás y besándola en la mejilla. Le puso una mano en la barriga—. ¿Cómo está el peque?

Robyn se rio con suavidad. Solo estaba embarazada de tres meses y aún tenía el vientre plano.

—Creciendo despacio —respondió, poniendo la mano sobre la de él.

Max respiró su aroma y suspiró de satisfacción.

—¿Volvemos a la cama? —murmuró, levantándole el cabello y acariciándole el cuello.

Robyn soltó una risita al sentir la aspereza de su incipiente barba.

—No tienes ni que preguntarlo. —Le puso una mano en la mejilla—. Pero tal vez quieras ver esto primero.

Max miró el paquete.

—Es de Australia —dijo al tiempo que se sentaba en la silla.

Robyn dejó su tostada y observó mientras Max cortaba el papel marrón con un cuchillo. Dentro había una caja negra. Parecía antigua, como una reliquia.

Max casi no se atrevía a respirar. Sabía que era de Florence.

—¡Vamos, ábrela! El suspense me está matando —dijo Robyn.

Max levantó la tapa. Dentro había una petaca de plata, deslustrada por el tiempo. En el lateral estaban grabadas las iniciales R. J. D. Dentro de la caja había un poema.

Espérame y volveré.
Espérame sin desesperar.
Espera cuando los negros nubarrones
de tristeza te hayan de llenar.
Espera cuando la nieve caiga.
Espera en el calor del verano.
Espera cuando todos dejen de esperar
y se olvide el pasado.
Espera aunque del frente
las cartas dejen de llegar.
Espera aun cuando todos
se cansen de esperar.

Espérame y volveré.
No prestes oídos a quienes
prestos a decirte estén
que la espera en vano es.
Aunque mi familia

por muerta me dé.
Aunque mis amigos a toda esperanza renuncien
y de nuevo en el hogar
alcen sus copas y en mi memoria brinden,
sumidos en el silencio y el dolor, has de esperar.
Y cuando beban de sus copas,
la tuya no has de vaciar.

Esperame y volveré
de las fauces de la misma muerte.
Que los amigos que no esperaron
piensen que solo fue suerte.
Aquellos que no esperaron
jamás entenderán que fue tu espera
la que me salvó en la guerra.
Mas solo tú y yo sabremos
la razón de que sobreviviera:
que tú supiste esperar
cuando nadie más lo hizo.

Konstantin Simonov

Nota de la autora

ESPÉRAME es una novela basada en la historia real de Simon Jacobs. En torno a esta historia real he creado una obra de ficción. Pensamos que a nuestros lectores les gustaría saber qué es real y qué no lo es.

Simon y yo somos viejos amigos de la familia. Nos conocemos desde que éramos niños. Pero no fue hasta principios de los años noventa cuando nuestra amistad creció de verdad hasta convertirse en una amistad independiente. Yo acababa de terminar la universidad y estaba trabajando en una tienda de Bond Street. Llevaba unos cuatro años sin ver a Simon cuando entró sin avisar. Me encantó verle y decidimos cenar juntos esa noche. Nada más sentarnos, empezamos a hablar de temas esotéricos. Nunca antes habíamos hablado de nuestras pesadillas recurrentes, de ver espíritus y otras experiencias paranormales, y fue emocionante. ¡Eso es lo que pasa cuando se juntan dos mentes afines! Estuvimos en la mesa, hablando sin parar, hasta bien pasada la medianoche. Creo que los camareros se sintieron aliviados cuando por fin pagamos la cuenta y nos fuimos.

No recuerdo exactamente cuándo me habló Simon de su investigación sobre su vida pasada, pero sí recuerdo que me fascinó. Sin embargo, en ningún momento se me ocurrió escribirla. Simon apareció en el programa *This Morning* de Richard y Judy con Judy Hall para hablar de su extraordinaria historia, que Judy había incluido en su libro *Deja Who?: A New Look at Past Lives*, concedió varias entrevistas a la prensa y rodó un documental sobre vidas pasadas para el Canal 5 de televisión. Mientras tanto, yo escribía una novela al año. Con cada libro que escribía, me adentraba más en lo paranormal. Al principio me alejaba de los espíritus, pues temía que los lectores pensaran que estaba loca, pero cuando tenía ya nueve años de carrera decidí mostrar mi verdadera cara. *Un misterio en Italia*, de 2009, fue mi primer libro abiertamente sobrenatural. Al volver la vista atrás siento que los caminos paralelos que Simon y yo estábamos recorriendo se estaban uniendo poco a poco.

En otoño de 2020 acababa de publicar mi vigésima novela. Simon me llamó y me dijo: «Tengo una idea que quiero comentar contigo». Me dirigí a su casa, en la que vive con su mujer y sus hijos, con la extraña sensación de que me aguardaba mi destino. Cada semana recibo correos electrónicos de gente que me propone que escriba sus historias. Siempre me niego porque prefiero escribir las mías. Sin embargo, cuando Simon me propuso que escribiera la suya y me enseñó la caja que contenía su investigación (diarios, cartas, memorias, libros) no lo dudé. Parecía lo correcto. También parecía que, de una manera espeluznante, estaba predestinada.

La historia de Simon es el núcleo de la novela y es la verdad. Sus pesadillas infantiles en medio de una horrible batalla; su encuentro con una médium que le dijo que esos sueños eran en realidad recuerdos de vidas pasadas y que algún día escribiría un libro sobre ello porque ese era su propósito en esta vida; su regresión a esa batalla, donde le dijeron que las almas a menudo se reencarnan en su línea familiar, y su posterior investigación. Esas cosas ocurrieron de verdad.

Simon descubrió en un libro sobre su familia que Myles Henry, un primo de su abuela paterna, murió en Arnhem en septiembre de 1944. Myles Henry era el único nombre del árbol genealógico que podía relacionarse con el sueño y la regresión de Simon. Myles estaba casado con Pamela y tenían una hija, llamada Carolyn-Anne. Cuando Simon fue a investigar sobre Myles al Museo Imperial de la Guerra, fue en el libro *The Tenth, A Record of the 10th Battalion, the Parachute Regiment*, del comandante R. Brammall, donde encontró el relato de un testigo, escrito por el sargento mayor de compañía Grainger, que describe con detalle los momentos previos a la muerte del capitán Myles Henry. Esa descripción coincidía de forma exacta con los sueños de Simon y con su regresión.

Cuando acepté escribir este libro, le dije a Simon que solo podría hacerlo si los personajes eran ficticios. No podía escribir sobre alguien que conociera. Simon estuvo completamente de acuerdo. Lo importante era mantener la integridad de su viaje espiritual, porque el mensaje tenía que ser claro y honesto: no morimos, simplemente pasamos a otra dimensión, y algunos volvemos, como Simon. Por lo tanto, tejí una historia en torno a las experiencias de Simon, dando rienda suelta a mi imaginación.

Pamela escribió unas memorias que me ayudaron a dar vida a la historia de amor de Myles y ella por medio de los personajes de Rupert Dash y Florence Lightfoot. El libro de Pamela es fascinante, está muy bien escrito y está repleto de maravillosas y variopintas historias sobre la vida durante la guerra. El poema *Espérame* se incluyó después de que se enterara de que Myles había muerto en Arnhem. ¡El hormigueo que sentí al leerlo me dijo que tenía que ser el título de esta novela! Me he ceñido mucho a la historia de Pamela, pero Florence es una invención, al igual que todos los personajes. No existe Gulliver's Bay, The Mariners ni Pedrevan Park. Todos ellos brotaron en mi imaginación y me proporcionaron un mundo en el que ambientar la historia de Myles.

La idea de la petaca de plata con coñac surgió al comentar la historia con Simon. Myles tenía una petaca y se menciona en la carta de Harry Dicken (Charlie Shaw en nuestro libro), pero yo le he otorgado una mayor relevancia. Pamela no se la envió a Simon, como tampoco le envió el poema. Sin embargo, le telefoneó desde su casa en Nueva Zelanda después de recibir su carta y le pidió que hablara para poder oír su voz.

Tardo seis meses en escribir un libro. *Espérame* me llevó dos. Nunca me había sentido tan inspirada. Las palabras acudían a mí tan deprisa que mis dedos no daban abasto. Ha sido una experiencia esclarecedora y un privilegio que me hayan confiado la historia de Simon para compartirla con un público más amplio.

Algunos la leerán como pura ficción y, en ese caso, esperamos que la disfruten. Otros la leerán como una verdad envuelta en ficción, en cuyo caso esperamos que profundicen en su comprensión del propósito del alma.

Por último, no tengo palabras para expresar lo divertido que ha sido escribir un libro con otra persona. Simon y yo hemos compartido este proyecto desde el principio. Escribir suele ser una ocupación muy solitaria, pero trabajar juntos ha hecho que nunca me sintiera sola. Simon ha estado constantemente al otro lado del teléfono mientras yo le bombardeaba a diario con preguntas. No puedo agradecerle lo suficiente que me haya confiado esta historia tan personal. Espero haberle hecho justicia.

También quiero dar las gracias a la mujer de Simon, Lisa, y a mi marido, Sebag, por su apoyo, entusiasmo e interés.

Agradecimientos

Mis novelas nunca alcanzarían el éxito que tienen sin la experiencia, el entusiasmo y la energía de un maravilloso equipo de personas entregadas a su trabajo. Por ello, quiero dar las gracias a mi brillante agente Sheila Crowley, de Curtis Brown. Es más que mi roca, es mi montaña de fuerza y sabiduría en todos los sentidos y no podría prescindir de ella. También me gustaría dar las gracias a sus colegas de Curtis Brown, que trabajan tan duro en mi nombre: Luke Speed, Anna Weguelin, Emily Harris, Sabah Curran, Katie McGowan, Grace Robinson, Alice Lutyens y Sophia MacAskill.

El trabajo de un editor es muy delicado. Por un lado, debe ser consciente de la hipersensibilidad del autor y, por otro, lo bastante valiente como para cortar, pulir y hacer sugerencias para mejorar la obra. Un autor sabio es el que escucha los consejos de un editor. Mi editora en Simon & Schuster, Suzanne Baboneau, es a la vez sensible y sabia, y en los doce años que llevamos trabajando juntas nunca hemos discrepado en nada. Es una relación que valoro mucho y le estoy muy agradecida por el tiempo y las molestias que dedica a perfeccionar mis escritos. También me gustaría dar las gracias al director general y ejecutivo Ian Chapman y a su brillante equipo: Sara-Jade Virtue, Richard Vlietstra, Gill Richardson, Dominic Brendon, Polly Osborn, Sabah Khan, Matt Johnson, Sian Wilson, Louise Davies y Francesca Sironi. También quiero hacer extensivo mi agradecimiento a Simon & Schuster Canadá, que me publica de forma tan maravillosa: mi editora Nita Pronovost, Kevin Hanson, Greg Tilney, Mackenzie Croft, Shara Alexa y Jillian Levick.

En nombre de Simon y en el mío propio me gustaría dar las gracias a Susan Dabbs, nuestra querida amiga, sanadora espiritual y médium psíquica, que ha sido una valiosa maestra para ambos, y a Judy Hall, que fue una parte muy importante de la historia de Simon.

Doy las gracias a Simon Jacobs por compartir su historia conmigo; a mi madre, por darme su opinión sobre el primer borrador; a mi padre, que ha sido mi guía espiritual durante toda mi vida; a mi marido, Sebag, y a nuestros hijos, Lilochka y Sasha, que tanta alegría me dan.